Après une enfance passée à parcourir le monde, **Simon Scarrow** s'est adonné à sa passion de l'histoire en tant qu'enseignant, avant de vivre de sa plume et de devenir l'une des figures de proue de la fiction historique. Outre la série best-seller des *Aigles de l'Empire* qui l'a rendu célèbre, on lui doit en effet de nombreux romans palpitants qui explorent différentes périodes de l'Histoire. Simon Scarrow vit dans le Norfolk.

CE LIVRE EST ÉGALEMENT DISPONIBLE
AU FORMAT NUMÉRIQUE

www.bragelonne.fr

Simon Scarrow

L'Aigle de la légion

Les Aigles de l'Empire – 1

Traduit de l'anglais (Grande-Bretagne) par Benoît Domis

Bragelonne

Titre original : *Under the Eagle*
Copyright © 2000 by Simon Scarrow
Originellement publié en Grande-Bretagne en 2000
par Headline Publishing Group

© Bragelonne 2019, pour la présente traduction

ISBN : 979-10-281-2119-8

Bragelonne
60-62, rue d'Hauteville – 75010 Paris

E-mail : info@bragelonne.fr
Site Internet : www.bragelonne.fr

Pour Audrey et Tony,
mes parents, et mes meilleurs amis.

CHAÎNE DE COMMANDEMENT
DE L'ARMÉE ROMAINE
EN 43 APRÈS JÉSUS-CHRIST

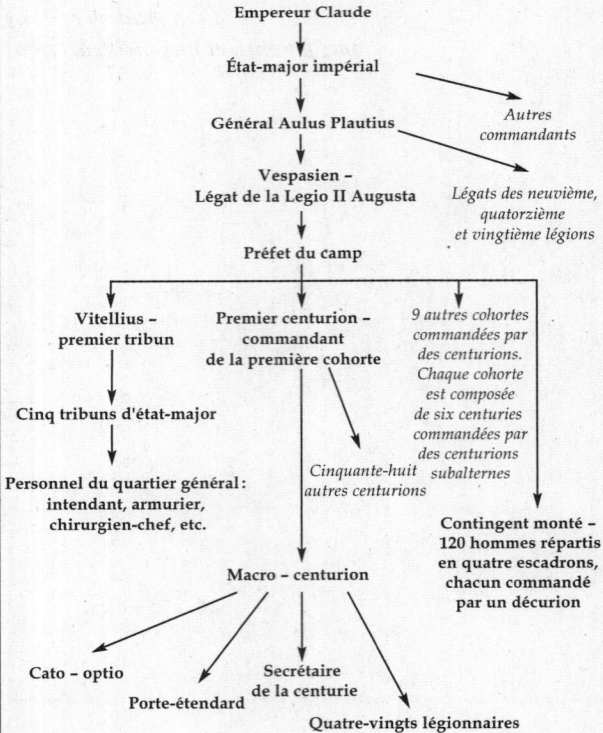

Empereur Claude

État-major impérial

Général Aulus Plautius → *Autres commandants*

Vespasien –
Légat de la Legio II Augusta

Légats des neuvième, quatorzième et vingtième légions

Préfet du camp

Vitellius –
premier tribun

Premier centurion –
commandant
de la première cohorte

9 autres cohortes commandées par des centurions. Chaque cohorte est composée de six centuries commandées par des centurions subalternes

Cinq tribuns d'état-major

Cinquante-huit
autres centurions

Personnel du quartier général :
intendant, armurier,
chirurgien-chef, etc.

Contingent monté –
120 hommes répartis
en quatre escadrons,
chacun commandé
par un décurion

Macro – centurion

Cato – optio

Porte-étendard

Secrétaire
de la centurie

Quatre-vingts légionnaires

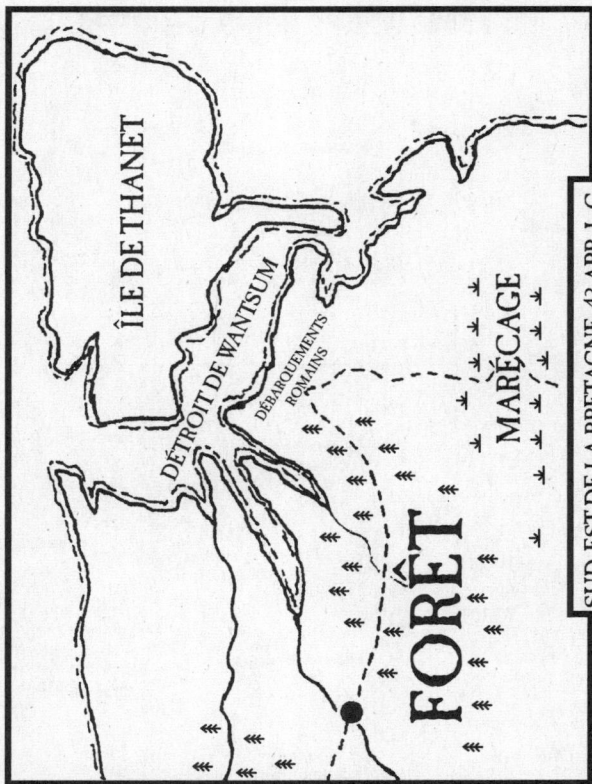

ÎLE DE THANET

DÉTROIT DE WANTSUM

DÉBARQUEMENTS ROMAINS

FORÊT

MARÉCAGE

SUD-EST DE LA BRETAGNE, 43 APR. J.-C.

PROLOGUE

— C'est inutile, général, cette saleté est bel et bien coincée.

Le centurion s'adossa contre le chariot et marqua une pause pour reprendre son souffle. Autour de lui, une vingtaine de légionnaires épuisés étaient enfoncés jusqu'à la taille dans la vase nauséabonde du marécage. Depuis le bord du chemin, le général suivait leurs efforts avec une frustration grandissante. Il embarquait à bord d'un des bateaux d'évacuation quand le chariot avait quitté le chemin étroit. Immédiatement prévenu, il avait enfourché l'un des rares chevaux encore à terre et fait demi-tour à travers les marais pour étudier la situation par lui-même. Alourdi par le poids du coffre qui reposait sur son plateau, le chariot résistait à tous les efforts entrepris pour le tirer de ce bourbier. Aucun renfort n'était disponible, puisque l'arrière-garde avait fini de charger et pris la mer. Seuls le général, ces hommes et un fragile bouclier d'éclaireurs appartenant à la cavalerie se dressaient entre le chariot et l'armée de Cassivellaunos qui harcelait les anciens envahisseurs romains.

Le général laissa échapper un juron ; son cheval, attaché dans un bosquet voisin, leva la tête d'un air effrayé. Aucun doute, le chariot était perdu, le coffre lui-même trop lourd pour être porté jusqu'au dernier bateau encore à l'ancre. Pour des raisons de sécurité, on en avait confié la clé à l'intendant – déjà en mer – et sa conception ne permettait pas de l'ouvrir sans les outils nécessaires.

— Et maintenant, général ? demanda le centurion.

L'officier supérieur resta silencieux. Il ne pouvait rien faire – rien du tout. Le chariot et son contenu n'iraient nulle part. Pourtant, il se refusait à envisager ce scénario : la perte du coffre retarderait ses projets politiques d'au moins un an. Dans ce moment d'indécision terrible, un cor de guerre résonna non loin de là. Avec des expressions terrifiées, les hommes se mirent à patauger en direction de leurs armes restées sur le chemin.

— Restez où vous êtes ! rugit le général. Je ne vous ai pas donné l'ordre de bouger !

Les légionnaires se figèrent ; même avec l'ennemi qui se rapprochait, leur chef leur inspirait un profond respect mêlé de crainte. Après un ultime regard au coffre, le général hocha la tête ; il avait pris sa décision.

— Centurion, débarrasse-toi du chariot.

— Général ?

— Il restera là jusqu'à notre retour, l'été prochain. Toi et tes hommes, tirez-le un peu plus loin, pour le couler – tu marqueras l'emplacement. Ensuite, rejoignez la plage aussi vite que possible. Une embarcation vous attendra.

— Bien, général.

L'officier supérieur claqua sa cuisse avec colère, puis se retourna pour enfourcher sa monture et repartir vers la côte, à travers les marécages. Derrière lui, le son du cor de guerre éclata à nouveau, accompagné du bruit des épées qui s'entrechoquaient, alors que les éclaireurs de la cavalerie affrontaient l'avant-garde de l'armée de Cassivellaunos. Depuis le moment où les Romains avaient débarqué jusqu'à leur fuite actuelle vers la Gaule, les hommes de Cassivellaunos n'avaient cessé de les harceler, s'attaquant jour et nuit aux traînards et aux pilleurs, sans montrer la moindre pitié pour les envahisseurs.

— Allez, les gars ! beugla le centurion. Encore un effort… Appuyez vos épaules contre le chariot. Prêts ? Poussez !

Lentement, le chariot s'enfonça davantage dans la fange ; l'eau brunâtre s'infiltra par les interstices entre les planches à l'arrière et s'éleva autour du coffre.

— Allez, du nerf !

Mettant toute leur énergie dans une dernière poussée, les hommes firent glisser le chariot plus loin dans le maré-cage ; avec un gargouillis discret, il disparut sous la surface d'huile, ne provoquant qu'un léger remous. Seul dépassait encore le long brancard.

— Ça ira. Au bateau. Et vite.

Ils regagnèrent la rive en avançant dans la boue et ramas-sèrent leurs boucliers et leurs javelots, tandis que le centurion esquissait une carte de l'endroit sur la tablette de cire pendue à son épaule. Quand il eut terminé, il rejoignit ses hommes. Mais avant que la colonne ne puisse s'éloigner, un soudain martèlement de sabots sur le chemin leur fit tourner la tête, les yeux écarquillés de frayeur. Quelques instants plus tard, une poignée d'éclaireurs surgit de la brume au grand galop. L'un des cavaliers, penché sur le cou de sa monture, se vidait de son sang par une plaie béante au côté. Puis les fantassins se retrouvèrent de nouveau seuls.

Presque immédiatement, d'autres chevaux, en plus grand nombre, se firent entendre, cette fois accompagnés des hurlements féroces des barbares que les légionnaires avaient appris à craindre. Des cris de guerre aux accents triomphants ; un frisson d'effroi descendit le long de l'échine des Romains.

— Préparez javelots ! ordonna le centurion, et ses hommes prirent position.

Dans la brume, leurs poursuivants avançaient vers eux, invisibles et terrifiants. Puis des silhouettes grises indistinctes apparurent à une faible distance.

— Lancez !

Les javelots s'élevèrent en parabole, avant de disparaître en s'abattant sur les Bretons imprudents dans un concert de cris émanant des cavaliers comme de leurs montures.

— Formez les rangs ! ordonna le centurion. À mon commandement… en avant, marche !

La petite colonne s'élança sur le chemin au bout duquel attendait le dernier bateau de la flotte. L'officier cheminait à côté de ses hommes, surveillant d'un œil inquiet la brume qui enveloppait le paysage derrière eux. La salve de javelots ne freina pas longtemps les Bretons, et bientôt le bruit des sabots se rapprocha de nouveau, plus lent et plus prudent cette fois.

Le centurion entendit un son mat et l'un de ses hommes laissa échapper un cri étouffé. Se retournant, il vit que la hampe d'une flèche dépassait du corps du légionnaire qui fermait la marche. Luttant pour respirer alors que ses poumons se remplissaient de sang, il tomba à genoux et bascula en avant.

— Au trot !

Les ceintures et les baudriers des soldats cliquetèrent, tandis qu'ils pressaient le pas pour tenter d'accroître la distance qui les séparait de leurs poursuivants invisibles. De nouvelles flèches jaillirent de la brume en sifflant, tirées à l'aveugle sur les Romains. Toutefois, certaines atteignirent leur cible et la colonne se réduisit, alors que les hommes s'écroulaient, l'un après l'autre. Gisant sur le chemin, glaive à la main, certains attendaient farouchement la fin. Quand le centurion arriva au sommet de la dernière hauteur, où les marécages s'effaçaient devant le sable et les galets, ses légionnaires n'étaient plus que quatre. Les sons encore faibles du rivage étaient comme la musique de l'espoir à leurs oreilles, et la petite brise de septembre contribua à dissiper la brume devant eux.

Soudain, le chemin qui leur restait à parcourir apparut clairement. À deux cents pas, une frêle embarcation les attendait ; un peu plus vers le large, une trirème était à l'ancre dans une houle légère et, plus loin sur l'horizon, les taches noires de la flotte d'invasion commençaient déjà à se fondre dans l'obscurité du crépuscule.

— Courez! cria le centurion, qui jeta son bouclier et son glaive. Courez!

Les galets s'éparpillèrent sous leurs pieds, tandis qu'ils se ruaient vers le bateau. Immédiatement, le cor de guerre sonna derrière eux, alors que les Bretons apercevaient à leur tour la mer et éperonnaient leurs chevaux pour rattraper les survivants avant qu'ils ne se mettent à l'abri. Les dents serrées, le centurion se précipita dans la pente douce ; bien que cruellement conscient de leurs poursuivants qui se rapprochaient rapidement, il n'osa pas regarder par-dessus son épaule, de peur de ralentir. Debout à l'arrière de l'embarcation, la silhouette d'un homme de grande taille – le général, à en juger par la cape rouge qui ondulait dans la brise – l'encourageait du geste. Il ne leur restait que quinze mètres à parcourir quand un cri strident s'éleva juste derrière lui, alors qu'un des Bretons transperçait le dernier légionnaire de sa lance.

Mobilisant toutes les fibres de son corps pour assurer sa survie, le centurion traversa le sable humide à pas lourds, pataugea dans les vagues, puis se jeta par-dessus la proue. Des mains empressées le saisirent sous les épaules et le plaquèrent au fond de l'embarcation. Un instant plus tard, un légionnaire s'écrasa sur lui, hors d'haleine. Deux des gardes du corps du général, de grands gaillards solidement charpentés, lancèrent leurs javelots en direction des poursuivants qui s'étaient prudemment arrêtés sur le rivage, maintenant que la situation redevenait plus équilibrée. Le bateau s'éloignait déjà vers des eaux plus profondes, chaque coup de rames les rapprochant de la sécurité de la trirème.

—As-tu réussi à couler le chariot? demanda anxieusement le général.

—Ou… Oui, général, répondit le centurion d'une voix entrecoupée, et il tapota la tablette de cire qui pendait à son côté. J'ai fait une carte. Aussi précise que possible, avec le temps dont je disposais.

—Bon travail. Excellent. Donne-la-moi.

Alors que le centurion remettait la tablette, il s'aperçut qu'un seul de ses hommes était parvenu à fuir avec lui. Un seul. Sur le littoral qui s'éloignait, une vingtaine de cavaliers cernaient un autre légionnaire, assez idiot pour s'être laissé capturer vivant. L'officier frémit en songeant aux atrocités qui attendaient ce malheureux.

Tout le monde sur le bateau regarda en silence, jusqu'à ce que le général s'adresse à eux.

—Nous reviendrons, messieurs. Et je vous promets que nous ferons regretter à ces barbares le jour où ils ont pris les armes contre Rome. Moi, Caius Julius César, j'en fais le serment sur la tombe de mon père…

LA FRONTIÈRE DU RHIN

*Quatre-vingt-seize ans plus tard,
dans la deuxième année du règne
de l'empereur Claude, 42 après Jésus-Christ*

CHAPITRE PREMIER

Une bourrasque glacée s'engouffra dans les latrines avec la sentinelle.

— Un chariot à l'approche, centurion !

— Ferme cette porte, bon sang ! Autre chose ?

— Une petite colonne – quelques hommes.

— Des soldats ?

— Ça m'étonnerait, répondit la sentinelle avec une grimace méprisante. Ou alors, c'est qu'il y a du relâchement dans la discipline.

Le centurion de permanence leva les yeux, l'air sévère.

— Je ne me rappelle pas t'avoir demandé ton opinion.

— Non, centurion !

La sentinelle se mit au garde-à-vous sous le regard furieux de son supérieur. Encore optio à peine quelques mois plus tôt, Lucius Cornelius Macro avait parfois encore des difficultés à se faire à son nouveau grade de centurion. Ses anciens camarades avaient toujours tendance à le traiter en égal. Adopter l'attitude respectueuse qui convenait à l'égard de quelqu'un qui, peu de temps auparavant, était un compagnon de beuverie ne venait pas naturellement. Plusieurs mois avant sa promotion, Macro avait compris que l'état-major songeait à lui pour le premier poste de centurion qui se libérerait. Il avait donc fait de son mieux pour réduire ses excès le plus possible. Car, quand on mettait l'ensemble de ses qualités dans la balance, Macro était un bon soldat – il avait fait ses preuves sur le champ de bataille –, consciencieux et fiable quand il s'agissait d'obéir aux ordres. On pouvait compter sur lui pour ne pas céder un pouce de terrain en situation de combat, et pour inspirer la même ténacité à ses hommes.

Macro s'aperçut soudain qu'il fixait toujours la sentinelle en silence. Celle-ci, gênée par son regard scrutateur, s'agitait nerveusement. Une réaction parfaitement compréhensible, tant les officiers peuvent se révéler imprévisibles. Dès qu'ils ont goûté au pouvoir, se dit le légionnaire, ils ne savent pas quoi en faire ou se mettent à donner des ordres complètement idiots à tort et à travers.

— Quels sont les ordres, centurion?

— Les ordres? fit Macro en fronçant les sourcils. D'accord. J'arrive. Toi, retourne à la porte.

— Bien, centurion.

La sentinelle tourna les talons et se hâta de sortir des latrines réservées aux officiers subalternes, refermant derrière elle sous le regard mauvais d'une demi-douzaine de centurions. Une règle tacite voulait que personne, jamais, ne permette à ses hommes de venir l'interrompre dans cet endroit. Macro s'essuya les fesses à l'aide du tersorium[1], remonta son pagne et s'excusa auprès des autres centurions avant de se précipiter dans la nuit.

Il faisait un temps pourri; le vent du nord leur envoyait la pluie depuis les forêts de Germanie. Il balayait le Rhin,

---

1. Ustensile hygiénique utilisé par les Romains antiques pour s'essuyer après les besoins naturels, composé d'un bâton en bois avec une éponge fixée à une extrémité. (*NdT*)

survolait les murs de la forteresse et s'engouffrait entre les quartiers. Macro soupçonnait ses pairs de fraîche date de ne pas approuver sa nomination, mais il était bien décidé à leur prouver qu'ils avaient tort. Force lui était de reconnaître que, pour l'instant, la réussite n'était pas vraiment au rendez-vous. Les tâches administratives relatives au commandement de quatre-vingts hommes se révélaient un cauchemar — répartition des rations, tableau de service des latrines et des sentinelles, inspections des armes et des chambrées, tenue du registre des sanctions, bulletins d'acquisition de matériel, approvisionnement en fourrage des mules, gestion de la solde, des économies et de l'association funéraire.

Pour l'assister, il ne disposait que d'un secrétaire, un vieux type tout ratatiné dénommé Piso que Macro soupçonnait d'être malhonnête ou simplement incompétent. Mais, étant pratiquement illettré, il n'avait aucun moyen d'en apporter la preuve. De son éducation somme toute rudimentaire, il ne gardait que l'essentiel, à savoir une capacité à reconnaître individuellement presque toutes les lettres et la plupart des chiffres. Pas davantage. Et maintenant, il se retrouvait centurion, un grade pour lequel savoir lire et écrire constituait un prérequis. Sans doute le légat avait-il présumé que Macro maîtrisait l'un et l'autre au moment d'approuver sa nomination. Si quelqu'un découvrait qu'il était aussi ignorant qu'un garçon de ferme de Campanie, il serait rétrogradé sur-le-champ. Jusqu'à présent, il avait réussi à contourner le problème en confiant le travail administratif à Piso, au prétexte que le reste de ses tâches l'accaparait, mais il était sûr que le secrétaire soupçonnait la vérité. Alors qu'il marchait péniblement vers l'entrée du camp, il secoua la tête, serrant sa grande cape rouge autour de lui.

La nuit était sombre, obscurcie par les nuages bas qui masquaient complètement le ciel – un signe annonciateur de neige. Dans les ténèbres environnantes, Macro entendait les bruits caractéristiques de la vie d'un fort, une existence qui était la sienne depuis plus de quatorze ans à présent. Le braiment des mules dans les écuries répondait aux conversations et aux cris des soldats qui s'échappaient par les fenêtres où vacillait la lumière des bougies. Un éclat de rire tonitruant salua son passage, suivi par un autre, plus léger, indubitablement féminin. Il s'immobilisa et tendit l'oreille. Quelqu'un était parvenu à introduire une femme. Celle-ci rit encore, puis se mit à parler latin avec un accent à couper au couteau, avant que son compagnon se hâte de la faire taire. Devant cette violation flagrante des règles, Macro se tourna brusquement en direction du bâtiment en question et posa la main sur la clenche. Puis il suspendit son geste et réfléchit. Son grade lui conférait l'autorité nécessaire pour faire irruption en donnant de la voix, comme sur le champ de manœuvre, et envoyer le soldat au poste de garde et expulser la femme. Mais cela impliquait une nouvelle entrée dans le registre des sanctions – encore de la foutue paperasse.

Serrant les dents, il relâcha la clenche et recula en silence, juste au moment où la femme riait à gorge déployée, comme pour lui donner mauvaise conscience. Après un regard furtif aux alentours pour s'assurer que personne n'était témoin de sa lâcheté, Macro se hâta vers la porte sud. Ce légionnaire méritait une bonne correction, et s'il avait appartenu à sa centurie, c'est de cette façon que Macro aurait réglé le problème ; pas de paperasse inutile, juste un coup de pied dans les couilles, un châtiment proportionné au crime. En tout cas, à en juger par sa voix, la poule en question faisait partie des Germains qui s'étaient implantés à l'extérieur de l'enceinte. Macro se consola avec la pensée que le type venait probablement de s'offrir une chaude-pisse carabinée.

Bien qu'il fasse sombre, Macro avançait instinctivement dans la bonne direction, puisque aucune installation militaire romaine ne déviait du plan standard qui servait pour l'ensemble des camps et forteresses. Au bout de quelques minutes, il déboucha sur l'axe principal de la Via Praetoria et marcha d'un pas énergique vers la porte où la rue franchissait les murs au sud du camp. La sentinelle qui l'avait interrompu dans les latrines l'attendait et le précéda à l'intérieur du corps de garde. Puis il monta l'escalier en bois étroit qui menait au niveau des remparts, où un brasero rougeoyait dans la salle des gardes. Quatre légionnaires accroupis à proximité du feu jouaient aux dés. Dès que la tête du centurion apparut au sommet des marches, ils se mirent au garde-à-vous.

— Repos, les gars, dit Macro. Continuez.

Le vent profita du moment où il soulevait la clenche pour pousser violemment la porte donnant sur les remparts ; le brasero s'affola brièvement, le temps qu'il sorte et claque la porte derrière lui. Sur le chemin de ronde, le vent piquant cingla la cape de Macro dans son dos, tirant sur le fermoir de son épaule gauche. Il frissonna et la resserra autour de lui.

— Où ? demanda-t-il.

La sentinelle scruta l'obscurité au-delà des créneaux et pointa son javelot en direction d'une minuscule lueur qui dansait à l'arrière d'un chariot approchant au sud.

Plissant les yeux, Macro parvint à distinguer le contour du véhicule, celui d'une troupe qui avançait d'un pas lourd. Une colonne plus disciplinée fermait la marche, l'escorte chargée de rappeler à l'ordre les traînards. Peut-être deux cents hommes en tout.

— Dois-je donner l'alerte, centurion ?

Macro se tourna vers la sentinelle.

— Qu'est-ce que tu as dit ?

— Dois-je donner l'alerte, centurion ?

Macro regarda le légionnaire avec lassitude. Syrus était un des éléments les plus jeunes de sa centurie, et bien que Macro connût les noms de la plupart des soldats sous son commandement, leurs caractères et leurs antécédents ne lui étaient encore que peu familiers.

— Tu es dans l'armée depuis longtemps ?

— Non, centurion. Seulement un an en décembre.

Il venait à peine de terminer sa formation, pensa Macro. À cheval sur le règlement, qu'il appliquait sans doute en toute circonstance. Avec l'expérience, il apprendrait à trouver un compromis entre le strict respect des procédures et le niveau d'initiative nécessaire pour se débrouiller.

— Explique-moi, alors : pourquoi veux-tu donner l'alerte ?

— Le règlement est clair, centurion. Si un groupe d'hommes non identifié approche le camp en force, la centurie de garde doit prendre position pour défendre la porte et les murs adjacents.

Macro haussa les sourcils d'un air surpris. Ce gamin avait apparemment pris sa formation très à cœur : il connaissait le règlement par cœur.

— Et ?

— Centurion ?

— Que se passe-t-il ensuite ?

— Après avoir pris la mesure de la situation, le centurion décide ou non de lancer une alerte générale, poursuivit Syrus d'un ton monocorde.

— C'est bien.

Macro sourit et la sentinelle lui rendit son sourire, visiblement soulagée. Puis Macro se tourna vers la colonne qui approchait.

— Maintenant, dis-moi : est-ce que ces types te semblent menaçants ? Ils te font peur ? Tu crois vraiment qu'une troupe d'environ deux cents hommes va soudain charger, escalader ces murs et massacrer tous les soldats de la deuxième légion jusqu'au dernier ? Alors ?

La sentinelle le regarda, puis reporta pendant quelques instants son attention sur les lumières qui tremblaient. Enfin, elle se retourna d'un air penaud.

— Je ne pense pas.

— Je ne pense pas, *centurion*, la corrigea Macro d'un ton bourru, lui flanquant un coup de poing à l'épaule.

— Désolé, centurion.

— Dis-moi, Syrus. Est-ce que tu as assisté à la réunion des officiers ?

— Bien sûr, centurion.

— As-tu fait bien attention ?

— Je crois, centurion.

— Alors, tu aurais dû te rappeler m'avoir entendu dire que nous attendions un convoi. Ce qui t'aurait épargné de venir me traîner hors des latrines au pire moment.

En voyant l'expression de Macro, la sentinelle déconfite comprit qu'elle avait mis la patience de son supérieur à rude épreuve.

— Je suis désolé, centurion. Ça ne se reproduira pas.

— J'espère bien. Ne me force pas à doubler tes tours de garde pour le reste de l'année. Maintenant, va dire aux autres de se tenir prêts. Je me charge de l'identification.

Honteuse, la sentinelle salua et retourna auprès de ses camarades. Bientôt, Macro entendit les légionnaires descendre l'escalier menant à la porte principale. Il sourit. Ce garçon était enthousiaste et se sentait coupable après son erreur. Assez pour que cela ne se reproduise pas. C'était positif. C'était de cette façon qu'on progressait – personne ne naissait soldat, se dit Macro.

Malmené par une soudaine bourrasque, il se replia à l'intérieur. Une fois à l'abri, il se plaça près du brasero et laissa échapper un soupir de soulagement, alors que tout son corps se réchauffait. Après quelques moments, Macro ouvrit le petit volet d'observation et scruta la nuit. Le convoi était plus proche à présent, et il pouvait distinguer le chariot en détail, ainsi que chaque individu formant la colonne. Plutôt piteux, songea-t-il en examinant les recrues. À leur démarche apathique, on voyait bien qu'elles manquaient totalement d'énergie – bien que leur destination soit en vue.

Puis il se mit à pleuvoir, de façon très soudaine, de grosses gouttes balayées en diagonale par le vent, qui piquaient la peau. Pourtant, rien n'y fit : les hommes ne pressèrent pas le pas pour autant. Secouant la tête, Macro entama les formalités. Il ouvrit le volet principal, se pencha par la fenêtre et remplit ses poumons.

— Halte ! cria-t-il. Identifiez-vous !

Le chariot ralentit à une trentaine de mètres du mur et une silhouette à côté du cocher se leva pour répondre :

— Convoi de renforts d'Aventicum et son escorte ; sous le commandement de Lucius Batiacus Bestia.

— Mot de passe ? demanda Macro, bien qu'il connût très bien Bestia, le centurion à la tête de toute la deuxième légion était son supérieur.

— Hérisson. Permission d'approcher ?

— Accordée.

Avec un claquement de son fouet, le cocher engagea ses bœufs sur la côte qui montait vers l'entrée et Macro alla se poster au volet qui donnait sur l'intérieur du fort. En bas, les sentinelles s'étaient groupées de côté pour s'abriter de la pluie.

— Ouvrez la porte ! leur ordonna Macro.

L'un des légionnaires se précipita pour tirer sur la goupille de sécurité, tandis que ses camarades faisaient glisser la poutre dans son logement. Avec un gémissement sonore, les battants en bois s'écartèrent juste au moment où le chariot atteignait le haut de la pente, son élan l'entraînant à travers la porte et à l'intérieur de la base. Depuis son poste d'observation, Macro regarda le chariot s'arrêter de côté. Bestia sauta au bas du banc du cocher et agita son bâton de vigne en direction du cortège de nouvelles recrues trempées jusqu'aux os.

— Du nerf, bande de mauviettes ! Avancez ! On se presse ! Plus vite vous serez à l'intérieur, plus vite vous serez secs et au chaud.

Les hommes, qui suivaient le chariot depuis près de trois cents kilomètres, s'attroupèrent immédiatement autour de lui à mesure qu'ils franchissaient la porte. La plupart étaient vêtus de capes de voyage et portaient leurs maigres possessions dans un baluchon à l'épaule. Les plus pauvres n'avaient rien, pas même une cape pour certains, et ils tremblaient d'un air misérable, alors que le vent soufflait la pluie glaciale dans leur direction. Une petite chaîne de forçats fermait la marche : des criminels qui avaient préféré l'armée à la prison.

Bestia se fraya immédiatement un passage dans la foule grandissante, jouant de sa canne si nécessaire.

— Ne restez pas là comme un troupeau de moutons ! Faites place pour les vrais soldats. Allez vous mettre en rang face à moi. EXÉCUTION !

Les dernières recrues rejoignirent les autres en titubant. Enfin, l'escorte fit son entrée ; les vingt hommes qui avançaient au pas s'arrêtèrent simultanément au commandement de Bestia. Il marqua une pause, le temps de laisser la comparaison implicite s'établir dans l'esprit de tous, tandis que Macro ordonnait aux sentinelles de refermer la porte et de reprendre leurs postes. Jambes écartées et mains sur les hanches, Bestia s'adressa aux recrues avec un signe de la tête par-dessus son épaule :

— Ces hommes appartiennent à la deuxième légion – la Legio II Augusta, la plus coriace de toute l'armée romaine –, ne l'oubliez jamais. Toutes les tribus barbares, même les plus lointaines, la connaissent de réputation ; elle leur inspire une peur mortelle. La deuxième légion a tué plus de ces vermines et fait plus de conquêtes que n'importe quelle autre unité. Si nous y sommes parvenus, c'est parce que nous formons des hommes pour qu'ils deviennent les combattants les plus vicieux, les plus féroces et les plus résistants du monde civilisé… Vous, en revanche, n'êtes que des mauviettes, des moins-que-rien. Même pas des hommes. Vous êtes la forme de vie la plus méprisable qui ait jamais osé se prétendre romaine. Je vous méprise tous, jusqu'au dernier, et vous pouvez compter sur moi pour éliminer ceux qui n'ont pas leur place dans ma chère deuxième légion. Seuls les meilleurs auront l'honneur de servir sous notre aigle. J'ai eu l'occasion de vous observer pendant le trajet depuis Aventicum, et je ne peux pas dire que j'aie été très impressionné. Mais maintenant que vous vous êtes engagés, vous m'appartenez. Je vous formerai, je vous en ferai baver, je ferai de vous des hommes. Ensuite—si et seulement *si* je décide que vous êtes prêts—, je vous laisserai devenir des légionnaires. Si l'un de vous ne se donne pas à fond, je le briserai—avec ça. (Il leva le bâton noueux à la vue de tous.) Vous comprenez, bande de petits merdeux ?

Un murmure d'assentiment parcourut les recrues ; les plus fatiguées se contentèrent de hocher la tête.

— Qu'est-ce que vous avez dit ? cria rageusement Bestia. Je vous ai à peine entendus !

Avançant parmi les hommes, il attrapa brutalement l'un d'eux par le col de sa cape. Pour la première fois, Macro nota la tenue de cette recrue, différente de celle des autres. En dépit de la boue ramassée en chemin, la coupe de son vêtement trahissait un modèle indubitablement coûteux. Plus grand que le reste du groupe, ce garçon maigre avait les traits délicats—la victime idéale pour qui souhaitait faire un exemple.

— Qu'est-ce que je vois ? Depuis quand une recrue peut-elle s'offrir une cape de meilleure qualité que la mienne ? Tu l'as volée ?

— Non, répondit calmement le jeune homme. C'est un cadeau d'un ami.

Bestia lui enfonça sa canne dans l'estomac, et l'autre se plia en deux et s'écroula sur le sol, les mains dans la boue. Bestia se tenait devant lui, prêt à porter le coup suivant.

— Quand tu ouvres la bouche, tu m'appelles *centurion*! C'est compris?

Macro regarda le jeune homme qui tentait de répondre, alors qu'il s'efforçait de reprendre son souffle. Puis Bestia abattit son bâton de vigne sur son dos, lui arrachant un cri perçant.

— Je t'ai demandé si tu avais compris!

— Oui, cen… centurion! lâcha sa victime.

— Plus fort!

— OUI, CENTURION!

— C'est mieux. Maintenant, voyons ce que tu as là.

Le centurion tira sur son baluchon dont le contenu se répandit sur le sol boueux: quelques vêtements de rechange, une petite gourde, un peu de pain, deux rouleaux de parchemin et un nécessaire en cuir pour l'écriture et la calligraphie.

— Qu'est-ce que…?

Bestia leva lentement les yeux vers la nouvelle recrue.

— Qu'est-ce que c'est?

— Mon matériel pour écrire, centurion!

— Pour écrire? Depuis quand un légionnaire s'intéresse-t-il à l'écriture?

— J'ai promis à mes amis restés à Rome de donner de mes nouvelles – centurion.

— Tes amis? répéta Bestia avec un large sourire. Pas ta mère? Ou ton père?

—Il est mort, centurion.

—Tu l'as connu?

—Oui, centurion. C'était…

—Silence! le coupa Bestia. Je me moque de qui il était. Pour moi, vous êtes des bâtards, tous autant que vous êtes. Alors, quel est ton nom, bâtard?

—Quintus Licinius Cato… centurion.

—Bien, bien. Je vais te dire, Cato, je ne connais que deux sortes de légionnaires qui savent écrire – les espions et ceux qui se voient déjà officiers. Et toi, à laquelle de ces catégories tu appartiens?

La recrue le regarda d'un air méfiant.

—Aucune, centurion.

—Alors, tu n'auras pas besoin de tout ça, n'est-ce pas?

D'un coup de pied, Bestia envoya valser l'écritoire et les deux rouleaux vers le caniveau creusé au milieu de la rue.

—Attention, centurion!

—Qu'est-ce que tu as dit?

Bestia fit volte-face, le bras déjà levé.

—Qu'est-ce que tu as dit?

—Je t'ai demandé de faire attention, centurion. L'un de ces rouleaux est un message personnel à l'intention du légat.

—Un message personnel pour le légat! Rien que ça?

Avec un sourire, Macro constata que le jeune homme était parvenu à dérouter momentanément le centurion grisonnant. Il avait déjà tout entendu – toutes les excuses, toutes les explications –, mais ça, c'était nouveau. Une simple recrue en possession d'une lettre pour le légat? Voilà une énigme qui avait suffi à faire chuter Bestia de son perchoir. Mais pas pour longtemps. Le centurion pointa sa canne en direction des rouleaux.

—Apporte-moi ça, bon sang! Tu viens à peine d'arriver et tu sèmes déjà le désordre dans ce camp! Foutues recrues, marmonna-t-il. Vous me faites gerber. Eh bien, qu'est-ce que tu attends? Ramasse!

Alors que le jeune homme se baissait, Bestia aboya une série d'ordres aux légionnaires de l'escorte chargés de conduire les recrues à leurs unités respectives.

—Allez, on s'active! PAS TOI! cria Bestia à la recrue solitaire qui, étant parvenue à refaire son baluchon, faisait déjà mine de rejoindre ses camarades, toujours debout sous des trombes d'eau.

—Par ici! Qu'est-ce que vous regardez, vous autres?

Quand les différents groupes furent enfin formés, Bestia arracha le rouleau que lui tendait Cato. Prenant soin de le garder autant que possible à l'abri de la pluie, il lut l'adresse à la cire qui figurait dessus. Il vérifia également le sceau, puis relut l'adresse et marqua une pause pour réfléchir. Levant la tête, il aperçut Macro à la fenêtre, le sourire aux lèvres. Sa décision était prise.

—Macro! Amène tes fesses!

Quelques instants plus tard, Macro se tenait au garde-à-vous devant Bestia, clignant des yeux pour chasser la pluie qui gouttait du bord de son casque.

—Ça semble authentique, dit Bestia, agitant le rouleau sous le nez de son subalterne. Je veux que tu escortes notre ami – et son message – au quartier général.

—Je suis de faction.

—Eh bien, je te remplace jusqu'à ton retour. Allez.

Le fumier! Macro jura en silence. Bestia ignorait tout de l'importance de cette lettre, ou de son authenticité. Mais il préférait ne pas prendre de risque. Les communications aux légats empruntaient parfois des voies mystérieuses, même celles en provenance des sources les plus hautes. Autant laisser un autre en porter la responsabilité, surtout si le message devait s'avérer sans valeur.

— Bien, centurion, répondit Macro avec amertume, alors qu'il acceptait le rouleau.

— Ne traîne pas en route, Macro. J'ai un lit bien chaud qui m'attend.

Bestia s'éloigna à grandes enjambées en direction du corps de garde et monta se mettre à l'abri. Macro lui lança un regard furieux, puis se retourna pour examiner attentivement la recrue qui lui valait une traversée du camp sous des trombes d'eau. Il dut lever la tête pour toiser le jeune homme qui le dépassait de près d'une trentaine de centimètres. Sous le bord de sa capuche, la pluie avait plaqué des mèches de cheveux noirs sur son visage. Sous un front plat, une paire d'yeux marron perçants brillaient du fond de leurs orbites, de part et d'autre d'un nez long et fin. Le garçon serrait les dents, mais sa lèvre inférieure tremblait légèrement. Bien que ses vêtements trempés aient été éclaboussés par la boue pendant le trajet depuis le dépôt d'Aventicum, ils étaient d'une qualité exceptionnelle. Quant à l'écritoire, aux livres et à la lettre pour le légat… Eh bien, disons que cette recrue sortait de l'ordinaire. Clairement, l'argent ne lui faisait pas défaut, mais dans ce cas, pourquoi s'engager dans la légion ?

— Cato, c'est ça ?

— Oui.

— C'est « centurion » — moi aussi, le reprit Macro avec le sourire.

33

Cato se raidit, plus ou moins au garde-à-vous et Macro rit.

— Repos, mon garçon. Repos. Tu n'es pas à l'exercice avant demain matin. Maintenant, allons porter ta lettre.

Macro le poussa doucement en direction du centre du camp, où le quartier général apparaissait au loin. Alors qu'ils marchaient, il examina le rouleau pour la première fois et laissa échapper un sifflement étouffé.

— Tu connais ce sceau ?

— Oui – centurion. C'est le sceau impérial.

— Depuis quand la fonction publique impériale fait-elle appel à des recrues ?

— Je l'ignore, centurion, répondit Cato.

— Qui en est l'auteur ?

— L'empereur.

Macro faillit s'étrangler. Le jeune homme avait réellement toute son attention à présent. L'empereur en personne utilisait les services d'une foutue recrue pour ses envois ? À moins que les apparences ne soient trompeuses. Pour en découvrir davantage, Macro décida de faire preuve d'un tact qui ne lui ressemblait pas.

— Pardonne-moi cette question, mais qu'est-ce que tu fais là ?

— Mais… je me suis enrôlé, centurion.

— Ça, je sais. Mais pourquoi ? insista Macro.

— À cause de mon père, centurion. Il appartenait à la fonction publique impériale avant sa mort.

— Qu'est-ce qu'il y faisait ?

Quand le garçon ne répondit pas, Macro se tourna vers lui et constata qu'il avait la tête baissée, une expression préoccupée sur le visage.

—Alors ?

—C'était un esclave, centurion.

La gêne suscitée par cet aveu était évidente, même pour quelqu'un de carré comme Macro.

—Tibère l'a affranchi. Juste après ma naissance.

—C'est moche, compatit Macro.

Le statut d'homme libre ne s'appliquait pas aux héritiers existants.

—Je suppose que tu as toi aussi été affranchi peu après. Ton père t'a racheté ?

—Il n'a pas pu, centurion. Pour une raison quelconque, Tibère s'y est opposé. Il est mort il y a quelques mois. Dans son testament, il a supplié qu'on m'accorde ma liberté, sous réserve que je continue de servir l'Empire. L'empereur Claude a accédé à sa demande à condition que j'entre dans l'armée – et me voilà.

—Hmm. Ce n'est pas très généreux.

—Je ne suis pas d'accord, centurion. Je suis libre à présent. C'est mieux que d'être un esclave.

—Tu crois vraiment ?

Macro sourit. Ce changement de statut lui semblait un marché de dupes : le confort du palais contre les rigueurs de la vie militaire – sans oublier le risque de mourir ou de perdre un membre sur le champ de bataille. Macro avait entendu dire que certains des hommes les plus riches et les plus puissants de Rome comptaient parmi les esclaves, affranchis ou non, employés dans la fonction publique impériale.

—Alors, tu comprends, centurion, que je n'ai pas vraiment eu le choix, conclut Cato avec une pointe d'amertume.

Chapitre 2

Les gardes en faction à l'entrée du quartier général croisèrent leurs lances en voyant les deux silhouettes – un centurion, identifiable par la crête de son casque, et un jeune homme débraillé – surgir de l'obscurité en pataugeant dans la boue. Ils avancèrent dans la lumière tremblante des torches fixées au portique.

— Le mot de passe? demanda une des sentinelles.

— Hérisson, répondit Macro.

— Le motif de ta visite, centurion?

— Ce garçon a un message à remettre au légat.

— Juste un moment, centurion.

Le garde disparut dans la cour intérieure, les laissant sous l'œil vigilant de trois autres cerbères, le genre de grands gaillards triés sur le volet pour former la compagnie des gardes du corps du légat. Macro défit sa jugulaire et retira son casque, avant de le coincer sous son bras, comme il le faisait en préparation de toute rencontre avec un officier supérieur. Cato repoussa sa cape en arrière et ramena ses cheveux trempés sur le côté. Pendant qu'ils patientaient, Macro prit conscience des regards curieux que le jeune homme tremblant lançait autour de lui. Le centurion ne put s'empêcher d'éprouver une certaine sympathie en se souvenant de ses propres sentiments au moment de son entrée dans l'armée ; l'excitation mêlée de peur, alors qu'il découvrait un monde totalement inconnu, avec ses règles strictes, ses dangers ; une vie âpre, loin du confort offert par la maison de son enfance.

Alors que Cato s'efforçait d'essorer sa cape, une flaque se forma bientôt à ses pieds.

— Arrête ! lui ordonna Macro. Tu en mets partout ! Tu pourras te sécher plus tard.

Cato leva la tête, les mains serrées autour d'une section de l'ourlet. Il était sur le point de protester quand il vit que les sentinelles l'observaient avec une profonde désapprobation.

— Désolé, marmonna-t-il, lâchant le tissu.

— Écoute, dit Macro avec autant de bienveillance que possible. Personne ne reproche à un soldat d'être un peu décoiffé quand il ne peut pas faire autrement. En revanche, on ne pardonne pas à un soldat de gigoter. Ça rend tout le monde nerveux. Pas vrai, les gars ? demanda-t-il en se tournant vers les gardes pour les prendre à témoin.

Ils hochèrent énergiquement la tête.

— Alors, à partir de maintenant, tiens-toi tranquille. Autant t'y habituer : tu n'as pas fini de rester debout et d'attendre. Tu découvriras bien assez tôt que c'est même à ça qu'on occupe le plus clair de notre temps.

Les autres soupirèrent pour marquer leur accord.

Des pas approchèrent depuis la cour intérieure, alors que le garde revenait au portique.

— Suis-moi, centurion. Le garçon aussi.

— Le légat va nous recevoir ?

— Je ne sais pas, centurion. J'ai l'ordre de te mener d'abord au tribun. Par ici.

Il les précéda sous une voûte large qui débouchait dans une cour entourée d'un passage couvert. La pluie tambourinait sur le toit en tuiles, avant de couler dans des gouttières qui évacuaient l'eau hors du bâtiment et dans la rue. Le garde les conduisit sous les arcades jusqu'à une porte située de l'autre côté de la cour, face au portique. Cette porte donnait sur une grande salle bordée de bureaux ; au fond, deux porte-étendard se tenaient au garde-à-vous devant le rideau pourpre qui maintenait l'autel de la légion à l'abri des regards. Leur escorte tourna à gauche, s'arrêta à une porte et frappa deux coups.

— Entrez, répondit une voix, et le garde leur ouvrit.

Macro passa le premier, faisant signe à Cato de le suivre. La pièce, étroite, mais tout en longueur, permettait d'accueillir un bureau contre un des murs et un casier à rouleaux au fond. Un brasero rougeoyait juste à côté de la porte, diffusant sa chaleur et une forte odeur de fumée. Assis derrière son bureau les attendait un tribun. Macro le connaissait de vue : Aulus Vitellius. Précédé d'une réputation d'homme à femmes à Rome, il avait entamé une carrière politique dont la première étape était ce poste dans l'état-major d'une légion. Vitellius avait des kilos en trop et un teint olivâtre sombre qui trahissait une origine du sud de l'Italie. Alors que ses visiteurs entraient, il repoussa sa chaise et leur fit face.

— Où est cette lettre ? demanda-t-il d'une voix grave, avec une pointe d'impatience.

Macro la lui tendit, puis recula d'un pas. Cato se tint en silence à côté de lui, près du brasero. Il esquissa un petit sourire de satisfaction, alors que la chaleur se diffusait en lui.

Vitellius jeta un rapide coup d'œil à la lettre, puis effleura le sceau impérial du bout des doigts, rongé par la curiosité.

— Tu sais ce que c'est ?

— Ce garçon dit que…

— Ce n'est pas à toi que je pose la question, centurion… Eh bien ?

— Je crois qu'il s'agit d'une lettre personnelle de l'empereur Claude, commandant, répondit Cato.

L'accent sur le mot « personnel » n'échappa pas au tribun, qui fixa sur le jeune homme un regard glacial.

— Si elle si « personnelle », pourquoi l'empereur a-t-il jugé opportun de te la confier ?

— Je l'ignore, commandant.

— Exactement. Alors, je pense que tu peux me la laisser. Elle est entre de bonnes mains. Je me chargerai de la remettre au légat. Maintenant, rompez.

Macro fit immédiatement mine de repartir vers la porte, mais la recrue hésita.

— Excuse-moi, commandant. Mais… le rouleau ?

Sidéré, Vitellius fixa son regard sur Cato, tandis que Macro l'attrapait par le bras.

— Allez, viens. Tu vois bien que le tribun est très occupé.

— Quelle impudence…, dit Vitellius à voix basse, ses sourcils se rapprochant, alors que des reflets du brasero dansaient dans ses yeux sombres.

Pendant un moment, Macro assista à l'échange d'expressions entre les deux hommes ; l'officier, contenant à grand-peine sa colère, et la jeune recrue, effrayée, mais rebelle. Puis le regard du tribun se reporta soudain sur le centurion, et il se força à sourire.

—Fort bien. À remettre en mains propres, donc.

Vitellius se leva, le rouleau à la main.

—Suivez-moi.

Il les précéda dans un passage qui menait à une anti-chambre où travaillait le secrétaire particulier du légat. Son bureau était installé à côté d'une large porte parsemée de clous. Il dressa la tête à leur approche et, apercevant Vitellius, se leva d'un air las.

—Puis-je voir le légat ? demanda Vitellius d'un ton brusque.

—C'est urgent ?

—Courrier impérial.

Vitellius brandit la lettre de manière que le sceau soit visible. Le secrétaire frappa immédiatement à la porte du légat, entra sans y avoir été invité et referma derrière lui. Après un moment de silence, il réapparut et fit entrer Vitellius, retenant les deux autres visiteurs d'un geste de la main. Depuis l'intérieur, Macro pouvait clairement entendre une voix, à laquelle Vitellius répondait ponctuellement par monosyllabes. L'échange fut heureusement aussi bref que houleux, mais le tribun ne manqua pas de gratifier le centurion d'un regard froid et hostile à sa sortie, alors qu'il repartait vers les locaux de l'administration.

—Il va vous recevoir à présent, dit le secrétaire, avec un signe du doigt dans leur direction.

Macro maudit Bestia en silence. Cette fichue lettre allait le mettre dans un sacré pétrin. Pour avoir servi de guide à ce gamin jusqu'au quartier général, Macro était sur le point de connaître la colère que le légat réservait à ceux qui venaient lui faire perdre un peu de son temps si précieux. Si Vitellius, un tribun, avait eu droit à une réprimande, les dieux seuls savaient ce que le légat dirait à un humble centurion. Et tout ça était la faute de ce garçon. Macro lui transmit instinctivement le regard dont l'avait gratifié Vitellius, puis avala nerveusement sa salive et passa devant le secrétaire qui affichait une expression pleine de suffisance. À cet instant, il aurait préféré affronter seul dix guerriers gaulois assoiffés de sang.

Curieusement, le bureau du légat n'était pas très spacieux. Tout au bout trônait une table au plateau en marbre noir derrière laquelle était assis Titus Flavius Sabinus Vespasien – levant la tête, la mine renfrognée, la lettre ouverte devant lui.

— Dis-moi, centurion, qu'est-ce que tu fais là ? Tu es censé être de faction.

— J'obéis aux ordres, commandant. On m'a demandé d'escorter cette recrue jusqu'au quartier général et de m'assurer que cette lettre te soit remise.

— Qui t'a donné cet ordre ?

— Lucius Batiacus Bestia, commandant. Il me remplace jusqu'à mon retour.

— Vraiment ?

Un froncement de sourcils plissa le large front de Vespasien. Puis son attention se reporta sur le jeune homme qui se tenait derrière Macro, légèrement décalé, dans l'espoir que l'immobilité lui confère l'invisibilité. Les yeux du légat le toisèrent rapidement.

— Tu es Quintus Licinius Cato ?

— Oui, commandant.

— Du palais ?

— Oui, commandant.

—C'est pour le moins inhabituel, fit Vespasien d'un ton songeur. Le palais ne fournit que peu de recrues aux légions, à l'exception de ma femme – même si elle éprouve des difficultés à s'adapter aux conditions sordides des appartements privés d'un légat. Tu risques d'être un peu choqué par nos manières, mais il faudra t'y faire : te voilà un soldat.

—Oui, commandant.

—Ceci, reprit Vespasien en agitant le rouleau, est une lettre d'introduction. Normalement, c'est mon secrétaire qui gère ce genre de problèmes insignifiants ; j'ai mieux à faire – commander une légion, par exemple. Alors, imagine mon irritation, quand le tribun est obligé de perdre son temps – et le mien par la même occasion – pour une broutille.

Vespasien marqua une pause et son regard furieux donna envie à ses deux visiteurs de rentrer sous terre. Puis il poursuivit, d'un ton moins sévère :

—Néanmoins, s'agissant, comme vous le savez sans doute, d'une lettre de Claude, je dois m'incliner devant son pouvoir et le laisser seul juge de ce qu'il estime digne de l'attention d'un de ses légats. Il m'écrit que, en reconnaissance de services rendus à Rome par feu ton père, il a fait de toi un homme libre et souhaite que je te confie un poste de centurion dans ma légion.

—Oh, réagit Cato.

Pris au dépourvu, Macro en bafouilla momentanément de rage, avant de se maîtriser et de plaquer les poings contre ses cuisses.

—Un problème, centurion ? demanda Vespasien.

— Non, commandant, répondit Macro, sans desserrer les dents.

— Revenons-en à toi, Cato, continua posément le légat. Il m'est absolument impossible de te nommer centurion, quelle que soit la volonté de l'empereur. Quel âge as-tu ?

— Seize ans, commandant. Dix-sept le mois prochain.

— Seize ans… À peine assez âgé pour être un homme. Et certainement trop jeune pour être un meneur d'hommes.

— Excusez-moi, commandant, mais Alexandre n'avait que seize ans quand il a pris la tête de sa première armée.

Surpris, Vespasien haussa les sourcils.

— Tu te compares à Alexandre ? Que connais-tu des affaires militaires ?

— Je les ai étudiées, commandant. Je me suis familiarisé avec les œuvres de Xénophon, Hérodote, Tite-Live et, bien sûr, Jules César.

— Et tu penses que cela fait de toi un expert de l'armée romaine *moderne* ? ironisa Vespasien, séduit par l'orgueil démesuré du jeune homme. Eh bien, j'avoue que j'aimerais parfois que nos recrues soient plus versées dans les arts de la guerre. Une troupe qui avancerait en écoutant sa cervelle plutôt que son estomac, voilà qui nous changerait. Qu'en dis-tu, centurion ?

— Oui, commandant, répondit Macro. On aurait tous mal au crâne au lieu d'avoir mal au ventre.

Vespasien le regarda d'un air surpris.

— On est d'humeur à plaisanter, centurion ? Je désapprouve l'humour chez mes officiers subalternes. On est dans l'armée ici, pas dans une quelconque comédie de Plaute.

— Oui, commandant. Qui ça, commandant ?

— Un dramaturge, lui expliqua patiemment Cato. Plaute a adapté des pièces du théâtre grec…

— Ça suffit, mon garçon, le coupa Vespasien. Garde ça pour les salons littéraires, au cas où tu retournerais un jour à Rome. En ce qui te concerne, ma décision est prise : tu ne seras pas centurion.

— Mais, commandant…

Vespasien leva la main pour le réduire au silence, puis pointa Macro du doigt.

— Tu vois cet homme ? Voilà ce que j'appelle un centurion. L'homme qui t'a escorté depuis Aventicum est aussi un centurion. Comment crois-tu qu'ils sont parvenus à ce grade ?

Cato haussa les épaules.

— Je n'en ai aucune idée, commandant.

— Aucune idée ? Alors, écoute-moi bien. Macro, lui, a été légionnaire pendant de nombreuses années – combien, centurion ?

— Quatorze ans, commandant.

— Quatorze ans. Et pendant cette période il a traversé la moitié du monde connu. Il a combattu dans Jupiter sait combien de batailles et d'affrontements mineurs. On l'a formé au maniement de toutes les armes. Il est capable de marcher trente kilomètres par jour avec son armure sur le dos et en portant tout son paquetage. Il a appris à nager, à construire des routes, des ponts et des forts. Et ce ne sont là que quelques-unes de ses qualités. Cet homme a ramené sa patrouille en lieu sûr quand les Germains les ont coincés sur l'autre rive du Rhin. Et c'est seulement à partir de ce moment-là qu'on a envisagé de le promouvoir au grade de centurion. Alors je te pose la question : parmi toutes les choses que je viens d'énumérer, de quoi es-tu capable aujourd'hui ?

Cato réfléchit.

— Je sais nager, commandant – un peu.

— As-tu considéré une carrière dans la marine ? demanda Vespasien d'un ton plein d'espoir.

— Non. J'ai le mal de mer.

— Ça se présente mal. Je crains que le fait de savoir nager ne suffise pas pour que je te confie un commandement, mais comme nous allons avoir besoin de tous les hommes que nous parviendrons à former dans l'année à venir, je t'autorise à rejoindre les rangs de la deuxième légion. Maintenant, sois gentil et va attendre dehors.

— Bien, commandant.

Après que la porte se fut refermée derrière Cato, Vespasien secoua la tête.

— Où va le monde ? Qu'en dis-tu, centurion : tu penses pouvoir faire de lui un soldat ?

— Non, commandant, répondit immédiatement Macro. L'armée est un endroit beaucoup trop dangereux pour les critiques de théâtre.

— Rome aussi, soupira Vespasien, se rappelant le sort réservé à ceux qui avaient imprudemment émis une opinion concernant la production littéraire du défunt Caligula.

Non pas que la situation se soit grandement améliorée avec son successeur, Claude. Le nouveau secrétaire personnel de l'empereur, Narcisse – un affranchi –, avait des espions partout, chargés d'établir des rapports sur la loyauté du moindre Romain susceptible de constituer une menace pour le régime. L'atmosphère dans la capitale était toxique depuis l'échec de la tentative de coup d'État de Scribonien.

Vespasien avait récemment été informé que plusieurs des amis de sa femme figuraient au nombre des conspirateurs déjà arrêtés. Flavie elle-même ne l'avait rejoint qu'il y a peu, visiblement inquiète et apeurée. Une fois de plus, Vespasien regretta que son épouse ne fasse pas preuve de plus de circonspection dans le choix de ses fréquentations. Mais c'était prévisible, se dit-il, quand on épousait une femme élevée dans l'atmosphère hautement politique de la maison impériale. Comme le garçon qui patientait dans l'antichambre. Vespasien leva les yeux de son bureau.

— Bien, centurion, nous verrons ce que nous pourrons faire pour le jeune Cato. Est-ce que ta centurie est au complet ? N'as-tu pas récemment perdu ton optio ?

— Oui, commandant. Il est mort ce matin.

— Parfait, voilà qui simplifie les choses. Je viens de te trouver un remplaçant.

— Mais, commandant !

— Je ne veux rien savoir. C'est un ordre. Il ne saurait être question de faire de lui un centurion, mais je ne peux pas non plus aller trop loin contre la volonté de l'empereur. Alors, nous sommes coincés. Tu peux sortir.

— Oui, commandant.

Macro salua, tourna les talons et quitta le bureau d'un pas vif, jurant à voix basse. Attribuer le poste d'optio était traditionnellement un privilège qui revenait au centurion et pouvait se révéler très lucratif. D'une manière ou d'une autre, il lui appartiendrait de s'assurer que ce garçon ne fasse pas long feu. Il n'aurait peut-être même pas à forcer la chose. Après tout, une mauviette comme lui saisirait sans doute la première occasion pour être renvoyée à la vie civile.

Cato l'attendait. Son petit sourire donna envie à Macro de le frapper.

— Alors, qu'est-ce qui va m'arriver, centurion ?

— Tais-toi, tu veux ? Et suis-moi.

— Bien, centurion.

— Les gars, j'aimerais vous présenter le nouvel optio.

Dans le mess assombri, les visages se levèrent vers Macro, apparaissant dans le halo orange pâle des quelques lampes qu'ils pouvaient se permettre de faire brûler. Une fois que leur regard se fut porté de leur commandant sur l'échalas à côté de lui, la plupart ne cachèrent pas leur étonnement.

— Tu as bien dit… nouvel optio, centurion ? demanda l'un d'eux.

— C'est exact, Pyrax.

— Est-ce qu'il n'est pas… eh bien… un peu jeune ?

— Apparemment pas, répondit Macro avec amertume. L'empereur a modifié la procédure de sélection des officiers subalternes. À l'avenir, les candidats devront être grands et maigres et posséder une bonne connaissance de l'histoire grecque et latine. Et ceux qui auront lu quelques œuvres littéraires bénéficieront même d'un traitement de faveur.

Les hommes le regardèrent d'un air absent, mais Macro était trop contrarié pour leur offrir aucune autre forme d'explication.

— Bref, le voilà. Pyrax, conduis-le à mon secrétaire. Qu'il ajoute son nom à l'effectif et lui fournisse un sceau. Il sera affecté à ta section.

— Mais, centurion… Je croyais que l'enregistrement d'une recrue était du seul ressort des officiers.

— Écoute, je suis trop occupé pour le moment, bafouilla Macro. Et de toute façon, je t'ai donné un ordre. Je te confie cette responsabilité. Alors, ne traîne pas.

Il quitta le mess en trombe et regagna ses quartiers. Piso l'attendait à son bureau avec quelques papiers.

— Centurion, si tu pouvais juste signer…

— Pas maintenant, le coupa Macro avec un geste de la main.

Puis il attrapa une cape sèche et se dirigea vers la sortie.

— Je suis toujours de faction, ajouta-t-il.

Alors que la porte claquait derrière lui, Piso haussa les épaules et retourna à son travail.

Un peu plus tard, Cato était assis droit comme un piquet sur le lit du haut d'une chambrée. À cause de sa taille, sa tête effleurait la couche de paille répartie sous les tuiles du toit. Il tressaillit, s'inquiétant soudain de la présence de rats, et tordit nerveusement entre ses doigts le petit lingot en plomb qui pendait à la lanière nouée autour de son cou. Y figuraient son nom, celui de sa légion et le sceau impérial. Il le garderait jusqu'à son retour à la vie civile – ou à sa mort au combat. Dans ce dernier cas, il permettrait d'identifier son corps. Le menton sur les genoux, Cato se demanda comment il allait se sortir de ce pétrin. La chambrée, qui accueillait huit hommes logés à l'étroit, n'avait rien à envier aux écuries réservées aux chevaux de labour du palais.

Et quels hommes !

Des animaux. Lorsque Pyrax avait fait les présentations au mess, Cato avait eu beaucoup de mal à contenir le dégoût que lui inspiraient ces légionnaires. Ils puaient, pétaient, rotaient et sentaient l'alcool. Pour leur part, ils avaient semblé ne pas savoir exactement quelle attitude adopter à son égard. Leur ressentiment ne faisait aucun doute. Apparemment, optio était un grade envié. En théorie, il était leur supérieur, mais il n'avait pas eu l'impression qu'ils entendaient le traiter comme tel.

Leur conversation se réduisait à une comparaison de leurs tableaux de chasse, qu'il s'agisse de conquêtes féminines ou de barbares tués ; c'était à qui crachait le plus loin, pétait le plus fort – ce genre de choses. Un environnement qui stimulait peut-être les sens, mais semblait n'avoir que peu à offrir pour l'esprit. Au bout d'un moment dont la durée lui paraissait conforme à la courtoisie, Cato avait demandé à Pyrax de bien vouloir le conduire à sa chambre, s'attirant tous les regards dans la pièce ; certains, bouche bée, avaient les yeux écarquillés. Cato sentit qu'il avait dû commettre une gaffe et décida d'apaiser les tensions en allant se coucher tôt.

CHAPITRE 3

L e lendemain, en fin d'après-midi, alors que le crépuscule encerclait le fort et que l'air hivernal se faisait pénétrant, un Cato épuisé se traîna jusque dans son baraquement. Malgré le silence qui régnait dans la chambrée, il s'aperçut en fermant la porte qu'il n'était pas seul. Cette intrusion dans un moment d'intimité qu'il avait attendu avec impatience provoqua en lui un pincement d'irritation. Pyrax, assis sur son lit, raccommodait une tunique de rechange à la lumière déclinante d'un volet ouvert. Il suivit Cato du regard, qui traversa la pièce pour aller grimper sur son lit, tout habillé.

— Dure journée, le bleu ?

— Oui, grogna Cato, peu désireux d'engager une quelconque conversation.

— Ça ne fera qu'empirer.

— Oh.

— Tu penses pouvoir tenir le choc ?

— Oui, répondit Cato d'une voix ferme. J'y arriverai.

Pyrax secoua la tête.

— Ça m'étonnerait. Tu es trop mou. Je te donne un mois.

— Un mois ? répéta Cato avec colère.

— Ouais. Si tu as quelque chose dans le crâne… Plus, si tu es un imbécile.

— Qu'est-ce que tu racontes ?

— L'armée n'est pas un endroit pour toi, tu n'es pas taillé pour ça – tu n'es encore qu'un gamin.

— J'ai presque dix-sept ans. Je peux être un soldat.

— C'est jeune pour un légionnaire. Et tu n'es pas en forme. Bestia te brisera en un rien de temps.

— Je ne lui ferai pas ce plaisir, je te le garantis, répliqua Cato, avec une attitude de défi digne d'un adolescent – et pour le moins imprudente. Plutôt mourir.

— S'il faut en arriver là…, fit Pyrax en haussant les épaules. Je mentirais en disant que beaucoup de monde te regrettera.

— Qu'est-ce que tu veux dire ?

— Rien, laisse tomber…

Et il reprit son ouvrage sous le regard furieux de Cato, totalement inconscient de la honte qu'il venait de susciter chez la jeune recrue. Pyrax préféra se concentrer sur ses points, s'assurant de leur alignement le long de la couture. Cato l'observa sans manifester d'intérêt ; il avait vu les esclaves du palais réparer des vêtements toute sa vie. Coudre, filer, tisser : autant de tâches qu'il pensait réservées aux femmes. Qu'un homme sache manier l'aiguille avec adresse avait quelque chose d'étrange.

Cato se doutait que sa promotion au grade d'optio lui valait de nombreuses inimitiés. Il semblait déjà être devenu la bête noire de Bestia, le centurion instructeur. Pire, certaines recrues lui étaient ouvertement hostiles, en particulier un groupe issu d'une prison de Pérouse. Elles avaient fait tout le trajet enchaînées. Leur chef autoproclamé était un type bien bâti, mais d'une laideur si repoussante qu'il ne pouvait que s'appeler Pulcher – le beau. Un jour où

Cato marchait directement derrière lui, Pulcher lui avait demandé une gorgée de vin. C'était peu de chose, mais le ton employé, lourd de menaces, avait convaincu Cato de s'exécuter immédiatement. Pulcher avait bu à longs traits, mais quand Cato avait souhaité récupérer sa gourde, il l'avait fait circuler parmi ses amis.

— Tu la veux ? lui avait lancé Pulcher avec une moue dédaigneuse. Alors, viens la chercher.

— Rends-la-moi.

— Tu vas m'y obliger, peut-être ?

Cato grimaça au souvenir de ce moment humiliant – il ne s'était pas comporté en soldat. Un légionnaire digne de ce nom aurait frappé le provocateur et repris son bien. Mais sa raison avait un argument de poids à lui opposer : pour affronter Pulcher, avec ses mains aussi larges que des pelles et ses membres vigoureux, il aurait fallu être bâti comme un mur. Paraissant lire ses pensées, Pulcher avait grondé ; Cato, n'écoutant que son instinct, avait reculé, déclenchant l'hilarité autour de lui. Sa honte ne l'avait pas quitté depuis, bien qu'il sache pertinemment que battre en retraite face à une force supérieure était parfaitement logique, intellectuellement irréprochable en fait. Un soldat bienveillant qui appartenait à l'escorte avait récupéré la gourde et l'avait lancée à Cato en riant. Pulcher avait craché dans la direction de la recrue avant que le légionnaire ne le fasse rentrer dans le rang d'un coup du bout de sa lance.

— On se retrouvera au camp, grogna Pulcher. Dès que je me serai débarrassé de ça, ajouta-t-il en soulevant ses chaînes.

Depuis leur arrivée au fort, l'armée avait trouvé de quoi les occuper et Cato espérait que Pulcher l'avait oublié. De son côté, il avait fait son possible pour se tenir à l'écart de cet homme, allant jusqu'à éviter de croiser son regard, pour tenter de devenir invisible. Comme à son habitude, à la fin de la journée d'entraînement, il était rentré dans ses quartiers au lieu de rester avec les recrues. Il devait absolument se faire des amis – et vite. Mais comment ? Et qui ? Les autres avaient sympathisé et formé de petits groupes au cours du trajet depuis Aventicum – pendant ce temps, lui lisait ce foutu Virgile, se rappela-t-il avec colère. Que n'aurait-il donné pour refaire le voyage, riche de ce qu'il avait appris entre-temps.

Il était seul, et bien loin de ses amis restés à Rome. L'espace d'un instant, il se laissa envahir par la tristesse et ses yeux s'embuèrent. Il se tourna vers le mur et enfouit son visage dans le tissu rêche du traversin bourré de paille. Un frisson lui traversa la poitrine, et il sentit monter en lui une colère dont il était lui-même la cible, à cause de son incapacité à agir en homme, de sa tendance à céder à la tentation des larmes au moindre prétexte. Dans sa vie d'avant, rien ne l'avait préparé à tout ça. Tous ses tuteurs grecs pleins de suffisance et leur admiration béate pour les plus belles formes de rhétorique et de poésie – à quoi lui servaient-elles à présent ? Comment la poésie allait-elle le protéger de cet animal, le centurion Bestia ? Il aurait échangé toute son érudition pour un seul ami.

Pyrax marqua un temps d'arrêt et leva les yeux, son aiguille immobilisée au-dessus de la tunique. Il avait entendu le bleu se retourner sur son lit et reconnu le son de sanglots étouffés. Il secoua la tête avec tristesse. La plupart des recrues étaient assez âgées et robustes pour s'en sortir. Mais d'autres n'avaient réellement pas leur place dans l'armée. Cette expérience pouvait autant leur former le caractère, que les détruire.

Le garçon continuait à pleurer dans son traversin.

— Hé! lui lança rudement Pyrax. Te gêne surtout pas, hein! J'essaie de me concentrer, là.

Cato remua.

— Désolé. J'ai dû attraper un rhume.

— C'est ça, acquiesça Pyrax. Bien sûr. Pas étonnant avec ce temps pourri.

Cato essuya ses larmes sur le coin de tissu rêche de la couverture militaire, faisant mine de se moucher.

— Voilà.

— Ça va mieux?

— Oui, merci, répondit Cato, content qu'on s'intéresse à lui.

Puis il s'inquiéta immédiatement de perdre cette occasion de parler seul à seul avec Pyrax si quelqu'un les interrompait.

— Où sont les autres?

— Au mess. Ils jouent aux dés. Je les rejoins dès que j'ai terminé. Viens avec moi, tu feras connaissance…

— Non merci. J'ai besoin de sommeil.

— Comme tu voudras.

Soudain, Cato se retourna et se dressa sur son lit.

— Dis-moi, ce centurion Bestia, il est aussi peau de vache qu'il en a l'air?

— Pourquoi tu crois qu'on l'appelle Bestia? Mais ne le prends pas trop à cœur, il traite toutes les recrues de la même façon.

— Peut-être, répondit Cato d'un ton sceptique, mais il semble tout de même m'avoir pris en grippe.

— Qu'est-ce que tu espérais ? dit Pyrax, alors qu'il faisait un nœud et coupait le fil en trop avec les dents. Tu n'as passé qu'une nuit au camp et te voilà promu à un grade que la plupart d'entre nous attendent pendant des années.

Cato le regarda attentivement avant de parler.

— Et toi, tu m'en veux ?

— Bien sûr. Tu n'as pas fait tes preuves. Tu n'es qu'un bleu. (Il haussa les épaules.) Ce n'est pas juste.

Un peu honteux, Cato rougit, heureux que la faible lumière cache en partie son expression.

— Je n'ai rien demandé.

— C'est n'importe quoi. Les affectations directes à des postes d'officier sont réservées à des hommes qui justifient d'une certaine expérience dans l'armée. Mais toi ? Je donnerais cher pour connaître la raison.

— C'est une manière de récompenser mon père.

— Ha ! Elle est bien bonne !

Il faisait sombre dehors à présent. Pyrax rangea sa tunique et son nécessaire de couture.

— Un conseil, lança encore le légionnaire à Cato avant de sortir : ne t'endors pas en tenue. Elle devra être propre demain matin. Bestia ne supporte pas les soldats négligés. S'il t'a réellement pris en grippe, inutile de lui fournir un prétexte pour qu'il t'en fasse voir de toutes les couleurs, hein ?

— Merci.

— Bonne nuit, le bleu.

— Mon nom est…

Mais la porte se refermait déjà sur Pyrax et la protestation de Cato se perdit dans la pièce assombrie. Il resta sans bouger un moment et faillit s'assoupir, mais l'avertissement de Pyrax le réveilla en sursaut. Il s'assit sur son lit, cherchant à tâtons les boucles de son gilet en cuir. Les instructeurs avaient fait lever les recrues aux premières heures du jour; il lui semblait être debout depuis une éternité. Il faisait toujours sombre quand on les avait tirés du lit, lui et ses camarades, pour les réunir dans la rue, encore à moitié endormis et tremblants de froid sous la bruine. Les minces volutes grises de leur respiration s'étaient élevées dans l'air, alors qu'on les menait aux dépôts de l'intendance pour les dépouiller des derniers vestiges de la vie civile et les remplacer par un uniforme de légionnaire.

— Excuse-moi? avait lancé Cato. Excuse-moi.

Le magasinier le regarda par-dessus son épaule.

— Quoi?

— Cette tunique. Elle semble un peu grande pour moi.

Le magasinier rit.

— Non, mon gars. C'est la bonne taille. C'est toi qui n'es pas de la bonne taille. Tu es dans l'armée maintenant. C'est taille unique.

— Mais, enfin! C'est ridicule!

Cato tint sa tunique devant lui : beaucoup trop large pour quelqu'un de si maigre, elle lui arrivait également bien au-dessus des genoux.

— Je vais me geler les jambes. Tu n'as rien d'autre?

— Non. Tu finiras par t'y faire.

— Hein? répondit Cato incrédule. J'ai la silhouette que j'ai. Je ne vais pas brusquement rapetisser ou épaissir. Non, j'ai besoin de quelque chose à ma taille.

— Et moi, c'est tout ce que j'ai. Tu vas devoir t'en accommoder.

Leurs éclats de voix finirent par attirer l'attention des recrues et du personnel. Dans un petit bureau derrière le comptoir, une chaise racla contre le sol dallé; un homme solidement charpenté surgit, visiblement en colère.

— Qu'est-ce que c'est que ce raffut?

— C'est toi qui diriges ce dépôt? demanda Cato, content d'avoir affaire à un responsable.

Le service était aussi déplorable que dans certaines boutiques à Rome. Ces temps-ci, tout le monde employait de la main-d'œuvre bon marché qui se souciait de la marchandise comme d'une guigne. Il avait déjà eu à se plaindre dans des circonstances similaires, quand il faisait des achats pour le palais. Il connaissait la bonne approche.

— Je tentais d'expliquer à ton magasinier…

— Qui es-tu, d'abord? cria l'intendant.

— Quintus Licinius Cato, optio de la sixième centurie, quatrième cohorte.

L'autre fronça les sourcils, avant d'éclater de rire.

— Bien sûr! J'ai entendu parler de toi! Alors, dis-moi, «optio», quel est le problème?

— C'est peu de chose, vraiment. J'ai simplement besoin d'un vêtement à ma taille.

— Tu permets?

L'intendant tendit la main, et Cato lui remit volontiers la tunique. Il l'examina, ostensiblement, sous toutes les coutures; enfin, il la leva à la lumière qui entrait à flots par les volets ouverts.

— Je ne vois pas le problème, conclut-il. C'est notre tunique réglementaire.

— Mais…

—La ferme! le coupa l'intendant en jetant la tunique sur le comptoir. Prends ce qu'on te donne ; tu m'as déjà fait perdre bien assez de temps comme ça.

—Mais…

—Et pas de ce ton-là avec moi, espèce de morveux. Les parvenus comme toi, ça me débecte !

Horrifié, Cato ouvrit la bouche pour protester, mais il se ravisa au dernier moment.

—Entendu.

—Bien. Maintenant, va chercher le reste de ton équipement.

Alors qu'il regagnait son bureau, l'intendant remarqua que tout le monde s'était arrêté pour profiter du spectacle.

—Qu'est-ce que vous regardez, vous autres ?

L'activité reprit immédiatement, les recrues prenant livraison de leur barda. Haussant les épaules, Cato plia sa tunique et attendit au comptoir que le magasinier réunisse les vêtements et le matériel sur la surface en bois usée. En plus de la tunique, il y avait un pagne en laine, un gilet en cuir jaune, une épaisse cape rouge imperméabilisée avec de la graisse animale, des sandales aux semelles cloutées et une gamelle. Son interlocuteur poussa une ardoise vers lui.

—Signe là ou fais une croix.

—Qu'est-ce que c'est ?

—Le reçu pour tes vêtements civils.

—Quoi ?

—Tu n'es pas autorisé à les garder. Tu me les remettras dès que tu auras passé ton uniforme. Ils seront vendus sur le marché du coin – le produit de la vente te reviendra.

—Il n'en est pas question ! dit Cato d'un ton ferme.

Le magasinier tourna la tête vers le bureau, prêt à appeler son chef à la rescousse.

— Attends! l'arrêta Cato. Je vais signer. Mais faut-il absolument les vendre? J'aimerais au moins conserver mes bottes et ma cape.

— Les recrues portent l'uniforme, pas n'importe quelles frusques. De toute façon, où est-ce qu'on entreposerait tant d'habits? Mais je te promets d'en tirer un bon prix.

Pour une raison quelconque, Cato doutait que cette vente lui rapporte beaucoup.

— Comment puis-je être sûr que je toucherai l'intégralité de cette somme?

— Tu m'accuses d'être malhonnête? feignit de s'indigner le magasinier.

Lentement, Cato se déshabilla complètement pour enfiler la tunique réglementaire – qui ne lui allait pas, comme il le craignait. En fait, elle lui rappelait les modèles trop courts des prostituées romaines. Le pagne était inconfortable et il dut bien le serrer au-dessus de ses hanches maigres pour éviter qu'il ne tombe. Par ailleurs, il le démangeait terriblement. Presque aussi inconfortables, les lourdes sandales militaires en cuir grossier qui se laçaient avec de solides lanières. Les clous qui dépassaient des semelles cliquetaient sur le sol en pierre, et certaines recrues ne trouvèrent pas mieux pour s'amuser que de produire des étincelles sur le dallage. Il fallut l'intervention de l'intendant pour y mettre un terme. Une fois ses sandales solidement en place, Cato enfila son épais gilet par la tête et attacha les boucles de chaque côté, tâche rendue d'autant plus difficile par la rigidité du cuir neuf. Il avait du mal à se pencher en avant et ne parvenait à atteindre ses lacets qu'au prix d'un gros effort. Une pièce de lin blanc était cousue sur l'épaule droite de son gilet – après vérification, il était le seul dans ce cas.

Alors qu'une ombre apparaissait à la porte principale du dépôt, Cato leva la tête et vit le centurion Bestia. Celui-ci s'immobilisa dans l'entrée en tapotant ses jambières argentées du bout de sa canne. Embrassant du regard les recrues, il secoua la tête d'un air affligé.

— Restez tranquilles ! cria-t-il, et le silence tomba instantanément.

Alors qu'il arpentait lentement le dépôt sur sa longueur, les jeunes soldats reculèrent nerveusement contre le mur.

— Ah ! grogna-t-il d'un ton moqueur. Je n'ai jamais vu un tel ramassis de mauviettes. Allez, tout le monde dehors !

La bruine s'était dissipée avec l'aube et le soleil brillait à travers une brume légère. L'air était juste assez froid pour donner une sensation de fraîcheur sur la peau ; partout dans le fort, on s'activait. L'entraînement des bleus était une tâche que Bestia affectionnait tout particulièrement. Comme n'importe quel instructeur, il s'était constitué une réserve d'invectives pour toutes les occasions et se glissait aisément dans son rôle avec un subtil mélange d'intolérance absolue et de touches de sollicitude envers les hommes dont on lui avait confié la responsabilité. Avec le temps, ils en viendraient – presque tous – à le considérer comme une figure paternelle.

Alors que ses yeux parcouraient les rangs, Bestia repéra Cato qui dépassait de près d'une demi-tête tous ses camarades – sa taille ressortait d'autant plus qu'il était placé directement à gauche de Pulcher.

— Toi ! Oui, toi, monsieur J'ai-une-foutue-lettre-de-mon-ami-l'empereur ! beugla Bestia en avançant à grands pas vers Cato.

Il enfonça brutalement le bout de son bâton de vigne dans la pièce de tissu blanc cousue à son épaule.

— Qu'est-ce que c'est que ça, hein ?

Cato tressaillit.

— Je ne sais pas, centurion.

— Tu ne sais pas ! Tu es dans l'armée depuis déjà presque une demi-journée et tu n'es toujours pas fichu de reconnaître les insignes de grades ?

Se tenant bien en face de Cato, à peine à un empan de distance, il lui lança un regard furieux.

— Quel genre de soldat ça fait de toi, hein, tu peux me le dire ?

— Je ne sais pas centurion, je…

— Ne baisse pas les yeux sur moi ! hurla Bestia en postillonnant. Regarde droit devant ! Tout le temps. Tu m'as compris ?

Cato se hâta de relever les yeux et se raidit.

— Oui, centurion.

— Maintenant, explique-moi ce que tu fabriques avec un insigne d'optio ?

— C'est ce que je suis, centurion.

— Foutaises ! cria Bestia. On ne distribue pas les promotions aux mauviettes du jour au lendemain.

— Il se trouve que j'ai été nommé optio la nuit dernière, se justifia Cato.

— Alors, optio aujourd'hui, centurion demain, tribun le jour d'après… À ce rythme tu seras empereur à la fin de la semaine ! Tu me prends pour un imbécile, mon garçon ?

— Euh, centurion…, intervint à voix basse l'un des instructeurs derrière Bestia. C'est la vérité : il a été promu optio.

— Quoi ? fit Bestia en désignant Cato du pouce. Lui ?

— Ordre du légat, centurion. Ç'a été inscrit au tableau des effectifs, ajouta l'instructeur qui, tendant une tablette de cire, pointa du doigt le nom de Cato.

— Quintus Licinius Cato, optio, lut Bestia à voix haute en lançant à Cato un regard mauvais. Alors, c'était ça, cette fameuse lettre ! On a des amis haut placés, hein ? Eh bien, ça ne te sera pas d'un grand secours avec moi. Tout optio que tu es, pendant tes classes, tu seras traité exactement comme les autres. Compris ?

— Oui, centurion.

— En fait, chuchota Bestia en se penchant plus près, je te traiterai pire que les autres. Tu as eu ta promotion – maintenant, tu vas devoir la mériter.

Puis il fit volte-face et s'éloigna à grandes enjambées. Arrivé à dix pas, il s'adressa aux recrues :

— Première leçon, les filles. Le garde-à-vous. Vos instructeurs vous ont placés sur quatre rangs, à exactement un pas de votre voisin, et en laissant un espace de deux pas entre deux rangs. Mémorisez votre position. À l'avenir, quand je vous demanderai de former les rangs, vous prendrez – immédiatement – la position que vous occupez. Au garde-à-vous, la posture correcte est la suivante.

Bestia laissa tomber sa canne et se raidit, poitrine bombée, épaules en arrière, tête dressée, les bras tendus le long du corps, paumes à plat contre les cuisses. Il resta ainsi un moment.

— Tout le monde a bien vu ? Très bien, montrez-moi.

Gauchement, les recrues firent de leur mieux pour adopter la pose, tandis que les instructeurs passaient dans les rangs, procédant aux nécessaires ajustements. Une fois qu'ils s'estimèrent satisfaits, Bestia reprit :

— Point suivant. Une fois au garde-à-vous, vous devez constamment garder les yeux fixés devant vous – en toutes circonstances. Sans exception, les filles. Si Vénus elle-même s'amène accompagnée de mille vierges nues et que je voie l'un d'entre vous lui accorder ne serait-ce qu'un regard en coin, je lui flanque personnellement une raclée. Compris ? J'AI DIT : COMPRIS ?

Les recrues tressaillirent ; une vague de « oui » nerveux s'éleva progressivement des rangs.

— Plus fort ! Que je vous entende cette fois !

— OUI, CENTURION ! hurlèrent-ils en chœur.

— C'est mieux…, sourit Bestia. Considérez-vous comme les parties d'un même corps. À partir de maintenant, vous ne faites plus qu'un, que ce soit pour bouger, parler ou penser… Bien. L'armurier vous attend. Quand je vous dirai : « En avant… marche ! », vous partirez du pied gauche et vous me suivrez en restant en formation. Je marquerai la cadence à voix haute – ce ne sera pas trop rapide. À mon commandement. En avant… marche ! Gauche. Droite. Gauche. Droite… Gauche… Gauche… Gauche.

Menée par le centurion et flanquée par les instructeurs, la colonne se mit à avancer plus ou moins régulièrement. Cato s'efforça de suivre le rythme, mais Pulcher, qui le précédait, avait un pas plutôt court. Il devait donc réduire ses propres enjambées s'il voulait éviter une collision malheureuse. Croire qu'un jour deux hommes aux proportions si différentes seraient capables de marcher d'un même pas relevait de l'acte de foi. Et comme si les dieux avaient lu dans les pensées de Cato, la sandale de celui-ci érafla la cheville de Pulcher.

— Fais gaffe, connard ! lâcha Pulcher en se retournant avec colère.

— Toi ! On ne parle pas dans les rangs ! cria un des instructeurs. Tu es aux arrêts ! Continue à avancer !

Pulcher jeta un regard mauvais à Cato avant de reprendre la cadence. Un moment plus tard, il siffla par-dessus son épaule :

— Tu me paieras ça.

— Je suis désolé, chuchota Cato.

— Tu ne t'en tireras pas comme ça.

— C'était un accident.

— Rien à foutre.

— Mais…

— Ta gueule, tu m'as déjà attiré assez d'ennuis.

Cato marcha en silence derrière Pulcher en s'assurant que ses pieds respectaient la bonne distance.

Les recrues semblaient troublées, songea Macro avec un sourire, tandis qu'il les observait depuis le bureau de l'armurier. Tous les hommes avaient reçu, contre signature, un casque, une cote de mailles et une dague ; ils se pavanaient dans l'armurerie comme des milliers de bleus avant eux. Le frisson ressenti en portant l'uniforme pour la première fois était éternel et les recrues s'admiraient entre elles. Puis avait commencé la distribution des glaives en bois lesté, des grands boucliers en osier et des javelots d'entraînement. Perplexes, les hommes les tenaient à bout de bras en les regardant d'un air dégoûté.

— C'est chaque fois la même chose, hein ? fit Macro avec un large sourire.

— Ça leur passera, répondit Scaevola. Les gamins d'aujourd'hui sont incorrigibles. Qu'est-ce qui ne va pas chez eux ?

— Ce n'est pas nouveau. Toi aussi, tu as été comme eux.

— Foutaises. (Scaevola cracha par sa bouche édentée.) Mais, dis-moi, jeune Macro, qu'est-ce qui t'amène ? Ta précédente visite remonte à plus d'un an. La dernière fois qu'on a bu un coup, tu n'étais encore qu'un simple légionnaire. Et maintenant, regarde-toi un peu, « centurion » Macro. Tout fout le camp dans la légion, ma parole.

Il dressa la tête et aperçut le pétillement dans les yeux de Macro.

— Si tu es là pour m'asticoter…

— Pas cette fois, sourit le centurion en levant sa coupe. J'ai juste eu envie de partager un peu de vin avec un vétéran en échangeant quelques potins.

— Quelques potins ! répéta Scaevola d'un ton dédaigneux. Je sais pourquoi tu es là.

— Ah oui ?

— Ce ne serait pas en rapport avec ce fichu inventaire que le légat vient de demander, par hasard ?

— Bien sûr que non.

Macro tendit le bras vers la bouteille et resservit Scaevola.

— En quoi ça devrait m'intéresser ?

— Tu serais bien le seul dans la légion à ne pas l'être, répondit Scaevola en buvant une lampée. De toute façon, je ne dirai rien. J'ai des ordres.

— Oui, fit pensivement Macro. Des ordres… Je me demande où on nous envoie. Au soleil, j'espère. J'en ai assez de la Germanie. On se gèle en hiver, on cuit en été, et pas moyen de trouver un vin correct – à un prix raisonnable en tout cas.

La dernière remarque était lourde de sous-entendus. Le vin qu'ils buvaient provenait de la seule amphore de Falerne qui lui restait. Rien à voir avec le breuvage gaulois acide que fourguaient les marchands du coin. Il espérait que Scaevola apprécierait son geste – et que ce breuvage contribuerait à délier la langue du vétéran. Ce n'était pas par simple curiosité – un centurion avait besoin de prévoir. Connaître la prochaine affectation de la légion lui permettrait de se préparer en achetant ce qu'il estimait nécessaire au voyage. En s'y prenant avant l'annonce officielle, il éviterait d'éventuelles pénuries et surtout une flambée des prix. Renversant la tête, Scaevola vida sa coupe que Macro remplit immédiatement.

—Où qu'on aille, j'espère au moins qu'il y aura du bon vin.

—Ça ne risque pas! grogna Scaevola. Tu ferais mieux d'en profiter. Là-bas, ce sera régime sec.

—Hein? Pas d'alcool? s'indigna Macro avec une horreur feinte.

—Pas une goutte.

Scaevola se leva brusquement et cria par-dessus l'épaule de Macro:

—Il n'y a aucun problème avec ce glaive, bon sang! Tiens-le correctement!

Macro se retourna sur son tabouret en cherchant des yeux la cible de la colère de l'armurier. Impossible de la manquer; par sa taille, cette fichue recrue attirait immédiatement le regard. Le jeune homme examinait l'arme en bois en la tenant par la pointe.

— Mais… Ce n'est pas un vrai. C'est du bois.

— Et à quoi tu t'attendais ?

Le centurion Bestia se fraya un passage à travers les nombreuses recrues pour voir de quoi il retournait.

— Quoi ? Encore toi ? hurla-t-il. Qu'est-ce qui ne va pas cette fois ? Ton glaive n'est pas de la bonne taille ?

— Non, centurion. Il est en bois. Ce n'est pas un vrai.

— Bien sûr qu'il est en bois. Tu auras un glaive digne de ce nom quand tu seras un soldat digne de ce nom. Ce jour-là, et pas avant, tu auras le droit de jouer avec un vrai.

Bestia gonfla ses poumons pour s'adresser à l'ensemble des recrues :

— Comme certains d'entre vous ont pu le remarquer, les armes qu'on vous a remises sont factices. Parce que vous ne méritez pas encore d'en manipuler d'autres. On préfère éviter que vous vous blessiez entre vous, les filles – ce qui ne manquerait pas de se produire. Il faut en laisser un peu à l'ennemi. Avant que vous ne soyez capables de tenir un glaive, vous devrez apprendre à le respecter, à l'utiliser correctement. Et ça vaut aussi pour le javelot. Vous trouverez peut-être que vos armes sont lourdes. C'est parce qu'elles pèsent deux fois plus que les modèles réglementaires. Pour l'instant, vous n'êtes que des mauviettes, des tire-au-flanc ; ma mission est de faire de vous des hommes. Le seul moyen d'y parvenir, c'est l'entraînement et l'exercice, et croyez-moi, vous en aurez plus qu'il n'en faut. Alors, habituez-vous au poids. Bon, votre ceinture s'attache avec le glaive qui pend à votre droite, PAS à votre gauche – ça, c'est réservé aux officiers, comme moi. Tenez votre javelot dans la main droite, le bouclier dans la gauche et sortez former quatre rangs… Maintenant !

Les recrues posèrent leurs boucliers et leurs javelots au sol et s'escrimèrent avec les boucles rigides de leurs ceintures avant de ramasser leur équipement et de se hâter hors de l'armurerie.

— Excellent, ce vin, commenta Scaevola. Encore un petit coup ?

Le message était clair. Il n'en restait presque plus, mais Macro s'assura que l'armurier en ait la part du lion, ne gardant que la lie pour lui.

— Où en étions-nous ? demanda Scaevola.

— On parlait de vin. Tu m'as dit que je ne trouverais rien de bon là où ira la légion.

— J'ai dit ça, vraiment ? fit Scaevola en haussant les sourcils.

— Quelque part loin vers l'est, je suppose. Pas grand-chose de fameux à boire dans le coin, juste cette merde qu'ils font avec du lait de chèvre fermenté, j'ai entendu dire. Ou pire, en Judée.

Il observa le visage de Scaevola à l'affût d'un signe qui le trahirait, mais l'armurier se contenta d'avaler une goulée de vin et hocha la tête.

— Peut-être bien la Judée… Ou pas.

Macro poussa un soupir de frustration. Tirer des informations du vieux vétéran était plus difficile que de se choper la chtouille avec une vestale. Il décida de procéder autrement.

— J'espère au moins que tu as passé commande de tuniques légères ?

— Hein ? s'étonna Scaevola en fronçant les sourcils. Pourquoi j'aurais fait ça ?

Macro prit une profonde inspiration, luttant contre son irritation croissante face à la manière suffisante qu'avait son interlocuteur d'éviter le seul sujet qui l'intéressait.

— Écoute, Scaevola. Dis-moi juste ce que tu sais. Juste un mot : le nom de l'endroit. Je me contenterai de la province. Et je te promets que ça restera entre nous. Tu as ma parole.

— C'est ça, sourit Scaevola. Jusqu'à ce qu'une bouteille de bon vin te délie la langue. J'ai mes ordres. Le légat tient à garder le secret aussi longtemps que possible.

— Mais pourquoi ?

— Disons simplement que les hommes risquent de ne pas trop apprécier quand ils le découvriront, répondit Scaevola en vidant sa coupe. Maintenant, je dois me remettre au travail. Vespasien me demande de terminer cet inventaire le plus tôt possible.

— Eh bien, merci, hein, lâcha Macro avec amertume. Vraiment, du fond du cœur.

— De rien ! répliqua Scaevola en levant vers lui un visage épanoui. Repasse me voir quand tu veux.

Macro ne dit rien ; alors qu'il se tournait et se dirigeait vers la porte, Scaevola l'interpella :

— Hé, Macro !

— Oui ?

— Et si tu reviens, n'oublie pas d'apporter de cet excellent vin.

Serrant les dents, Macro quitta bruyamment l'armurerie.

CHAPITRE 4

V espasien portait l'uniforme de cérémonie complet
d'un commandant de légion quand il monta à la
tribune située sur le côté du champ de manœuvre. Les
jambières argentées, le plastron et le casque accrochèrent
la lumière du soleil de midi et brillèrent de mille feux. Une
brise légère agita la crête et la cape rouges. Derrière lui se
tenaient les porteurs de l'aigle en or de la deuxième légion
et de l'imago de l'empereur Claude – une représentation
en métal plus que flatteuse, estima Cato, qui avait vu
l'empereur postillonner en mangeant, alors qu'il s'efforçait
de mener une conversation au cours d'un dîner impérial.
Sous l'aigle pendait un carré de cuir rouge lesté, sur lequel
le mot « Augusta » avait été brodé en lettres d'or.

Les recrues se tenaient face à la tribune sur quatre rangs,
avec Bestia et ses instructeurs cinq pas devant. Tout le monde
était silencieux, javelots et boucliers à terre, comme on leur
en avait fait la démonstration un peu plus tôt. Les torses
étaient bombés, les mentons levés et les épaules dressées,
bien que Cato ne pût s'empêcher de se sentir légèrement
ridicule, armé de ce qui, à ses yeux, ressemblait à un panier
en osier démesuré et un jouet en bois pour enfant. Mais
le caractère exceptionnel de l'événement gonflait tout de
même sa poitrine, alors qu'il regardait gravement Vespasien

procéder au sacrifice traditionnel de deux jeunes coqs aux dieux. Après s'être lavé les mains dans la jatte cérémonielle, il les sécha avec un linge en soie, puis se tourna vers les recrues.

— Moi, Titus Flavius Sabinus Vespasien, légat de la deuxième légion, Augusta, par la grâce de l'empereur Claude, je déclare favorables les augures pour ceux qui, aujourd'hui, sont réunis ici pour s'engager dans la deuxième légion. J'exige par le présent acte de tous les présents qu'ils prêtent le serment d'allégeance à la deuxième légion, au légat, au Sénat et au peuple de Rome, tel qu'incarné dans le corps et la personne de l'empereur Claude. Légionnaires, levez votre javelot et récitez après moi…

Deux cents bras droits se dressèrent immédiatement, la lumière du soleil accrochant autant de pointes chatoyantes.

— Je jure par les dieux du Capitole, Jupiter, Junon et Minerve…

— D'exécuter fidèlement les ordres de mes supérieurs…

— Par la volonté du Sénat et du peuple de Rome…

— Tels qu'incarnés dans la personne de l'empereur Claude…

— De plus, je jure par les mêmes dieux…

— De défendre les emblèmes de ma légion et de ma centurie…

— Jusqu'à ma dernière goutte de sang. Je le jure!

Alors que les échos du serment s'estompaient, un moment de calme magique s'installa ; Cato sentit une boule se former dans sa gorge. Ce serment l'avait transformé. En l'introduisant dans une existence d'un autre ordre, il l'avait placé hors de la société. Un coup de tête du légat pouvait l'envoyer à la mort, et il serait obligé d'obéir. Il avait fait vœu sur sa vie de protéger un morceau d'or planté en haut d'une vulgaire perche en bois. Cato doutait du bon sens du serment qu'il venait de prêter. Qu'y avait-il de raisonnable dans le fait de jurer une loyauté inconditionnelle à un homme, quel qu'il soit, que le destin, le népotisme ou le mérite avait placé au-dessus de lui ? Néanmoins… Il y avait autre chose, une excitation, un élan irrésistible et ce sentiment d'appartenir à un groupe imprégné de la mystique d'une société exclusivement masculine.

Au signal de Vespasien, Bestia ordonna de poser les javelots à terre.

— Nouvelles recrues de la deuxième légion, reprit le légat. Vous rejoignez une unité fière d'une tradition que je vous demande d'honorer chaque heure de chaque journée pour les vingt-six prochaines années. Des mois difficiles vous attendent, je suis persuadé que le centurion Bestia a déjà dû vous prévenir. (Il sourit.) Mais ils seront cruciaux pour faire de vous des soldats que je serai fier de commander. Le monde ne connaît pas de combattant plus entraîné et plus pugnace qu'un légionnaire. Mais pour devenir des hommes de cette trempe, vous devrez vous couler dans un moule bien particulier. Les années d'expérience feront le reste. En vous regardant, je vois des campagnards et des citadins. La plupart d'entre vous sont des volontaires, certains des conscrits. Votre passé vous regarde et ne concerne pas l'armée. Quelle qu'ait été votre vie dans le civil, vous êtes des soldats à présent, et c'est en tant que tels qu'on vous jugera. Vous avez de la chance. Vous entrez dans la légion à un moment où elle s'apprête à écrire l'histoire.

Entendant cela, Cato tendit l'oreille.

— Dans les années à venir, on vous glorifiera comme des conquérants, des hommes qui ont eu l'audace de s'attaquer à l'un des derniers grands mystères aux frontières du monde connu. Réfléchissez-y, et que cela vous serve d'inspiration pendant votre entraînement. Vous êtes entre de bonnes mains. Vous ne pouviez pas rêver meilleur instructeur que le centurion Bestia. Je vous souhaite bonne chance ; j'ai toute confiance en votre réussite.

C'est reparti pour les clichés, grogna Cato en son for intérieur.

— Je te cède la place, centurion.

Vespasien fit un geste de la tête à Bestia, puis descendit de la tribune, suivi par les porteurs d'emblèmes.

— Oui, commandant !

Bestia se tourna pour faire face aux recrues.

— Ainsi s'achève votre enrôlement, les filles. Maintenant, vous êtes tout à moi, et l'entraînement commencera après le repas de midi. Soyez à l'heure. Je me chargerai personnellement d'écorcher le dos des retardataires à coups de canne. Rompez !

L'après-midi entier avait été consacré à des exercices sur les fondamentaux, sans un moment pour s'asseoir. Les jambes et les bras de Cato le faisaient abominablement souffrir, à force de ployer sous son équipement. Il avait désespérément envie de dormir, d'offrir à son corps un repos bien mérité et de fuir l'univers impitoyable qu'on l'avait forcé à intégrer. Mais il ne parvenait pas à fermer l'œil. Un environnement nouveau, ses réflexions sur la journée écoulée et ses angoisses concernant l'avenir, tout cela se combinait dans un tourbillon mental qui écartait toute possibilité de sommeil. Il se tourna et se retourna, cherchant à trouver la position la moins inconfortable. Mais il eut beau faire, les dures lattes en bois refusèrent de se laisser oublier à travers le revêtement en laine du matelas usé. Les éclats de voix et les rires qui s'élevaient autour des parties de dés qui se disputaient dans la chambrée d'à côté n'arrangeaient rien. Même avec son traversin sur la tête, il ne parvint pas à s'isoler.

Lentement, Cato avait roulé sur le dos ; il ronflait la bouche ouverte, quand une paire de mains le secoua brutalement, le ramenant à la conscience. Battant des paupières, il vit une épaisse tignasse de cheveux noirs et gras, des yeux sombres et une mâchoire édentée au sourire cruel.

— Pulcher…

— Debout, salopard !

— Tu sais quelle heure… ? commença Cato d'un ton hésitant.

— Rien à foutre. On a un compte à régler, toi et moi.

Pulcher empoigna la tunique de Cato à la gorge et le tira au bas de son lit.

— Je serais bien venu plus tôt, mais Bestia m'a collé de corvée de latrines – grâce à toi. On peut dire que tu m'as vraiment fourré dans la merde, hein ?

— Je suis désolé. C'était un accident.

— D'accord, un accident. Comme ce que je vais te faire. Comme ça, on sera quittes.

— Qu'est-ce que tu veux dire ? s'enquit nerveusement Cato, alors qu'il se relevait tant bien que mal.

— Tu vas comprendre.

Pulcher sortit un couteau à lame courte de sous sa cape.

— Une petite coupure ; ça te rappellera qu'il ne faut pas me chercher, expliqua-t-il.

— C'est inutile ! protesta Cato. Je te promets de ne plus te créer d'ennuis !

— Les promesses, ça s'oublie. Pas les cicatrices...

Pulcher leva son arme, approchant la pointe du visage de Cato.

— Sur la joue. Une façon de dire à tous les autres de ne pas me chercher non plus.

Cato regarda autour de lui, mais il était acculé ; s'il tentait de s'enfuir, Pulcher n'aurait aucun mal à le rattraper. Soudain, des éclats de rire dans la chambrée voisine attirèrent son attention vers la cloison.

— Si tu cries, je t'étripe ! le menaça Pulcher, qui transféra son poids vers l'avant.

Cato comprit que l'attaque était imminente ; désespéré, il se jeta vers son adversaire, saisissant à deux mains le bras qui tenait la lame, au niveau du poignet. Pulcher n'avait pas prévu que le garçon terrifié prendrait l'initiative ; il tenta de se dégager – trop tard. À sa grande surprise, il eut beau secouer dans tous les sens, il ne parvint pas à se débarrasser de Cato qui le serrait comme un étau.

— Lâche-moi ! lui intima sèchement Pulcher. Tu vas me lâcher, oui, petit merdeux !

Sans répondre, Cato planta soudain ses dents dans l'avant-bras de son adversaire. Pulcher poussa un cri et balança instinctivement son poing libre dans la tempe de Cato, le faisant reculer contre le lit. Il y eut une explosion de blanc à l'intérieur du crâne de Cato et tout tournoya autour de lui avant qu'il n'y voie clair à nouveau. Pulcher fixait son regard sur un ovale sombre à l'endroit où les dents de Cato avaient percé la peau.

— T'es un homme mort ! lança Pulcher qui se ramassa, prêt à bondir avec son couteau. Je vais te tuer !

Soudain, la porte de la chambrée s'ouvrit, et un large rayon de lumière éclaira la pièce.

— Qu'est-ce qui se passe ici ? gronda Macro. Une bagarre ?

Pulcher se redressa.

— Non, centurion. Je montrais justement à mon ami comment se défendre.

— Ton ami ? répéta Macro, visiblement peu convaincu. Alors, qu'est-il arrivé à ton bras ?

— Ça s'est passé dans le feu de l'action, centurion. Rien de bien méchant. Pas vrai ?

Cato se releva. Son premier réflexe fut de dire la vérité. Puis il comprit que ce n'était pas de cette façon qu'un soldat réglait les problèmes. S'il voulait gagner le respect de ses nouveaux camarades, il ne pouvait pas se permettre qu'on le voie se tourner systématiquement vers l'autorité pour obtenir protection. De plus, en couvrant Pulcher cette fois, il donnerait peut-être à cette brute une raison de lui être reconnaissant. À ce stade, tout avantage était bon à prendre.

— Oui, centurion. C'est mon ami.

— Hmm, fit Macro en se grattant le menton. Vous semblez si bien vous entendre que je n'aimerais vraiment pas être un de vos ennemis. Bien. Optio, j'ai à te parler – dans mes quartiers. J'ai bien peur que ton *ami* doive nous laisser.

— Oui, centurion ! réagit promptement Pulcher. Cato, on se voit demain.

— Oui...

— On pourra reprendre nos exercices à ce moment-là.

Cato eut un sourire peu convaincant, puis Pulcher se retourna et sortit, laissant un Macro amusé dans son sillage.

— Alors, c'est ton ami ? ironisa-t-il.

— Oui, centurion.

— Je serais un peu plus regardant sur mes choix, à ta place.

— Oui, centurion.

— En attendant, j'ai à te parler. Suis-moi.

Un couloir menait à l'aile de l'administration des baraquements où étaient situés les quartiers de Macro. Le centurion invita aimablement Cato à entrer dans une pièce où deux bureaux étaient disposés contre des murs opposés. L'un complètement vide, l'autre, plus petit, disparaissant sous les papyrus et les tablettes de cire soigneusement empilés.

— Par là.

Macro indiqua à Cato une chaise sur tréteau près du grand bureau. Le jeune homme s'assit en silence, tandis que le centurion s'installait en face de lui.

— Tu as soif ? demanda Macro. J'ai du vin – et il est bon.

— Oui, merci, centurion.

Macro leur versa à chacun une coupe. Après la quantité de vin qu'il avait déjà avalée aujourd'hui, il se sentait singulièrement débonnaire. Son expérience aurait pourtant dû le mettre en garde : une gueule de bois carabinée l'attendrait au réveil. Mais les dieux du vin et de la mémoire ne s'adressaient pas la parole.

— Je dois m'entretenir avec toi de tes fonctions, en tant qu'optio. Pour le moment, je te demanderai simplement d'aider Piso avec la paperasse. Il n'est pas question que je te laisse donner des ordres – ce serait à mourir de rire pour le reste de la centurie. Officiellement, tu es plus gradé que ces hommes, mais tu vas devoir accepter le fait que tu ne peux pas encore agir comme un optio. Compris ?

— Oui, centurion.

— Avec le temps, une fois que tu te seras entraîné… nous verrons. Mais pour l'heure, j'ai davantage l'usage d'un scribe que d'un commandant en second.

— Oui, centurion.

— Tu peux aller dormir, maintenant. J'imagine que tu as besoin de sommeil.

— Merci, centurion.

— Je prendrai les dispositions nécessaires pour que Piso t'apprenne les ficelles du métier demain, après l'entraînement.

— Oui, centurion. Il me tarde de commencer.

CHAPITRE 5

À la consternation de Cato, le temps passa rapidement. Une journée ne semblait tout simplement pas en offrir assez pour accomplir tout ce que l'on exigeait de lui. Aux exercices incessants auxquels les soumettait Bestia, s'ajoutaient pour lui des tâches administratives, à effectuer chaque soir. Puis il devait aussi s'assurer de la propreté impeccable de son équipement pour le lendemain. Bestia avait des yeux de lynx, il repérait immédiatement le moindre grain de poussière, la plus petite sangle arrachée ou la moindre boucle manquante. S'ensuivaient corvées ou corrections. Manier un bâton de vigne était tout un art, avait découvert Cato : il s'agissait d'infliger le maximum de douleur en affectant le moins durablement possible sa victime – le but était de punir un soldat, pas de l'envoyer à l'infirmerie. Par conséquent, Bestia réservait ses coups aux parties charnues des jambes, des épaules et des fesses. Cato avait eu un avant-goût de son expertise en la matière, le jour où il avait mal serré sa jugulaire. Bestia s'était précipité sur lui et lui avait arraché son casque en manquant d'emporter une oreille au passage.

— Voilà ce qui se produira au combat, pauvre abruti ! avait-il crié au visage de Cato. Un foutu Germain t'arrachera ton foutu casque et t'enfoncera son épée dans le crâne. C'est ce que tu veux ?

— Non, centurion.

— Je me fiche totalement de ce qui peut t'arriver, mais je ne permettrai pas que tu jettes l'argent du contribuable romain par les fenêtres à cause de ta négligence. Tu es remplaçable, mais un soldat mort, c'est un équipement complet de perdu et pas question d'avoir l'intendant sur le dos par ta faute !

Sans que Cato ait le temps de réagir, Bestia avait abattu sa canne, lui portant un coup violent à l'épaule gauche. Immédiatement, son bras s'était engourdi, ses doigts inertes avaient lâché le bouclier en osier.

— La prochaine fois que tu oublieras de serrer ta jugulaire, ce sera ta foutue caboche qui prendra.

— Oui, centurion, avait répondu Cato, le souffle coupé.

Chaque jour à l'aube, à l'appel de la trompette, les recrues se rassemblaient, en tenue, avec leur équipement complet. Après l'inspection venait le petit déjeuner. Un aide de cuisine, obligé de se lever de bonne heure comme elles, servait sans enthousiasme dans les gamelles une bouillie de flocons d'avoine, accompagnée de pain et de vin. Puis commençaient les exercices sur le champ de manœuvre. Marcher au pas cadencé, s'arrêter, tourner, etc. Chaque pas de travers, chaque erreur ou chaque mouvement à contre-temps déclenchait un torrent d'invectives de la part de Bestia et de ses instructeurs, et une pluie de coups de bâton. Quand le centurion estima que les recrues étaient capables de répondre instantanément à ses ordres, une nouvelle phase débuta – les changements de formation. Prendre ses distances à partir d'une formation en rangs serrés ;

passer d'une ligne à une colonne, et inversement ; apprendre à marcher en V et en tortue – tout en portant un équipement lourd.

Les choses empiraient après le repas de midi, puisque les instructeurs les emmenaient en entraînement physique. Ainsi, chaque après-midi du premier mois fut consacré à des marches autour du fort. Sans relâche, jusqu'à ce que l'orbe poli du soleil hivernal descende dans la grisaille naissante du crépuscule. À ce moment-là, et à ce moment-là seulement, Bestia leur faisait de nouveau franchir l'entrée principale, toujours au même pas implacable. Les premières semaines, de nombreuses recrues étaient sorties du rang, ce qui leur avait valu d'être rétrogradées en fin de colonne par les instructeurs, à grand renfort de coups de bâton.

Après l'incident dans la chambrée, Cato ne ménagea pas ses efforts pour se tenir à l'écart de Pulcher ; il ne voyait pas d'inconvénient à le laisser croire que son attitude était motivée par la peur. Car c'était bien de cela qu'il s'agissait, de peur, tempérée par une logique lui soufflant qu'une confrontation ouverte avec Pulcher ne pouvait mener qu'à une issue : se faire réduire en bouillie. Dans l'esprit de Cato, satisfaire son orgueil au prix de son corps n'avait pas de sens. Si Pulcher avait une piètre opinion de lui parce que Cato lui refusait le plaisir de le passer à tabac, Cato y voyait la mesure de sa stupidité, et de celle de tous les hommes qui pensaient comme lui. Et pourtant, il n'était pas seul, loin de là. Progressivement, Cato prit conscience des regards méprisants qu'il s'attirait de la part d'autres recrues. Et aussi de leur façon de l'éviter, pendant leur temps libre, entre les séances d'entraînement.

— Tu vas devoir l'affronter, lui dit Pyrax un soir, au mess de la centurie.

Cato but une lampée du vin amer qu'il avait acheté pour le partager avec Pyrax. Le liquide infect lui râpa la gorge ; il toussa.

— Ça va ?

Cato hocha la tête.

— C'est le vin.

Pyrax regarda dans sa coupe et avala une gorgée d'un air pensif.

— Je le trouve très bien, moi.

— Si je me bats contre lui en étant ivre, je ne sentirai peut-être pas la douleur. Il aura sa victoire, je m'en sortirai avec quelques coups et ce sera de l'histoire ancienne.

— Possible. Mais à ta place, je ne me ferais pas trop d'illusions. Avec des types comme lui, on s'en tire rarement à si bon compte. Même s'il te flanque une correction, il ne résistera pas au plaisir de remettre ça, encore et encore. Mais si tu continues à éviter Pulcher, les autres vont commencer à se poser des questions. Voilà pourquoi je te conseille de l'affronter, de prendre une rouste – mais de ne pas capituler trop vite. Tâche de lui infliger quelques coups, et il te laissera tranquille. Peut-être.

— Peut-être ? Je ne peux réellement pas attendre mieux ? Accepter une rapide raclée, dans l'espoir que Pulcher décidera *peut-être* d'en rester là ? Et dans le cas contraire ?

Pyrax haussa les épaules.

— Oh, merci bien ! Tu m'aides vraiment, là.

— Je préfère ne pas te mentir.

Cato secoua la tête.

— Il doit y avoir une autre solution. Une façon d'éviter la bagarre.

— Possible. Mais quoi que tu fasses, ne tarde pas trop, si tu ne veux pas traîner la réputation d'être un lâche.

Cato le regarda un moment.

— C'est ce qu'on dit?

— Ça t'étonne? C'est l'impression que ça donne, en tout cas.

— Je ne suis pas un lâche.

— Si tu le dis. Mais tu ferais bien de le prouver.

La porte s'ouvrit, laissant entrer une rafale glaciale et plusieurs légionnaires. Dans la danse folle des flammes du brasero, Cato reconnut des hommes qui n'appartenaient pas à sa centurie. Ils regardèrent autour d'eux, puis, très ostensiblement, allèrent s'asseoir à l'autre bout du mess. Pyrax vida sa coupe d'un trait et se leva.

— Faut que j'y aille.

— Déjà? Mais il reste encore beaucoup de vin.

— C'est vrai. Mais je dois penser à *ma* réputation, ajouta froidement Pyrax. N'oublie pas ce que je t'ai dit: fais comme tu veux, mais ne tarde pas trop.

Après son départ, Cato rumina un moment dans son vin. Puis, levant la tête, il surprit le regard furtif d'un des nouveaux arrivants. L'homme détourna immédiatement les yeux et reprit sa conversation à voix basse avec ses camarades. Difficile de ne pas s'imaginer qu'ils parlaient de lui, voire qu'ils étaient venus au mess poussés par la curiosité, pour voir le lâche récemment promu optio.

Cato se leva, mit sa cape et sortit précipitamment. L'air était glacial et le ciel nocturne parcouru de nuages légers bordés d'argent pâle par la demi-lune. Une belle nuit, se dit-il, et il s'arrêta un moment pour savourer le calme de ce moment. Mais bien vite son esprit le ramena à ses moutons : affronter Pulcher. Lâchant un juron, il s'éloigna bruyamment en direction de ses quartiers.

Pulcher n'était d'ailleurs pas sa seule préoccupation. En plus d'un entraînement épuisant la journée, Cato devait consacrer la plupart de ses soirées à son apprentissage d'optio. Le centurion avait donné l'ordre à son secrétaire, Piso, de former la nouvelle recrue dans l'art de l'administration militaire. Car il s'agissait bien d'un art, comme Cato s'en aperçut bien vite. Piso tenait les comptes de la centurie, il détenait un dossier pour chaque légionnaire, détaillant tous les aspects de la vie du soldat susceptibles d'affecter la légion. Antécédents médicaux, permissions accordées, décorations décernées, manquements à la discipline et sanctions infligées, déductions sur la solde pour la couverture des dépenses de nourriture et le remboursement de l'équipement fourni…

Un soir, peu après la conversation avec Pyrax, Piso et son protégé travaillaient dans l'atmosphère enfumée du bureau de la centurie. Le brasero rougeoyait et le bois crépitait agréablement, tandis que les deux hommes examinaient la dernière tentative en date de Cato pour écrire en adoptant le style aride favorisé par l'armée. Piso émit des bruits approbateurs, alors qu'il lisait les réquisitions sèches, mais d'une logique irréfutable, et hocha la tête d'un air appréciateur à certaines phrases bien tournées, calculées pour provoquer un sentiment d'urgence, ou impliquant qu'une autorité bien supérieure à celle d'un secrétaire de centurie était indirectement à l'origine de la demande.

La porte s'ouvrit bruyamment; Macro entra en se frottant les mains et se dirigea immédiatement vers le brasero. Bras tendus, il eut un sourire de contentement en sentant la chaleur contre ses paumes. Une vague odeur de vin suggérait qu'il revenait à l'instant du mess des centurions.

— On gèle là-dehors, centurion, l'accueillit Piso avec bonne humeur.

— Et comment! renchérit Macro en hochant la tête. Comment s'en sort notre nouvelle recrue?

— Bien, centurion. Très bien. (Piso échangea un regard avec Cato.) Un jour, il fera un excellent secrétaire.

— Tu penses que le jeune Cato est prêt à prendre ta place?

— Je n'ai pas dit ça, centurion. Il a encore beaucoup à apprendre. Mais c'est un élève doué, voilà qui ne fait aucun doute. Nous étions justement en train d'étudier la manière de formuler correctement une réquisition. Veux-tu jeter un coup d'œil à son travail?

Macro secoua la tête.

— Une autre fois. Quand je serai moins occupé. De toute façon, je te fais confiance. Si tu me dis qu'il s'en sort bien...

Puis il s'adressa à Cato :

— En même temps, ça n'a rien d'étonnant, avec toutes les connaissances que tu as accumulées.

— Oui, centurion, répondit Cato, légèrement désarçonné par le changement de ton de son supérieur. Elles se sont révélées très utiles.

Macro le regarda en silence pendant un moment, son expression impassible.

— Quoi qu'il en soit, ce n'est pas ce qui m'amène. Il est temps pour toi d'acquérir un peu d'expérience sur le terrain. Demain matin, un détachement part pour un village local. Leur chef a renvoyé un collecteur d'impôts romain après lui avoir coupé la langue. Apparemment, il est membre de la famille d'un fauteur de troubles qui cherche à se faire un nom de l'autre côté du Rhin. Bref, Vespasien a décidé que la troisième cohorte irait l'arrêter et confisquer tous les pierres et métaux précieux en compensation du sort réservé au collecteur d'impôts. Cet après-midi, une mule a assommé l'un des centurions de la troisième d'un coup de sabot et l'optio est déjà à l'infirmerie. J'ai donc reçu l'ordre de prendre le commandement provisoire de sa centurie – et tu m'accompagnes.

— Oh! tu penses qu'on va se battre, centurion?

— J'en doute. Pourquoi?

— C'est juste que je n'ai pas encore eu l'occasion de m'entraîner à armes réelles.

— Ne t'inquiète pas. Tu n'auras qu'à emprunter son barda à l'un de nos hommes. Mais tu ne devrais pas en avoir besoin – dès que les Germains nous verront arriver, ils feront tout pour nous voir débarrasser le plancher le plus rapidement possible. On entre, on procède à l'arrestation, on confisque tout ce qui nous tombe sous la main et on repart. Retour prévu avant la nuit.

— Ah…

Cato ne parvint pas à masquer sa déception. Il avait espéré que cette expédition le mettrait hors d'atteinte de Pulcher au moins pour quelques jours.

— Ne t'inquiète pas, mon garçon, chercha à le rassurer Macro, se méprenant sur l'expression de Cato.

Ton heure viendra. Mais ton impatience fait plaisir à voir. Comme tout bon soldat, tu es pressé d'en découdre !

Cato le gratifia d'un faible sourire.

— Oui, centurion.

— Bien ! fit Macro en lui donnant une tape amicale sur l'épaule. Rassemblement à l'aube à la porte nord. Armé de pied en cap, avec des provisions pour la journée.

— Oui, centurion. Si Piso n'y voit pas d'inconvénient, j'aimerais me coucher tôt.

Macro regarda son secrétaire en haussant les sourcils.

— Mais certainement, sourit Piso. Si le centurion épuise ses hommes à la tâche comme il le fait avec nous, tu auras besoin de toute ton énergie pour demain.

Une fois la porte fermée derrière Cato, et alors que ses pas s'éloignaient dans le couloir, Macro se tourna vers son secrétaire.

— Qu'est-ce que tu penses de lui ?

— Il comprend vite ; son écriture est impeccable et il a une bonne mémoire.

Piso marqua une pause.

— Mais… ? l'encouragea Macro.

— Je ne suis pas certain qu'il soit fait pour la vie militaire, centurion. Il me semble un peu mou.

— Ça t'étonne ? Il vient du palais. Il a eu la belle vie jusqu'à présent – c'est ça, son problème. La plupart des gens comme lui ne tiendraient pas cinq jours dans la légion, mais pour l'instant, il s'accroche. Ce qui lui fait défaut en condition physique, il le compense par sa détermination. Tu sais, je finis par croire qu'on arrivera à tirer quelque chose du jeune Cato.

— Si tu le dis, centurion.

—Oui, mais toi, tu n'es pas de cet avis, hein, Piso?

—Franchement? Non, centurion. La détermination est une chose, mais le combat exige des qualités qu'il ne me semble pas posséder. (Piso marqua une pause.) Une rumeur circule déjà à son sujet: ce serait un lâche.

—Oui, j'ai entendu ça. Mais tu sais qu'il ne faut pas attacher trop d'importance aux rumeurs. Ce garçon a droit à sa chance.

Piso eut soudain une révélation.

—Si je te comprends bien, centurion, tu n'es pas sûr que l'expédition de demain sera de tout repos?

—Connaissant les Germains, tout est possible. Le moindre prétexte leur suffit pour en découdre. Je doute que ça aille plus loin qu'une simple escarmouche, mais ce sera l'occasion d'observer les réactions de Cato.

—Si ce qu'on dit est vrai, il prendra ses jambes à son cou.

—Tu veux parier? sourit Macro. Cinq sesterces? Je sais que tu peux te le permettre.

—Oui, centurion. Mais toi?

—Cinq sesterces, dit Macro en ignorant la pique de son secrétaire et en crachant dans sa main. Cinq sesterces qu'en cas d'affrontement Cato sera à la hauteur. À moins que tu aies peur de perdre?

Piso hésita à peine avant de toper là.

—Va pour cinq sesterces!

Chapitre 6

A près une nuit glaciale, les premières lueurs de l'aube percèrent difficilement à travers la brume matinale, laissant apparaître le camp fortifié de la deuxième légion sous un manteau de givre étincelant. Les soldats de la troisième cohorte formaient leurs centuries, tandis que la vapeur se condensait en quittant leurs lèvres. Cinq cents hommes, armés de pied en cap, réunis sous une lumière encore timide, se frottaient les mains et battaient des pieds pour se réchauffer un peu dans un froid mordant. On échangeait des quolibets et des insultes sur un ton bon enfant avec les légionnaires d'autres unités qui avaient la chance de rester au fort. Parmi les officiers qui se tenaient à l'écart, Cato n'eut aucune difficulté à repérer la silhouette trapue de Macro.

— C'est ton protégé, Macro ? demanda l'homme à côté du centurion.

Macro acquiesça.

— Un peu jeune pour un optio, tu ne crois pas ?

— On verra, grogna Macro, promenant son regard sur la recrue avec sa tunique mal ajustée et sa cape.

Il tourna lentement autour de Cato, procédant à un examen attentif de son équipement, tirant d'un coup sec sur les boucles et lui inclinant la tête afin de s'assurer que sa jugulaire était bien serrée.

—Ça ira. Écoute-moi : dès que nous serons sortis du camp, tu resteras près de moi et tu feras exactement ce que je te dirai. Pas d'initiative, c'est compris ?

—Oui, centurion.

—Maintenant, va m'attendre à l'avant de la dernière centurie dans la colonne – la sixième.

—Centurion ?

—Quoi ?

—Combien de temps allons-nous devoir rester debout ici ? demanda Cato, qui frissonnait déjà.

—Toujours aussi impatient, à ce que je vois. (Macro secoua la tête.) Plus très longtemps ; dès que le tribun arrive, nous partons.

L'un des centurions cracha sur le sol gelé.

—Il est encore au lit, je parie.

—J'en doute, répondit Macro. Le légat suit personnellement cette affaire. Apparemment, elle a valeur de test pour Vitellius. Mais cette petite expédition n'est guère plus qu'une formalité. Même Vitellius aura du mal à tout faire foirer.

—Macro, ne sous-estime jamais l'incompétence de l'état-major. Dès leur naissance, on prépare ces officiers à nous conduire au désastre…

Cato, qui s'éloignait en direction de l'emblème flottant au-dessus de la sixième centurie, n'entendit pas la suite de la conversation.

—C'est toi, le nouvel optio de Macro ? s'enquit le porte-étendard.

—Oui.

—Il a parlé d'une « jeune » recrue, mais je n'ai pas pris ça au pied de la lettre.

Cato ouvrit la bouche pour répondre avant de se contrôler. Puis il rougit et fulmina en silence.

— Ne nous lâche pas d'une semelle, le centurion et de moi, et tout ira bien.

Cato vit que les autres optios, sur un signe de tête de leur centurion, s'étaient mis à passer tranquillement dans les rangs, organisant les légionnaires au repos en une colonne de quatre soldats de front ; bientôt, la cohorte fut en ordre de marche. Cato ne put s'empêcher de percevoir le sentiment d'impatience grandissant chez les hommes. Le soleil avait dissipé la brume de l'aube qui s'accrochait encore aux remparts et baignait le détachement dans une faible lueur orange.

L'attente se prolongea suffisamment pour que le froid engourdissant les envahisse.

Enfin, le bruit des sabots d'un cheval au pas résonna depuis le cœur du camp fortifié. Cato se retourna alors qu'apparaissait un officier enveloppé dans une cape rouge et coiffé d'un casque surmonté d'une aigrette. À son approche, les centurions se dispersèrent, chacun allant rejoindre sa centurie. Vitellius remonta la colonne au trot. À son commandement, la centurie de tête se mit en branle, franchissant la porte pour retrouver le chemin hors de l'enceinte. Alors que la cinquième centurie s'éloignait à son tour, Macro compta dix pas avant de hurler l'ordre d'avancer.

Grâce au dur régime d'exercices imposé par Bestia, Cato adopta instantanément le rythme lent et mesuré de la marche standard, deux pas derrière Macro et de front avec le porte-étendard. Ils franchirent la porte, les murs du fort renvoyant l'écho de leurs sandales cloutées, puis s'enfoncèrent dans la nature à moitié sauvage de cette province reculée de l'Empire. Le soleil levant projetait des ombres allongées sur le givre à leur gauche, tandis que le produit de leur respiration tourbillonnait dans l'air glacé. Sous leurs pieds, le sol était complètement gelé. Des semaines plus tôt, des ornières boueuses marquaient encore le passage des chariots qui s'éloignaient du camp en direction des villages de la région. En dépit du froid, Cato était content de laisser la légion derrière lui – toute une journée sans avoir à se préoccuper de Bestia et Pulcher.

Alors que la sixième centurie franchissait le sommet d'une petite éminence et abordait la descente à la suite du reste de la colonne, Cato regarda par-dessus son épaule. Le camp fortifié dominait le paysage – le long mur de pierre, les tuiles rouges du quartier général au-delà. Tavernes, bordels et taudis sortis de terre s'étalaient de façon irrégulière sous les remparts, de l'autre côté. Devant eux, une ligne d'arbres marquait la fin du terrain dégagé par la deuxième légion et le début des forêts anciennes qui couvraient la Germanie. Au-delà de la lisière où de jeunes arbres tentaient de regagner un peu de la surface ravagée par les ingénieurs romains, pins et chênes gigantesques se dressaient, sombres et menaçants. Cato frissonna, en partie à cause du froid, mais aussi au souvenir du sort funeste des trois légions imprudemment envoyées par le général Varus dans une forêt similaire, une trentaine d'années plus tôt. Plus de quinze mille soldats massacrés dans la pénombre lugubre sous les branches enchevêtrées ; abandonnés par les Germains, leurs corps avaient pourri sur place.

À mesure que la colonne avançait, les arbres se rappro-chèrent de part et d'autre du chemin et descendirent au-dessus des têtes. Les hommes devinrent silencieux, certains lançant des regards inquiets vers le cœur de la forêt. Macro pouvait comprendre leurs sentiments ; cette province reculée de l'Empire avait quelque chose d'étrange. La sylve, sombre et impénétrable, ne ressemblait à aucune autre. Même les tribus locales la craignaient ; selon leurs traditions, les esprits des morts n'ayant pas trouvé le repos hantaient ces bois, pâles apparitions au sein d'une pénombre à peine troublée par le peu de lumière filtrée par la verdure. L'itinéraire emprunté par la cohorte avait été gagné sur la nature par les ingénieurs romains ; avant la conquête, les habitants avaient préféré contourner l'obstacle. Aujourd'hui encore, certains refusaient d'y pénétrer. Cet endroit avait effrayé jusqu'aux ingénieurs, semblait-il. En effet, le tracé du chemin, loin de suivre une ligne droite, serpentait entre les troncs épais, trahissant le désir d'en finir le plus rapidement possible. Sous sa tunique, Cato sentit un filet de sueur lui couler dans le dos. On n'y voyait pas à plus d'une vingtaine d'hommes devant ou derrière.

— Centurion ?

Macro tourna la tête, faisant craquer le gel sous ses sandales.

— Oui, mon garçon ?

— À quelle distance se trouve exactement ce village ?

— Combien de temps il nous reste à marcher dans cette forêt, c'est ça ta question, hein ? sourit Macro.

— Oui, centurion.

— Quelques milles avant de déboucher en terrain moins boisé ; arrivée prévue avant midi. Ne te laisse pas impressionner par cet endroit…

— Mais en cas d'attaque…

— Une attaque ? s'esclaffa Macro. Par qui ? Certainement pas les pauvres bougres à qui on va rendre une petite visite. C'est juste un ramassis de fermiers pas très futés. La tribu de guerriers germains la plus proche est loin, de l'autre côté du Rhin. Alors, détends-toi, mon garçon, tu rends ces dames nerveuses.

D'un geste du pouce derrière eux, Macro désigna les hommes de la sixième centurie ; ceux qui se trouvaient à portée de voix protestèrent bruyamment. Cato rougit et tenta de rentrer le cou autant que possible tout en surveillant du coin de l'œil les ombres du sous-bois.

Une fois l'atmosphère oppressante quelque peu dissipée, les légionnaires cessèrent de parler à voix basse et le détachement poursuivit sa progression entre les arbres en échangeant les plaisanteries et quolibets habituels. Les branches épaisses étouffèrent la majeure partie du bruit, donnant une sonorité plate et étrange à ce qui restait.

À la sortie du sous-bois, un matin d'hiver radieux attendait la colonne. Le soleil, que plus rien ne voilait, embrasait la plaine. Ce côté-ci de la forêt ayant été dégagé, la cohorte traversa les terres cultivées parsemées de petites huttes en tourbe sinistres. Une fine traînée de fumée s'élevait des habitations des Germains vers le ciel clair. La plupart des fermiers avaient rentré leurs bêtes et de la vapeur s'accrochait autour des bâtiments bas des dépendances où les soldats entendaient les vaches meugler et les cochons grogner sur leur passage. Hormis — à l'occasion — un visage qui suivit la colonne du regard depuis une porte entrebâillée, ils ne virent aucun signe de présence humaine.

— Plutôt accueillants, hein ? ironisa le porte-étendard.

— Ils ne semblent pas beaucoup s'intéresser à nous, s'étonna Cato. Je n'imaginais pas les Germains ainsi.

— À quoi tu t'attendais ?

— Grands, forts et agressifs – c'est ce qu'on nous dit à Rome.

— Et c'est exactement ce qu'ils sont – quand tu te bats contre eux, répondit l'autre avec conviction. Mais là, tu as affaire à de simples fermiers ; ils réagissent comme n'importe quels civils au passage d'une armée. Ils se tiennent à carreau en espérant ne pas attirer notre attention. Derrière chaque porte, ajouta-t-il avec un geste en direction des huttes, une famille prie pour qu'on ne s'arrête pas. Pour les gens comme eux, les soldats n'annoncent jamais rien de bon.

De la tête de la colonne s'éleva l'ordre de faire halte, immédiatement relayé par chaque centurion. Les hommes s'immobilisèrent, attendant la suite.

— Tous les officiers à l'avant !

Ayant le plus de terrain à couvrir, Macro se mit à trotter le long de la colonne en direction de Vitellius, dressé sur sa monture. Resté à l'arrière, Cato s'aperçut que le chemin franchissait une petite crête. Réunis autour du tribun, mais à une distance respectueuse née de la méfiance qu'entretiennent les fantassins à l'égard des chevaux, les centurions écoutaient le tribun donner ses ordres, s'accompagnant parfois de gestes à des fins de clarification. Ensuite, chaque officier se hâta de regagner son unité. Macro sourit devant les expressions interrogatrices des visages du porte-étendard et de son optio.

— Le village est juste après cette côte. Le tribun veut faire profil bas. Il n'entrera qu'avec la première centurie. Le reste de la colonne se mettra en formation le long de la crête, bien en vue du village, prêt à intervenir en cas de besoin.

— On n'y va pas tous ? demanda Cato. Pourquoi diviser la troupe, centurion ?

— Parce que ce sont les ordres, mon garçon, fit sèchement Macro, mais il s'adoucit immédiatement : son optio avait émis une objection tout à fait raisonnable. Le tribun ne souhaite pas rendre les gens du coin trop nerveux. Alors, on se contente de procéder à l'arrestation, de confisquer tous les objets de valeur et de repartir tranquillement. Vitellius craint de les effrayer en arrivant en force – et de les pousser à faire une bêtise.

— Une bêtise ?

— Est-ce que je sais ? (Macro haussa ses larges épaules d'un air dédaigneux.) J'imagine mal une bande de fermiers s'attaquer à nous. Mais les ordres sont les ordres. Ah ! ça y est. Reprends ta place, optio.

À la tête de la première centurie, Vitellius franchit la crête et disparut aux regards. Les autres centuries se répartirent à gauche et à droite, perpendiculairement au chemin. Les commandants des deuxième et troisième centuries arpentèrent la ligne à pas mesurés, marquant les positions de chaque unité. L'espace prévu pour la sixième centurie chevauchait la route ; Cato, resté à proximité du porte-étendard et de Macro comme on le lui avait ordonné, se retrouva à l'avant d'une ligne qui s'étendait sur plus de cent pas de long et sur quatre rangs de profondeur. Le chemin descendait en pente douce vers un village niché dans le méandre d'une rivière surgissant de la forêt qui entourait les terres défrichées.

Cato était surpris par la taille de la colonie. Il s'attendait à quelques huttes de boue derrière une palissade fragile, pas à des centaines d'habitations, et quelques bâtiments plus grands, protégés par un haut mur en tourbe et un fossé rempli d'eau. La porte principale était fermée, flanquée de deux tours en pierre qui contrôlaient le pont-levis. Juste après l'entrée, le chemin s'ouvrait sur une place devant la plus imposante construction du village.

La première centurie avait déjà couvert la majeure partie du bon demi-mille qui séparait la crête du pont-levis. Pendant ce temps, le reste de la cohorte avait pris position. L'approche des légionnaires sembla susciter peu de réactions, tout au plus quelques visages apparus sur les remparts pour observer les visiteurs. Tandis que les cinq centuries attendaient au repos, les hommes reçurent l'autorisation d'en profiter pour manger. Cato se mit à ronger un morceau de bœuf séché coriace, mais très fort en goût. La marche de la matinée lui avait ouvert l'appétit plus qu'il ne l'imaginait, et ses mâchoires travaillèrent avec acharnement, pendant qu'il regardait le paysage en contrebas.

Soudain, un mouvement attira son attention au-delà du village. Trois silhouettes, portant bouclier et javelot, couraient vers la limite des arbres. Une tache de fumée grasse tournoya dans l'air au-dessus d'un petit feu de camp qui se consumait lentement, là où Cato les avait repérés.

— Centurion! appela-t-il. Regarde!

— Quoi? fit Macro.

— Regarde, centurion, dit Cato en pointant son javelot en direction des fuyards. Tu les vois?

— Oui, mon garçon, je les vois.

— Qu'est-ce qu'on fait, centurion? demanda Cato.

— Comment ça ?

Macro fronça les sourcils.

— Mais rien. Ils sont bien trop loin. Et de toute façon, ils ne sont que trois.

— On ne devrait pas informer le tribun ? persista Cato.

— Inutile.

En silence, ils regardèrent les trois hommes armés traverser les terres cultivées vers les arbres, tandis que la troupe commandée par Vitellius s'arrêtait près du fossé devant les tours. Le tribun agita le bras d'un air résolu et, après un bref moment, la porte s'ouvrit vers l'intérieur. Les légionnaires entrèrent dans le village et disparurent quelques instants parmi les huttes, avant d'émerger sur la place. Vitellius ordonna à la colonne de faire halte et envoya deux soldats vers le bâtiment principal. Une grande femme aux cheveux filasse en surgit. Même à un demi-mille de distance, les hommes restés sur la crête comprirent que Vitellius et cette femme se disputaient.

— Qu'est-ce qui se passe, centurion ? demanda Cato. Je pensais que notre mission consistait à arrêter leur chef, rien de plus.

— C'est bien ça, mon garçon, confirma Macro avec irritation. Vitellius ne devrait pas perdre de temps. En hiver, la nuit tombe vite, ajouta-t-il en levant les yeux vers le ciel où le soleil semblait déjà loucher vers l'horizon. Et je n'ai aucune envie de rentrer dans l'obscurité.

Cato regarda involontairement par-dessus son épaule en direction de la forêt. Cet endroit l'avait déjà bien assez perturbé de jour ; Jupiter seul savait ce qu'il en serait dans le noir complet.

— Si la nuit tombe, ne serait-il pas préférable de contourner la forêt ?

Macro secoua la tête.

— Trop long. Et puis, nous pouvons toujours fabriquer des torches. Tu n'as pas peur, au moins, mon garçon ?

— Non, centurion.

— J'aime mieux ça. Ne change rien, conclut Macro avec soulagement, espérant toujours gagner ses cinq sesterces.

En bas, dans le village, Vitellius mit brutalement un terme à la discussion ; sur un geste du tribun, deux légionnaires saisirent la femme par les bras pour l'écarter. Une escouade força l'entrée du grand bâtiment, pour en ressortir un moment plus tard avec un gros coffre qu'elle déposa aux pieds de Vitellius. Puis l'opération se répéta dans la maison d'à côté.

— Apparemment, notre homme s'est enfui, remarqua Macro en bâillant. Le tribun n'aurait pas dû perdre son temps avec cette femme.

— Peut-être qu'elle lui plaît, marmonna le porte-étendard. Tu sais comment il est avec les femmes ; il ne peut pas s'empêcher de les baratiner.

— Tant qu'il ne me fait pas perdre mon temps – ou celui de l'armée – je m'en fiche. Mais par ce froid, j'aimerais autant qu'il s'abstienne.

— Centurion ! l'interrompit Cato. La porte !

Pour une raison quelconque, la porte se refermait lentement. Puis le petit pont-levis commença à se lever. Un sentiment de terreur, aussi glacé qu'un filet de sueur en hiver, lui parcourut l'échine. Il reporta son regard vers le centre du village où Vitellius et ses hommes continuaient tranquillement leur razzia. À l'arrière, au-delà du mur d'enceinte, un léger mouvement attira son attention. Une ombre émergeait de la forêt, comme si le soleil se couchait plus tôt que prévu. Il comprit immédiatement qu'il se trompait : le soleil brillait derrière la cohorte.

— Cato, tu es plus jeune, tu as de meilleurs yeux que les miens. Qu'est-ce qui se passe là-bas – à l'orée de la forêt ? demanda-t-il en montrant du doigt avec insistance où regarder.

D'abord, Cato n'eut pas de certitude, une brume légère s'était levée et couvrait le sol, masquant en partie la vue. Mais un moment plus tard, du flou général se dégagèrent des formes distinctes.

— Je crois… C'est un groupe d'hommes. Qui sort de la forêt…

Il se tourna vers Macro en écarquillant les yeux.

— Des Germains ?

— Qui d'autre ? répondit sèchement le centurion.

— Mais… et les soldats dans le village ? insista Cato, affolé. Ils ne peuvent pas les voir.

— Je sais, mon garçon. Je sais.

Un nombre croissant de légionnaires avaient pris conscience du danger à l'approche et le montraient à leurs camarades. Un murmure anxieux parcourut les rangs.

— Silence ! rugit Macro. Taisez-vous et ne bougez pas !

Ils obéirent instantanément à ce rappel à la discipline. Le centurion Quadratus, commandant de la deuxième légion – l'officier le plus haut gradé présent sur place –, arriva en courant.

— Macro ! Tu les as vus ?

— Oui.

— On devrait rejoindre les autres.

—Les ordres sont d'attendre ici, répondit fermement Macro. À moins que Vitellius nous fasse signe d'avancer.

—Mais lui ne les voit pas, insista Quadratus en pointant du doigt les Germains que la forêt vomissait désormais par milliers en direction du village.

—Si on descend, on sera pris au piège, expliqua Macro. Je suggère plutôt de tenter d'attirer leur attention sur nous.

Quadratus fixa Macro un moment, puis il acquiesça. Il se retourna face à la ligne des soldats et mit les mains en coupe devant sa bouche :

—Porte-étendard ! Signalez le rappel !

Les cinq porte-étendard brandirent leur vexillum et se mirent à décrire des cercles lents avec la pièce d'étoffe carrée pendant à la traverse horizontale. Dans le village, les soldats de la première centurie continuaient à confisquer tous les objets de valeur aisément transportables sans avoir conscience de l'imminence de la catastrophe.

—Allez, allez ! marmonna Quadratus. Que quelqu'un lève les yeux vers nous…

Enfin, un légionnaire agita son javelot dans leur direction et Vitellius se retourna sur sa selle. Pendant un moment, il resta assis sans bouger, puis il reprit sa position et se mit à faire des gestes frénétiques du bras. Le soldat qui avait vu les signaux quitta la place en courant et réapparut bientôt au sommet d'une des tours de l'entrée. Au même moment, des silhouettes se glissèrent entre les constructions du village, cernant Vitellius et ses hommes. La centurie resserra rapidement les rangs et battit en retraite. Certains des villageois se lancèrent à la poursuite des Romains, les bombardant de pierres et de gros morceaux de bois. Une pluie de javelots s'abattit soudain sur eux, faisant une demi-douzaine de victimes, tandis que les autres se réfugiaient précipitamment dans les ruelles. La centurie disparut bientôt aux regards, alors qu'elle regagnait la porte.

Les Germains surgis de la forêt étaient maintenant clairement visibles depuis le sommet de la colline ; il devenait possible d'estimer leur nombre et la vitesse de leur progression.

— Trois, peut-être quatre mille, hasarda Quadratus.

Macro secoua la tête.

— Moins que ça.

— Vitellius devrait pouvoir sortir avant qu'ils n'atteignent le village.

— Facilement. Ils sont encore à près d'un mille. Une fois que le tribun aura franchi le pont-levis, il aura tout le temps de remonter tranquillement sur la crête.

— Et ensuite ?

— Je ne sais pas, dit Macro en haussant les épaules. Attendons les ordres.

Cato écouta les deux officiers avec incrédulité. Comment pouvaient-ils être si insensibles, quand leurs camarades risquaient d'être anéantis d'un moment à l'autre sous leurs yeux ? Et ensuite, le reste de la cohorte aurait à affronter un ennemi dix fois plus nombreux qu'elle. Il brûlait d'envie de tourner les talons, de prendre la fuite et de crier à tous les autres d'en faire autant. Mais son corps refusa de bouger, en partie parce qu'il avait honte, mais aussi parce que l'idée de traverser la forêt seul au retour le terrifiait. Cloué sur place, Cato continua de regarder tour à tour les Germains à l'approche et le village, tout en suivant la progression de la première centurie. Soudain, il y eut un mouvement dans l'une des tours de garde : le légionnaire envoyé par

Vitellius était tombé aux mains d'un groupe d'hommes qui l'embrocha sur un javelot, avant de balancer son corps dans le fossé.

—Centurion !

—J'ai vu, mon garçon.

Une série d'éclats de lumière et de reflets signala l'arrivée de la première centurie à l'entrée du village et un bref accrochage eut lieu pour prendre le contrôle de la porte. Pendant ce temps, les Germains continuaient d'affluer pour refermer le piège.

—Ce sera vraiment juste, observa Quadratus. Quelques échauffourées sont à prévoir. Je vais déjà donner l'ordre aux hommes de se mettre en ordre de marche. Macro, tu restes là pour couvrir nos arrières en attendant Vitellius.

—D'accord, dit Macro. Mais ne traîne pas.

Quadratus remonta les troupes en criant les instructions nécessaires et, une à une, les centuries alignées sur la crête reformèrent une colonne et marchèrent en direction du chemin. Simultanément, Macro demanda à la sixième de descendre de dix pas, afin de dégager la voie pour Quadratus. En bas, la première centurie avait écrasé la résistance à la porte, constata Cato ; les légionnaires tiraient sur l'épais battant en bois pour sortir de ce guêpier. Avec Vitellius chevauchant à sa tête, la première centurie se mit à courir vers le sommet de la colline et le reste de la cohorte. Un petit groupe de villageois se lança à leur poursuite, mais renonça à la première volée de javelots.

Une fois la centurie hors de danger, Vitellius éperonna sa monture pour aller prendre le commandement de la cohorte. Arrivé à côté de Macro, il serra la bride de son cheval, qui s'ébroua farouchement sur son mors écumeux. Une vilaine estafilade sur son flanc saignait abondamment.

— Qu'est-ce qui se passe, centurion ? cria le tribun avec colère. Où sont les autres ?

— Quadratus les a fait reculer sur le chemin, commandant, expliqua Macro.

— Pourquoi ? Il a peur d'une bande de paysans ? J'ai bien l'intention d'y retourner avec l'ensemble de la cohorte pour réduire ces culs-terreux en poussière !

— Commandant, l'interrompit Macro. À ta place, je jetterais d'abord un coup d'œil par là.

— Hein ? Où ça ?

— Derrière le village, commandant.

Pendant un moment, Vitellius resta figé, alors que le danger réel lui apparaissait clairement. Observant attentivement la masse sombre des Germains qui affluait, il comprit ce que ses officiers savaient déjà : ils n'avaient aucune chance face à une force aussi supérieure en nombre.

— Ils sont encore loin. En arrivant à la forêt à temps, une arrière-garde parviendra peut-être à les contenir.

— C'est ce que Quadratus avait en tête, je crois, commandant.

— Bien. Toi et tes hommes, vous restez en position. Quand la première centurie sera là, tu la laisseras passer et rejoindre la colonne. Ton unité sera l'arrière-garde. Tu ne devras te retirer qu'une fois la cohorte en marche.

Vitellius jeta de nouveau un coup d'œil en direction de la pente, estimant les positions relatives dans les deux camps.

— Ils n'atteindront pas le village avant un moment. Avec de la chance, nous saurons maintenir une avance suffisante. Très bien, centurion, tu as tes ordres.

—Oui, commandant.

Macro salua, alors que Vitellius faisait faire demi-tour à son cheval et s'élançait à la tête de la colonne. Une fois sûr que le tribun était hors de portée de voix, Cato se tourna vers Macro.

—Qu'est-ce qui va se passer, centurion?

—Exactement ce qu'il a dit. Retour au camp à marche forcée. C'est tout.

Cato craignait que les choses se révèlent un peu plus compliquées. Un sentiment persistant lui suggérait que le pire était à venir et il maudit Macro en silence pour l'avoir obligé à se joindre à cette expédition. Au lieu d'une simple formalité sans effusion de sang et du répit des attentions de Bestia et Pulcher qu'il pensait avoir gagné, il se retrouvait face à une horde sauvage de Germains. À peine quatre semaines de carrière militaire, se dit-il amèrement, et on faisait déjà la queue pour le tuer.

Les hommes de la première centurie se hissèrent péniblement au sommet, avant qu'on les fasse rapidement avancer vers le chemin. Quand le dernier légionnaire eut passé entre les rangs, Macro ordonna à la ligne de reculer de dix pas par rapport à sa position d'origine. La centurie était sur le point de se mettre en formation quand une clameur s'éleva au-delà de la tête de la colonne.

Surgissant de la forêt au loin, une autre nuée de Germains courait à travers les terres cultivées pour couper la retraite de la cohorte. Un rapide coup d'œil suffit à Cato pour comprendre, malgré son défaut d'expérience, que les Germains n'auraient aucune difficulté à couper la route des Romains. Soudain, tout devint clair: les trois hommes fuyant vers la forêt, la communication par signaux de fumée, le comportement de la femme du chef pour retarder Vitellius et ses légionnaires. Un piège savamment agencé, admit-il, juste avant que la terreur lui fasse dresser les poils sur la nuque : ils étaient dans une situation critique. Se tournant vers Macro dans l'espoir d'une solution, il eut la surprise de voir le masque de calme du centurion tomber un moment. Celui-ci regarda la nouvelle menace, puis reporta son attention sur la première masse de Germains, qui ne se trouvait plus qu'à trois quarts de mille du village, de l'autre côté.

— Formidable, marmonna Macro. Maintenant, on est vraiment mal barrés.

CHAPITRE 7

A près le départ de la cohorte tôt dans la matinée, la
deuxième légion s'installa dans sa routine quotidienne.
Les recrues de Bestia battirent du pied sur le champ de
manœuvre pour se réchauffer entre deux exercices, tandis
que le commandant de la cinquième cohorte emmenait
ses hommes en marche d'entraînement comme l'armée
l'exigeait pour toutes ses troupes chaque mois. Ce jour-là, le
personnel administratif de l'état-major, obligé de se joindre
à la cohorte, maugréait avec amertume contre Vespasien.
Leur statut les dispensait d'ordinaire de ce genre de corvée,
mais le légat avait décidé de passer outre.

Du haut de son balcon, il regardait défiler les hommes
sur la Via Praetoria, avec les gratte-papier intercalés entre la
troisième et la quatrième centurie ; il ne put retenir un sourire.
La Legio II Augusta était son premier commandement et il
entendait bien en faire un succès, même s'il devait pour cela
froisser certaines susceptibilités. Chaque homme, chaque
animal de sa légion serait en pleine forme pour la campagne
qui s'annonçait. En plus, à cause de la nature particulière
de l'opération dont l'État-major impérial avait exposé les
grandes lignes dans son message confidentiel, les soldats de
la deuxième légion auraient besoin d'un entraînement pour
la guerre amphibie. Or, il ne connaissait que trop bien le peu

d'accointances qu'ils entretenaient avec la chose aquatique, *a fortiori* marine. La vie de garnison bien tranquille qu'ils menaient depuis plusieurs années n'arrangeait rien, se dit-il en buvant son vin chaud à petites gorgées. Une rapide période d'adaptation était nécessaire et l'exercice imposé au personnel administratif n'était que la première phase d'un plan de préparation plus vaste pour l'été suivant. À partir de maintenant, les marches et les entraînements avec armes seraient doublés et aucun soldat, aucun officier ne se verrait accorder de dispense.

Alors que la queue de la cohorte passait d'un pas lourd, Vespasien quitta le balcon et regagna ses quartiers privés en fermant les volets. Étalés sur une grande table en bois se trouvaient les inventaires qu'il avait ordonnés, ainsi qu'une série de missives de Rome fournissant les détails du transfert de la légion – l'itinéraire qui leur ferait traverser la Gaule, les dépôts d'approvisionnement auxquels ils auraient accès pendant le trajet et la notification des spécialistes en guerre amphibie placés sous son commandement pour la durée de la campagne. Le message qui avait enclenché toute l'affaire était sous clé, dans le coffre contenant tous ses papiers confidentiels, sous la table. Pour l'avoir souvent relu, il en connaissait chaque détail par cœur. Néanmoins, il retira la clé de la chaîne qu'il portait autour du cou et la tourna dans la serrure. Des fragments de cire rouge profond du sceau impérial subsistaient sur le parchemin rigide. À côté du rouleau se trouvait un autre document, plus petit, ultra-secret et rédigé en code par l'empereur lui-même. Vespasien le considéra un instant avec une expression chagrine, puis le poussa au fond du coffre, avant d'en extraire la dépêche.

L'étalant à plat sur la table, Vespasien but une gorgée de vin chaud et parcourut une nouvelle fois le texte écrit avec finesse.

La deuxième et trois autres légions, épaulées par trente cohortes d'auxiliaires, devaient envahir la Bretagne l'été suivant. Le secrétaire impérial, qui en était l'auteur, exposait ce plan pourtant audacieux comme s'il s'agissait d'une simple formalité. Puis, se sentant peut-être un peu coupable de minimiser l'ampleur de la tâche, il avait rédigé dans son style inimitable – élégant et volubile – plusieurs paragraphes sur la signification de la campagne en question. La Bretagne, expliquait-il, avait à peine fait l'objet d'une reconnaissance par Jules César ; une invasion couronnée de succès raviverait la gloire de Rome et rappellerait au monde civilisé (et aux barbares qui demeuraient autour) la puissance de Rome, et de son nouvel empereur.

Vespasien sourit. La survie de la dynastie julio-claudienne devait tout au soutien de la garde prétorienne. Sans elle, l'empereur actuel aurait été balayé dans le bain de sang qui avait suivi l'assassinat de Caligula. L'*intelligentsia* romaine s'interrogeait sur les aptitudes de Claude ; même la plèbe, d'ailleurs, n'était pas entièrement convaincue qu'il soit fait pour ce boulot. Ce plan de campagne – la conquête de la Bretagne – était une manière transparente de le transformer en héros aux yeux de ses sujets. Une victoire rapide, un triomphe spectaculaire et des festivités publiques prolongées à Rome lui assureraient l'affection des masses inconstantes.

Le secrétaire poursuivait sa description en déclarant que les forces allouées à l'invasion seraient plus que suffisantes. Les rapports des agents impériaux en Bretagne suggéraient que la résistance rencontrée par l'armée serait faible, et très dispersée. Les légionnaires auraient vite fait de balayer toute opposition frontale. Ensuite, le reste de la campagne se résumerait à faire tomber des bastions tribaux par la diplomatie ou la force.

— Par la diplomatie ou la force, répéta Vespasien à voix haute en secouant la tête d'un air las.

Du point de vue de l'État-major impérial, cela ressemblait à une promenade de santé. Alors que n'importe quel soldat avec un peu d'expérience en poste dans une province aux frontières de l'Empire savait que la diplomatie n'avait que peu de chances d'aboutir. Vespasien doutait même que ce mot fasse partie du vocabulaire des Bretons.

Dans son interprétation assez libre des écrits de César, le secrétaire décrivait les Bretons comme une peuplade indisciplinée équipée de quelques chars vieillots. Leurs collines fortifiées ne valaient guère mieux que des monticules de boue abrités derrière des palissades fragiles. On anticipait peu de morts et de blessés, et les envahisseurs ne manqueraient pas d'occasions de s'enrichir avec le butin de cette guerre — essentiellement des esclaves. Vespasien se nota mentalement de bien insister sur cet aspect-là auprès des légionnaires, afin de limiter l'impact des rumeurs superstitieuses qui circulaient à propos de la mystérieuse île frangée de brume au-delà des limites du monde connu. À ce stade, pensa Vespasien, le secrétaire avait dû s'apercevoir qu'il en faisait un peu trop, et la dépêche adoptait de nouveau un ton plus objectif. Vespasien avait pour ordre de punir sévèrement tous ceux qui propageraient ce genre de rumeurs et de maintenir une discipline de fer dans la meilleure tradition de l'armée romaine. La missive concluait de manière abrupte par un programme de mouvements de troupes pour les mois à venir.

Mettant le document de côté, Vespasien vida sa coupe et fixa son regard sur la paperasserie qui envahissait la table. Ce serait une aventure, c'était le moins que l'on pût dire. La formation d'une armée immense, son approvisionnement quotidien et la constitution de réserves pour le ravitaillement après le débarquement ; la création d'une flotte, l'entraînement des hommes en vue des opérations amphibies – sans parler de la campagne elle-même, un détail, et de l'établissement d'une province entièrement nouvelle, avec la fourniture de l'infrastructure que cela impliquait. Et tout ça pour quoi ? La dépêche mentionnait les vastes ressources en or, en argent et en étain de l'île. Les marchands de passage dans le fort avaient pourtant peint de cet endroit un tableau plutôt sordide. Ni villes ni culture, des femmes d'une laideur repoussante et des coiffures grotesques. Mais c'était une conquête, et une réputation se bâtissait sur des succès militaires. Vespasien avait pleinement conscience que sa cote politique avait besoin d'un coup de pouce s'il voulait un jour réaliser les ambitions qui lui tenaient à cœur. Alors, oui, la conquête de la Bretagne ferait l'affaire de tous – sauf des autochtones, se dit-il avec un sourire.

D'ailleurs, en parlant d'autochtones, il avait un ou deux problèmes à régler avant de céder la forteresse à la cohorte de Macédoine qui remplacerait la deuxième légion pendant la campagne. Quelques conflits tribaux à résoudre – des questions de territoire. Et aussi cette sale affaire avec le collecteur d'impôts que la troisième cohorte était en train d'arranger. Le collecteur privé de sa langue avait adressé une demande de compensation au gouverneur provincial en stipulant que, à moins de recevoir la totalité de la somme qu'il réclamait, il ne s'estimerait satisfait que par l'exécution du chef. Conscient que la pauvreté de la moisson cette année obligerait peut-être la tribu à acheter de la nourriture pendant le rude hiver germanique, Vespasien avait proposé de faire couper la langue du chef en réparation. Mais le collecteur, un Gaulois fruste avec un accent épouvantable et aucune conversation – ce qui ne risquait pas de s'améliorer à présent –, avait insisté : le prix du sang ou la mort. Le légat avait donc envoyé Vitellius régler le problème, une mission dont le tribun, toujours très à cheval sur le respect de la paix romaine, s'acquitterait avec zèle.

Sans vraiment s'expliquer pourquoi, Vespasien avait du mal à se prendre de sympathie pour son premier tribun, pourtant d'un tempérament assez égal et populaire au mess. Il buvait, mais jamais jusqu'à l'ivresse. Il courait les femmes sans discernement ni retenue – comme il sied à tout homme, songea Vespasien avec approbation. En outre, Vitellius aimait beaucoup l'activité physique ; il conduisait un char comme s'il était né les rênes dans les mains. S'il avait un vice, c'était le jeu, mais même là, il était très fort – d'instinct, il sentait quand les dés étaient en sa faveur ou contre lui. Et son don pour se faire des amis se révélerait bien utile pour ses ambitions politiques. Un avenir radieux l'attendait. Qui savait jusqu'où il irait ? Et avec cette question, Vespasien mettait le doigt sur l'essentiel : Vitellius constituait un possible rival.

À cela s'ajoutait un autre problème. Le message apporté par cette recrue quelques semaines plus tôt provenait directement du bureau personnel de l'empereur. Rédigé en employant un code dont Claude était convenu avec Vespasien. Le légat y apprenait en quelques mots que quelqu'un, au sein de sa légion, avait été impliqué dans la tentative de coup d'État de Scribonien l'an passé. Dès que l'identité du comploteur serait connue – les membres survivants de la conspiration finiraient par parler – Vespasien serait informé et devrait se débarrasser de l'individu concerné sans faire de vagues. L'empereur s'y entendait à manier l'euphémisme, songea le légat avec un sourire ironique. Il n'avait aucun mal à imaginer les techniques auxquelles avaient recours les bourreaux à Rome pour arracher des aveux et faire disparaître leurs victimes aussi discrètement que possible. En guise de consolation, le message l'assurait de la présence dans le camp d'au moins un agent impérial – inconnu pour l'instant – pour lui prêter main-forte, de la façon qu'il jugerait utile.

La préparation d'une campagne majeure était déjà pourtant bien assez épuisante sans avoir à se préoccuper de ce genre de complications. Dans un souci d'efficacité, un soldat avait besoin de se concentrer sur des objectifs militaires, en ignorant des enjeux politiques qui le dépassaient. Or, à partir de maintenant, il lui faudrait se méfier de chacun de ses officiers, jusqu'à ce qu'un pauvre bougre dans la prison Mammertine craque enfin sous la torture et lâche un nom. Vespasien ne pouvait s'empêcher d'espérer que ce serait celui de Vitellius. Voilà qui apporterait une solution commode à toutes ses angoisses actuelles.

Il se versa un peu du vin qui chauffait au-dessus de la braise rougeoyante du brasero. Buvant le liquide fumant à petites gorgées, il regretta de n'avoir pas su trouver de mission plus dangereuse pour Vitellius que la simple mise au pas d'un village local.

Chapitre 8

Remontant la colonne à vive allure, le cheval de Vitellius vira à la hauteur de la dernière centurie pour s'arrêter. Le tribun tendit un bras vers le village au bas de la côte.

— Macro ! Retourne là-bas avec tes hommes, au pas de charge !

— Commandant ? fit Macro, qui crut d'abord avoir mal entendu.

Ses yeux suivirent la direction indiquée par son supérieur. Ignorant les habitations, son regard se posa sur la masse de Germains qui affluait vers eux à travers la plaine.

— Exécution, centurion ! cria Vitellius. Et au trot !

— Oui, commandant !

— Une fois sur place, tu iras prendre le contrôle de la porte de l'autre côté du village.

— Oui, commandant !

— Ne t'arrête sous aucun prétexte ! Compris ?

— Oui, commandant !

Alors que Macro se tournait vers la sixième centurie pour hurler ses ordres, Vitellius tira brutalement sur les rênes et enfonça ses talons dans les flancs de son cheval, avant de remonter les troupes au galop. Macro saisit Cato par le bras.

— Quoi qu'il arrive, tu restes près de moi.

Cato hocha la tête.

—Allez, les gars, en avant ! Suivez-moi !

Macro s'engagea dans la pente à la tête d'une petite colonne de légionnaires haletants dont le souffle s'élevait en panaches vaporeux dans l'air. Tous cherchaient à estimer la distance qui les séparait de la horde de Germains. Même Cato se rendait bien compte que l'ennemi atteindrait la porte de l'autre côté du village avant eux. Et après ? Un affrontement violent dans les ruelles crasseuses, suivi d'une mort certaine. Un sort sans doute préférable à la capture, à en croire la moitié de ce que Posidonios avait écrit sur les Germains. Les sangles des baudriers et les fourreaux tintaient bruyamment. Cato, qui ne maîtrisait pas encore la technique pour courir en tenue de campagne, éprouva des difficultés à tenir son bouclier et son javelot tout en empêchant son glaive de se prendre entre ses cuisses. Pire, son casque – « taille unique » – lui tombait sur le front, l'obligeant à renverser régulièrement la tête.

Un coup d'œil par-dessus son épaule confirma à Macro que les autres centuries à leur tour franchissaient la crête et s'élançaient dans la pente. Il eut un hochement de tête approbateur. Puis il reporta son attention vers l'entrée du village. Un petit groupe de Germains munis d'un assortiment disparate d'armes anciennes et des outils agricoles les plus destructeurs qu'ils avaient pu trouver attendait d'un air incertain – clairement, le demi-tour des légionnaires les plongeait dans la perplexité. À plusieurs dizaines de pas de distance, Macro commença à distinguer les expressions effrayées sur les visages de ceux qui n'avaient pas pris la fuite. Remplissant ses poumons d'air, il dégaina son glaive.

—GRRRRAAARRRR !

Saisi, Cato fit un bond de côté.

— Continue à courir, imbécile ! C'était pour leur faire peur à eux, pas à toi !

Sans surprise, les Germains qui n'avaient pas encore déguerpi firent volte-face devant ce centurion avec l'écume aux lèvres et s'enfuirent dans les ruelles du village, sans même prendre la peine de fermer les portes. Presque sans un regard pour le corps du Romain qui gisait à côté de l'entrée, les légionnaires s'engouffrèrent derrière les Germains avec des exclamations de rage, ravis de l'effet produit. Seul Cato garda le silence, observant d'un air grave les huttes de construction grossière qui les cernaient, et franchement accablé par l'odeur nauséabonde des lieux.

— Serrez les rangs ! brailla Macro par-dessus son épaule. Et continuez à crier !

En tournant dans une rue, la centurie rencontra la première résistance sérieuse sous la forme d'une dizaine d'hommes hirsutes, armés de boucliers et de lances de chasse. Bêtement, ils avaient pris position trop près de l'angle ; les légionnaires en vinrent à bout presque avant que Cato ne s'aperçoive de leur présence. Ceux qui furent balayés dans une ruelle adjacente s'éclipsèrent et eurent la vie sauve. On acheva les autres à coups de javelot. Cato ne vit qu'un Germain s'écrouler, le visage emporté par le bord du bouclier de Macro. L'homme hurla d'une voix stridente, mais son cri fut instantanément noyé par la vague terrible qui entraînait Cato au cœur du village germain. Toute sensation de peur avait disparu, remplacée par la nécessité de se concentrer pour ne pas perdre l'équilibre et se maintenir aussi proche de Macro que possible. À côté de lui, le porte-étendard s'époumonait – « En avant ! En avant ! » –, les lèvres retroussées en un large sourire. Par les dieux, pensa brièvement Cato, ces hommes aimaient vraiment ça. Les fous! Cherchaient-ils à se faire tuer?

Soudain, ils débouchèrent sur la place où se dressait la maison du chef que Cato avait aperçue depuis la crête. Les villageois s'éparpillèrent devant la meute hurlante des Romains.

—Laissez-les! ordonna Macro. Continuez d'avancer! Suivez-moi!

La centurie quitta la place par la rue la plus large, avec pour objectif la porte de laquelle approchait la horde de Germains surgie de la forêt. La voie était libre; seuls signes de la présence des habitants, des portes hâtivement fermées sur leur passage. Au-dessus des toits en chaume, Cato eut un aperçu de l'enceinte. Puis un nouveau son se fit entendre, les hurlements d'une multitude qui couvraient même les cris des légionnaires. Les Romains se turent et ralentirent un instant.

—Pas de relâchement dans les rangs! leur lança Macro. Allez, du nerf!

Dans un ultime effort, les soldats coururent pour atteindre la porte les premiers. Cato suivit le porte-étendard et Macro dans l'élan final et désespéré entre les huttes puantes. En haut d'une pente douce, il s'écrasa contre le dos du centurion alors que celui-ci s'arrêtait brusquement. Cato en lâcha son bouclier.

—Fais attention, bon sang! explosa Macro.

—Désolé, centurion! Je ne…

—Prenez position! cria Macro en l'ignorant.

Ramassant son bouclier, Cato se redressa et se figea. À cinquante pas se dressait le corps de garde, les portes grandes ouvertes; les Germains, qui venaient d'apercevoir leur ennemi, s'y engouffraient en poussant des cris à glacer le sang. Aussi loin que remontât sa mémoire, Cato ne pensait pas avoir déjà vu créatures plus hideuses; grands, forts et hirsutes, ils avaient le visage déformé par la soif de sang et leur odeur animale nauséabonde était tout bonnement insupportable.

— Va te mettre en position, mon garçon.

Macro balaya Cato vers le bout de la première ligne de légionnaires où le porte-étendard avait planté son emblème et dégainé son glaive.

— Les deux premiers rangs : jetez les javelots !

Une dizaine de javelots s'élevèrent en décrivant une parabole vers les Germains et s'abattirent sur la horde déchaînée qui approchait à six de front. Comme s'ils trébuchaient sur une corde tendue en travers de la chaussée, les premiers rangs tombèrent en avant, certains empalés sur des javelots romains, d'autres piétinant les blessés et entraînés à terre par la pression qui s'exerçait derrière eux.

— Les deux rangs suivants : jetez les javelots ! répéta Macro d'une voix forte, calme et claire.

La deuxième salve transforma l'avant-garde des Germains en masse confuse de morts et de blessés d'où tentaient désespérément de se dégager ceux qui avaient été épargnés. En un instant, Macro évalua la situation ; brandissant son glaive, il lança à ses troupes :

— Allez, les gars ! Allons les achever ! Chargez !

Puis il s'élança, le bouclier levé pour se protéger le torse et le glaive pointé droit vers la gorge de l'ennemi le plus proche. Sans un cri, la centurie déferla après lui ; une fois de plus, Cato se sentit comme emporté par un torrent furieux. Comme il avait toujours son javelot, il décida, avant de dégainer son glaive, de se débarrasser de cette arme encombrante en la lançant aussi loin que possible dans la mêlée. Mais le maniement du javelot à l'entraînement sur le champ de manœuvre ne ressemblait en rien au même exercice en situation de combat. Alors qu'il entamait un mouvement en arrière de son bras, il faillit empaler son camarade juste derrière lui.

— Hé! fais gaffe, abruti! lui cria l'homme avec colère, écartant le bout de la hampe alors qu'il dépassait Cato en trombe. Tu vas finir par blesser quelqu'un!

Embarrassé, Cato rougit, puis il se hâta de jeter l'arme incriminée. Malheureusement, à cause d'une trajectoire trop basse, le javelot érafla le casque de Macro avant de disparaître dans la masse des Germains. Cato déglutit nerveusement alors que le centurion lançait un regard furieux par-dessus son épaule; il jura à pleins poumons, puis se retourna pour passer sa rage sur le Germain le plus proche. Cato se dépêcha de dégainer son glaive pour se ruer à son tour dans la bataille, s'efforçant de ne pas paraître responsable du projectile égaré.

Les soldats des derniers rangs criaient des encouragements à leurs camarades, ne s'interrompant que pour achever tout Germain qui donnerait signe de vie dans l'enchevêtrement de corps sur le sol boueux. Cato eut un choc en apercevant quelques Romains parmi les victimes – des hommes qu'il ne connaissait pas. Alors que les légionnaires repoussaient inexorablement l'ennemi vers l'entrée, les cadavres de Romains apparurent plus nombreux, certains fixant encore un regard surpris sur leurs blessures atroces. Le sang ruisselait dans la rue où les semelles cloutées des sandales le mélangeaient à la terre. À mesure que succombaient plus de Romains, le front se rapprochait et Cato s'arma de courage pour le moment où il devrait prendre la place laissée vacante par un de ses camarades.

La poignée de Germains acculés tentait désespérément d'élargir le front pour tirer avantage de sa supériorité numérique, escaladant les murs bas des huttes avoisinantes. Un cri de Macro fit s'abattre une pluie de javelots jetés par les légionnaires restés à l'arrière et les Germains les plus audacieux retombèrent dans la masse.

Cato vit l'étendard s'agiter à la tête de la centurie, alors que les Romains gagnaient peu à peu du terrain. Puis Macro lança une nouvelle poussée qui conduisit ses hommes entre les énormes montants de la porte.

— Restez là ! ordonna Macro qui, après un dernier coup de glaive dans la meute de Germains enragés, se fraya un passage parmi les légionnaires qui tenaient l'entrée.

Une fois à l'intérieur, il s'adressa à ses soldats :

— Vous, montez sur le mur et dégagez un espace devant la porte. Servez-vous de vos javelots, de pierres – de tout ce qui vous tombera sous la main.

Alors que les légionnaires escaladaient les rampes de terre de chaque côté, Macro aperçut Cato et l'attrapa par le bras.

— Optio ! Prends six hommes avec toi. Tenez-vous prêts avec la traverse. À mon signal, vous la glisserez dans les cales de la porte – aussi vite que possible. Compris ?

— Oui, centurion, répondit Cato, les yeux rivés sur une estafilade rouge au bras de son supérieur – celui qui serrait le glaive.

— Bien. Alors, exécution.

Puis il s'enfonça de nouveau dans les rangs, criant des encouragements aux soldats qui défendaient l'entrée. Cato se secoua ; autour de lui, des légionnaires le regardaient – ils attendaient.

— Vous avez entendu, fit-il d'une voix qu'il espérait ferme. Rengainez et reposez les boucliers.

Chose étonnante – pour Cato, en tout cas –, ils obéirent, puis se baissèrent vers la traverse en bois dégrossi. Cato posa son propre bouclier contre le mur d'une hutte et empoigna la planche par le devant.

— Prêts ? Soulevez !

Il se redressa lentement, haletant alors qu'il peinait à hisser la traverse sur son épaule où il la maintint dans une position inconfortable.

— Très bien, fit-il entre ses dents serrées. Maintenant, direction la porte. Doucement !

Ils avancèrent avec difficulté, enjambant soigneusement les formes prostrées de Romains et de Germains, avant de se placer d'un côté de l'entrée où la bataille semblait tourner à l'avantage des autochtones. Grâce à sa grande taille, Cato pouvait voir les Germains qui forçaient les rangs de plus en plus clairsemés des légionnaires.

— Un peu plus de nerf de ce côté-ci du mur ! cria Macro. Mettez-y tout ce que vous avez !

Désespérés, les soldats firent pleuvoir sur les têtes des Germains impuissants leurs derniers javelots, mais aussi des cailloux et des pierres arrachées aux huttes avoisinantes. Instinctivement, la première ligne recula pour échapper au massacre.

— En arrière !

Macro se retourna et fit franchir la porte aux légionnaires les plus proches. Les Romains encore à l'extérieur se replièrent en hâte, présentant leurs boucliers à l'ennemi. Les derniers à rentrer saisirent les bords des lourds battants en bois avec des gestes frénétiques pour les pousser. Dehors, un hurlement de rage s'éleva des gorges des Germains qui, comprenant le but de la manœuvre, se précipitaient pour un nouvel assaut, indifférents à la pluie de pierres s'abattant sur eux depuis les murs. À leur tête s'élançait un grand guerrier, ivre de colère et de haine. Alors que la porte se refermait devant lui, il tenta de frapper le légionnaire le plus proche avec sa lance.

— Même pas en rêve!

D'un coup de glaive, Macro lui fit baisser son arme. Perdant l'équilibre, le Germain trébucha dans l'espace qui se réduisait à vue d'œil ; Macro lui donna un coup de tête, lui écrasant le nez avec un craquement écœurant. Alors que le Germain hurlait de douleur, Macro le repoussa d'un coup de pied.

— Dégage, espèce de cul-terreux!

Dans un grincement sourd, les portes se refermèrent ; avant même d'en avoir reçu l'ordre, Cato et ses hommes soulevèrent la traverse qu'ils glissèrent dans les cales. Immédiatement, elle ploya sous la pression des Germains. Macro la regarda un moment pour s'assurer qu'elle tiendrait, puis, postant un garde au pied des portes, il fit monter le reste de la centurie sur le mur.

Construites essentiellement pour repousser les bandes de maraudeurs des régions reculées au-delà du Rhin, ces fortifications avaient quelque chose de dérisoire. On avait tassé la terre du fossé creusé autour du village pour former un rempart intérieur, consolidé avec de la tourbe. Un chemin de ronde étroit en rondins courait au sommet du mur, derrière une palissade de pieux taillés qui arrivait à la taille de la plupart des hommes – et au cou de quelqu'un de plus trapu, comme Macro, obligé de se dresser sur la pointe des pieds pour avoir une vue devant l'entrée.

Une masse de Germains bouillants de rage s'étendait devant et de part et d'autre du village, tels deux bras encerclant les Romains piégés à l'intérieur. En contrebas de la position de Macro, une nouvelle pluie de pierres chassait les Germains, libérant un espace jonché de morts et de blessés face aux lourds battants en bois. Plus loin, on avait déjà commencé à faire des fagots à partir des réserves de bois de chauffage entreposées hors les murs, justement pour minimiser les risques d'incendie. Une fois qu'ils seraient prêts, ils ne tarderaient pas à venir remplir le fossé en préparation d'une tentative d'assaut. Au moins lui et ses hommes avaient-ils réussi à gagner du temps pour le reste de la cohorte. Macro se retourna à l'affût du moindre signe de la présence des autres centuries. Ailleurs dans le village résonnaient des cris étouffés et le léger fracas des armes ; de sa position un peu surélevée, Macro pouvait apercevoir des légionnaires répartis autour de l'enceinte. Le village était donc sous contrôle. Bien. Le moment était venu de faire son rapport.

Baissant les yeux vers la rue et son tapis de corps, il estima avoir perdu près d'un cinquième de son effectif – mort, ou grièvement blessé. Levant la tête, il accrocha le regard du jeune Cato, qui semblait captivé par le spectacle de l'autre côté du mur.

— Cato ! Baisse la tête, bon sang ! Tu tiens vraiment à servir de cible à un Germain ?

— Non, centurion.

— Approche. J'ai un travail pour toi.

124

Accroupi derrière la palissade, Macro retira son casque et s'essuya le front avec son bras indemne. Alors qu'il s'apprêtait à exposer la situation en détail à Cato, il fit courir son doigt le long d'une bosse en travers du sommet de son casque.

— Je me demande d'où ça vient ? Tu n'aurais pas une idée, par hasard ?

Cato rougit en silence.

— Laisse tomber. Mais si celui qui a tenté de m'embrocher décide de remettre ça, il aura affaire à moi. Maintenant, je veux que tu ailles trouver le tribun le plus rapidement possible. Informe-le que la sixième centurie a pris le contrôle de la porte, mais qu'il ne me reste que soixante-dix hommes. Et enfin, demande-lui quels sont les ordres. Compris ?

Cato hocha la tête.

— Alors vas-y ! fit Macro en lui donnant une tape sur son casque.

Le centurion regarda Cato courir au bas de la rampe, puis avancer dans la rue avec précaution parmi les morts et les blessés. Alors qu'il remettait son casque, Macro nota mentalement d'avoir une petite conversation avec Bestia — s'ils se tiraient de ce pétrin. Ce garçon avait grand besoin de se perfectionner au maniement du javelot. Avec un soupir, il jeta un coup d'œil prudent par-dessus la palissade pour voir où les Germains en étaient avec leurs fagots.

Les sandales de Cato battirent contre la chaussée alors qu'il courait, reprenant en sens inverse l'itinéraire emprunté par la centurie à l'aller, à peine un peu plus tôt. Seul, il se sentait vulnérable et ne pouvait s'empêcher de lancer des regards nerveux entre les alignements de huttes et de maisons sordides. Mais il dut attendre d'être presque arrivé au cœur du village pour croiser quelqu'un. Deux légionnaires en faction gardaient l'accès à la place. À son approche, ils levèrent leurs javelots d'un air anxieux, regardant derrière lui, mais semblèrent soulagés quand il avança vers eux, pantelant.

— Où est le tribun ?

— Qu'est-ce qui se passe, optio ?

— Rien… je dois parler au tribun… message pour lui.

L'un des légionnaires fit un geste par-dessus son épaule.

— Tu le trouveras près de la hutte du chef. Quelle est la situation à l'autre entrée ?

— Tout est sous contrôle, lança Cato alors qu'il s'éloignait en courant.

Quand il surgit de la rue étroite, la surprise le fit stopper net. Des centaines de Germains de tous âges étaient réunis au centre de la place. Puis il s'aperçut qu'ils y avaient été parqués ; des dizaines de légionnaires les repoussaient avec leurs boucliers et leurs javelots. Certains continuaient d'arriver des rues adjacentes. Cato se fraya un passage vers la hutte du chef où Vitellius donnait des ordres à un centurion.

— … et s'ils opposent la moindre résistance, ou tentent quoi que ce soit, tuez-les tous.

— Les tuer ?

Le centurion regarda les villageois d'un air hésitant. Bon nombre d'entre eux gémissaient de manière pitoyable.

— Tous ?

— C'est ce que j'ai dit, confirma sèchement Vitellius.

Puis il ajouta, méprisant :

— À moins que tu n'en aies pas le courage ?

— Non, commandant ! se hâta de répondre le centurion, qui paraissait surpris. C'est juste que ça risque de prendre beaucoup de temps…

— Alors, tu vas devoir faire vite.

— Commandant ! les interrompit Cato. Un message de la part de Macro !

— Où est-ce que tu te crois, soldat ? cria Vitellius. Tu m'abordes en hurlant, comme si j'étais un marchand derrière son étal ! Fais-moi ton rapport – et dans les formes !

— Commandant, fit le centurion en toussant. Je peux y aller ?

— Hein ? Oui, bien sûr. Tu as tes ordres. Exécution.

Vitellius adressa un bref hochement de tête à Cato.

— Je t'écoute.

— Commandant, le centurion Macro te fait dire qu'il tient l'autre porte et…

— Des victimes ?

— Une vingtaine, commandant. Il lui reste soixante-dix hommes valides. Le centurion demande quels sont les ordres, commandant.

— Les ordres ? répéta Vitellius d'un air distrait. D'accord. Dis-lui de ne rien lâcher. Nous avons pris le contrôle des murs et de l'intérieur du village. Maintenant, il faut tenir bon jusqu'à l'arrivée des renforts.

Vitellius leva les yeux vers le ciel qui virait peu à peu au gris.

— On nous attend au camp avant la nuit. Le légat se mettra en route dès qu'il s'apercevra que nous avons des ennuis. Demain matin, avec de la chance. Mais nous sommes tout de même mieux ici que dans la forêt.

— Oui, commandant, l'approuva Cato sans réserve.

— Décris la situation à Macro et dis-lui bien qu'il doit tenir la porte à tout prix, jusqu'à la relève. Tu m'as compris, optio ?

Cato acquiesça.

— Alors, va-t'en.

CHAPITRE 9

Autour du village germain, le jour déclina, reculant peu à peu face à la grisaille du crépuscule. Après que les armes se furent tues, la chaleur physique et la tension mentale des combats retombèrent d'elles-mêmes ; debout sur les remparts dans les ténèbres hivernales glacées, les légionnaires se mirent à frissonner. Pour ne rien arranger, la neige s'invita à la fête, en gros flocons qui flottaient paresseusement dans l'air immobile. Après l'échec de l'embuscade initiale, les Germains avaient battu en retraite, hors de portée de javelot, la plupart d'entre eux se contentant de lancer des insultes vers le village dans leur langue discordante. D'autres s'affairaient à l'assemblage de fagots et à la coupe de branches de jeunes pins pour fabriquer des échelles grossières. Les soldats les observaient avec angoisse, jetant parfois des regards désespérés en direction du camp fortifié de la deuxième légion, à peine à huit milles de distance. Plus inquiétant, pour les hommes de la sixième centurie : un arbre d'une taille considérable avait été abattu à proximité de l'enceinte, et sa transformation en bélier était en bonne voie.

De son côté, Macro n'était pas resté les bras croisés. Il avait donné l'ordre à quelques légionnaires d'apporter de petits rochers sur le chemin de ronde, en complément des quelques javelots encore disponibles ; il avait chargé un autre groupe de barricader les portes avec des blocs de pierre plus lourds et de la terre, dans l'espoir que cela absorberait l'impact du bélier. Autant de contre-mesures classiques. Mais si les Germains parvenaient à coordonner leur attaque, les Romains présents dans le village ne feraient pas le poids, comme l'expliquait patiemment Macro à son jeune optio, tandis que ce dernier pansait l'estafilade sur son avant-bras.

— Et qu'est-ce qui se passera ensuite ? demanda Cato.

— À ton avis ?

Macro eut un faible sourire alors qu'il battait la semelle.

— On sera submergés, on n'aura aucune chance. Ils nous tailleront en pièces.

— Cesse de bouger, centurion. Ils feront des prisonniers ?

— Mieux vaut ne pas y penser, répondit doucement Macro. Crois-moi, même la mort est préférable.

— Vraiment ?

— Vraiment.

— Le tribun a dit que Vespasien enverrait des renforts dès qu'il aurait compris que quelque chose n'allait pas. Si nous pouvons tenir bon jusque-là…

— Rien n'est sûr, le coupa Macro. Mais ce n'est pas impossible. Si chacun y met du sien – toi y compris.

— Tu peux compter sur moi, centurion.

Cato arracha la bande de pansement rêche qui dépassait et noua fermement les deux extrémités.

— C'est terminé, centurion. Comment ça va ?

— Pas trop mal.

Macro plia le bras et grimaça en sentant la douleur remonter à son épaule.

— Ça fera l'affaire. J'ai connu pire.

— Tu as déjà été blessé, centurion ?

— Ce sont les risques du métier. Tu t'y feras toi aussi.

— À condition de survivre.

— Rien n'est perdu, dit Macro, d'une voix qu'il voulait rassurante.

Réagissant à l'expression maussade du jeune homme, il lui donna un coup de poing à l'épaule.

— Courage, mon garçon ! Nous ne sommes pas encore morts. Tant s'en faut. Mais si on doit y rester, eh bien, on n'y peut pas grand-chose, alors à quoi bon s'en faire, hein ? Maintenant, voyons un peu ce que ces salopards nous mijotent.

Une rapide inspection des lignes germaines dans l'obscurité mouchetée de flocons de neige de plus en plus profonde du crépuscule ne révéla aucun changement significatif. Les coups sourds des haches sur le bois continuaient de résonner sans interruption. Convaincu que le village était à l'abri pour le moment, Macro se tourna vers Cato.

— Je vais juste parler au reste des gars. Pour leur remonter le moral. Pendant ce temps, prends deux hommes avec toi et trouve-nous à boire et à manger. J'ai faim. Autant en profiter en attendant que les Germains s'agitent.

Une fouille rapide des huttes avoisinantes produisit un beau butin de viande séchée, pain frais et plusieurs amphores de la bière locale.

— Attention aux effets de ce breuvage, prévint Macro, qui en avait fait l'amère expérience. Ceux qui se soûleront seront de corvée une fois de retour au camp.

Cato regarda par-dessus l'épaule de son supérieur.

— Centurion ! Le tribun…

Vitellius et une escorte de quatre gaillards de forte carrure émergèrent de la rue assombrie et gravirent la rampe vers la porte. Macro se raidit, sur le point d'ordonner à la centurie de se mettre au garde-à-vous, mais Vitellius secoua la tête.

— Laisse-les se reposer, centurion. Ils l'ont mérité.

— Oui, commandant. Merci.

— Comment ça se passe ?

D'un geste du bras, Macro montra les Germains qui cernaient le village.

— Comme tu peux le constater, un effectif de soixante-dix ne suffira pas à contenir une telle marée humaine. Depuis la dernière attaque, ils ont assemblé des fagots et fabriqué des échelles. Et là-bas, ils ont presque terminé un bélier. Dès qu'il sera prêt…

— Je vois, fit Vitellius, qui se gratta le menton, comme plongé dans de profondes méditations. Tu devras te débrouiller pour les retenir le plus longtemps possible.

— Oui, commandant… Et le reste de la cohorte ?

— Notre position n'est pas trop mauvaise. Nous contrôlons le mur d'enceinte, et tous les villageois valides sont sous bonne garde. La centurie de Quadratus est celle qui a le plus souffert. Cette garce – la femme du chef – a ouvert une grille d'évacuation. Une vingtaine d'entre eux ont pris les hommes de Quadratus à revers. Ils n'ont eu qu'à nous cueillir pendant qu'on repoussait les Germains restés à l'extérieur. Presque la moitié de la centurie y est passée avant qu'on s'en aperçoive et qu'on puisse les éliminer.

— On peut toujours compter sur Quadratus, sourit Macro.

— Plus maintenant ; il a pris une pique germaine dans le ventre. Elle l'a traversé de part en part.

— Non ?

— Je crains que si, centurion. Et les Germains ont aussi tué son optio. C'est la raison de ma présence. Peux-tu te passer de quelqu'un qui viendrait remplacer Quadratus ?

À cinq pas de là, Cato tendait l'oreille ; une attente mêlée d'angoisse lui glaça le sang. Il dut faire appel à toute sa volonté pour ignorer Macro et garder les yeux résolument fixés par-dessus le mur, sur les Germains réunis autour des feux, leurs visages rougeoyants. Adoptant ce qu'il espérait une bonne imitation de la pose nonchalante d'un vétéran, il continua à écouter, le cœur battant.

— Hmm, fit Macro d'un air songeur.

Le centurion regarda autour de lui, et Cato crut presque sentir le poids de son regard, alors qu'il s'arrêtait brièvement sur son dos.

— Et ton optio ? demanda Vitellius. Il est fiable ?

— C'est trop tôt pour le dire, commandant. C'est une nouvelle recrue. Je dois constamment l'avoir à l'œil. Il a beau être animé des meilleures intentions, il est loin d'être prêt pour ce dont tu as besoin.

— Dommage.

Le poids écrasant de ce rejet enveloppa le cœur de Cato. Il serra les dents et ravala des larmes d'humiliation.

— Tu as quelqu'un d'autre à me proposer ?

— Oui, commandant. Mon porte-étendard est un bon soldat. Il te donnera satisfaction.

— Très bien, alors, l'approuva Vitellius. Tu sais ce qui te reste à faire, centurion : tenir cette porte à tout prix, au moins pour cette nuit. S'il ne nous voit pas rentrer,

Vespasien enverra forcément des renforts dans la matinée. Je compte sur toi.

—Merci, commandant.

Macro plaqua sa main contre sa poitrine pour saluer, puis regarda le tribun et son escorte se diriger vers le porte-étendard penché par-dessus le mur.

—Branleur! jura-t-il à voix basse. *« Je compte sur toi. »* –comme si Macro avait besoin qu'on lui rappelle son devoir.

Il jeta un regard furtif autour de lui pour s'assurer que personne n'avait surpris son imprudence. La posture de son optio, raide et les yeux fixés au-delà des remparts, lui parut manquer de naturel.

—Cato!

—Centurion?

Le jeune homme semblait contrarié.

—Ça bouge?

—Non.

—Bien. Continue à ouvrir l'œil.

—Oui, centurion.

Le tribun et sa petite escouade revinrent vers la porte en longeant le mur, le porte-étendard dans leur sillage. Vitellius salua sèchement Macro en passant à sa hauteur.

—Bonne chance, centurion, dit le porte-étendard.

—À toi aussi, Porcius, sourit Macro. Et ne t'inquiète pas, on prendra bien soin de ton étendard pendant ton absence.

L'espace d'un instant, le soldat marqua une pause et regarda avec affection le drapeau de la sixième centurie. Puis, comme à contrecœur, il tendit la hampe en bois à Macro.

—Tiens.

Ensuite, ils disparurent dans l'obscurité et le froid entre les huttes miteuses, laissant Macro avec l'emblème à la main, sa pièce d'étoffe lestée pendue à une traverse horizontale. Pendant un moment, Macro éprouva un pincement d'excitation, le contact familier ravivant ses souvenirs de l'année où il avait lui-même servi en tant que porte-étendard. Il sourit en repensant aux plaisirs plus bruts et viscéraux du jeune soldat qu'il avait été. Puis il reprit conscience de la présence de Cato.

—Viens par là, mon garçon, lui lança-t-il doucement.

Cato se présenta au garde-à-vous devant son supérieur, le visage durci par des émotions réprimées.

—Détends-toi. J'ai une nouvelle mission à te confier. Je veux que tu veilles sur ça.

—Que je… ?

—Tu as entendu ce qu'a dit le tribun ?

—Oui, centurion.

—Et j'espère que c'est tout ce que tu as entendu. En l'absence de Porcius, j'ai besoin de quelqu'un de fiable pour porter notre étendard jusqu'à son retour. T'en sens-tu capable ?

En dépit de l'amabilité du ton employé, c'était plus un ordre qu'une question. Néanmoins, Cato, rempli de joie, en oublia le moment de honte épouvantable éprouvé à peine un peu plus tôt. Il posa son bouclier et agrippa fermement l'étendard de sa main gauche.

—C'est une grosse responsabilité, dit Macro. Tu en as conscience, j'espère.

—Oui, centurion. Merci de ta confiance. Je le garderai au péril de ma vie.

—Je te le conseille. Si Porcius y trouve ne serait-ce qu'une éraflure à son retour, ce sont tes couilles qui se balanceront au bout la prochaine fois qu'on ira sur le champ de bataille. C'est compris?

Cato hocha la tête d'un air grave.

—Reste près de moi et, quoi qu'il arrive, tu ne lâches pas cet emblème et tu le brandis bien haut, pour que tous puissent le voir à chaque instant. Compris?... Allons bon, qu'est-ce qui se passe?

Une soudaine agitation sur le chemin de ronde avait attiré son regard. Tous les légionnaires étaient debout, boucliers au bras et glaives à la main. Cato souleva l'étendard et suivit Macro jusqu'à la palissade. Autour des feux, les Germains s'étaient levés et une masse noire se dirigeait vers la porte. Certains portaient des fagots, d'autres brandissaient des torches qui éclairaient les visages de leurs voisins d'une lumière jaune-orange tremblotante.

—N'oubliez pas, lança Macro à ses hommes en dégainant son glaive. Si vous les laissez entrer, c'en est fini de toute la cohorte. Alors, donnez tout ce que vous avez dans le ventre.

Un hurlement sauvage se propagea parmi la horde, enflant peu à peu pour se transformer en un rugissement enthousiaste où se mêlaient colère et arrogance. Certains légionnaires répliquèrent avec leur propre cri de défi.

—Du calme! les rappela à l'ordre Macro par-dessus le vacarme. Laissez-les s'essouffler inutilement. Nous, nous n'avons rien à prouver!

À côté de lui, Cato était cloué sur place, paralysé par le péril qui approchait. Pour une raison quelconque, cette masse qui avançait avec une détermination farouche semblait bien plus menaçante dans les ténèbres. Son imagination amplifiait chaque bruit, exagérait chaque forme. Contrairement à la charge folle de l'après-midi à travers le village, l'imminence d'un affrontement désespéré donnait aux hommes l'occasion de réfléchir à leur propre courage, à leur volonté de se battre, et de se représenter avec un luxe de détails les pires conséquences du sort qui les attendait. Cato frémit et se maudit immédiatement, jetant un rapide coup d'œil à ses camarades sur le mur.

—Tu as peur, mon garçon? lui demanda calmement Macro.

—Oui, centurion. Un peu.

Macro sourit.

—C'est normal. Comme nous tous. Mais on est là et on ne peut rien y faire.

—Je le sais bien, centurion. Mais ça ne facilite pas vraiment les choses.

—Contente-toi de bien tenir notre étendard.

Les Germains maintinrent une allure régulière jusqu'à ce qu'ils arrivent à proximité du mur. À ce moment-là, un cor sonna quelque part dans la nuit, et tout autour du village d'autres cors lui répondirent; une vague de cris de guerre déferla sur la ligne clairsemée de Romains derrière la palissade. Couvertes par des Germains qui faisaient pleuvoir un déluge de flèches, de lances et de pierre sur les Romains, des formes sombres s'agglutinèrent devant le fossé où elles précipitèrent les fagots. S'abritant sous son bouclier, Macro vit le fossé se combler en deux endroits différents, de part et d'autre de la porte. Dans peu de temps, l'ennemi disposerait d'un espace assez large pour traverser avec ses échelles. Pire encore, le bélier – peut-être la menace la plus grave contre leur position – n'allait pas tarder à fendre la horde à son tour.

Tant qu'ils gardaient leur sang-froid, les légionnaires pouvaient déloger et repousser les échelles des Germains, mais la porte en bois dégrossi ne ferait pas le poids face au bélier. Alors, Macro et ses hommes n'auraient plus d'ouvrages défensifs derrière lesquels se réfugier et l'ennemi les submergerait sous le nombre. Avec une bravoure insouciante, les Germains avaient rapidement comblé le fossé. Mais plutôt que de donner directement l'assaut, Macro vit qu'ils accumulaient les fagots contre le mur. Les attaquants qui tombaient étaient simplement jetés sur le tas qui s'élevait de plus en plus.

Tout à coup, la horde s'écarta sur le passage du bélier, le robuste tronc d'un pin avec des chicots de branche en guise de poignées, porté par une vingtaine de grands gaillards. Alors qu'il s'écrasait contre les battants, tous les hommes postés sur le mur ressentirent l'impact. Macro regarda derrière la porte au moment où résonnait un deuxième choc sourd qui fit pratiquement sauter la traverse. Seuls les efforts désespérés des quelques légionnaires en faction permirent de la maintenir en place. Plusieurs chevilles semblaient déjà sur le point d'être délogées de leurs mortaises.

— Ça ne va pas, marmonna Macro en se retournant.

Dès qu'un attaquant succombait sous les pierres des défenseurs, il était immédiatement remplacé.

— Ça ne va pas du tout.

— Il n'y a donc rien qu'on puisse faire, centurion ? demanda Cato.

— Si, bien sûr ! Il nous suffirait d'avoir du feu grégeois pour les faire gentiment griller.

Cato se rappelait vaguement avoir lu quelque chose à propos de cette arme expérimentale, mais il avait du mal à croire que le feu puisse faire la différence entre les nations. Pourtant, à en juger par la lueur dans les yeux de Macro, la variété grecque de cet élément semblait avoir une qualité particulière.

—Est-ce que du feu germain ferait l'affaire, centurion ?

—Quoi ?

—Du feu germain, centurion.

—Mais qu'est-ce que tu racontes, enfin ?

—C'est juste que j'ai aperçu de grands fours encore allumés dans l'une des huttes. Probablement une boulangerie ou quelque chose de ce genre. Mais il n'y avait pas de pain. Ils devaient préparer les fours à notre arrivée.

Macro le fixa du regard pendant un moment.

—Et tu n'as pas pensé à m'en informer.

—Non, centurion. Tu m'as simplement donné l'ordre de rapporter des provisions.

—Eh bien, maintenant, il nous faut du feu, répondit Macro en cachant difficilement son exaspération. Alors, prends les hommes qui t'ont accompagné la première fois et demande-leur de monter des charbons ardents sur les remparts—qu'ils se servent de leurs boucliers pour le transport. Ensuite, reviens ici.

Une fois Cato parti, Macro examina l'intérieur de la porte. Le martèlement continu ouvrait déjà des brèches dans les lourds battants en bois ; derrière, on commençait à deviner les Germains. Chaque nouveau coup de bélier délogeait une pluie de débris et de poussière et Macro dut cligner des yeux à plusieurs reprises pour y voir clair. Se hâtant de remonter sur le mur d'enceinte, il envoya quelques hommes armés de fourches récupérer de la paille des huttes avoisinantes pour l'entasser sur le chemin de ronde, à la verticale de l'entrée. De retour avec les charbons ardents empilés sur les boucliers des soldats, Cato comprit les intentions du centurion.

— Sur la paille ! ordonna Macro.

Les légionnaires en sueur s'exécutèrent et bientôt, en dépit d'une légère humidité, de petites flammes apparurent. La fumée, elle, déclencha des quintes de toux chez les soldats les plus proches.

— Maintenant, balancez-moi ça par-dessus la palissade ! cria Macro. Débrouillez-vous !

Les Romains plongèrent les fourches, les javelots qui leur restaient et même leurs glaives pour certains dans les fétus de paille qui traversèrent le ciel nocturne en crépitant dans une pluie de flammèches avant de s'abattre sur les infortunés Germains. Des cris et des hurlements de terreur résonnèrent en contrebas et le martèlement contre la porte cessa. Au pied du mur, Macro vit que le bélier gisait abandonné, presque couvert de paille en feu. La chaleur lui frappa le visage de plein fouet et il recula. S'il ne brûlait pas complètement, le bélier serait néanmoins hors d'usage un moment.

— Ha ! ils détalent comme des lapins ! se réjouit Cato. Ils ne feront pas de nouvelle tentative cette nuit.

— Peut-être. Mais à bon chat bon rat, répondit Macro avec un signe de la tête. Regarde par là !

Cato se retourna. Les rampes construites par les assaillants étaient terminées et des torches s'élevaient déjà depuis les lignes ennemies pour s'abattre parmi les fagots dans une explosion de flammèches. En l'espace de quelques instants, des flammes se mirent à lécher les murs du village, obligeant

140

les légionnaires à reculer. Plusieurs flèches transpercèrent un soldat trop bien éclairé par la lumière éblouissante. Il bascula en avant dans un hurlement de terreur qui s'interrompit brutalement. Cato frémit, mais il eut à peine le temps d'avoir une pensée pour son malheureux camarade qu'une petite langue de feu se glissait déjà dans un interstice du chemin de ronde.

— Oh, non, marmonna-t-il en se tournant vers Macro. Centurion ! Par ici !

Macro baissa les yeux juste au moment où une autre flamme, plus grande, s'élevait avidement à travers le chemin de ronde: La porte brûlait. Une partie de la paille avait dû tomber trop près du mur.

— Toi et ton foutu « feu germain » ! s'exclama-t-il en lançant un regard furieux à l'optio.

— On pourrait tenter de l'éteindre.

— Tais-toi ! Il est trop tard pour ça.

Le centurion réfléchit à toute vitesse. L'incendie, qui avait pris en trois endroits différents, devenait de plus en plus violent – ils ne pouvaient pas espérer étouffer ces foyers pour l'instant. Et s'ils restaient sur les remparts, ils flamberaient tout en fournissant aux archers germains des cibles de choix.

Pas moyen de faire autrement : ils devaient céder du terrain, jusqu'à ce que les flammes s'épuisent. Ensuite, ils pourraient reprendre position pour défendre le mur. Mais avec la porte déjà en feu et deux brèches supplémentaires en train de s'ouvrir, il ne faudrait guère plus d'une heure pour que les défenses de la sixième centurie s'effondrent. Bien avant l'aube et l'arrivée espérée de renforts envoyés par Vespasien.

— En arrière! beugla-t-il pour se faire entendre des légionnaires au-dessus du rugissement et du crépitement des flammes. Descendez des remparts!

Il attendit le départ du dernier soldat pour jeter un ultime regard en direction de la palissade, où les pieux taillés en pointe fumaient en sifflant. Bien éclairés, les visages triomphants des premiers rangs germains semblaient déformés par la chaleur accablante. Puis il courut rejoindre ses hommes qu'il disposa en un corps principal dans la rue juste à l'entrée, avec deux sections plus petites devant les pans de mur incendiés par les Germains.

— Qu'est-ce qu'on fait, centurion? demanda Cato.

— Pas le choix. On attend – en priant pour que le feu dure.

CHAPITRE 10

E t le feu dura ; il fit rage, envoyant des tourbillons de flammèches haut dans le ciel nocturne où elles se mélangèrent aux flocons de neige qui fondaient à leur contact. La plupart s'évanouirent lentement dans le néant, mais certaines retombèrent sur terre – sur les pentes des toits de chaume du village. Alors que Macro regrettait amèrement sa décision de brûler le bélier, et par la même occasion la porte qu'il entendait protéger dudit bélier, Cato attira son attention vers les habitations les plus proches d'où s'élevaient des panaches de fumée ; çà et là, une lueur orange faisait une brève apparition, puis les flammes se propageaient. Macro jeta un regard inquiet autour de lui et s'aperçut que des huttes situées à cinquante pas de distance de l'entrée prenaient déjà feu. S'ils ne bougeaient pas bientôt, ils seraient pris au piège au centre du brasier qui s'annonçait. Un fracas soudain l'amena à reporter son attention vers l'avant, où tout s'effondrait.

Les cris de triomphe des Germains retentirent. Ils se rapprochèrent, attendant avec impatience le moment où les flammes se seraient suffisamment calmées pour leur permettre d'envahir le village et de massacrer la cohorte. Mais pour l'instant, l'incendie ne donnait aucun signe de faiblesse ; le feu redoublait même d'intensité en se propageant parmi les huttes. La chaleur était insoutenable, au point que Cato dut plisser les yeux pour les protéger de la sensation cuisante de l'air. Le centurion savait qu'il leur fallait battre en retraite, une vérité difficile à admettre – c'était pourtant la réalité.

— Rassemblement ! Rassemblement ! Tout le monde dans la rue !

Les légionnaires se retournèrent et marchèrent jusqu'à la limite des flammes où Macro leur ordonna de s'arrêter et de serrer les rangs. Les hommes regardèrent derrière eux avec soulagement, contents de ne plus courir de danger immédiat. L'endroit où ils se trouvaient à peine quelques moments plus tôt disparut dans une explosion d'étincelles alors qu'un bâtiment situé en face s'effondrait.

— On l'a échappé belle, marmonna l'un des soldats.

— On n'est pas encore tirés d'affaire, répondit Macro d'un ton acerbe. Le feu se propage rapidement. On se repliera avec lui ; si la chance est de notre côté, il continuera de nous servir de rempart face aux Germains.

— Jusqu'à ce qu'il n'y ait plus rien à brûler, observa Cato à voix basse.

Macro se tourna vivement vers lui, prêt à l'injurier, mais l'optio avait raison.

— C'est vrai, jusqu'à ce qu'il n'y ait plus rien à brûler, reconnut-il. Ou que Vespasien arrive avec les renforts.

Le feu, tel un animal sauvage lâché dans l'arène, se déchaîna à travers le village, dévorant avec avidité tout ce qui se dressait sur son passage. Au-dessus des toits, le ciel orange rougeoyait, la neige se transformait en pluie avant de toucher le sol. Peu à peu, les légionnaires cédèrent du terrain. Prenant conscience que l'incendie à l'entrée mourait bien plus rapidement qu'il n'aurait dû, Macro fronça les sourcils. Puis il aperçut des Germains qui jetaient des seaux d'eau sur les ruines de la porte là où se mélangeaient la fumée et la vapeur. Alors que ses hommes comprenaient à leur tour ce qui se passait, un profond murmure de désespoir parcourut la sixième centurie. Les Germains n'entendaient clairement pas confier le sort des Romains à la seule colère du brasier ; ils voulaient du sang, et grâce à sa relative largeur, la rue principale était presque épargnée par les flammes.

— Silence ! cria Macro. Ils n'ont pas encore gagné. Pas tant qu'on parviendra à maintenir une ligne de feu entre eux et nous. Les deux premières escouades avec moi. Castor ! hurla-t-il en s'adressant au vétéran de la centurie. Prends le reste des hommes avec toi et démolissez tous les bâtiments dans cette rue – tout ce qui pourra aider à étendre le feu. Compris ?

— Oui, centurion.

— Mais tu gardes cette ligne ouverte pour nous. Quand tu seras prêt, tu nous feras signe – qu'on puisse se replier. (Macro se tourna vers ses deux groupes.) Maintenant, écoutez-moi. Si les Germains franchissent le mur d'enceinte, à nous de les retenir assez longtemps pour que les autres puissent faire leur travail. Ensuite, on court comme des fous. Allez, on y va.

Avec Macro et Cato à leur tête, les deux escouades approchèrent des ruines de la porte autant que le leur permettait la température ambiante. Puis Macro leur fit former un mur de boucliers ininterrompu et ils attendirent. Mais le feu à l'entrée fut rapidement éteint, laissant un tas de madriers calcinés et fumants que les Germains enjambèrent en trébuchant, ignorant la chaleur résiduelle. Puis ils reprirent leur chaîne de seaux d'eau là où le bâtiment en flammes s'était écroulé dans la rue. Pendant que l'ennemi s'activait, les Romains patientèrent sans un mot, tandis que Cato, au deuxième rang, serrait fermement la hampe de l'étendard pour s'empêcher de trembler trop visiblement. Il jeta un regard en coin aux hommes autour de lui, silencieux et immobiles, les yeux farouchement fixés sur les Germains qui se frayaient un passage vers eux.

Soudain, les Germains vidèrent leurs seaux et franchirent tant bien que mal l'obstacle des derniers vestiges noircis qui les séparaient des Romains en poussant des cris de guerre hystériques.

—On garde son calme! gronda Macro. Maintenez les rangs. On se bat en formation.

Par-dessus l'épaule de Macro, Cato aperçut le premier Germain qui fonçait droit sur eux, ses longs cheveux dans le vent. Sans ralentir, il s'écrasa contre le mur de boucliers et fut rapidement éliminé. Avec un halètement, il tomba sur la chaussée – mort. Mais d'autres suivirent, heurtant les boucliers avec un bruit sourd dans l'espoir d'ouvrir une brèche où ils pourraient glisser leurs lances courtes. Sous la pression, les légionnaires se mirent à céder du terrain. On eut à déplorer la première victime dans le camp romain. Blessé au côté par une pique, le légionnaire s'écroula, ruisselant de sang – immédiatement remplacé par l'homme derrière lui – mais ses camarades, qui reculaient devant les Germains, ne purent rien faire pour l'aider et l'abandonnèrent à la merci de l'ennemi. La pointe d'une lance lui déchira la gorge, éclaboussant d'une pluie écarlate le mur de boucliers.

Alors que Cato se baissait pour éviter une lance, l'étendard s'inclina vers l'avant. Les Germains se ruèrent dessus, l'un d'eux parvenant même à empoigner le drapeau.

— Bas les pattes! cria Macro en enfonçant son glaive dans la poitrine du barbare imprudent.

Cato redressa l'emblème, mortifié par ce qui avait failli se passer.

L'espace d'une seconde, Macro jeta un coup d'œil derrière lui et constata que le reste de la centurie avait eu le temps de démolir plusieurs bâtiments, empilant les gravats et du chaume en flammes en travers de la rue. Ils seraient bientôt prêts.

— Groupe d'arrière-garde! Repliez-vous maintenant!

Les hommes n'eurent pas à se le faire dire deux fois; ils se retournèrent et se mirent à courir en direction de la petite brèche laissée pour eux à l'endroit où Castor avait posté quelques légionnaires qui n'attendaient que son signal pour tirer sur les cordes qui dresseraient une barricade en travers de la chaussée. Dès que les Germains virent les Romains se mettre à l'abri, ils leur crachèrent leur mépris et se lancèrent à l'assaut du fragile rempart de boucliers avec une fureur renouvelée. Même Cato pouvait comprendre que le dernier groupe serait en mauvaise posture quand il tenterait à son tour de battre en retraite. Mais Macro était prêt pour la manœuvre.

— Rompez les rangs et chargez! braila-t-il tout à coup.

Sans un cri, les légionnaires enfoncèrent les lignes ennemies en se servant de leurs boucliers. La brutalité de la poussée prit momentanément au dépourvu les Germains qui reculèrent.

— Courez! hurla Macro.

En l'espace d'un instant, les soldats tournèrent casaque et se précipitèrent vers la barricade. Parmi eux, Cato maudit son étendard si encombrant. Alors que la chaussée devenait plus étroite à l'approche du point de rencontre avec la centurie, Macro se retourna une dernière fois vers les Germains, afin de s'assurer qu'il ne laissait aucun homme derrière lui. L'ennemi n'était pas encore remis du choc du brusque changement de tactique des Romains ; avec un sourire de satisfaction sans joie, Macro courut rejoindre les autres.

Mais un Germain, plus vif que le reste de ses compatriotes, leva sa lance et la jeta de toutes ses forces en direction des Romains qui battaient en retraite.

Cato, rempli de soulagement, se précipitait déjà vers la brèche dans la barricade quand il entendit le cri de Macro.

— Ahhh !

L'optio fit volte-face. À dix pas derrière lui, Macro s'était étalé de tout son long, une lance en travers de la cuisse. Il avait laissé tomber son bouclier devant lui et son glaive gisait de côté. Derrière lui, les Germains revenus de leur surprise s'élançaient vers l'homme à terre. Le centurion leva la tête et aperçut Cato.

— Cours, idiot !

— Centurion…

— Sauve l'étendard, bon sang ! COURS !

Dans un moment de calme qui le surprit lui-même, Cato vit l'expression de colère sur le visage de Macro ; les Germains qui fondaient sur lui ; le feu ravageant les bâtiments et le ciel rouge sang se détachant sur la nuit.

Puis, sans décision consciente de sa part, il se mit à courir vers son centurion en lançant des cris incohérents aux Germains.

CHAPITRE 11

— Tu as vu Titus aujourd'hui?
— Pardon? fit Vespasien, levant les yeux de son bureau. Qu'est-ce que tu as dit?

— Ton fils, Titus. Est-ce que tu l'as vu aujourd'hui? répéta Flavie, lui tapotant l'épaule du doigt. Ou as-tu été trop occupé pour remarquer que tu as un fils?

— Ma chérie, je n'ai vraiment pas eu le temps.

— C'est ce que tu dis toujours. Toujours. Cette fichue paperasse absorbe ta vie entière, ajouta-t-elle en jetant un coup d'œil dans le coffre à documents. Ne penses-tu pas que tu devrais te ménager des périodes avec ton garçon?

Vespasien posa son style et la regarda un moment, le cœur lourd – il se sentait coupable. Après trois fausses couches et un bébé mort-né, Titus avait semblé une sorte de miracle. L'accouchement, terriblement long, avait failli tuer Flavie et l'enfant. Depuis sa naissance à Rome, deux ans plus tôt, ce garçon avait été traité comme un vase précieux, enveloppé dans de la laine et échappant rarement à l'attention de sa mère. Vespasien s'était efforcé de lui être d'un aussi grand soutien que possible, tout en ne perdant pas de vue que le temps passé auprès de sa famille ne servait ni sa carrière politique ni son avancement – toutes choses au demeurant bénéfiques pour Titus, du moins tâchait-il de s'en persuader.

Accepter son affectation dans la légion n'avait pas été une décision facile. Il savait que Flavie ne quitterait Rome qu'à contrecœur, même si elle l'encourageait consciencieusement à prendre ce poste. Comme toutes les épouses à qui on avait inculqué le respect des traditions, elle avait suivi Vespasien. Et si le bon air les avait agréablement changés de la puanteur de Rome, il ne s'était pas avéré bénéfique pour Titus. Depuis leur arrivée au camp, leur fils avait contracté une maladie après l'autre. Le climat froid et humide ne valait rien à sa constitution fragile, et les nombreux mois à le veiller à côté de son berceau avaient épuisé Flavie. La pensée de perdre Titus les remplissait tous les deux d'effroi, mais pendant la journée, Vespasien pouvait se réfugier dans son travail. Flavie, elle, arrachée à la sphère de la société à laquelle elle appartenait et isolée dans le monde clos d'un fort militaire avec une poignée de femmes d'officier, s'était repliée sur elle-même – et sur leur fils.

Titus, comme souvent les enfants en bas âge, s'ingéniait à faire tourner en bourrique sa mère et les esclaves de la famille. Il n'y avait pas une étagère, pas un coin de table ou une porte contre lesquels il ne s'était pas cogné la tête ; pas une chaise ou un coffre d'où il n'était pas tombé ; pas de tapis, petit ou grand, dans lequel il ne s'était pas pris les pieds. Sa curiosité naturelle impliquait qu'aucune inspection de sécurité de leurs quartiers n'était jamais assez exhaustive pour que Titus ne trouve pas quelque chose de dangereux ou de peu ragoûtant à mettre en bouche, à s'enfoncer dans l'œil ou, quand l'envie lui en prenait – ce qui se produisait fréquemment –, dans celui d'une esclave infortunée.

À présent, ses nourrices devaient également compter avec une belle rangée de dents tranchantes comme des rasoirs qui se refermaient sans prévenir dès qu'on exhibait de la chair à proximité.

Vespasien sourit ; au moins son fils ne manquait-il pas d'entrain.

— Quoi ? demanda Flavie.

— Hein ?

— Tu souris. À quoi penses-tu ?

— Je pense qu'il est temps pour moi de passer un peu de temps avec mon fils, répondit-il en repoussant son secrétaire de voyage. (Il se leva.) Viens.

Après avoir quitté son bureau, ils marchèrent sous les arcades de la cour privée. Vespasien regarda vers le ciel. Au-delà de la faible lumière des torches, les premiers flocons flottaient dans l'air nocturne. Il lui vint à l'esprit que Vitellius n'était toujours pas rentré. Songer à l'arrogant tribun obligé de braver une tempête de neige pour revenir du village aurait pu le réjouir, mais il eut une pensée pour les pauvres légionnaires qu'il commandait.

Alors que la porte de la chambre d'enfant s'ouvrait, Titus tourna la tête. Avec un cri de pur plaisir, il bondit sur ses petites jambes, écarta sa nourrice et courut vers ses parents.

— Papa ! cria-t-il en enroulant ses bras autour des jambes de son père. (Il renversa la tête, les yeux grands ouverts et un sourire ravi aux lèvres.) Porter ! Porter ! Porter !

Vespasien se pencha et, attrapant fermement le garçon sous les bras, il le souleva énergiquement dans les airs, provoquant de nouveaux cris d'excitation.

—Comment va mon petit soldat, hein? Comment va mon garçon aujourd'hui?

Vespasien sourit et se tourna vers sa femme.

—Il grandit si vite, dit-il. Bientôt, il sera en âge de porter sa première toge.

—C'est encore un bébé! protesta Flavie. N'est-ce pas que tu es encore mon tout-petit?

Titus regarda sa mère avec une expression dégoûtée et s'arracha à son étreinte. Vespasien rit et se pencha pour ébouriffer les cheveux indisciplinés du garçon.

—C'est mon petit soldat, oui!

—Ce n'est pas un soldat! déclara fermement Flavie. Et il ne le deviendra jamais, ou du moins, pas plus longtemps qu'il n'est absolument nécessaire. Si j'ai mon mot à dire, il restera à Rome, où je peux veiller sur lui.

—Il faudra bien qu'on le laisse décider par lui-même un jour, répondit Vespasien avec douceur. L'armée, c'est la belle vie, pour un homme.

—Certainement pas! C'est dangereux, inconfortable et on y est entouré de rustres grossiers.

—Des provinciaux comme moi, je suppose.

—Oh! je ne voulais pas dire…

—Je plaisante. Mais plus sérieusement: si Titus espère une carrière au Sénat, il devra d'abord servir dans la légion.

—Tu pourrais jouer de ton influence pour qu'il obtienne une affectation pas très loin de la maison.

—Nous avons déjà eu cette discussion. Les affectations sont du ressort de l'État-major impérial. Je n'ai aucun poids en la matière – pas pour l'instant, en tout cas. Si tu souhaites la réussite de ton fils, il ne pourra pas éviter un passage dans l'armée. C'est comme ça, et tu le sais.

— Oui, reconnut Flavie en hochant tristement la tête.

Elle embrassa Titus sur le front ; sensible à son humeur, il se serra soudain contre elle, enfouissant son petit visage dans son épaule.

— J'aimerais juste qu'il ne grandisse pas – pas tout de suite.

— Je te comprends, je t'assure. Peut-être aurons-nous d'autres enfants un jour. Quand tu seras prête.

Flavie leva la tête et fixa sur lui son regard sombre et embué, plein de tristesse. Clignant des yeux, elle se força à sourire et à ignorer sa lèvre tremblante.

— Oh ! je l'espère. J'en ai envie, tu sais. J'en veux beaucoup. Et avec toi. Alors, promets-moi d'être prudent.

— Prudent ?

— Pour cette prochaine campagne, en Bretagne. Sois prudent.

— En Bretagne ! Mais comment… ? s'exclama Vespasien, le front plissé de colère. C'est confidentiel. Où as-tu entendu ça ?

— Chez les femmes des officiers, répondit Flavie en riant devant son expression. Ah ! décidément, vous les hommes, vous avez tout à apprendre sur la façon de garder un secret.

— Typique, marmonna Vespasien. Ces foutus officiers ! Je leur fais prêter serment de n'en souffler mot à personne, et il suffit que j'aie le dos tourné pour que ça devienne matière à ragots. N'y a-t-il donc plus rien de sacré ?

Titus rit en secouant la tête.

— N'en fais pas toute une histoire, mon chéri, le calma Flavie en lui tapotant le bras. Je suis certaine qu'à part cette petite indiscrétion, ton secret est à l'abri. Mais ne changeons pas de sujet. Je te parlais de la Bretagne.

— Comme le reste du camp, apparemment, grommela Vespasien.

— Tu dois me promettre d'être prudent. Je veux que tu me donnes ta parole. Tout de suite.

— Je te le promets.

— C'est bien, l'approuva-t-elle en hochant la tête. Maintenant, embrasse ton fils et couche-le.

Vespasien porta l'enfant jusqu'au petit lit dans un coin de la pièce. Se penchant en avant, il releva la couverture en laine d'une seule main et retira la brique servant de chauffe-lit. Alors qu'il déposait Titus, celui-ci gémit et se cramponna aux plis de la tunique de son père.

— Pas fatigué ! Pas fatigué !

— Tu dois dormir, maintenant, répondit Vespasien d'une voix douce, tandis qu'il tentait de lui faire lâcher prise.

Mais la force des petites mains le surprit, l'obligeant à batailler, tandis que les yeux de l'enfant se remplissaient de larmes de colère et de frustration. Alors que cédaient les derniers doigts serrant le tissu autour du cou de Vespasien, Titus mordit soudain son père aux articulations des phalanges. Avant de pouvoir s'en empêcher, le légat jura à voix haute.

— Surveille ton langage ! siffla Flavie. Tu veux vraiment qu'il apprenne ce genre de mots à son âge ?

Il vint à l'esprit de Vespasien que n'importe quel gamin élevé dans une garnison risquait fort de se forger un vocabulaire bien plus étendu que celui jugé acceptable dans la bonne société à Rome.

— Ce garçon ne manque pas de mordant, observa-t-il au bout d'un moment.

— Mais c'est bien.

—Vraiment?

Haussant les sourcils, Vespasien regarda le petit croissant apparu au dos de sa main.

—Ça montre qu'il a du caractère, expliqua Flavie en couchant son fils qui continuait de se débattre et en rabattant la couverture sur lui.

—Ça montre surtout qu'il a des dents pointues, marmonna son mari.

Avec un dernier gémissement pour la forme, Titus succomba aux automatismes d'un enfant : il se retourna sur le ventre, ferma les yeux et, après quelques paroles incohérentes prononcées à voix basse dans son matelas, il s'endormit. Ses parents l'observèrent pendant un moment, hypnotisés par l'arrondi parfait de son visage et les ultimes mouvements convulsifs de ses doigts recourbés dans la lueur dansante des lampes à huile.

Quelqu'un frappa à la porte à coups redoublés. Titus remua, battit brièvement des cils.

—Qu'est-ce que c'est, bon sang?

—Ça m'est égal, siffla Flavie, mais fais le nécessaire avant que Titus ne se réveille.

Vespasien alla ouvrir. Dans la cour se trouvait le centurion de garde et, à côté de lui, un légionnaire tremblant.

—Commandant! beugla l'officier comme s'il était sur le champ de manœuvre. Je…

—Chut! Moins fort. Mon fils dort.

Le centurion resta bouche bée une seconde, avant de poursuivre en chuchotant :

—Je suis venu te signaler un feu.

—Un feu. Important? Où?

—En direction de la forêt, commandant, vers le Rhin.

Vespasien toisa l'homme avec impatience.

— Et tu estimes devoir me déranger pour ça ?

— La sentinelle dit que c'est vraiment impressionnant, commandant.

— Impressionnant ? Tu peux être plus précis ?

— Je ne sais pas, commandant, intervint le légionnaire. On ne voit pas les flammes, juste un rougeoiement à l'horizon.

Le légat eut un mauvais pressentiment.

— La troisième cohorte est rentrée ?

— Non, commandant, dit le centurion en secouant la tête. Toujours pas.

— D'accord, j'arrive. Rompez.

Flavie traversa la chambre, à petits pas feutrés.

— Un problème ?

— C'est possible. Je dois m'en assurer. Je n'en aurai pas pour longtemps, mais ne m'attends pas.

Quand Vespasien atteignit la tour qui surplombait la porte est, le parapet avait déjà disparu sous une couche de neige fraîche. Devant les remparts, un paysage blanc et monotone s'étendait jusqu'à la lisière de la forêt, à peine visible au loin à travers les bourrasques. Néanmoins, le centurion avait eu raison de venir lui faire son rapport ; par-delà la limite des arbres les nuages réfléchissaient une lueur orange. Un sacré feu, songea Vespasien. En plein dans la direction du village germain, qui plus est.

Il se retourna vers le centurion.

— Toujours aucun signe de Vitellius ?

— Aucun, commandant.

Inquiétant, très inquiétant. Pourtant, quel genre de difficultés le tribun avait-il pu rencontrer ? D'après les dernières informations disponibles, les Germains ne mijotaient rien en ce moment. Tout de même, la troisième cohorte aurait dû être de retour au camp, à cette heure. Et l'intensité de cette lueur au loin indiquait un incendie assez important. Vespasien réfléchit au coup porté à sa réputation s'il cédait à la panique en envoyant des renforts trop tôt. Il imaginait déjà les rires moqueurs de ses hommes. Mais cette pensée eut à peine le temps de lui traverser l'esprit qu'il la chassa. Il n'avait pas le droit de faire passer sa fierté avant sa responsabilité envers les soldats de la légion. Il se retourna vers le centurion.

— Envoie un escadron reconnaître l'itinéraire emprunté par la troisième cohorte jusqu'au village. Je veux un rapport dès qu'ils auront quelque chose. Ensuite, donne l'alerte. Que tous les officiers supérieurs me retrouvent immédiatement au quartier général. Que les centurions mettent leurs hommes en ordre de bataille, prêts à partir. Tout le monde, sauf la première cohorte, qui restera pour garder le camp. Compris ?

— Oui, commandant.

— Alors, exécution. Et ne tarde pas.

Ensuite, Vespasien reporta son attention sur l'incendie au loin. À moins que Vitellius ne se soit perdu en chemin, le feu avait forcément un rapport avec l'absence de la cohorte.

— Commandant ?

Quand il leva les yeux, Vespasien lut de l'inquiétude sur le visage de la jeune sentinelle.

— Qu'y a-t-il, soldat ?

— Est-ce que tu penses que les nôtres ont des ennuis ?

Derrière eux, le premier appel aux armes déchira le silence du camp, rapidement imité par d'autres ; partout dans la nuit, les silhouettes des hommes de la deuxième légion se détachèrent dans l'embrasure des portes à mesure qu'ils se précipitaient hors des baraquements. Vespasien se força à sourire.

— Je l'espère pour eux, répondit-il. Sinon, je viens juste de mettre quatre mille soldats en rogne pour rien. Et mieux vaut éviter ça, tu ne crois pas ?

CHAPITRE 12

Hurlant à pleins poumons, Cato se rua sur les deux Germains qui menaçaient son centurion. Au dernier moment, il baissa la pointe de l'étendard à laquelle il fit décrire de grands mouvements circulaires. Le guerrier qui s'apprêtait à donner le coup de grâce à Macro leva la tête en entendant ses cris perçants, en partie distrait par ce nouveau danger. Sans hésiter une seconde, Macro lui assena un coup de poing dans l'entrejambe. Plié en deux, son adversaire tomba à genoux, secoué de haut-le-cœur. Cato culbuta sur eux et roula sur le côté. Le second Germain, qui semblait plutôt surpris, éclata de rire. Cato se releva avec colère et brandit l'étendard devant le visage de son ennemi.

—Te moque pas de moi !

Alors qu'ils se mesuraient du regard, l'expression du Germain devint froide et calculatrice. Soudain, il feinta à droite de Cato qui entreprit de faire des moulinets avec l'étendard. Mais un emblème n'est pas conçu pour le combat, en particulier sur le plan de la répartition du poids. Entraîné par son élan, Cato se retrouva le dos tourné au Germain qui recula pour éviter un mauvais coup tout en tentant de frapper à l'aisselle avec son épée. Le bas de la hampe le cueillit en plein visage et le stoppa net dans son assaut. Avec un gémissement étouffé, il s'écroula.

Cato, qui regardait de l'autre côté, fit volte-face, se préparant à recevoir une blessure mortelle. Il n'en crut pas ses yeux.

— Hein?

— Laisse-le! lui lança Macro. Viens par ici et débarrasse-moi de cette lance! Arrache-la!

— Quoi?

— Fais ce que je te dis!

Cato affermit la prise de sa main libre et Macro tourna sa jambe pour lui offrir un meilleur angle.

— Vas-y!

Cato tira de toutes ses forces et la pointe en forme de feuille se dégagea dans un jaillissement de sang et de tissus déchirés. Macro hurla de douleur, une seule fois, puis il serra les dents et se releva péniblement, soutenu par son optio. Il saignait abondamment; heureusement, le sang coulait plus qu'il ne giclait – sans doute pas une blessure mortelle, donc. Mais Macro n'avait jamais eu aussi mal de sa vie, c'en était abrutissant; il dut faire appel à toute sa volonté pour passer son bras autour de l'épaule du jeune homme et repartir en direction de la brèche dans la barricade où le reste de la centurie les attendait. Derrière eux, au-dessus du rugissement des flammes, Cato pouvait entendre le martèlement de nombreux pas; tournant la tête, il aperçut les Germains qui se précipitaient vers eux, assoiffés de sang romain. Il redoubla ses efforts, traînant presque le centurion avec lui. Puis ils trébuchèrent, et Macro tomba à genoux, poussant un cri lorsqu'il s'appuya sur sa jambe blessée. Le désespoir envahit les visages de leurs camarades qui venaient de comprendre que les deux hommes n'échapperaient pas aux Germains.

— Va-t'en! grogna Macro. C'est un ordre.

— Je ne t'entends pas, centurion.

— Sauve l'étendard.

À ce moment-là, Castor secoua tristement la tête et ordonna d'abattre le bâtiment. Les légionnaires hésitèrent, jusqu'à ce que le vétéran confirme ses instructions en hurlant ; les cordes se tendirent et le mur s'effondra dans la rue, emportant le chaume embrasé avec lui.

— Oh, merde !

Cato s'immobilisa. Les Germains étaient presque sur eux. À sa droite, il aperçut, toujours debout, une maison en pierre avec une robuste porte en bois. Il se hâta de soulever le loquet, ouvrit d'un coup de pied et poussa le centurion et l'étendard à l'intérieur. Se baissant dans l'embrasure, il claqua la porte derrière lui et se barricada à l'aide d'une traverse. Un craquement sourd résonna dans l'espace confiné alors que les premiers Germains tentaient d'enfoncer la porte. Il faisait sombre, mais les contours des volets se détachaient sur la lumière des flammes qui se glissait aussi par les interstices des avant-toits. La seule fenêtre de la pièce donnait sur la rue ; fort heureusement, elle était verrouillée, mais elle subissait également les assauts des Germains.

— Tâche de trouver une autre sortie, dit Macro, alors qu'il examinait sa blessure au toucher.

Constatant qu'elle continuait de saigner, il craignit qu'en perdant trop de sang il finisse par ne plus avoir les idées claires. Il défit sa ceinture, retira le fourreau de son glaive, puis la serra au-dessus de la plaie aussi fort que possible. Quand Cato revint un moment plus tard, ça saignait déjà beaucoup moins.

— Alors ?

— Apparemment, c'est une sorte de grange, centurion — j'ai trouvé du foin derrière, et une ouverture pour la ventilation, mais c'est tout.

Le martèlement contre la porte était plus régulier à présent. Soudain, alors qu'ils surveillaient tous deux la fenêtre, une pointe sombre surgit du volet clos, projetant un long éclat de bois à travers la pièce. Elle se tortilla, disparut, et quelques moments plus tard plus de fragments volèrent et des rayons de lumière orange percèrent l'obscurité.

— On ne peut pas rester là.

— Non, répondit Cato. Regarde !

Une lueur jaune venait de faire son apparition dans le toit de chaume ; une autre se transforma brusquement en flammes minuscules qui gagnèrent rapidement en intensité.

Pendant ce temps, les volets étaient mis en pièces.

— On va devoir fuir par la ventilation, décida Cato. J'ai vu une échelle, mais avec ta jambe, ça risque d'être difficile.

— Tu as autre chose à proposer ?

— Non. Mais il faut les retarder le plus possible. Est-ce que tu peux garder la fenêtre, centurion ?

— Oui, mais…

— Je t'en prie, centurion, je n'ai pas le temps de t'expliquer.

— Très bien, répondit Macro en hochant la tête. Aide-moi à me lever et donne-moi ton glaive.

Ménageant sa jambe blessée, Macro s'appuya contre le mur, tandis que Cato s'éclipsait au fond de la grange. Brusquement, un pan entier du volet céda et tomba sur le sol. Immédiatement, une lance s'enfonça à l'intérieur, puis des mains agrippèrent le bord du châssis de la fenêtre, alors qu'un Germain se préparait à se hisser à travers.

Le centurion abattit son glaive, faisant sauter plusieurs doigts. L'homme recula en criant.

— Allez, bande de barbares ! lança Macro. Je vous attends ! Qui en redemande ?

Soudain, l'assaut contre la porte redoubla de frénésie ; si solide fût-il, le bois se mit à céder. Défendre une fenêtre était une chose, mais concernant l'entrée elle-même, il n'avait pas une chance.

— Cato ! Quelle que soit ton idée, c'est maintenant ou jamais !

— J'arrive, centurion !

Avec un grognement, Cato approcha en titubant avec une masse enchevêtrée de paille au bout d'une fourche. Après l'avoir répartie entre la porte et la fenêtre, il leva la fourche pour arracher un peu de chaume enflammé au toit en se protégeant le visage de la pluie de flammèches à l'aide de son bras. L'avant de la grange s'embrasa en crépitant et disparut derrière des nuages étouffants et nauséabonds.

— Par ici ! lança Cato, en proie à de violentes quintes de toux.

Soutenant Macro de sa main libre, il l'entraîna à l'arrière où une échelle montait vers l'obscurité.

— Passe devant, centurion. Prends l'étendard avec toi, mais laisse-moi ton glaive. Crie, dès que tu es de l'autre côté.

Sans discuter les ordres du jeune légionnaire, Macro se retourna pour se hisser en haut de l'échelle, maudissant autant sa blessure que l'emblème si encombrant. La fumée de l'incendie, de plus en plus épaisse, lui brûlait les poumons et lui piquait les yeux. Heureusement, la distance qui le séparait de la fenêtre de ventilation était courte. Il l'ouvrit d'un coup de poing et se hâta de passer la tête à l'extérieur, il haletait. De cette position surélevée, Macro constata que ce côté du village était la proie des flammes, un incendie qui se propageait rapidement, attisé par une brise légère. Dans les ruelles tortueuses, les Germains tentaient d'échapper au feu et se dirigeaient vers la place où les rescapés de la cohorte se préparaient à vendre chèrement leur peau.

Immédiatement en contrebas se trouvait une petite cour fermée, où deux cochons paniqués couraient dans tous les sens. Un tas de fourrage d'hiver se dressait directement sous Macro. Il fit passer l'étendard par la fenêtre avant de le laisser tomber. De l'intérieur lui parvint un brusque fracas. La porte avait cédé. Puis vinrent des pas précipités et des cris gutturaux.

— Cato !

— Sauve-toi, centurion ! Ne perds pas de temps !

Les Germains progressaient vers le fond de la grange en toussant, bien décidés à traquer leur gibier romain. Macro se dépêcha de sortir en se tortillant par l'ouverture. Puis il se retourna, se laissa descendre le long du mur extérieur jusqu'à pendre de tout son long. Alors seulement, il lâcha prise. Sa réception fut plus douce que prévu, puisque l'un des cochons avait eu l'idée de fuir le chaos ambiant en se réfugiant dans le foin. La dernière chose à laquelle devait logiquement s'attendre la pauvre bête étant qu'un fantassin lourdement armé lui tombe dessus. Un couinement terrifié et un juron humain plus grave déchirèrent le silence, alors que tous deux cherchaient à se dépêtrer. Macro donna un coup de pied dans un flanc de l'animal et resta assis dans le foin, respirant bruyamment, mais autrement indemne. Malheureusement, le cochon n'eut pas cette chance ; le dos cassé, il tentait désespérément de s'éloigner du danger en se traînant à la seule force de ses pattes de devant, sans cesser de pousser des cris perçants, au point que Macro craignit qu'il finisse par attirer l'attention.

Dans la grange résonnaient les exclamations de colère des Germains qui flanquaient des coups d'épée au hasard dans leur recherche de Romains à tuer. Puis vint un cri, immédiatement suivi du frottement de l'échelle contre le mur à l'intérieur. Macro se hâta de tirer l'étendard contre lui, amassa des brassées de foin en travers de son corps et ne bougea plus. À travers les brins de paille sur son visage, le centurion leva des yeux inquiets vers la fenêtre, alors qu'une tête sombre apparaissait, se détachant sur le ciel orange. Pendant un moment horriblement long, le Germain regarda dans la cour, puis, après un échange de paroles assez sec, il rentra la tête. Macro resta immobile, tendant l'oreille ; dans la grange, les voix s'estompèrent, couvertes par les cris du cochon. Quand il estima ne plus courir de risque, il se redressa et se secoua pour se débarrasser du foin puant. Un côté de la cour donnait sur la rue où les Germains passaient de leur pas lourd. Par comparaison, l'autre côté était plutôt tranquille ; ménageant sa jambe, Macro se hissa lentement par-dessus le mur pour jeter un coup d'œil. Il y avait là une surface importante occupée par des porcheries en osier – il entendait les animaux grouiner.

Macro redescendit doucement, puis, attendant que la rue retrouve un semblant de calme, alla se poster sous la fenêtre pour appeler Cato.

Quand il n'obtint aucune réponse, il recommença. Mais toujours rien.

Merde. Le gamin aurait dû le suivre dès que la porte avait cédé. Avec un pincement de culpabilité, Macro prit conscience que le bruit aurait immédiatement attiré l'attention des Germains. Sachant probablement cela, Cato s'était sacrifié pour sauver son centurion et l'étendard.

Les couinements du cochon avaient atteint un paroxysme de terreur difficilement supportable.

—Tu vas la fermer! lui lança inutilement Macro, ajoutant un violent coup de pied à la tête pour faire bonne mesure. Tu veux me faire repérer ou quoi?

Mais l'animal, en proie à une panique grandissante, ne fit que crier davantage. Inévitablement, des Germains de passage s'arrêtèrent dans la rue pour en avoir le cœur net. Macro n'hésita pas. Jetant l'étendard par-dessus le mur du fond, il se hissa désespérément de l'autre côté où l'accueillit un tapis d'excréments en provenance des porcheries les plus proches. Empoignant l'emblème et se faisant aussi discret que possible, il se traîna entre les enclos en direction du centre du village, tentant de ne pas imaginer ce qui l'attendait même s'il parvenait à rejoindre la cohorte.

CHAPITRE 13

Q uand la porte s'ouvrit avec fracas, Cato réfléchit à toute vitesse. Avec Macro hors de danger, il longea le mur et fonça se réfugier sous l'énorme tas de paille qui l'attendait dans un coin. Il s'y enfonça plus profondément alors que les Germains avançaient dans la grange.

Des voix s'élevèrent à proximité et, soudain, des cris terribles résonnèrent quelque part juste à l'extérieur du bâtiment. D'abord, Cato craignit pour la vie de son centurion, puis il se raisonna : aucun être humain ne pouvait produire un son pareil. L'un des Germains se mit à rire avant d'être secoué par une quinte de toux. Dans la grange, la fumée commençait à démanger la gorge de Cato ; il dut prendre sur lui pour que sa poitrine reste immobile.

Quelque chose traversa rapidement la paille et toucha le mur avec un bruit métallique sourd. La deuxième fois – plus proche – Cato comprit avec effroi que l'ennemi se servait de lances pour fouiller le tas de foin. Il se força à ne pas bouger, sachant que toute capitulation serait synonyme de suicide. D'autres coups suivirent, ponctués de quintes de toux. Dans la grange incendiée, la fumée devenait de plus en plus dense. Quelqu'un cria. Brusquement, les recherches s'interrompirent tandis que les Germains se hâtaient d'évacuer les lieux.

Une fois certain d'être seul, Cato émergea prudemment du foin, dans l'air légèrement plus respirable au niveau du sol. Il rampa vers l'entrée du bâtiment où, de la paille à laquelle il avait mis le feu plus tôt, ne subsistait que de la braise rougeoyante. Au-delà du chambranle fracassé, la rue grouillait de Germains. Une voix cria une série d'ordres, et tout le monde avança en direction du centre du village. Cato attendait que les derniers bruits de pas s'estompent pour rouler hors de la grange, toussant avec force et inspirant l'air nocturne chauffé par l'incendie. Ses poumons et ses yeux le piquaient. Après avoir chassé ses larmes, il eut de nouveau une vision claire de la rue autour de lui. Bien que les cris des Germains restent audibles au-dessus du crépitement et du rugissement des flammes, il était seul – pour le moment, et s'il ne tenait pas compte de l'homme qu'il avait assommé plus tôt avec la hampe de l'étendard.

Approchant avec prudence, Cato s'aperçut que le Germain était toujours inconscient ; une vilaine bosse noir et bleu était apparue sur son front. Avec l'ennemi qui rôdait un peu partout, et les Romains qui se faisaient rares, Cato estima qu'un changement de tenue s'imposait – simple précaution. Il ouvrit le fermoir de la cape du Germain qu'il fit rouler sur lui-même pour la lui retirer. Alors qu'il la passait par-dessus ses propres vêtements, le mélange malodorant de sueur, humaine et animale, d'excréments et de graisse imperméabilisante le saisit à la gorge. Il se démena un moment avec la jugulaire qui retenait son casque, avant de laisser tomber la masse de fer et de bronze encombrante sur le sol. Il ne pouvait rien faire pour sa coupe de cheveux réglementaire ; avec un froncement de nez écœuré, il leva le capuchon de la cape sur sa tête. Avec son glaive rengainé glissé sous le vêtement, il ramassa le bouclier et la lance du Germain. Baissant les yeux, il se dit que, dans l'ensemble, l'effet obtenu avait le mérite de le faire ressembler un peu moins à un Romain.

Et maintenant ? Une seule direction possible : la place du village où s'était regroupé ce qui restait de la cohorte. Mais qu'était-il advenu de Macro et de l'étendard ? Cato examina brièvement l'incendie qui s'acharnait sur la grange, à la recherche d'un accès vers l'arrière du bâtiment, mais les flammes avaient aussi envahi la ruelle latérale. Sentant la chaleur sur son visage, il recula. Puis, serrant la cape autour de sa tête et de son corps, il prit une longue inspiration et se lança dans l'étroit passage. La chaleur et la lumière étaient terribles ; presque immédiatement, l'odeur de graisse imperméabilisante calcinée assaillit ses narines. Il se pencha davantage en avant et courut, les flammes léchant ses jambes nues. Bientôt, il laissa la grange derrière lui. Ses vêtements fumaient, et Cato étouffa les quelques endroits où ils avaient pris feu.

Chargé et fatigué comme il l'était, le haut mur à l'arrière du bâtiment se révéla difficile à escalader. Se hissant à bout de souffle d'un côté, il parvint à peine à passer la tête au-dessus de la maçonnerie irrégulière. La cour juste derrière semblait vide, à part un stock de fourrage pour l'hiver.

— Centurion ! appela Cato aussi fort qu'il l'osait.

Quelque chose remua dans le foin. Soulagé, Cato sentit son cœur bondir dans sa poitrine. Puis l'air fut déchiré par un cri atroce.

— Centurion ! Tu es blessé ? lança-t-il, inquiet.

Puis une forme indistincte émergea du tas de fourrage en se tordant et en couinant de douleur. Un cochon. Où était Macro ?

Cato lâcha prise et se laissa retomber derrière le mur ; jeune, effrayé et seul. D'amères larmes de haine pour la façon dont le destin l'avait traité s'accumulèrent dans ses yeux. Soudain, le toit de la grange s'effondra dans les flammes avides. Cato recula en chancelant, alors que son instinct de conservation prenait le dessus. Fort bien : il était isolé, cerné par l'ennemi et un feu violent, mais il ne capitulerait ni devant l'un ni devant l'autre – pas sans vendre chèrement sa peau.

Construisant rapidement un plan mental du village avec les positions respectives des Romains, des Germains et de l'incendie, Cato choisit une direction et s'éloigna à vive allure par une ruelle étroite, les yeux et les oreilles à l'affût de tout danger.

Confié à un cuisinier digne de ce nom, un cochon pouvait peut-être avoir bon goût, songea Macro, mais crus, ces animaux étaient à peine tolérables dans le meilleur des cas – quant aux cochons germains : jamais. Alors qu'il se vautrait dans la fange entre les enclos, là où l'urine et la variété la plus liquide de déjections suintaient dans une rigole d'évacuation mal creusée, il s'efforça de penser aussi peu que possible à son environnement pour se concentrer sur le sauvetage de l'étendard. Une puanteur assez insupportable envahit son nez et subjugua son esprit, il continua donc à ramper en abreuvant de toutes les injures imaginables chaque animal qu'il croisait.

Macro arriva enfin devant un grand portail en osier. À travers le treillis grossier, il inspecta prudemment la rue. Pas très loin d'un côté, elle donnait sur le marché et ses échoppes de construction rudimentaire, vides et nues pour l'hiver. Le feu n'avait pas encore atteint cette partie du village où les habitants ayant échappé à Vitellius profitaient du peu de temps dont ils disposaient pour emporter leurs quelques objets de valeurs. Ils jetaient régulièrement des regards inquiets derrière Macro, vers les flammes qui montaient de plus en plus haut dans le ciel nocturne. De ce qu'il avait vu depuis la fenêtre de ventilation, Macro estima que la distance séparant le marché de la place n'était pas très grande. Les quelques Germains à proximité étaient des femmes, des enfants et des anciens – aucun d'eux ne semblait constituer une menace particulière. S'il se faisait très discret, il passerait peut-être même inaperçu. Ensuite, il n'aurait plus qu'une petite marche pour rejoindre la cohorte.

Se levant douloureusement, Macro retira la cheville qui maintenait le portail fermé. Restant bien sur le côté de la rue, il s'efforça de rester aussi furtif et discret que possible en évitant de frapper la chaussée avec l'extrémité de la hampe de l'étendard. La perte de sensations progressive dans sa jambe blessée le ralentissait ; pire, l'hémorragie lui donnait des vertiges. Respirant profondément, il se força à avancer le long des échoppes désertées, ignoré des habitants plus préoccupés par la récupération de leurs objets de valeur – et ceux de leurs voisins absents. Ils n'avaient pas intérêt à attirer l'attention, et Macro pas davantage. Ceux qui l'aperçurent le regardèrent simplement passer avec méfiance.

Alors qu'il laissait le marché derrière lui, le bruit des combats gagna en volume. Macro s'arrêta pour reprendre son souffle, juste avant la place du village. Sa vision était de plus en plus trouble et la tête lui tournait. Macro se frotta les yeux et ravala sa nausée ; peu à peu, son esprit et sa vision retrouvèrent leur clarté. Un simple regard à l'angle de la rue lui confirmerait si la voie était libre. Le centurion avança la tête.

La collision avec le Germain fut si brutale que Macro se retrouva soudain sur le dos, les yeux rivés au ciel orange, le souffle coupé, avant même de comprendre ce qui lui arrivait. À côté de lui, le Germain s'était étalé de tout son long, sa lance résonnant sur la chaussée. Alors que Macro s'efforçait de rouler sur lui-même et de dégainer sa dague, l'ennemi se montra plus rapide et se releva, prêt à planter la pointe de sa lance dans la gorge du Romain. Macro brandit sa dague, conscient de la piètre protection qu'elle offrait.

— Jupiter soit loué ! s'exclama le Germain dans un latin impeccable.

— Hein ?

Le Germain baissa son arme et lui offrit sa main. Macro se contenta de regarder son ennemi comme s'il avait affaire à un fou.

— Debout, centurion, le temps presse, dit Cato qui, retirant son capuchon, fronça le nez. Quelle est cette odeur épouvantable ?

Macro retomba en arrière contre le mur avec un sourire de soulagement. Il sentit sa détermination faiblir et sa tête se remit à tourner. Mais il s'en moquait. Cato était là, le brave garçon. Maintenant, s'il pouvait juste se reposer un moment…

— Centurion !

Secoué sans ménagement, Macro battit des cils. Les mains de Cato agrippaient fermement son baudrier.

— Debout, centurion ! insista Cato, les dents serrées par la fatigue alors qu'il hissait Macro sur ses pieds.

Il le soutint avec un bras tandis qu'il se servait de la lance pour maintenir leur équilibre à tous deux. Macro refusa obstinément de lâcher l'étendard, qui traînait derrière eux, alors que Cato lui faisait longer le marché jusqu'au coin de la rue. Un rapide coup d'œil révéla la présence de Germains de plus en plus nombreux, attendant que leurs premières lignes se fraient un passage vers la place du village.

— Ce n'est pas bon, dit Cato. Ils occupent toutes les rues. Nous devons essayer autre chose.

— J'ai besoin de me reposer.

— Non, centurion ! C'est impossible.

Cato le secoua jusqu'à ce qu'il rouvre les yeux.

— Voilà ! C'est mieux. Allons-y.

Cato donna un coup de pied dans une porte et traîna Macro à l'intérieur d'une hutte. Le centurion eut à peine conscience de traverser une série de pièces miteuses et de cours avant que Cato ne le dépose à côté d'un mur en torchis. Le légionnaire dégaina son glaive, retira la cape du Germain et se mit à frapper de toutes ses forces.

— Mais qu'est-ce que tu fabriques, mon garçon ? demanda Macro d'une voix faible.

— Je pense que la place se trouve de l'autre côté de cette maison. Il suffit de traverser ce mur.

— Alors, je pourrai me reposer.

— Alors, tu pourras te reposer, centurion.

Cato empoigna son arme à deux mains, arrachant de grosses mottes d'argile jusqu'à exposer une large partie du clayonnage. Après s'être épongé le front, il s'attaqua au treillis de branchages avec l'énergie du désespoir. Macro le regarda avec apathie ; n'ayant plus la force de se sentir concerné, il cédait lentement à son désir de sombrer peu à peu dans le sommeil.

Le treillis se révéla bien plus résistant que le torchis et le cœur de Cato se mit à battre la chamade alors qu'il concentrait tous ses efforts et sa rage sur le mur. Enfin, il en eut coupé assez pour entamer la terre compressée de l'autre côté. En quelques instants, il opéra une trouée par laquelle un faible rayon de lumière filtra dans la pièce. Redoublant de frénésie, Cato élargit l'ouverture. Quand elle fut assez grande pour traverser, il souleva le centurion avec douceur et le fit passer en premier.

— Toi d'abord, protesta Macro.

— Non, centurion. Ce sera plus facile comme ça que de te traîner derrière moi.

— D'accord.

Avec Cato qui le soutenait, Macro sortit la tête, les bras et les épaules, délogeant une pluie de terre qui s'abattit sur lui. Alors qu'il toussait en haletant, on lui assena un coup de sandale dans le flanc.

— Alerte ! Les Germains arrivent ! cria quelqu'un.

— Du calme, les gars ! Je suis romain !

— Oh ! désolé, mon vieux !

Une main rêche se tendit vers Macro. Quelques instants plus tard, Cato l'aidait à se redresser et enlevait la poussière sur sa tête et son uniforme. La gorge du légionnaire auteur du coup de pied se serra nerveusement quand il aperçut le baudrier médaillé de l'officier.

— Désolé, centurion, je ne savais pas…

— Il n'y a pas de mal, soldat. Conduis-nous juste au tribun.

— Suis-moi, centurion.

Le légionnaire se joignit à Cato pour supporter Macro. Puis le trio se fraya un passage dans les rangs qui tenaient encore l'entrée de la place du village. Ils trouvèrent Vitellius devant la maison du chef avec le trompette et le porte-étendard de la cohorte. Le son de gémissements et de cris étouffés sortait de la hutte.

— Arrêtez-vous là un instant, ordonna Macro, avant de lâcher l'épaule de Cato pour saluer Vitellius.

— Ah! tu es encore de ce monde, Macro! J'ai bien cru que les Germains avaient eu ta peau.

— Je suis toujours là, commandant.

— Avec une bien vilaine blessure. Ne tarde pas à la faire nettoyer et panser.

Vitellius désigna du pouce la porte derrière lui.

— Les infirmiers sont un peu occupés pour l'instant, mais tu réussiras peut-être à attirer leur attention. Et profites-en pour leur demander de te débarrasser d'un peu de cette merde dont tu es couvert.

— Où est ma centurie, commandant?

— Elle défend la porte principale pour le moment, répondit le tribun qui s'écarta alors qu'on portait un nouveau blessé dans la hutte. Je leur ai donné l'ordre de faire sortir les villageois entre deux assauts. On ne peut pas se permettre de gaspiller des troupes pour les surveiller.

— Comment se présente la situation?

Vitellius fronça les sourcils.

— Ce n'est pas brillant. Nos effectifs sont passés sous la barre des trois cents hommes. Les Germains tentent de forcer l'entrée de la place à cinq rues d'ici. L'incendie leur a coupé tous les autres accès et nous contrôlons toujours le mur d'enceinte et la porte principale.

— Pouvons-nous tenir jusqu'à l'arrivée de Vespasien ?

— Peut-être, répondit Vitellius qui haussa les épaules en regardant vers le ciel neigeux. Si le feu continue à les confiner dans quelques rues. Pour l'instant, c'est suffisant, mais ils peuvent se permettre plus de pertes que nous. Une fois qu'ils auront l'avantage du nombre, ils nous repousseront vers la place. Alors, nous livrerons un baroud d'honneur, ici, aux côtés des blessés.

— Et si l'incendie arrive sur nous avant les Germains ?

— Nous serons forcés de nous replier vers l'entrée principale, et dans les bras accueillants de la horde de Germains qui nous attend.

Périr par le feu ou massacrés par des barbares, songea Cato. Que choisirait-il le moment venu ?

— Fais-toi examiner, Macro, ordonna Vitellius. Vous deux, ajouta-t-il à l'adresse du trompette et du porte-étendard. Venez !

— Et moi, commandant ? demanda Cato.

Vitellius jeta un coup d'œil à Macro.

— « Et moi » peut veiller sur ton étendard, centurion.

— Oui, commandant.

Macro eut un sourire sans joie et tendit l'emblème de la sixième centurie à Cato.

— Garde ça pour moi. Je le reprendrai en sortant.

Une fois Macro à l'intérieur, un infirmier se précipita pour examiner la blessure. D'un simple hochement de la tête, il décida qu'une euthanasie ne s'imposait pas. Battant des mains, il chassa Cato hors de la pièce. Quand le légionnaire se retourna sur le seuil, l'infirmier nettoyait la plaie avec un chiffon taché de sang.

Dehors, Cato essaya de planter l'étendard en quelques coups rapides, mais le sol gelé déjoua toutes ses tentatives. Finissant par renoncer, il le posa contre son épaule. Bien qu'il se sente soulagé d'être de retour avec le reste de la cohorte, la bataille ne tournait pas à leur avantage. Les affrontements en rangs serrés s'étaient transformés en empoignade dont l'issue dépendrait au final du poids des forces en présence. Même ainsi, il arrivait qu'un glaive ou un javelot trouve sa cible et qu'un nouveau blessé émerge des lignes arrière. Ceux qui étaient trop gravement touchés pour échapper à la mêlée se faisaient tout simplement piétiner.

Lentement, mais inexorablement, les Romains reculaient, rue après rue. Viendrait un moment où les Germains envahiraient la place où les Romains cernés seraient vite anéantis. La nuit était déjà bien avancée, mais il restait encore quelques heures avant l'aube, et ensuite une demi-journée pour que Vespasien atteigne le village.

Mais alors que les Germains exerçaient leur pression, ils se firent surprendre par les flammes qui se propageaient rapidement parmi les habitations. Des cors lointains sonnèrent la retraite avec insistance. Des gorges des barbares s'éleva un hurlement de rage et de frustration. À contrecœur, les Germains se retirèrent après un ultime échange de coups, fuyant devant l'incendie. La cohorte se retrouva seule. La violence des Germains céda rapidement la place à l'ire de Vulcain. Cernés par les flammes, les Romains éclairés par le rougeoiement terrible virent leurs ombres s'allonger. La chaleur flétrit tout sur son passage et les soldats se réfugièrent derrière leurs boucliers.

Un légionnaire arriva en courant, pointant du doigt la rue qui partait de la place.

— Reculez ! Que tout le monde retourne à l'entrée principale. Immédiatement !

La cohorte quitta les lieux clopin-clopant, une colonne irrégulière d'hommes épuisés, certains soutenant leurs camarades blessés, d'autres utilisant leurs boucliers comme brancards de fortune pour porter les plus salement amochés. Mais tous marchaient dans un silence désespéré. Trop d'officiers avaient péri pour maintenir la cohésion des troupes qui avançaient en traînant les pieds entre les silhouettes bordées de rouge des huttes germaines. À l'entrée principale, Vitellius déploya un cordon défensif, avec les plus mal en point regroupés à l'arrière. Puis le reste de la cohorte attendit patiemment la fin.

Cato avait rejoint la sixième centurie après avoir installé son centurion le plus confortablement possible. Depuis la tour de la porte, il avait une bonne vue du destin en marche. Le vent attisa les flammes qui se mirent à ravager l'autre moitié du village. Au-delà des remparts, Cato regarda les habitants qui assistaient à la destruction de leurs logis et de leurs moyens de subsistance. Sans abri et sans nourriture, beaucoup d'entre eux ne passeraient pas l'hiver et le rougeoiement du feu éclairait les expressions de désespoir gravées sur leurs visages. Bien qu'il se sache condamné d'une manière ou d'une autre, Cato ressentit un pincement de culpabilité devant les conséquences de la guerre pour la population civile.

Derrière les villageois, les rangs sombres de guerriers germains attendaient dans le noir que le feu pousse leur ennemi à découvert.

À mesure que baissait la température de la nuit, Cato s'étonna de voir les soldats de la cohorte succomber à un calme fatalisme. Les officiers et les légionnaires toujours en vie bavardaient tranquillement, oublieux de la hiérarchie. L'imminence de la mort rendait les hommes égaux. Partager leur compagnie ici et maintenant — juste avant la charge folle ultime vers le néant — avait quelque chose d'étrangement réconfortant. Une chaude sensation de sérénité parcourut Cato et il se surprit à sourire. L'espace d'un instant, son regard croisa celui d'un vétéran, un dur à cuire dont le visage impassible lui retourna soudain son sourire. Ils n'échangèrent pas un mot ; toute parole était superflue.

Aux premières lueurs de l'aube sur l'horizon, le feu les avait presque rattrapés et Vitellius ordonna aux survivants de former une colonne derrière la porte. Le tribun prit le temps de réfléchir au sort de ceux qui, trop grièvement blessés, étaient incapables de marcher sans aide. La plupart avaient demandé qu'on leur laisse un glaive, pour mourir l'arme à la main, ou au moins priver les Germains des divertissements atroces qu'ils réservaient aux prisonniers. Vitellius s'interrogeait : ne serait-il pas plus clément de les faire mettre à mort avant le départ de la cohorte ? Alors qu'il était perdu dans ses pensées, une sentinelle l'interpella :

— Ils bougent, commandant !

Apparemment, l'impatience avait eu raison des Germains. Pas de charge finale, donc, juste une dernière bagarre sur les remparts, conclut Vitellius, déçu. Il monta avec lassitude les marches à l'intérieur de la tour de garde ; au sommet l'attendaient Cato et la sentinelle. L'optio semblait confus ; un moment plus tard, le tribun comprit pourquoi.

Les Germains étaient certes en mouvement, mais au lieu d'avancer sur le village, ils le contournaient par les côtés, s'éloignant du chemin qui montait vers la forêt.

— Qu'est-ce qui se passe? dit Vitellius en fronçant les sourcils.

— Commandant… Qu'est-ce qu'ils font?

— Je n'en ai pas la moindre idée.

Les Germains hâtèrent le pas, abandonnant les villageois pitoyablement livrés à eux-mêmes devant la porte. Cato n'en croyait pas ses yeux. Puis quelque chose lui fit tendre l'oreille, un son qui couvrit le crépitement des flammes derrière eux. L'appel strident des trompettes résonna clair et fort dans l'air matinal. Sur la crête de la colline qui dominait le village, une ligne de cavaliers s'avança; à leur tête, un groupe d'officiers en cape rouge et casque orné d'un cimier.

Apparemment, Vespasien n'avait pas attendu l'aube pour marcher à leur secours.

CHAPITRE 14

L'infirmier jura entre ses dents alors que la sonnette retentissait au bout du couloir. Ce patient était impossible. Exigeant sans cesse que des messages soient transmis à l'extérieur, demandant qu'on lui apporte de la nourriture et du vin, faisant toute une histoire pour que sa jambe soit placée exactement dans telle ou telle position – pour changer d'avis quelques instants après. S'il n'avait pas été un centurion – un grade supérieur à celui de n'importe qui ici, excepté le chirurgien – l'infirmier lui aurait volontiers confisqué la sonnette et l'aurait laissé mijoter dans son jus. Mais, en tant qu'officier, il avait droit à sa propre chambre et à l'attention pleine et entière de l'infirmier qui avait le malheur d'être de service.

Tous les autres soldats récemment blessés dans l'échauffourée avec les Germains s'entassaient à cinq lits par salle avec l'absence de privilèges accordée à ceux qui ne jouissaient d'aucun statut particulier : assez à manger pour ne pas mourir de faim et une visite quotidienne pour changer les pansements, nettoyer les drains et suivre l'évolution de leur état. Ceux que leurs blessures clouaient au lit utilisaient des bassins hygiéniques vidés trois fois par jour ; le centurion, lui, l'appelait dès qu'il avait envie de se soulager.

Sa blessure à la jambe aurait pu lui être fatale si Macro n'avait pas placé un garrot juste au-dessus. Le chirurgien avait recousu les extrémités du muscle déchiré, puis la peau – laissant un petit drain en place pour faciliter l'évacuation du pus. Il avait ordonné au centurion de rester au lit jusqu'à ce que la plaie soit propre et en voie de cicatrisation. Puis il avait calmement souri en réponse au torrent d'invectives qui avait accueilli ses instructions ; il avait aussi rassuré l'officier : la deuxième légion serait capable de fonctionner sans lui pendant quelques semaines. Enfin, il lui avait affecté un infirmier particulier et, avec un hochement de tête satisfait devant son œuvre, il était allé s'occuper des dizaines de patients que le tribun Vitellius avait jugé bon de lui fournir. La plupart s'étaient remis en quelques jours, certains avaient succombé à leurs blessures – ce que le médecin considérait comme un affront personnel, une insulte à ses compétences – et les autres se rétablissaient à un rythme plus lent dicté par la gravité de leur état. Il ne pouvait que se réjouir de ne pas avoir de guerriers germains à soigner : ceux qui ne s'étaient pas suicidés ou n'avaient pas été tués par leurs propres compatriotes avaient goûté à la clémence de Vespasien qui les avait tous fait exécuter. Pas de barbare nauséabond dans son hôpital, donc.

Les survivants du village étaient venus gonfler la population déjà installée autour du camp fortifié. Les plus chanceux avaient été accueillis par des parents éloignés ou des amis qui leur faisaient payer cher à présent le mépris qu'ils leur avaient longtemps témoigné pour avoir adopté les mœurs romaines. Les moins bien lotis seraient forcés de passer l'hiver dans les huttes rudimentaires qui avaient poussé comme des champignons en périphérie de la colonie. Bon nombre d'entre eux ne survivraient pas au vent rigoureux, mais ils avaient peu de compassion à attendre tant de la part des Romains que de leurs compatriotes habitant à proximité du camp. En effet, la méfiance qu'ils avaient ravivée chez les légionnaires retombait à présent sur tous les Germains.

La sonnette se fit de nouveau entendre, plus fort cette fois, et l'infirmier ralentit à l'approche des chambres mieux ventilées réservées aux officiers.

—Remue-toi un peu! s'emporta Macro. J'agite cette foutue cloche depuis une éternité!

—Navré de t'avoir fait attendre, centurion, mais un patient était en train de mourir et j'ai voulu m'assurer que ses effets personnels aillent à ses amis avant qu'il ne nous quitte.

—Et…?

—Moi et mes collègues nous ferons le nécessaire.

—Après vous être servis.

—Bien sûr, centurion.

—Bande de charognards.

—Charognards? répéta l'infirmier en fronçant les sourcils. C'est un des avantages du métier, centurion. Alors, qu'est-ce que je peux faire pour toi?

—Débarrasse-moi de ça, répondit Macro en poussant un bassin hygiénique vers lui. Et attise un peu le feu. On gèle ici.

—Oui, centurion, acquiesça l'autre, alors qu'il portait le bassin jusqu'à une table basse. C'est une belle journée. Le ciel est bleu, dégagé; l'air est calme.

—Oh! vraiment? Merci pour cette information. Mais ici, il fait toujours un froid glacial.

— Il ne fait pas «glacial», centurion. La chambre est juste correctement ventilée. C'est pour ton bien.

— Pour mon bien? Si cette blessure ne me tue pas, le froid s'en chargera.

L'infirmier sourit à cette pensée réconfortante, alors qu'il plaçait plus de combustible sur les braises du brasero et soufflait doucement dessus pour raviver quelques flammes.

— Voilà, c'est bon comme ça. Maintenant, prends cette bassine et débarrasse le plancher.

— Oui, centurion.

Alors que l'infirmier se dirigeait vers la porte en tenant prudemment le pot de chambre, Cato entra sans prévenir. L'autre s'écarta lestement sans renverser une goutte, non sans manifester bruyamment sa désapprobation, tandis que Cato refermait la porte derrière lui.

Arrivé au chevet de Macro, Cato lui sourit.

— Content de te voir, centurion.

— C'est la première fois en trois jours.

— J'ai eu fort à faire en ton absence, centurion. Bien m'occuper de la centurie pendant que tu te rétablis n'est pas une sinécure. Comment va ta jambe?

— Toujours raide; et ça me fait un mal de chien quand j'essaie de la bouger. Mais les toubibs semblent être d'avis que je suis sur la bonne voie.

— Tu as meilleure mine que lors de ma dernière visite.

— Ce n'était rien, juste une infection sans gravité. D'après le médecin, c'est pratiquement terminé.

— Quand est-ce que tu penses reprendre le service, centurion?

L'anxiété sous-jacente de la question n'échappa pas à Macro. Il observa Cato en silence, tandis que le bois sifflait doucement dans le brasero.

— J'aurais cru qu'un jeune optio apprécierait cette occasion d'exercer son premier commandement.

— C'est le cas, centurion.

— Mais… ? l'encouragea Macro.

— Je n'imaginais pas le travail que ça représente. Entre l'organisation des manœuvres, l'inspection des baraquements, la vérification des équipements, et je ne parle pas des tâches administratives.

— Tu devrais laisser cet aspect-là à Piso. C'est ce que je fais.

— Oui, il m'a été d'un grand secours, centurion. Il a même insisté pour s'en charger. Mais on vient de nous donner l'ordre de procéder à un inventaire complet des matériels et des affaires personnelles non transportables. Et pour ne rien arranger, le quartier général a ordonné que toutes les sommes d'argent dépassant dix sesterces soient déposées à la banque pour la fin de la semaine. Est-ce que c'est toujours aussi trépidant, centurion ? demanda désespérément Cato.

— Non.

Ainsi ils allaient bien changer d'affectation dans un avenir proche. La mesure restreignant la détention de monnaie avait pour but de limiter la charge du légionnaire en marche ; quant aux biens non transportables, ils seraient inventoriés avant d'être entreposés ou vendus. Dans ce dernier cas, on pouvait s'attendre à un transfert durable. Intéressant. Mais alors, songea Macro, les blessés devraient faire le voyage en charrette et il appréhendait la perspective d'un long trajet dans ces conditions sur les chemins défoncés. Marcher pouvait se révéler fatigant, mais c'était un bon exercice, bien plus confortable que d'être secoué sur le plateau à l'arrière d'un chariot de la légion.

— On sait déjà où on nous envoie?

— Rien d'officiel, centurion, mais d'après les rumeurs, nous allons rejoindre une armée qu'on réunit en ce moment même pour l'invasion de la Bretagne.

— La Bretagne! Quel empereur sain d'esprit voudrait ajouter ce trou perdu à l'Empire? C'est une région sauvage et couverte de marécages – si ce que j'ai entendu est vrai. La Bretagne! C'est ridicule.

— C'est ce qu'on m'a dit, se défendit Cato. Et de toute façon, à quand remonte le dernier empereur à avoir réellement eu toute sa tête?

— Bien vu! (Macro se détendit.) Écoute, toutes ces tâches administratives qui t'empoisonnent la vie, c'est précisément ce qui permet de gérer une centurie. Donc, soit tu t'y fais, soit tu délègues à Piso.

— Ce n'est pas vraiment la paperasse qui me décourage, centurion, répondit Cato avec gêne.

— Quoi alors?

— Eh bien, c'est le commandement lui-même. Je ne semble pas capable de donner des ordres.

— Que veux-tu dire?

Cato bougea les pieds d'un air penaud, alors qu'il tentait d'énoncer clairement son problème.

— Je sais que je suis un optio et qu'à ce titre les hommes doivent m'obéir. Mais ce n'est pas pour autant qu'ils acceptent de bonne grâce qu'un – disons-le –, un gamin, leur dise quoi faire. Oh! ils exécutent mes ordres, ça oui. Et plus personne ne me traite de lâche. Mais ils n'ont pas beaucoup de respect pour moi.

—C'est normal. Ça ne vient pas du jour au lendemain – ça se mérite. Chaque officier fraîchement promu connaît la même expérience. Les hommes obéissent parce que c'est ce qu'on leur a inculqué. La difficulté, c'est d'obtenir qu'ils le fassent de bon gré. Mais pour ça, tu dois gagner leur confiance. Alors, ils te respecteront.

—Mais comment faire, centurion?

—D'abord, en cessant de pleurnicher. Ensuite en commençant à te comporter comme un optio.

—Je n'y arrive pas, centurion.

—Qu'est-ce que ça veut dire? Fais un effort! Secoue-toi, bon sang!

Macro se dressa sur les coudes, grimaçant de douleur alors qu'il déplaçait sa jambe dans une position plus confortable.

—Oui, centurion.

—Bien. Maintenant, remets un peu de bois sec dans ce feu avant qu'il ne s'éteigne. Et ferme la fenêtre.

—Tu es sûr, centurion? L'air frais est censé accélérer ton rétablissement.

—Certainement pas en plein hiver. Là, je risque surtout de mourir de froid, alors ne discute pas.

—Non, centurion.

Cato se hâta d'obéir et choisit le bois le plus sec qu'il pouvait trouver pour le brasero.

—Tu as remarqué? lui demanda Macro.

—Quoi, centurion?

—La manière dont tu as immédiatement fait ce que je te demandais?

Cato hocha la tête.

—C'est ça que j'essaie de t'expliquer. Tout est dans le ton de la voix. Tu dois t'entraîner à donner des ordres un certain temps avant que ça devienne naturel. Mais une fois parvenu à ce stade, ce sera simple comme bonjour – aussi facile que de respirer.

—Si tu le dis, centurion.

—Crois-moi. Alors, quoi de neuf à part ça ?

Macro se laissa glisser en arrière sur le lit, se calant contre le traversin. Avec la fenêtre fermée, le rougeoiement du brasero ajoutait au peu de lumière qui filtrait par les volets.

—Approche ce tabouret, je veux tout savoir. Qu'est-ce que j'ai manqué ?

Cato remua d'un air gêné.

—Ce matin, j'ai été convoqué au quartier général par le légat.

—Tiens donc ? fit Macro en souriant. Et qu'avait à te dire Vespasien ?

—Pas grand-chose… Il doit me remettre une couronne… une décoration… Je n'ai pas vraiment compris pourquoi.

—C'est sur ma recommandation, expliqua Macro. Tu m'as sauvé la vie, tu n'as pas oublié ? Même si tu as failli perdre notre emblème par la même occasion. Tu as gagné cet honneur, et une fois que tu auras cette phalère accrochée à ta cuirasse, tu trouveras les hommes bien mieux disposés à ton égard. Tous les soldats ont du respect pour les décorations bien méritées. Qu'est-ce que ça fait d'être un héros ?

Cato rougit ; heureusement, l'embarras qui embrasait ses joues passa presque inaperçu dans la lueur orange dansante du brasero.

— Honnêtement, j'ai un peu l'impression d'être un imposteur.

— Pourquoi, bon sang ?

— On ne devient pas un héros en une seule bataille.

— Même pas une bataille. Une escarmouche tout au plus.

— Précisément, centurion. Une simple escarmouche, au cours de laquelle je suis parvenu à blesser un seul ennemi – et par accident. Pas vraiment l'étoffe des héros.

— Tuer des hommes au combat ne fait pas nécessairement de toi un héros, le rassura gentiment Macro. Ça peut aider, j'en conviens, et plus tu accumules les cadavres, mieux ça vaut. Mais il existe d'autres façons de manifester sa bravoure. Néanmoins, à ta place je n'irais pas raconter partout que je n'ai assommé qu'un ou deux Germains. Écoute, tu n'étais pas obligé de revenir pour moi, mais tu l'as fait – contre toute attente. D'après moi, ça demande du cran – et je suis content de t'avoir parmi nous.

Cato fixa son regard sur son supérieur, à l'affût du moindre signe d'ironie.

— Tu es sincère, centurion ?

— Bien sûr. Est-ce que je t'ai déjà dit quelque chose que je ne pensais pas ?

— Non.

— Eh bien, tu vois. Alors, crois-moi sur parole et n'en fais pas toute une histoire. Je suppose qu'il y aura une investiture ?

— Oui, centurion. Le légat organise une parade dans deux jours. Il y remettra plusieurs décorations – dont une à Vitellius.

— Oh ! vraiment ? l'interrompit Macro avec amertume. Je suis sûr que ça fera bonne impression sur son *curriculum vitae* à son retour à Rome.

— Un dîner privé est prévu le même soir. Le légat a invité tous les officiers qui ont servi avec la troisième cohorte ce jour-là – ceux qui ont survécu, en tout cas.

— Alors ça devrait être plutôt intime. Typique de Vespasien : geste grandiose, petits moyens.

— Il a insisté sur ta présence, centurion.

— Moi ? s'étonna Macro qui, haussant les épaules, pointa du doigt sa jambe. Et comment suis-je censé y assister ?

— J'ai posé la question au légat.

— Vraiment ? Et qu'a-t-il répondu ?

— Il t'enverra une civière.

— Une civière ? Je vois ça d'ici : un invalide qui se mêle aux invités et s'efforce de participer à la conversation. Tu parles d'un cauchemar…

— Alors, n'y va pas, centurion.

— Pardon ? fit Macro en haussant les sourcils. Mon garçon, une invitation polie de la part du commandant en chef d'une légion a plus de poids qu'une assignation signée de Jupiter en personne.

Cato sourit et se leva.

— Je ferais mieux d'y aller, maintenant. Je peux t'apporter quelque chose à ma prochaine visite ? Un peu de lecture, peut-être ?

— Non, merci. J'ai besoin de me reposer les yeux. En revanche, du vin et des dés, je ne dis pas non. Il faut que je perfectionne ma technique.

— Des dés, répéta Cato, vaguement déçu, lui qui désapprouvait ceux qui refusaient d'accepter que les dés tombaient au hasard – s'ils n'étaient pas pipés, bien sûr.

Il hocha la tête, se préparant à prendre congé.

— Une dernière chose ! lui lança Macro, alors qu'il quittait la chambre.

— Centurion ?

— Rappelle à Piso qu'il me doit cinq sesterces.

CHAPITRE 15

Le centurion Bestia lança un regard furieux à chaque visage alors qu'il marchait d'un pas ferme le long des rangs. Par bien des côtés, l'inspection était l'aspect le plus pénible de l'entraînement pour la plupart des recrues. Les manœuvres, les exercices et le maniement des armes n'exigeaient que quelques efforts et un minimum de réflexion. En revanche, la préparation d'une inspection demandait une sorte de génie qui l'élevait presque au niveau d'un art. Chaque élément de l'équipement d'un soldat devait être nettoyé, briqué – en ne négligeant aucune partie accessible; pas question de se limiter au strict nécessaire – et parfaitement entretenu. Bestia connaissait toutes les astuces des éventuels tire-au-flanc; une recrue qui y avait recours ne pouvait donc être que stupide ou désespérée. Et ainsi, Cato attendait nerveusement au garde-à-vous, priant tous les dieux qui voudraient bien l'écouter pour que Bestia passe à côté du vernis qu'il avait appliqué sur sa ceinture et sur ses sangles. La visite à l'hôpital ne lui avait pas laissé le temps de faire briller le cuir usé en le lustrant. Sur les conseils de Pyrax, il avait simplement passé le vernis dessus. Se tenant raide avec son javelot planté à sa droite et la main gauche posée sur le bord de son bouclier, Cato avait pleinement conscience de l'odeur de vernis qui flottait autour de lui.

Si Bestia touchait le cuir poisseux, la supercherie serait découverte et Cato serait puni.

Bestia aperçut soudain sa proie et accorda à peine un regard aux quatre recrues qui, dans la même rangée, les séparaient encore.

— Ah! optio, fit-il en insistant sur le mot. Comme c'est aimable à toi de te joindre à nous ce matin.

Comme à l'accoutumée, ce salut sarcastique n'était pas justifié, puisque Cato n'avait guère le choix. Il était dispensé d'entraînement un jour sur deux sur ordre de l'état-major de la légion.

— Alors comme ça, te voilà apparemment devenu une sorte de héros de guerre, jeune Cato?

Cato resta coi et continua à regarder droit devant lui, fixement.

— Il me semble t'avoir posé une question, insista Bestia, qui se tourna vers l'instructeur qui l'accompagnait pendant l'inspection. Je n'ai pas rêvé, je lui ai bien posé une question?

— Oui, centurion! confirma inutilement l'autre homme. Tu lui as posé une question!

— Alors, réponds-moi!

— Oui, centurion! cria Cato.

— Oui, quoi?

— Je suis devenu une sorte de héros de guerre, centurion, dit Cato à voix basse.

— Tu veux bien répéter, mon garçon? hurla Bestia. Je dois être sourd. Je ne t'ai pas entendu. Allez, plus fort cette fois!

— Oui, je suis devenu une sorte de héros de guerre, centurion!

—Oh! vraiment? Un gamin comme toi? Les Germains ont dû faire dans leur froc, j'imagine. Moi, rien qu'à te regarder, je me sens nerveux. Bientôt, ils enverront des fœtus en première ligne.

Une cascade de rires gagna les autres recrues.

—LA FERME! beugla Bestia. Qui vous a autorisés à rire, bande de mauviettes? Certainement pas moi?

—NON, CENTURION! répondirent les hommes dans un bel ensemble.

—Mais revenons-en à notre héros; tu vas devoir te montrer à la hauteur de ta réputation, mon garçon.

Bestia se pencha tout près de Cato, au point que ce dernier distinguait chaque ride, chaque cicatrice sur le visage du vétéran, jusqu'aux bords rougis de ses narines. Cato faillit sourire de soulagement quand le centurion recula d'un pas, et sortit un carré de tissu sale pour se moucher.

—Qu'est-ce qui t'amuse, mon garçon? Tu n'as jamais vu un homme avec un rhume?

—Si, centurion.

—Je t'aurai à l'œil, optio. À partir de maintenant, si tu fais la moindre erreur, je n'aurai aucune pitié, ajouta Bestia d'un ton hargneux, avant de brusquement s'éloigner à grandes enjambées.

—Ce n'est pas nouveau, marmonna Cato, une fois qu'il le crut hors de portée de voix.

L'instructeur gloussa en l'entendant. Cato blêmit, mais l'autre se contenta de lui adresser un clin d'œil et se précipita pour rattraper Bestia.

Ce matin-là, Bestia changea leur emploi du temps. Au lieu d'un entraînement au maniement des armes, les recrues eurent droit à une introduction aux rudiments de la construction d'un camp ; puis on les fit sortir du fort, jusqu'à un endroit spécialement préparé où des drapeaux de couleur délimitaient un vaste carré aux nombreuses subdivisions. Un chariot de ravitaillement les attendait sur le bas-côté du chemin ; une paire de bœufs broutaient avec une expression maussade en regardant les soldats se réunir autour de Bestia. Le centurion avait été chercher une pioche et une pelle à l'arrière du chariot et les tenait en l'air.

— Qui parmi vous est capable de me dire ce que j'ai entre les mains ?

Les recrues restèrent silencieuses, par crainte d'enfoncer une porte ouverte.

— C'est bien ce que je pensais. Une belle brochette d'abrutis. Eh bien, ce qui, à vos yeux, ressemble peut-être à des outils d'horticulture est l'arme secrète de l'armée romaine. C'est même sans doute l'arme la plus importante que vous aurez entre les mains. Avec ça, on bâtit les plus formidables fortifications du monde connu. Les armées romaines connaissent parfois la défaite – nos fortifications, jamais ! Certains d'entre vous ont peut-être entendu circuler une rumeur sur le transfert prochain de notre légion.

Un murmure d'excitation accueillit cette annonce – la première confirmation officielle d'une information qui circulait au mess depuis une dizaine de jours. Bestia attendit que le brouhaha retombe avant de poursuivre :

— Bien sûr, seuls les officiers supérieurs, comme moi-même, seront informés de notre destination finale. Je me contenterai de vous dire qu'on ne va pas s'ennuyer. Mais avant de vous lâcher dans la nature, il va falloir vous apprendre à construire toutes sortes de choses : camp fortifié, circonvallation, contrevallation…

À présent, il les avait réellement perdus ; à peine une poignée d'entre eux connaissaient suffisamment le récit de César sur le siège d'Alésia pour comprendre ce qu'il racontait.

— Comme vous risquez tous – à part peut-être notre héros de guerre ici présent – d'avoir quelques difficultés à saisir le potentiel tactique défensif de tout ouvrage plus important qu'un fossé, je vous propose de commencer modestement, par un camp fortifié.

» Quand la légion manœuvre en territoire non hostile, elle creuse un fossé défensif et élève une palissade. Chaque légionnaire – même vous, bande de mauviettes – sera doté d'une pioche et d'une pelle. Les drapeaux jaunes de ce côté ne vous concernent pas – ils marquent les emplacements des tentes de chaque centurie. Ce sont les rouges qui indiquent les limites du camp. À partir de cette ligne, vous creuserez un fossé de six pieds de large et trois de profondeur – ou en pelles : deux sur trois. Les déblais, entassés vers l'intérieur, seront ensuite compactés. Chaque homme creuse six pieds de fossé, en commençant par notre héros au premier drapeau. Vous m'avez compris, bande de mauviettes ? Alors, allez récupérer vos outils et mettez-vous au travail.

Après avoir été chercher sa pelle et sa pioche – pour lesquelles, comme le savait dorénavant Cato, on prélèverait un certain montant sur sa solde – chaque légionnaire prit position le long de la ligne de drapeaux rouges et Bestia donna l'ordre de creuser. Le sol, presque gelé, ne leur facilitait pas les choses. Malgré la résistance que rencontraient les pioches, de grosses mottes de terre s'accumulèrent peu à peu juste à côté du fossé. À mesure que la matinée avançait, les hommes en vinrent à oublier la fraîcheur et se mirent même à transpirer abondamment, la sueur collant leur sous-tunique en laine dans leur dos. Bien qu'endurcis par des mois d'entraînement, ils trouvèrent la tâche épuisante. Mais Bestia ne leur accorda aucun répit, leur rappelant qu'une légion en campagne avait besoin de bâtir ce genre de fortifications chaque jour. Les mains irritées se couvrirent d'ampoules et, quand celles-ci éclatèrent, le bois grossier des manches irrita les paumes à vif. Cato souffrit en silence, les lèvres serrées, tandis que ses camarades issus de familles de fermiers remarquaient à peine le bois entre leurs mains calleuses. Il avait aussi eu la malchance d'être placé juste à côté de Pulcher ; celui-ci attendit que les instructeurs soient hors de portée de voix pour reprendre sa campagne d'intimidation :

— Un héros de guerre ? Toi ? grogna-t-il. Je demande à voir. À qui tu as offert ton petit cul pour obtenir cette décoration ?

Cato préféra ne pas répondre, il ne leva même pas la tête et continua de creuser.

— Eh ! je te parle !

Cato l'ignora.

— Où sont passées tes bonnes manières, hein ? Et moi qui pensais que t'étais bien élevé. Tu te crois sans doute trop bien pour parler à des gens comme nous. (Il rit en s'adressant à son autre voisin.) Notre héros semble avoir une très haute opinion de lui-même.

— Silence là-bas ! le rappela à l'ordre un instructeur. Silence dans les rangs pendant le travail.

Pulcher se remit à creuser en exagérant ses efforts jusqu'à ce qu'il soit sûr que plus personne ne faisait attention à lui. Alors, il balança une pelletée de terre au visage de Cato.

—Ignore-moi encore une fois, gamin, et je te jure de…

—De quoi? répliqua Cato en se tournant vers lui avec colère, sa pioche à moitié levée. Qu'est-ce que tu vas faire, hein? Vas-y, je t'écoute, espèce de fumier!

Les mains de Pulcher se resserrèrent sur son manche, mais averti par une sorte de sixième sens, il reporta son attention sur sa portion de fossé alors que Bestia approchait à grandes enjambées.

—Qu'est-ce qui se passe? Le héros de guerre fait une pause sans en avoir reçu l'ordre?

—Non, centurion.

—Pourquoi es-tu couvert de terre, mon garçon?

—Euh… j'ai…

—Réponds-moi!

—J'ai glissé, centurion. En pelletant…

—Tu es fatigué? fit Bestia, feignant la sollicitude.

—Oui, centurion, mais je…

—Eh bien, si tu as besoin d'un petit programme de remise en forme, tu seras de corvée de latrines pour les cinq prochains soirs.

—Mais, centurion, je dois assister à la réception chez le légat après l'investiture.

—Alors, tu devras ramasser la merde deux fois plus vite si tu ne veux pas arriver en retard. (Bestia sourit gentiment.) Et surtout, soigne ta tenue; tu ne voudrais pas que Vespasien te punisse lui aussi.

Bestia se mit à rire en imaginant la scène. Puis avec une claque retentissante sur l'épaule de Cato, il repartit vers l'autre bout de la ligne.

—Va te faire foutre, centurion, jura Cato à voix basse dans son dos.

Puis il sursauta, horrifié, alors que l'officier faisait volte-face et pointait vers lui un doigt accusateur.

— Tu as dit quelque chose ? Hein, tu as dit quelque chose ?

— Juste « merci », centurion.

— On est sarcastique, mon garçon ?

— Non, centurion, répondit Cato, pince-sans-rire. Je te suis simplement reconnaissant de m'offrir l'occasion de m'améliorer et de devenir un légionnaire dont tu pourras être fier.

Bestia lui lança un regard furieux, puis il tourna les talons et s'éloigna, laissant Cato à son excavation. À côté de lui, les épaules de Pulcher étaient secouées par un rire silencieux.

— Je n'oublierai pas ça, dit calmement Cato.

— Ouuh, j'ai si peur ! J'en fais dans mon froc, chuchota Pulcher.

Cato le toisa ; ce type ne le terrorisait plus autant qu'avant, il était juste fatigué de devoir sans arrêt se méfier de lui, d'être à l'affût de sa prochaine trouvaille pour le harceler. Avec un soupir de colère, il abattit sa pioche dans le sol de toutes ses forces, puis grogna avec effort pour déloger une motte de terre. Il devrait mettre un terme à cette histoire avec Pulcher, et le plus tôt possible.

À midi, Bestia décréta une pause et les hommes se tinrent au garde-à-vous. Pendant qu'il inspectait leur travail, leur sueur refroidit sous leurs tuniques et, bientôt, la plupart d'entre eux se mirent à frissonner alors que les instructeurs passaient dans les rangs en critiquant leur technique rudimentaire. À l'intérieur, le fossé n'était pas régulier, un certain nombre de recrues ayant oublié la règle des deux pelles de large. D'autres n'étaient pas parvenus à creuser la quantité requise de terre gelée et leurs sections manquaient d'homogénéité avec celles de leurs voisins. Bestia reconnut à contrecœur qu'une dizaine de soldats avaient exécuté leur tâche de manière satisfaisante – Pulcher et Cato en faisaient partie.

— Franchement, je ne pense pas que les barbares aient beaucoup à craindre de Rome tant que des bons à rien comme vous formeront ses légions. Si ça, c'est un fossé défensif, moi, je suis une pute grecque bon marché. La seule chose que ce truc pourra empêcher d'entrer, c'est le froid. Alors, rebouchez-moi tout ça, cassez la croûte vite fait, et on remet ça cet après-midi.

CHAPITRE 16

L'entrée de la maison du légat était bien éclairée quand
Cato arriva en courant depuis son baraquement.
Il s'arrêta un moment pour reprendre son souffle et remettre
en place la couronne obsidionale sur sa tête. Pour l'instant,
il portait la phalère à un ruban autour du cou sur le devant
de sa tunique. Plus tard, elle serait fixée à sa cuirasse où il la
garderait jusqu'à la fin de ses jours – jusque dans la tombe
en fait, puisqu'on l'enterrerait avec sa décoration. Une fois
calmé, il avança. Un domestique attendait sous le porche,
assis derrière un bureau. Les deux gardes qui l'encadraient
croisèrent leurs lances pour bloquer le passage à Cato.

— Ton nom ? demanda le domestique.

— Quintus Licinius Cato.

— Cato, murmura l'autre en faisant une marque avec
son style sur une tablette de cire. Tu es en retard, Cato. Très
en retard. Faites-le entrer.

Les lances s'écartèrent et Cato pénétra dans la cour
intérieure. Au-dessus de la colonnade, de la musique et
des rires s'échappaient de fenêtres bien éclairées, couvrant le brouhaha des conversations. Si arriver en retard
était impardonnable, ignorer l'invitation aurait été tout
bonnement impensable – de même qu'il n'aurait pu
désobéir aux ordres de Bestia en ne nettoyant pas à fond

les latrines. Ce soir, cette corvée s'était éternisée, la faute à un problème de digestion qui semblait très répandu en ce moment parmi les légionnaires. Cato avait à peine eu le temps de se changer et d'enfiler sa plus belle tunique avant de traverser le camp à toutes jambes pour arriver, donc, très en retard. Appréhendant l'accueil qu'on lui réserverait à cause de son manque de ponctualité, il se dirigea vers l'entrée avec la démarche d'un condamné et frappa à la porte. Un majordome ouvrit immédiatement, cachant difficilement son irritation.

— Te voilà enfin ! J'espère que tu as une bonne explication à fournir au légat.

— Je lui présenterai mes excuses dès que nous serons un peu plus au calme, promit Cato. Il n'y aurait pas moyen de rejoindre ma place discrètement ?

— Je vois mal comment, jeune homme. Suis-moi.

Il ferma la porte et conduisit Cato dans une grande salle, derrière un épais rideau. Bien sûr, selon les critères du palais, l'endroit n'avait rien d'impressionnant, mais Cato trouva qu'il avait été aménagé de manière aussi confortable que possible, si loin du cœur de l'Empire. Des dizaines de lampes à huile suspendues aux solives éclairaient la pièce. De chaque côté, le long des murs, deux banquettes couvertes de coussins accueillaient les dîneurs qui mangeaient ce qu'on leur présentait sur des tables basses disposées devant eux. Surpris, Cato constata que tous les tribuns et presque tous les centurions étaient présents, certains accompagnés de leur épouse. Dans l'espace dégagé entre les tables, deux lutteurs s'affrontaient avec force grognements, chacun cherchant la prise qui lui donnerait l'avantage. À une extrémité de la salle, un petit groupe de musiciens tentait de se faire entendre par-dessus le vacarme des invités. Cato espérait trouver rapidement une place sur une des banquettes, le plus discrètement possible, mais le majordome lui fit signe de continuer à le suivre vers la table d'honneur devant laquelle étaient étendus Vespasien et ses hôtes de marque. Avec horreur, Cato aperçut un espace libre bien visible entre Macro et Vespasien. Le légat fronça les sourcils à leur approche, mais un sourire accueillant apparut bien vite sur ses lèvres alors qu'il lui faisait signe de s'avancer.

— Optio ! Je me demandais où tu étais passé.

— Je suis désolé, commandant, répondit Cato, alors qu'il se glissait à côté de Macro. J'étais occupé – j'avais des ordres.

— Occupé ?

— Je préfère ne pas donner plus de détails tant que nous serons à table, commandant.

— Malheureusement, il n'y a plus grand-chose. Rufulus ! Vois ce que tu peux trouver pour l'optio. Il doit bien rester quelques bons morceaux.

— Oui, commandant.

Le majordome s'inclina, non sans avoir jeté un regard furieux à Cato.

— Pendant que tu patientes, pourquoi ne pas goûter un peu de ce loir farci ? proposa Vespasien en lui tendant un plateau en or autour duquel étaient disposées de petites bêtes cuites au four. Ils sont remplis de fromage et d'herbes locales. Ce n'est probablement pas à la hauteur du régime auquel t'a habitué le palais, ça devrait tout de même te rappeler des souvenirs. Sers-toi.

Cato obéit. Bien que les rongeurs soient légèrement trop cuits, ils changeaient agréablement de l'ordinaire des légionnaires. Alors qu'il faisait joyeusement craquer sous la dent les savoureux morceaux, le légat ordonna à un esclave d'apporter au retardataire une sélection de mets délicats.

— Bois un peu de vin, l'encouragea Vespasien en lui désignant une rangée de carafes en céramique. Nous avons là un cécube tout à fait correct et un assez bon massique. Je garde mon falerne pour porter un toast.

Les yeux de Cato se mirent à briller à cette perspective.

— Ton cuisinier maîtrise son *Apicius*, commandant. Il peut être fier de lui. Merci de m'avoir invité.

— Je t'en prie, mon garçon. Tu t'es toi-même distingué dans cette escarmouche avec les Germains. Maintenant, je te laisse manger avant que ça ne refroidisse. J'aurai quelques personnes à te présenter plus tard. Tu en connais déjà certaines. (Vespasien sourit.) Ma femme est particulièrement impatiente d'entendre les derniers potins qui circulent au palais. Encore faut-il que je parvienne à l'arracher au tribun Vitellius.

Il fit un signe de la tête vers le bout de la table où Cato aperçut le tribun par-dessus l'épaule d'une femme mince. Tous deux semblaient absorbés par leur conversation. Soudain, l'épouse du légat éclata de rire et Vespasien fronça les sourcils un instant, avant de reporter son attention sur l'optio.

— Comme je te l'ai dit, ça peut attendre. Pour le moment, si tu veux bien m'excuser, j'ai deux mots à dire au préfet du camp. Bon appétit !

Il tourna le dos à Cato qui se concentra sur son estomac, repaissant ses yeux du festin devant lui avant d'en faire profiter ses papilles gustatives.

— Qu'est-ce que c'est que cette odeur, bon sang? renifla Macro d'un air accusateur.

— C'est moi, centurion, je le crains, répondit Cato, remplissant sa coupe d'un massique rouge profond.

— D'où ça vient? Tu pues comme une putain bon marché.

— Parce que c'est un parfum que Pyrax a acheté pour une poule.

— Tu as mis du parfum? fit Macro avec un mouvement de recul horrifié.

— Bien obligé, centurion. J'ai eu de la merde jusqu'aux genoux tout l'après-midi. Je me suis lavé, mais malgré mes efforts, je n'ai rien pu faire contre l'odeur. Pyrax a suggéré de la couvrir avec son parfum.

— Vraiment?

— Oui, centurion. Il a dit qu'il était préférable de sentir comme une putain que comme une merde.

— C'est discutable.

— Comment va ta jambe aujourd'hui, centurion? demanda Cato, tendant la main vers un autre loir.

— Mieux. Mais j'ai encore quelques semaines à patienter avant qu'on m'autorise à me tenir debout. J'avoue que je ne suis pas pressé d'en passer la majeure partie à l'arrière d'un chariot.

— Une idée de l'endroit où on nous envoie?

— Chut! Tais-toi! Personne n'est censé savoir pour l'instant. Je pense que c'est la raison pour laquelle on a tous été invités.

— Tu crois?

— Sinon, pourquoi avoir convié tant de monde à un simple dîner d'investiture ? Ça cache forcément quelque chose.

Flavie rit poliment, mais discrètement, à la plaisanterie du tribun ; la prudence était de mise quand la discussion portait sur l'empereur Claude. Mais comme elle souhaitait que Vitellius se dévoile davantage, son visage conserva une expression amusée.

— Excellent, Vitellius. Tu es un conteur-né. Mais je suis curieuse : crois-tu que Claude soit l'homme de la situation ?

— Tu me demandes ce que *moi* je pense de Claude ? (Il l'observa attentivement avant de répondre.) N'est-il pas un peu tôt pour porter un jugement ?

— À Rome, certains disent déjà qu'il ne durera pas. Qu'il serait fou ou, à tout le moins, simple d'esprit. On lui reproche de laisser ses affranchis diriger l'Empire. En particulier ce Narcisse.

— Oui, j'ai eu vent de cette rumeur.

Vitellius sourit. Ceux qui critiquaient l'empereur s'exprimaient toujours en attribuant leurs propres opinions à des anonymes ou des connaissances.

— Son règne ne fait que commencer. Il est bien obligé de déléguer, le temps de se familiariser avec sa fonction.

— Tu as probablement raison, admit Flavie qui rongeait un petit bout de viande sur l'un des os posés dans son assiette. Tout de même, je m'interroge : peut-on attendre d'un homme seul qu'il exerce son autorité sur tout un empire – c'est un tel fardeau. En tant que femme, je n'ai bien sûr qu'une perspective limitée sur les affaires de l'État, mais j'aurais tendance à penser que l'ampleur de la tâche requiert l'énergie de plus d'une personne. L'empereur ne pourrait-il pas s'appuyer sur une partie des nombreux sages qui siègent au Sénat ?

— Des sénateurs pour aider l'empereur ou pour régner à sa place ? Ce serait un retour à la République, le réveil du soldat qui sommeille en chaque homme politique – ou l'inverse –, les élections remplacées par des guerres incessantes – entre Romains. Un bain de sang.

— Les élections sont rares, lui rappela Flavie avec le sourire.

— Tu as raison. Mais au moins les Romains ont-ils cessé de s'entretuer au nom des ambitions politiques d'un quelconque général.

— Depuis que le divin Auguste a écrasé tous ses rivaux en nous imposant sa dynastie. Mais regardons les choses en face : les empereurs ont tout de même pas mal de sang sur les mains. Beaucoup de gens à Rome ont souffert à cause d'Auguste, de Tibère et de Caligula. Et qui peut dire si Claude ne perpétuera pas cette tradition ?

— C'est possible. Mais combien de victimes supplémentaires aurions-nous eu à déplorer si le Sénat n'avait pas conféré à Auguste le commandement suprême des armées ?

— Alors, c'est ton seul argument ? Une comparaison des taux de mortalité ?

— Ne me dis pas que tu suggères sérieusement un retour à la République ? demanda Vitellius à voix basse.

— Non, bien sûr, répondit calmement Flavie. Nous avons simplement une discussion entre amis, autour d'un bon repas. De façon purement hypothétique, ne penses-tu pas qu'un rétablissement de l'autorité du Sénat serait préférable à la situation actuelle ?

— Une question intéressante, Flavie. Très intéressante. Chaque solution a des arguments qui plaident en sa faveur. Je suis persuadé qu'un Sénat aux pouvoirs restaurés permettrait de tirer parti d'un réservoir de talents considérable, mais je crains aussi que nombre de sénateurs, uniquement motivés par leurs ambitions personnelles, ne fassent passer le service de Rome au second plan. Souviens-toi de cette triste affaire en Dalmatie l'an passé. Ce pauvre Claude venait à peine d'accéder au trône quand la mutinerie a éclaté. Si quelques légions de plus avaient rejoint Scribonien et ses coconspirateurs, qui sait comment les choses se seraient terminées ? Nous avons eu de la chance que les agents de Narcisse réussissent à étouffer cette tentative dans l'œuf.

— L'étouffer dans l'œuf ? répéta Flavie d'un ton songeur. Bel euphémisme pour les dizaines de personnes qui ont péri. J'ai perdu quelques amis chers avant de quitter Rome. Toi aussi, j'en suis sûre. Et ils continuent de traquer les survivants. Nous ne vivons pas une époque facile.

— Ils l'ont bien cherché, Flavie. Avant de se lancer dans ce genre d'entreprise, on est bien inspiré de réfléchir aux enjeux. C'est tout ou rien. Ils ont perdu et Claude a gagné. Tu crois sincèrement qu'ils auraient fait preuve de plus de clémence à son égard si les choses avaient tourné à leur avantage ?

— Non. Je suppose que tu as raison.

Elle hocha la tête d'un air pensif.

— Non pas que ces imbéciles aient jamais eu la moindre chance d'aboutir, poursuivit Vitellius. Faire appel au patriotisme des légionnaires plutôt qu'à leur bourse ! À notre époque… Dès que Narcisse est arrivé avec l'or de Claude, tout a été terminé.

Flavie le regarda droit dans les yeux.

—Il me semble que la morale de cette histoire est que la loyauté de l'armée se mesure à l'importance du trésor impérial.

—Exactement, Flavie! rit Vitellius. Je n'aurais pas pu dire mieux moi-même! Mais tu as raison, j'en ai peur. Au bout du compte, les troupes obéissent au plus offrant. Les ancêtres, la sagesse et l'intégrité ne signifient plus rien. C'est le règne du pouvoir de l'argent. Si tu en as, alors le monde tourne pour toi; dans le cas contraire, tu es impuissant.

Flavie but une gorgée de vin.

—Eh bien, j'espère que notre empereur a les poches pleines. Sinon, comme tu l'as souligné, ce n'est qu'une question de temps avant que l'armée se cherche un client plus riche.

—Oui, dit Vitellius. Une question de temps. Mais assez parlé politique, pour le moment. Tu es une femme intéressante, Flavie. Si l'occasion se présente, j'aimerais vraiment avoir une autre conversation avec toi avant la fin de la soirée.

—Ç'aurait été avec plaisir. Malheureusement, les camps militaires étant ce qu'ils sont, Vespasien a tendance à limiter mes mouvements.

Vitellius se pencha plus près d'elle.

—Tu es certainement assez intelligente pour te jouer de ce genre de restrictions—si tu en as envie.

—Oui... si j'en ai envie.

—Est-ce pour cette raison que tu l'as épousé?

Flavie s'aperçut qu'il la lorgnait ouvertement, alors que ses lèvres esquissaient le sourire suave d'un séducteur.

—Non, répondit-elle. J'ai épousé Vespasien parce que je l'aime. Et sa détermination pourrait te surprendre. Tu ferais bien de ne pas l'oublier.

Le front du tribun se plissa alors qu'il essuya la rebuffade. Puis il remplit sa coupe de vin, sans en offrir à Flavie, et porta un toast.

—À ton mari, dit-il à voix basse. Ce que tu dis de lui est peut-être vrai… pour le moment.

Flavie leva les yeux et son visage s'épanouit en un sourire affectueux alors que Vespasien apparaissait derrière le tribun. Vitellius jeta un rapide coup d'œil par-dessus son épaule et vit le légat qui approchait en compagnie de l'optio récemment décoré. Avec un soupir, il se retourna de mauvaise grâce.

—Je me demandais quand tu nous amènerais enfin ce pauvre garçon, rit Flavie en tendant les deux mains vers Cato.

L'optio marqua un temps d'arrêt et déglutit.

—Dame Flavie ?

—Elle-même. Et comment va mon petit Cato ? Comme tu as grandi ! Laisse-moi te regarder…

—Apparemment, l'optio et ma femme sont de vieux amis qui se sont connus au palais, expliqua Vespasien à Vitellius. Il s'agit donc de retrouvailles, en quelque sorte.

—Le monde est petit, répondit le tribun d'un ton doucereux. Nous vivons une époque de grandes coïncidences.

—Oui. J'ai à te parler – en particulier. Je suis certain que ma femme ne demandera pas mieux que de tenir compagnie à notre optio. Elle a des années de potins à rattraper. N'est-ce pas, ma chérie ?

—Bien sûr.

Flavie acquiesça et conduisit Cato en tête de table.

—Dame Flavie, j'ignorais que tu étais là.

—Comment l'aurais-tu su ? (Elle sourit.) Les épouses des officiers sortent rarement de leurs quartiers. Et il faudrait être folle pour s'exposer volontairement aux rigueurs d'un hiver germain.

—Tu savais que j'étais au camp ?

—Bien sûr. Combien de Cato le palais peut-il envoyer dans la légion ? Et dès que mon mari a mentionné la – quels ont été ses termes déjà ? – la « grande perche studieuse », j'ai deviné que c'était toi. Je mourais d'impatience de te revoir, mais Vespasien m'a demandé de te laisser d'abord trouver tes marques – tu n'avais surtout pas besoin qu'une femme vienne te materner devant les autres hommes.

—C'est vrai, répondit Cato que cette image fit grimacer. Dame Flavie, je suis tellement content de croiser un visage familier – tu n'as pas idée.

—Allons nous asseoir.

Flavie s'installa sur la banquette de son mari et tapota la place à côté d'elle. Cato regarda autour de lui, mais personne ne semblait leur prêter attention. Il avait été depuis assez longtemps dans l'armée pour que les relations sociales entre personnes de rangs très différents le mettent mal à l'aise.

—Alors, Cato, dis-moi comment ça se passe. J'avoue que j'ai du mal à imaginer quelqu'un comme toi dans la légion. Quel changement, non ?

Cato, embarrassé par la présence de Macro à côté de lui, formula sa réponse en pesant chaque mot :

—Oui, dame Flavie, c'est nouveau pour moi. Mais cette vie n'est pas pour me déplaire, elle me forge le caractère.

Flavie haussa les sourcils.

— Tu n'es vraiment plus le même…

— Puis-je te présenter mon centurion ?

Cato se redressa légèrement pour désigner Macro.

— M'dame.

Macro hocha poliment la tête alors qu'il essuyait la graisse sur ses lèvres du dos de sa main.

— Lucius Cornelius Macro, commandant de la sixième centurie, quatrième cohorte, poursuivit-il machinalement.

— Enchantée, centurion. J'espère que tu veilles sur mon ami.

— Hmm. Ni plus ni moins que sur n'importe lequel de mes hommes, répondit Macro de mauvaise grâce. D'ailleurs, il se débrouille très bien tout seul.

— C'est ce que j'ai entendu dire. Alors, Cato, je veux tout savoir : qu'est-ce qui s'est passé au palais depuis mon départ ?

Macro resta en marge de la conversation jusqu'à ce que l'ennui s'installe. Avec un haussement d'épaules, il reporta son attention sur son repas, bien décidé à profiter le plus possible du festin qu'on lui offrait. Flavie, elle, écoutait Cato d'un air absorbé, l'interrompant par de fréquentes questions sur les hauts et les bas de diverses personnalités. Quand elle lui eut enfin soutiré toutes les informations en sa possession, elle se laissa aller en arrière sur un bras.

— Toujours le même foyer de scandales et d'intrigues, à ce que je vois. Voilà au moins une chose qui n'a pas changé.

— C'est vrai. Il est presque impossible d'échapper aux ragots.

— Rome me manque, je dois l'admettre.

— Tu aurais pu y rester, ma dame. Tu n'aurais pas été la première femme de légat à ne pas suivre son mari en service actif.

— Oui. Mais depuis cette vilaine histoire avec Scribonien en Dalmatie l'an passé, je me suis sentie un peu mal à l'aise à Rome. Trop de gens espionnent et dénoncent les autres. On soupçonne tout le monde de complot. Ça a jeté un froid sur la vie mondaine – obtenir l'approbation d'agents impériaux pour la liste des invités avant d'organiser un dîner est un véritable casse-tête, je t'assure.

Cato opina du chef.

— Au moment où j'ai quitté le palais, Claude avait signé plus de cent ordres d'exécution. Il ne doit plus rester beaucoup de conspirateurs.

— Narcisse a été très actif, apparemment.

— C'est devenu un homme très important depuis que Claude l'a placé à la tête de la fonction publique impériale.

— Narcisse a-t-il beaucoup changé depuis mon départ ?

— Pas vraiment, répondit Cato. Mais la plupart des gens autour de lui surveillent leurs paroles, maintenant qu'il a l'oreille de l'empereur.

— Et physiquement ? demanda Flavie qui regardait distraitement ses doigts tirer sur l'ourlet de sa palla.

Cato réfléchit un moment.

— Un peu plus gris autour des tempes, mais à part ça, il n'est pas très différent de l'époque où tu l'as connu.

— Je vois… Je vois. Et je peux toujours te faire confiance pour garder notre petit secret ? ajouta-t-elle à voix basse.

Il attendait cette question depuis le début de leur conversation. Hochant la tête, il la regarda droit dans les yeux.

—Absolument. Ton secret ne risque rien, ma dame. Je t'ai donné ma parole et je la tiendrai jusqu'à ma mort.

—Merci.

Un silence gêné s'installa entre eux alors qu'ils se remémoraient tous deux cette nuit d'orage terrible sur Rome, quand un jeune garçon terrifié par le tonnerre et la foudre s'était réfugié dans un coin sombre d'une antichambre où un homme et une femme s'accouplaient dans l'éclat aveuglant d'éclairs qui zébraient le ciel derrière les fenêtres. Plus tard, une fois l'homme parti, Flavie avait découvert Cato tremblant dans un angle de la pièce. Pendant un bref instant, elle l'avait simplement fixé du regard, effrayée par les conséquences de ce qu'il avait dû voir. Le prenant par les épaules, elle lui avait fait jurer le secret. Puis la terreur brute qu'elle avait lue dans les yeux de l'enfant avait réveillé en elle un instinct qui l'avait poussée à protéger ce petit corps de l'orage du mieux qu'elle pouvait. Par la suite, en dépit du gouffre social qui les séparait, elle s'était senti une responsabilité envers Cato et avait veillé à ce que les esclaves du palais s'occupent de lui. Jusqu'à ce qu'elle quitte la maison impériale et rencontre Vespasien.

Flavie décida d'orienter la conversation vers un terrain moins hasardeux.

—Alors, Cato, quand tu penses à Rome, qu'est-ce qui te manque le plus ?

—Les bibliothèques, répondit-il sans hésiter. Ici, en matière de lecture, je n'ai guère qu'un vieux manuel militaire usé par les intempéries à me mettre sous la dent. Au moment de quitter Rome, j'avais commencé l'*Histoire romaine* de Tite-Live. Je n'aurai pas l'occasion de continuer avant longtemps.

— L'*Histoire romaine*? s'exclama Flavie. Mais pourquoi grands dieux? Et moi qui étais persuadée que les jeunes gens aimaient la poésie – Lucrèce, Catulle, Ovide, ce genre de choses...

— L'œuvre d'Ovide est difficile à trouver, ma dame, lui rappela Cato. De toute façon, mes goûts sont un peu plus classiques. Je reviens toujours à Virgile.

— Virgile? Quel ennui! Pas une once de sentiment ou d'empathie. Ses vers ne sont qu'élégance ampoulée.

— Je ne partage pas cet avis. Je t'assure, il y a chez lui des moments sublimes où il est capable de mettre des mots sur des idées de manière intemporelle. Là où les pauvres poètes romantiques d'aujourd'hui ne sont que des ombres de passage dans la mémoire des hommes, l'influence vibrante de Virgile se fera sentir dans les siècles à venir.

— Je te trouve bien lyrique, toi aussi. Et qu'en pensent tes camarades légionnaires?

— Pas grand-chose, répondit Cato, riant de bon cœur avec la femme du légat. L'esthétique littéraire n'est pas l'une des préoccupations majeures de ce genre d'individus.

— Passe-moi les loirs, l'interrompit Macro.

— Oui, centurion, répondit Cato d'un ton coupable. Voici.

— Et toi, lis-tu beaucoup? demanda Flavie à Macro. Je pose uniquement la question pour me prouver que Cato noircit considérablement le tableau. Je ne peux pas croire que les officiers de mon mari ignorent les muses.

— Pardon?

— Aimes-tu la poésie, centurion?

— Je n'ai pas souvent l'occasion d'en lire, ma dame. Je suis trop occupé.

— Mais tu en lis, insista Flavie.

— Bien sûr.

— Alors, quel est ton auteur préféré ?

— Mon auteur préféré ? Eh bien… laisse-moi réfléchir… Probablement celui qu'a mentionné le jeune Cato à l'instant.

— Vraiment ? (Flavie fronça les sourcils.) Et quelle œuvre de Virgile en particulier ?

— Question difficile, ma dame. Tous ses livres sont plutôt bons.

— Ta prudence t'honore ! rit Flavie. Franchement, je doute que tu en aies lu le moindre vers, ou de n'importe quel autre poète, d'ailleurs. En fait, tu ne lis probablement pas du tout.

Elle rit encore, mais Macro baissa silencieusement les yeux sur son assiette ; Cato sentit la gêne profonde de son centurion.

— Chut ! fit Flavie en posant un doigt à ses lèvres. Je crois que le légat va prendre la parole.

Vespasien vida sa coupe de vin et se leva. À son signal, le majordome ordonna aux serviteurs d'apporter les carafes de falerne. Puis le légat réclama l'attention de tous en donnant plusieurs coups de son bâton de commandement sur le sol en mosaïque. Lentement, le silence se fit et tous les regards se tournèrent vers la table principale. Vespasien attendit que le calme soit complet avant de parler :

— Messieurs, et mesdames, ces dernières semaines, il ne vous aura pas échappé que la légion préparait son transfert. Je peux vous confirmer ce soir que nous avons reçu notre feuille de route de l'État-major impérial. La deuxième légion devra se rendre au plus vite sur la côte ouest de la Gaule…

Si Vespasien espérait une réaction, il en fut pour ses frais. Dans l'embarras, de nombreux officiers détournèrent les yeux, s'agitant nerveusement. Parmi les plus polis, un ou deux feignirent la surprise, mais Vespasien, qui n'était pas dupe, poursuivit avec une amertume évidente dans le ton :

—À notre arrivée, nous joindrons nos forces à celles de quatre autres légions pour nous entraîner en prévision de l'invasion de la Bretagne. Une flotte est assemblée en ce moment même et, avant la fin de cette année, une nouvelle province viendra s'ajouter à l'Empire au nom et pour la gloire de Tiberius Claudius Drusus Nero Germanicus. Nous partons dans deux mois ; en notre absence, une cohorte d'auxiliaires de Macédoine sera en garnison ici. Vous savez tous ce que vous avez à faire. Dès demain, vous vous mettrez au travail. Pour ce soir, il ne nous reste plus qu'à porter un toast. Alors, remplissez vos coupes et levez-les à la santé de l'empereur !

Alors que l'infirmier et Cato soulevaient Macro pour le transférer de la civière à son lit, le centurion agrippa Cato par sa tunique et le tira près de lui.

—Attends. J'ai à te parler – en privé.

Son visage était sombre.

Une fois seul avec son supérieur, l'esprit affûté par la fraîcheur de l'air nocturne, Cato se demanda ce qui avait provoqué ce changement d'humeur si soudain. Macro fixa intensément son regard sur Cato, puis il sembla prendre son courage à deux mains.

—Cato, je peux te faire confiance ?

—Pardon ?

— Je peux te confier un secret ? Quelque chose que je n'ai jamais avoué à personne ?

Cato déglutit nerveusement et eut un mouvement de recul instinctif.

— Tout dépend, centurion. Naturellement, je suis flatté, mais tu sais ce que c'est, certains hommes sont attirés par ce genre de choses, d'autres pas. Malheureusement, ce n'est pas mon cas. Surtout, ne le prends pas mal.

— Mais qu'est-ce que tu me chantes, bon sang ? répondit Macro en se dressant sur un coude. Tu penses que j'en ai après ton cul, c'est ça ? Sors-toi ça du crâne si tu ne veux pas que je t'arrache la tête. Compris ?

— Oui, centurion. (Cato se détendit.) Alors, en quoi puis-je t'être utile ?

— Tu peux… Tu peux m'apprendre à lire.

— À lire ?

— Oui, à lire, bon sang ! Tu sais bien, tous ces foutus mots, et ces lettres. Je veux tout connaître. Enfin, peut-être pas tout. Mais au moins autant que n'importe qui. Un centurion a *besoin* de savoir lire et écrire, s'il veut faire carrière en tout cas. Cette fichue bonne femme a bien failli m'avoir, ce soir. Et un jour, ça finira par s'ébruiter et je serai bon pour la rétrogradation. Alors, je dois prendre les devants.

— Je vois. Et tu veux que je t'apprenne ?

— Oui. En me promettant de n'en rien dire à personne. Je peux compter sur toi ?

Cato réfléchit un moment, puis, n'écoutant que sa nature, répondit :

— Bien sûr, centurion. Je vais t'apprendre.

CHAPITRE 17

A lors que l'hiver touchait à sa fin, la fonte des neiges annonça le printemps. Pendant plusieurs semaines de fortes averses de pluie transformèrent fréquemment les chaussées non cailloutées en bourbiers. Les entrées et sorties du camp se limitaient au flot constant de messagers de l'État-major impérial, porteurs des dernières instructions concernant le transfert imminent de la deuxième légion. Leurs dépêches remises, ils repartaient chargés de demandes d'autorisation d'achats de bêtes de trait, de fourrage et d'esclaves en quantité suffisante pour la campagne à venir.

Anticipant l'accord de Rome, la légion avait engagé des muletiers pour procéder aux acquisitions nécessaires dans les bourgs et villages d'une vaste zone s'étendant au sud du Rhin. Triés sur le volet, ces hommes ne sélectionneraient que les animaux les plus robustes en vue du long trajet qui les attendait. Leur talent pour le marchandage assurait également d'obtenir le prix le plus bas. Dans les limites du raisonnable, les responsables fermaient l'œil sur les « commissions » non officielles qui finissaient dans les poches des muletiers. Mules et autres bêtes de trait vinrent donc peu à peu grossir le troupeau broutant dans les pâturages hâtivement mis en place autour du fort.

À l'intérieur du camp, les véhicules de transport de la légion occupaient la majeure partie de l'espace compris entre les baraquements et les remparts. Chaque centurie s'était vu allouer un chariot pour ses outils de terrassement, l'équipement administratif – à savoir la tente du centurion et tout ce qu'il estimait nécessaire à son confort personnel pendant la campagne – et les pieux de retranchement. Il y avait également un convoi médical pour les malades et les blessés qui n'étaient pas en état de marcher ; les catapultes et les balistes sur leurs affûts mobiles ; les chariots contenant les réserves d'orge ; l'immense convoi du quartier général et, enfin, les effets personnels des officiers de l'état-major. Pourtant, la légion voyageait léger. Comme il n'était pas question de traîner en route, un certain nombre de dépôts de céréales avaient déjà été établis le long de l'itinéraire.

Entre les murs, l'imminence du départ était palpable, y compris pour les soldats qui vivaient au jour le jour ; des légionnaires tentaient désespérément de se défaire de ce qu'ils ne pourraient pas emporter auprès de commerçants locaux attirés tels des vautours par la perspective de tirer profit d'une occasion qui ne se représenterait pas avant longtemps. La rumeur du transfert s'était vite répandue dans la région, et même au-delà, provoquant, en l'espace de quelques semaines, un afflux de marchands ambulants de tout l'Empire. Des légionnaires chagrins se traînaient d'une échoppe à l'autre, négociant âprement quelques pièces en échange de toutes sortes de biens, sentimentaux, ornementaux ou simplement superflus. Comme à chaque mouvement durable d'une importante formation militaire, certains faisaient des affaires en or.

Par un frais après-midi de printemps, Cato vint déambuler dans les allées à la recherche d'un peu de lecture pour Macro.

— Rien de trop sophistiqué, hein! l'avait prévenu le centurion. Pas de poésie prétentieuse ou je ne sais quoi. Juste quelque chose de simple qui te permettra de m'apprendre.

— Mais il faudra bien aborder tôt ou tard la littérature, centurion.

— Peut-être, mais pour l'instant, commençons par les bases, d'accord?

— Oui, centurion.

— Tiens. Voici un mois de solde. Débrouille-toi pour que j'en aie pour mon argent.

— Fais-moi confiance, centurion.

— Et ne dis rien à personne. Si on te pose la question, tu n'as qu'à répondre que j'ai envie de lecture pour le voyage. Que je compte en profiter pour me mettre à jour sur l'histoire militaire, par exemple. Mais pas un mot sur cette histoire de cours, c'est compris?

— Oui, centurion.

Et ainsi, Cato jouait des coudes à travers la foule des légionnaires et des marchands en ce froid et venteux après-midi. Emmitouflé dans sa cape, il longeait les étals qui débordaient de produits de toutes sortes; céramique de qualité, lyres et autres instruments de musique, chaises, coffres, tables et bibliothèques.

Dans un des chariots, une esclave jeune et mince vêtue d'une tunique légère usée frissonnait d'un air malheureux, avec un panneau «À vendre» à ses pieds. Elle ne devait pas avoir plus de seize ou dix-sept ans, des cheveux de jais noués en arrière. Perchée sur la banquette à l'avant, elle avait posé son menton pointu sur ses genoux, qu'elle serrait en tremblant de froid. Alors qu'elle levait la tête, Cato s'arrêta net, cloué sur place par deux yeux d'un vert saisissant. Pendant un moment, il se contenta de la fixer, puis, conscient du ridicule de la situation, il se détourna et fila sans demander son reste.

Bientôt, il trouva ce qu'il cherchait. Des rouleaux de parchemin s'entassaient à l'arrière d'un chariot; alors que Cato fouillait dans ce bric-à-brac, un vieux Phénicien s'arracha à son petit brasero pour accueillir son client. Au vu de l'âge et de l'inexpérience du soldat, le marchand tenta de convaincre Cato d'acquérir une collection de manuels pornographiques joliment illustrés et qui, faute d'être anatomiquement exacts, se révélaient conceptuellement distrayants. Après que Cato eut réussi à persuader le Phénicien que ses centres d'intérêt se limitaient strictement aux études historiques, il repartit avec une pleine brassée d'ouvrages en échange de quelques pièces qui vinrent gonfler une bourse déjà bien remplie.

Mais alors qu'il repartait vers le camp, ce n'était pas les livres qui monopolisaient les pensées de Cato. Il ne put résister au désir de revoir la fille sur la banquette. Poser les yeux sur elle, ne serait-ce qu'une fois de plus. C'était tout. Que pouvait-il espérer d'autre? Et pourtant, il sentit son pouls accélérer en approchant de l'endroit où il l'avait aperçue plus tôt.

Le chariot n'avait pas bougé, toujours aussi plein de marchandises de toutes sortes, mais de la fille, aucune trace. Cato fit mine de s'intéresser aux articles proposés par le commerçant suivant, lançant des regards obliques en direction des tentes voisines. Feignant la désinvolture, il examina de la céramique ébréchée.

— Tu cherches quelque chose en particulier, noble seigneur ?

Cato leva promptement la tête. Un marchand au teint basané enveloppé dans une cape aux couleurs vives se tenait à côté de lui.

— Oh, non ! Rien. Je regarde, c'est tout.

— Je vois, fit l'autre, avec l'esquisse d'un sourire sur ses lèvres sombres. Alors, tu regardes, c'est tout ?

— Oui. Tu… euh… tu avais une fille ici, un peu plus tôt.

L'homme hocha lentement la tête.

— C'est la tienne ? Ou quelqu'un de ta famille ?

— Non, seigneur. Une esclave. Achetée à un tribun – ce matin.

— Oh ! vraiment ?

— Oui. Et je viens de la vendre, il y a à peine quelques instants.

— Tu l'as vendue !

Le cœur de Cato bondit dans sa poitrine.

— À une dame, seigneur. Là-bas.

Il pointa du doigt en direction de la foule où une silhouette de grande taille était sur le point de franchir la porte du camp. À côté d'elle, suivant sa nouvelle maîtresse comme un chien, se trouvait la fille. Sans un mot de plus au marchand, Cato se lança à leur poursuite, incapable d'expliquer sa conduite autrement que par une forte envie de revoir cette fille. Il se précipita donc à travers la cohue, sans quitter des yeux les deux femmes. Alors qu'il comblait rapidement la distance qui les séparait, la plus grande se retourna à la porte et Cato reconnut immédiatement l'épouse du légat. Les yeux de Flavie croisèrent les siens et elle lui fit immédiatement un geste de la main.

— Mais c'est le jeune Cato !

S'efforçant de ne pas rougir, il se dépêcha de les rejoindre, évitant de fixer son regard sur l'esclave, alors qu'il saluait à son tour.

— Bonjour, ma dame.

— Tu as acheté des livres. Beaucoup, même.

— Ils ne sont pas pour moi, ma dame, mais pour mon centurion.

— Ah ! fit Flavie. Tu as bien de la chance d'avoir un officier qui partage ton goût de la poésie. Tu as aussi trouvé quelque chose pour toi ?

— Non, ma dame, répondit Cato, dont le regard se posa brièvement sur l'esclave. (Il rougit en la voyant lui sourire.) Je n'ai pas les moyens de m'offrir des livres.

— Vraiment ? Comme c'est dommage. Mais j'ai une idée : il y a justement une partie de ma bibliothèque que je ne peux pas emporter, par manque de place. Tu n'y trouveras peut-être rien à ton goût, mais si ça t'intéresse, tu es le bienvenu.

— Merci, ma dame. C'est très généreux.

— Passe me rendre visite plus tard, et nous verrons. Vous vous connaissez tous les deux ?

Pendant que Flavie lui parlait, Cato s'était laissé aller à répondre au sourire de l'esclave. Il détourna brusquement les yeux.

— Oh ! non, ma dame ! Pas du tout !

— On aurait pu s'y tromper ! rit Flavie. Avec vos airs d'adolescents amoureux. Franchement, vous autres jeunes gens n'avez toujours qu'une chose en tête. Vous êtes pires que des lapins.

— Non, ma dame! (Déjà rouge, le visage de Cato adopta un cramoisi peu flatteur.) Je t'assure que je n'avais pas l'intention…

— Du calme, Cato! Du calme! fit Flavie en levant les mains. Je ne voulais pas te choquer. Si je t'ai mis mal à l'aise, je m'en excuse. Me pardonnes-tu?

— Oui, ma dame.

— Dieux! Je t'ai vraiment contrarié. J'espère que je pourrai faire amende honorable quand nous nous verrons chez moi un peu plus tard. Je ne peux pas te laisser traîner dans le camp avec cette expression sur le visage, ce serait mauvais pour le moral des troupes.

— Je vais bien, ma dame.

— Je suis contente de l'entendre. Eh bien, à plus tard, alors.

— Oui, ma dame.

— Viens, Lavinia.

Lavinia. Alors que Cato savourait ce nom en regardant Flavie s'éloigner avec sa nouvelle acquisition, la jeune esclave se retourna pour lui adresser un clin d'œil.

Chapitre 18

La maison du légat était en plein chambardement ; dans ses quartiers privés, les esclaves s'activaient pour ranger tous les objets fragiles entre des couches de paille à l'intérieur de caisses jonchant le sol. Craignant la colère de Flavie, ils manipulaient la céramique et la porcelaine avec précaution — leur maîtresse savait se montrer impitoyable si on la provoquait et n'hésitait pas, quand les circonstances l'exigeaient, à faire fouetter l'un d'eux. À part les objets fragiles, Flavie avait dû prendre des dispositions pour l'emballage du linge et du mobilier qui retournerait à Rome, dans la villa de Vespasien, sur le Quirinal. Après l'avoir accompagné jusqu'à la côte gauloise, Flavie et Titus rentreraient dès le début de la campagne proprement dite. D'ici là, la chasse aux sorcières lancée contre les coconspirateurs de Scribonien serait retombée, permettant à la vie sociale de retrouver un semblant de normalité. Pour l'éducation de Titus, Rome restait le lieu le plus indiqué. Vespasien était partisan d'une formation strictement technique et professionnelle en droit et en art oratoire et souhaitait que sa femme se mette en quête d'un tuteur le plus tôt possible.

Une servante se faufila entre les caisses et les tas de paille, tentant d'attirer l'attention de Flavie.

—Qu'y a-t-il ?

—Quelqu'un demande à te voir, maîtresse. Un soldat, ajouta-t-elle avec une répugnance évidente.

—Qui ?

—Un optio.

—Cato ?

—Oui, maîtresse. C'est le nom qu'il m'a donné.

—D'accord. Une petite pause me fera du bien.

À proximité, un esclave leva les yeux au ciel.

—Fais-le patienter dans mon bureau. Je le rejoins dans une minute. Installe-le confortablement et offre-lui à boire.

—Oui, maîtresse.

—Je pensais justement à toi, dit Flavie, en entrant d'un air désinvolte, enveloppée dans une stola en soie légère.

La pièce, comme la plupart de celles des quartiers du légat, bénéficiait d'un système de chauffage par hypocauste. Pendant qu'il patientait, Cato avait savouré cette sensation de chaleur.

—Tu as de la chance ; ces incapables n'ont pas encore fini de tout emballer dans mon bureau. Assieds-toi, je t'en prie.

Cato reprit place sur son siège, tandis que Flavie se dirigeait vers un grand placard muni d'étagères, remplies de dizaines de rouleaux impeccablement classés par thèmes. Elle marqua brièvement une pause, le temps d'effleurer avec tendresse certains d'entre eux, avant de s'adresser à l'optio :

—Tu peux emporter ce que tu veux, ou du moins, ce que tu pourras porter. Il y a là les *Philippiques* – malgré leur grandiloquence, on y trouve quelques traits d'esprit –, les *Géorgiques* – une lecture fertile – et voilà même quelques volumes de Tite-Live. Tu aimerais un peu de poésie ?

— Oui, ma dame.

Environ une heure plus tard, les rouleaux s'amoncelaient sur le canapé à côté de Cato, beaucoup trop nombreux. Parmi les cadeaux de Flavie, il lui appartiendrait de décider – un choix déchirant – lesquels il emporterait dans son barda. Alors qu'il comparait mentalement les mérites de chaque ouvrage, Flavie l'observa d'un air pensif.

— Tu n'étais pas insensible au charme de Lavinia, n'est-ce pas ?

— Pardon ?

Cato leva les yeux, un parchemin à la main.

— La jeune esclave que j'ai achetée ce matin.

— Oh ! elle ?

— Oh ! « elle », exactement. Je ne suis pas née de la dernière pluie, Cato. Il y a des signes qui ne trompent pas. La question est : quelles sont tes intentions ?

Cato la dévisagea, choqué, embarrassé par la transparence de ses sentiments, honteux de son désir de revoir Lavinia, de plonger son regard dans ces yeux d'émeraude.

— D'accord, j'ai peut-être eu tort, le taquina Flavie. Après tout, si tu n'as pas envie de…

— Ma dame ! Je… Je…

— C'est bien ce que je me disais, rit Flavie. Franchement, vous autres les hommes êtes comme des livres ouverts. Ne t'inquiète pas, Cato, si tu veux la revoir, ce n'est pas moi qui vais t'en empêcher – au contraire. Mais donne-lui un peu de temps pour s'installer parmi nous ; ensuite, je verrai ce que je pourrai faire.

— Oui, ma dame… Merci.

— Maintenant, prends ces parchemins et laisse-moi. J'adorerais continuer à papoter, mais j'ai encore beaucoup de travail. Une autre fois – bientôt –, peut-être que Lavinia pourra se joindre à nous ?

— Oui, ma dame. J'en serais ravi.

— Je veux bien te croire !

Alors qu'elle le regardait s'éloigner sur la Via Praetoria, Flavie sourit intérieurement. Quel garçon charmant, pensa-t-elle, et beaucoup trop confiant. Cultivé correctement, il pourrait même lui être utile un jour.

— Qu'est-ce que c'est que tout ça ? demanda Macro avec méfiance, alors que Cato tendait les rouleaux, soigneusement emballés et étiquetés.

— Des essais et de l'histoire, pour l'essentiel.

— Pas de poésie ?

— Non, centurion, répondit Cato. J'ai scrupuleusement suivi tes instructions. J'ai trouvé quelques ouvrages tout à fait passionnants…

— Passionnants ? Écoute, je veux juste apprendre les bases. Pas plus – compris ?

— Oui, centurion. Comme tu voudras… Alors, comment ça se passe pour l'instant avec les lettres que je t'ai déjà montrées ?

Macro sortit une tablette en bois de sous son lit et la remit à son subalterne. Cato l'ouvrit et la parcourut. Sur le volet de gauche, les lettres de l'alphabet qu'il avait soigneusement gravées dans la cire ; à droite, les tentatives maladroites du centurion pour les reproduire – des lignes et des courbes irrégulières qui, parfois, présentaient une certaine ressemblance avec l'original.

— J'ai été obligé d'écrire avec la tablette sur les genoux, expliqua Macro. Ça n'a pas été facile, tu sais. Elle ne cessait de glisser dans tous les sens.

— Je vois ça. Eh bien, c'est un bon début. Tu penses avoir retenu le son de chacune d'elles ?

— Oui.

— Alors tu veux bien les passer en revue avec moi, centurion ? Juste pour t'entraîner. Ensuite, on essaiera quelques mots.

Macro grinça des dents.

— Tu ne m'en crois pas capable ?

— Si, bien sûr. Mais c'est en forgeant qu'on devient forgeron, centurion. On y va ?

Alors que Macro récitait l'alphabet d'une voix hésitante, Cato, la tête ailleurs, ne parvenait pas à chasser Lavinia de son esprit. Au bout du compte, même Macro s'aperçut que le jeune homme n'était pas à ce qu'il faisait. Soudain, il fit claquer les deux volets de la tablette entre eux ; le jeune homme sursauta.

— À quoi tu penses, mon garçon ?

— Centurion ?

— Même moi, j'ai conscience de prononcer certains mots de travers – et toi, tu hoches la tête comme un poulet. Tu n'arrives pas à te concentrer. Alors qu'est-ce qu'il y a de si important ?

— Ce n'est rien, centurion. Juste un problème personnel. Ça ne se reproduira pas. On reprend ?

— Pas si ton problème en devient un pour moi.

La leçon avait sombré dans l'ennui et Macro n'avait pas envie de continuer. En outre, la réticence manifeste de l'optio à expliquer la cause de sa distraction n'avait fait que piquer la curiosité de Macro.

— Accouche, mon gars !

— Je t'assure, centurion, protesta Macro. Ce n'est pas important.

— Laisse-moi en juger. Maintenant, parle. C'est un ordre. Il n'y a pas de place pour les rêveurs parmi mes hommes. De toute façon, vous les jeunes, vous n'avez que deux sujets de préoccupation, le harcèlement et les femmes. Alors, qu'est-ce que c'est ? Quelqu'un s'en est pris à toi ?

— Per... Personne, centurion.

— Voilà qui restreint les possibilités, pas vrai ? (Macro lui adressa un clin d'œil salace.) Qui est-ce, hein ? Pas la femme du légat, j'espère. Sinon, autant te suicider tout de suite.

— Non, centurion ! protesta Cato avec une expression horrifiée.

— Qui alors ? insista Macro.

— Une esclave.

— Et tu veux la mettre dans ton lit ?

Cato le regarda un moment avant de hocher la tête.

— Quel est le problème ? Offre-lui une ou deux babioles et le tour est joué. Je ne connais pas d'esclave qui ne soit pas prête à écarter les cuisses contre le cadeau qui va bien. Qu'est-ce qu'elle aime ?

— Je l'ignore, rougit Cato. Je ne la connais pas beaucoup.

— Eh bien, renseigne-toi. Demande-lui ce qui lui ferait plaisir et l'affaire est dans le sac.

— Ce n'est pas ce que tu crois, centurion. Ce que je ressens pour elle est plus que du désir.

— Du désir. Qui te parle de désir ? Ton objectif, c'est de la baiser, c'est ça ? Alors, tout ce que tu as à faire, c'est déployer la bonne tactique pour y parvenir. Comme pour une conquête. Après, à toi le butin.

—Centurion! rougit Cato, qui pensait pourtant s'être habitué à l'humour grossier de l'armée. C'est différent.

—Qu'est-ce que tu me chantes, mon garçon?

Cato tenta de s'expliquer plus clairement, mais éprouva d'immenses difficultés à parler de ses sentiments pour Lavinia. Ce n'était pas tant que les mots lui manquaient – les vers, nombreux, se bousculaient dans son esprit – mais aucun ne semblait vraiment saisir l'essence de la douleur lancinante qui lui nouait l'estomac et lui labourait le cœur. Les poètes, décida-t-il, étaient de bien piètres miroirs de l'âme humaine. Des gratte-papier alignant les clichés pour impressionner leurs amis. Ses sentiments allaient bien au-delà de quelques rimes. Ou se trompait-il? Se pouvait-il que Macro ait raison et que ses motivations soient plus prosaïques qu'il ne le pensait?

—Qu'est-ce que cette femme a de si différent? Allez, je t'écoute.

—Je crois qu'il faut la voir pour comprendre.

—Une belle plante, alors?

—Oui, centurion, sourit Cato.

—Eh bien, débrouille-toi pour lui faire comprendre qu'elle t'intéresse et que tu es prêt à payer ce qu'il faudra pour la mettre dans ton lit – dans des limites acceptables, bien sûr; inutile de provoquer une flambée des prix pour les gars qui passeront après toi. Tire ton coup et tu te sentiras mieux.

—J'espérais quelque chose d'un peu plus sérieux et durable.

—Ne sois pas ridicule, enfin!

—Non, centurion! se hâta de répondre Cato.

L'optio comprit qu'il perdait son temps à discuter de sujets de ce genre avec son supérieur.

—Et si on reprenait les exercices, centurion? Tu n'es pas au bout de tes peines.

—Toi non plus, répliqua Macro avec un petit sourire narquois.

—Non, centurion. Tu es prêt? demanda Cato en lui tendant les tablettes.

—D'accord, j'ai compris! Tu n'as pas envie de parler de cette femme. Après tout, c'est ton affaire.

—Prêt, centurion?

—Oui, oui, capitula Macro, maussade. Fichues lettres…

CHAPITRE 19

À la nuit tombante, la veille du départ de la légion, chaque véhicule avait fait l'objet d'une inspection, toutes les roues récemment graissées avec du suif. À présent, ils formaient de longs rangs réunissant l'équipement militaire et les différents bagages de la légion. Dans leur enclos hors du fort, les animaux mastiquaient avec satisfaction le reste du fourrage d'hiver. La majeure partie du personnel du quartier général, sa tâche accomplie pour les semaines à venir, était allée se cuiter parmi les tentes et les salles crasseuses où les gens du coin vendaient une bière capiteuse à laquelle la garnison avait fini par prendre goût après bien des années en poste sur la frontière du Rhin. Les vétérans les plus sérieux imperméabilisaient leurs sandales et s'assuraient de l'état de leurs semelles cloutées avant de parcourir les trois cents milles qui séparaient la deuxième légion de la côte.

Au quartier général, un effectif réduit travaillait toujours d'arrache-pied aux derniers détails dans des locaux vides et dépeuplés, maintenant que les archives soigneusement classées et emballées dans des coffres avaient été chargées sur des chariots. On acquittait encore diverses dettes auprès de marchands locaux, on rédigeait des sauf-conduits pour les familles des officiers qui repartiraient directement vers le sud et l'Italie. Un détachement de cavalerie les escorterait jusqu'à Corbumentum, avant de rejoindre la légion, à l'ouest.

Alors que Vespasien passait à la hauteur des bureaux où cinq scribes écrivaient à la lueur vacillante des lampes à huile, il baissa les yeux sur les papiers étalés devant eux.

— Qu'est-ce que c'est?

— Commandant?

Le premier scribe se leva immédiatement.

— Sur quoi travaillez-vous?

— Des copies d'une lettre pour dame Flavie, commandant. Elles sont destinées à des agents d'esclaves à Rome, pour leur demander des informations sur les précepteurs qu'ils pourraient avoir à leur catalogue.

— Je vois.

— Elle a dit que l'ordre venait de toi, commandant.

La rancœur dans le ton employé était indubitable; Vespasien ressentit un pincement de culpabilité pour ces hommes obligés de trimer à une heure pareille, tandis que leurs camarades donnaient libre cours à leurs excès.

— Je doute qu'une nuit de plus nuise à ses projets. Vous finirez une autre fois. Allez vous amuser.

— Merci commandant. Vous avez entendu le légat, vous autres.

On se hâta de mettre de l'ordre dans les papiers, de reboucher les encriers et d'essuyer les plumes. Puis les scribes se levèrent pour quitter la salle.

— Attendez! les retint Vespasien.

Ils se retournèrent avec appréhension, tandis qu'il fouillait dans la bourse pendue à sa ceinture. Puis il lança une pièce d'or au premier scribe.

— Pour vous tous – buvez quelques coupes à ma santé. Vous avez tous fait du bon travail ces derniers jours.

Marmonnant leur gratitude, ils se hâtèrent de sortir, partageant leur excitation d'une voix forte. Vespasien les regarda partir avec nostalgie. Depuis quand n'avait-il pas passé une soirée en compagnie de ses hommes ? Alors que lui revenaient des souvenirs de folles nuits et de douloureuses gueules de bois dans les lieux de plaisir de Syrie, Vespasien eut un pincement de regret pour cette jeunesse qui semblait lui avoir filé entre les doigts. À présent, l'âge et, plus fondamentalement, le rang avaient creusé un fossé entre lui et ses hommes.

Vespasien marcha lentement vers la porte du quartier général, ne marquant une pause que pour incliner la tête à la hauteur du bureau de Vitellius. Le tribun était toujours plongé dans des tâches administratives quelconques à la lueur d'une lampe. Il avait passé beaucoup de temps au quartier général récemment – plus que ne l'exigeait sa fonction, assez pour piquer la curiosité de Vespasien. Mais le légat se voyait mal lui reprocher son zèle. Les tribuns étaient censés faire preuve de diligence, et toute question de sa part à ce sujet aurait pu être interprétée comme de la paranoïa, ou pire. Si Vitellius mijotait effectivement quelque chose de louche, toute attention excessive ne ferait que le mettre sur ses gardes. Plus curieux encore, le fait que le tribun ait jugé utile d'employer un garde du corps. C'était un droit dû à son rang, mais que peu exerçaient de nos jours. Et pourtant, il était là, suivant son maître comme son ombre partout dans le camp – un type bien bâti, aux manières de tueur professionnel. À partir de maintenant, la prudence exigerait de surveiller le tribun Vitellius d'un peu plus près.

Depuis que Lavinia était entrée au service de Flavie, Cato n'avait pas eu l'occasion de lui parler, il l'avait à peine entraperçue, de temps à autre, en traînant devant les quartiers du légat, à la fin de sa journée. Plusieurs fois, il trouva un prétexte pour rendre visite à Flavie, dans l'espoir que Lavinia serait présente, pendant qu'ils évoqueraient leurs souvenirs de la vie au palais. Mais elle ne se montra pas. Bien que la femme du légat masquât de plus en plus difficilement son amusement, Cato ne pouvait se résoudre à lui avouer le réel motif de ses visites. Un jour, Flavie n'y tint plus.

— Vraiment, Cato ! s'exclama-t-elle en riant. Tu devrais faire preuve d'un peu plus d'imagination.

— Que veux-tu dire, ma dame ?

— Je te parle des prétextes que tu invoques pour venir me voir – ou peut-être devrais-je dire pour tenter de voir Lavinia, ajouta-t-elle avec le sourire.

Cato rougit, balbutiant d'inutiles protestations, et Flavie rit de plus belle.

Il fronça les sourcils.

— Ne sois pas fâché, s'il te plaît ! Je ne me moque pas de toi. Je t'assure. Si tu t'intéressais à cette jeune fille, tu n'avais qu'à demander, j'aurais organisé quelque chose pour vous deux. Aimerais-tu la voir ? Maintenant ?

Cato hocha la tête.

— Très bien. Dans un moment, alors. D'abord, nous avons à parler, toi et moi.

— De quoi, ma dame ?

— Tu ne sais pas grand-chose de Lavinia, je me trompe ?

— Je l'ai rencontrée le jour où tu l'as achetée, reconnut Cato.

— C'est ce qu'elle m'a dit.

— Le marchand qui te l'a vendue m'a appris qu'elle avait appartenu à un tribun.

— Oui, confirma Flavie en hochant la tête. Pline. Un brave homme, très intelligent – une qualité dont l'armée semble n'avoir que faire.

— Pourquoi s'est-il débarrassé d'elle? Et pourquoi ne lui avoir laissé que les quelques frusques qu'elle avait sur le dos?

— La réponse dépend de la personne à qui tu poses la question.

— Que veux-tu dire, ma dame?

— Pline a fait savoir qu'il avait vendu Lavinia à cause de son incompétence. C'était une servante paresseuse, malhonnête et incapable d'apprendre les tâches les plus simples. La goutte d'eau qui aurait fait déborder le vase, c'est – toujours d'après lui – le vol d'une chemise de nuit en soie. (Flavie se pencha en avant pour poursuivre à voix basse.) Mais l'histoire qui circule entre les femmes des officiers est bien plus intéressante. Lavinia aurait été bien plus qu'une servante. Avec une telle beauté, ça n'a rien d'étonnant. Bref, Pline l'aurait achetée à un marchand d'esclaves sexuels, avec l'intention d'en faire sa compagne pendant les longues soirées d'hiver.

— Une concubine!

— Pas exactement. Pline voulait quelqu'un de plus sophistiqué. Une personne capable d'avoir une conversation *après*. Ces derniers mois, il a caché Lavinia dans ses quartiers, lui apprenant à lire et à écrire pour pouvoir ensuite l'éveiller à la littérature. Une tâche ardue apparemment.

— Mais pas vraiment une raison pour la jeter à la rue de cette façon.

— C'est vrai.

— Alors, ma dame, que s'est-il passé ?

— Ce qui finit toujours par arriver. Un autre tribun l'aurait distraite de ses chères études. Cet homme, plus beau et plus avenant que Pline – et définitivement plus rusé et versé dans l'art du subterfuge et de la séduction – aurait fait tourner la tête de la jolie Lavinia.

Cato réfléchit un instant.

— Vitellius ?

— Qui d'autre ? Il a décidé que Lavinia serait à lui dès qu'il a posé les yeux sur elle. Manquant d'expérience à ce petit jeu, elle n'a pas su se faire désirer et lui a cédé avec une célérité pour le moins déplaisante – Vitellius a dû lui faire une grosse impression. Quoi qu'il en soit, elle s'est donnée à lui, et plus d'une fois, à en croire la rumeur. Jusqu'au jour où Vitellius a fait un peu trop durer un de leurs rendez-vous galants ; Pline les a surpris, lui qui, de retour d'une dure journée de labeur, bouillait d'impatience de donner à son élève le cours de grammaire élémentaire prévu à son emploi du temps. Je te laisse imaginer la scène ; les conséquences, tu les connais déjà. Il en a presque fait cadeau à ce marchand.

— Pauvre Lavinia.

— Pauvre Lavinia ? (Les sourcils de Flavie s'arquèrent.) Je te rappelle qu'elle a été élevée pour ça. Pendant toutes ces années au palais, tu as forcément croisé des femmes comme elle ? Sous les deux derniers empereurs, elles faisaient presque partie des meubles.

— C'est vrai, reconnut Cato. Mais mon père a fait son possible pour limiter mes contacts avec elles. Il m'a toujours recommandé de me réserver pour quelque chose de mieux.

— Et tu penses que c'est elle ?

— Je l'ignore ; tout ce que je sais, c'est ce que je ressens pour elle. Je dois te paraître complètement incohérent.

— Oh ! non. C'est ta première expérience, et tu sembles t'être sérieusement entiché d'elle. Mais ne t'en fais pas, ça passera. Ça passe toujours.

Cato lui lança un regard furieux.

— Est-ce que tous les gens plus âgés sont du même avis ? demanda-t-il d'un ton aigre.

— Pas tous. En revanche, tous les jeunes sont aussi prévisibles que toi. C'est ce qui fait leur charme – leur malheur également. (Flavie sourit.) Je comprends tes sentiments, je t'assure. Tu verras que j'avais raison dans quelques années, même si tu ne me remercieras pas pour autant – pas plus qu'aujourd'hui. Mais envisageons les choses sous un autre angle. Que crois-tu que Lavinia pense de toi ?

— Je l'ignore, admit Cato. Elle ne sait encore rien de moi.

Flavie sourit avec douceur et se tut un moment.

— C'est vrai, ma dame – je ne la connais pas vraiment non plus.

— C'est bien, mon garçon, tu commences à entendre raison. C'est important – tu dois rester lucide. Surtout que mon mari te considère comme un élément prometteur, alors ne gâche pas tout par une imprudence que tu regretterais plus tard. C'est tout ce que je tente de te faire comprendre. Tu as toujours envie de la revoir ?

— Oui.

Flavie sourit.

— Je m'en doutais.

— Je te déçois, ma dame.

— Au contraire. Un homme dont la passion passe outre la logique sera fidèle à ses principes. Seul un imbécile place la logique au-dessus des sentiments ; par le raisonnement, les sophistes sont capables de se convaincre d'accepter n'importe quoi et son contraire ; ils ne sont donc pas dignes de confiance. Toi, tu as un cœur *et* une tête, Cato. Fais simplement attention à la manière dont tu l'utilises. Je vais être franche avec toi : étant donné qui tu es et ce qu'elle est, Lavinia ne peut que te faire du mal. J'en resterai là, pour le moment. Laisse-moi le soin d'organiser une rencontre – ce ne sera pas facile, l'intimité est une denrée rare dans un camp militaire. Par ailleurs, mon mari a une conception assez traditionnelle de l'usage de sa propriété.

Quand on sortit l'aigle et les autres emblèmes de la chambre forte du camp le lendemain à l'aube, le légat et son état-major lâchèrent un soupir de soulagement. En début de campagne, les soldats, superstitieux comme ils l'étaient, avaient tendance à voir des mauvais présages partout. Mais l'aigle remonta la Via Praetoria depuis le quartier général et vint prendre sa place parmi les couleurs devant la première cohorte. L'importance de ce moment n'échappait à personne : la légion était sur le point de partir en guerre pour la première fois depuis des années – à l'exception d'escarmouches mineures à la frontière. Un silence d'impatience contenue tomba sur le fort, alors que chaque soldat, chaque muletier et chaque civil accompagnant l'armée attendait le signal. Seuls les animaux bougeaient, comme toujours peu concernés par les affaires des hommes ; les sabots raclaient les pavés, les mors tintaient sur les harnais et les queues remuaient en ce matin de printemps.

Le légat baissa le bras et le premier centurion de la légion renversa la tête pour beugler l'ordre du départ :

— Première centurie ! Première cohorte ! Deuxième légion ! En avant… marche !

Dans un ordre impeccable, les rangs vêtus de rouge de la première cohorte s'élancèrent le long de la Via Praetoria, devant le vaste terrain réservé aux véhicules, et sortirent par la porte ouest où les rayons du soleil levant embrasèrent les capes. Talonnant presque la première cohorte, la compagnie du quartier général avança, avec Vespasien à sa tête, et les tribuns montés sur leurs chevaux soigneusement pansés.

Les cohortes se succédèrent, puis les lourds chariots d'équipement vinrent prendre leur place. La dernière cohorte, affectée à l'arrière-garde, suivit le convoi hors du fort et la fin de la colonne gravit lentement la pente qui s'éloignait de la porte ouest. Beaucoup d'autochtones installés autour du camp assistèrent au départ de la légion avec un chagrin non feint. La deuxième légion leur manquerait, en particulier parce qu'elle devait être remplacée par à peine un millier d'hommes des troupes auxiliaires, deux cohortes d'Espagne que leur qualité médiocre rendait tout juste bonnes à tenir une garnison. N'étant pas des citoyens romains, les auxiliaires ne touchaient qu'un tiers d'une solde de légionnaire. L'économie locale allait s'en ressentir brutalement dans les années à venir, et alors même que les rangs de queue disparaissaient hors de vue, une colonne irrégulière de civils se dirigeait déjà vers le sud pour trouver d'autres camps militaires capables d'assurer leur subsistance.

Chapitre 20

— **H**alte!

L'ordre fut rapidement relayé le long de la colonne.

— Paquetages à terre!

Les légionnaires de la sixième centurie se traînèrent vers le bas-côté où ils s'écroulèrent dans l'herbe, assez loin de la route pour ne pas gêner le passage de messagers. Avec un profond soupir, Macro s'effondra et se frictionna la jambe. À sa demande, on l'avait renvoyé de l'hôpital après les deux premiers jours de marche. Malgré leur relatif confort, les chariots médicaux ne pouvaient rien contre les nids-de-poule et les embardées. Il avait fini par craquer. Dans un premier temps, il avait compensé son manque de condition physique par une détermination sans faille – comme il sied à tout centurion digne de ce nom. À présent, une dizaine de jours plus tard, Macro avait pratiquement retrouvé sa forme initiale. Sa blessure avait bien guéri, ne laissant qu'une marque rouge livide sur sa cuisse. Hormis une raideur douloureuse et quelques démangeaisons, il n'y pensait pas plus qu'à ses autres cicatrices.

— Les porteurs d'eau arrivent, centurion.

— Des traînards, Cato?

— Deux, centurions. Je les ai sanctionnés.

— Bien, mon garçon. Viens te reposer. (Il tapota l'herbe à côté de lui.) Avec le rythme que nous impose le légat depuis le départ, seulement sept décrochages, ça tient du miracle.

Cato baissa les yeux alors que Macro frottait de nouveau sa cuisse.

— Comment va ta jambe aujourd'hui, centurion ?

— Bien. C'est juste une question d'habitude.

Deux esclaves passèrent dans les rangs avec des outres de vin coupé d'eau, servant les légionnaires qui tendaient leurs gamelles avec impatience. Ces porteurs d'eau appartenaient à un contingent d'esclaves que Vespasien avait amené pour assurer les besognes subalternes susceptibles de ralentir la légion dans sa marche forcée vers la mer. Ils avançaient rapidement d'un soldat à l'autre, marquant un temps d'arrêt suffisant pour emplir à moitié chaque gamelle. Cato but avec gratitude le mélange au goût aigre d'eau et de vin bon marché. Ses jambes étaient terriblement douloureuses et son fourbi horriblement lourd. Seule la peur d'apparaître faible et incapable de soutenir le rythme des vétérans – des hommes qu'il dépassait en grade par népotisme, pas au mérite – lui avait permis de ne pas se laisser distancer.

Alors qu'il savourait une gorgée du breuvage rafraî-chissant, Macro observa le jeune optio. Cato était assis, penché en avant, les avant-bras posés sur les genoux, les mains pendantes. Le regard perdu dans le vague, il avait l'air épuisé. Malgré ses craintes du début, Cato s'en était bien sorti. Il avait du cran, ça ne faisait aucun doute, et il savait garder son sang-froid, même sous pression. Il commençait même à se comporter comme un officier. Les ordres lui venaient plus facilement, bien que toujours avec une certaine raideur – et un défaut d'humour. Mais ce ne serait qu'une question de temps. Il se révélait un excellent subalterne, qui exécutait consciencieusement les instructions de Macro tout en se montrant capable d'initiative.

Macro appréciait aussi qu'à la fin de chaque journée Cato donne librement de son temps pour continuer à lui apprendre à lire, avec autant de discrétion que le permettaient les circonstances. Macro avait découvert avec soulagement que son problème d'illettrisme n'était pas si insoluble qu'il le craignait. Ces signes redoutables, indéchiffrables lui livraient progressivement leurs secrets et il était déjà capable de lire des textes simples de manière hésitante, en suivant avec son doigt, ses lèvres formant les sons qui, petit à petit, devenaient des mots.

L'ordre de se remettre en ordre de marche se répéta le long de la colonne jusqu'à la sixième centurie. Macro se redressa pour le relayer à son tour. Les légionnaires se levèrent d'un air las et chargèrent leur barda sur leurs épaules ; ceux qui avaient eu assez d'énergie pour aller explorer les parages revinrent avec des havresacs remplis de fruits et de tout petits animaux d'élevage qu'ils avaient réussi à acheter ou à voler aux fermiers du coin. La centurie attendit au garde-à-vous, alors que loin devant la colonne se mettait lentement en mouvement sur la chaussée pavée qui reliait Dividurum à l'ouest de la Gaule.

À cause de son manque d'expérience, Cato souffrait terriblement en comparaison des vétérans à la mine sombre. La marche de l'après-midi fut un véritable supplice ; les ampoules récoltées plus tôt avaient éclaté, alors qu'il venait à peine de s'y habituer. Penser à autre chose était encore la meilleure façon de gérer la situation. Il observait donc le paysage légèrement vallonné, ou s'occupait l'esprit en plongeant dans ses réflexions. Mais il avait beau tenter de se concentrer sur des questions d'ordre militaire, Lavinia était toujours là, à rôder à la périphérie de sa conscience.

Ce soir-là, après le repas, Cato bâillait avec les bras écartés quand un esclave entra dans la tente du centurion éclairée par la lumière vacillante des lampes à huile, un message serré contre la poitrine.

Macro leva les yeux de son bureau, où ses rudiments d'écriture récemment acquis se traduisaient par une surcharge de tâches administratives fastidieuses. Il tendit la main.

— Donne!

— Je suis désolé, centurion, répondit l'esclave, gardant le rouleau d'un air protecteur. Mais c'est pour l'optio.

— Très bien, dit Macro, qui ne chercha pas à cacher sa curiosité, tandis que Cato brisait le sceau et déroulait le parchemin.

Le contenu était bref et Cato trempa sa plume pour griffonner rapidement sa réponse, qu'il rendit au messager avant de l'escorter hors de la tente.

— C'est louche, commenta Macro.

— Ce n'était rien, centurion.

— Rien?

Rien qui te concerne, songea Cato, mais il se força à sourire.

— Une affaire personnelle. Rien de plus.

— Une affaire personnelle? Je vois. (Macro hocha la tête, son visage affichant une expression amusée tout à fait exaspérante.) Et ça n'a aucun rapport avec cette jeune esclave, je suppose?

Cato rougit, reconnaissant de la lueur orange projetée par les lampes à huile, mais il tint sa langue.

— Tu as fini ton travail pour ce soir ? s'enquit Macro d'un ton plein de sous-entendus.

— Non, centurion. Il me reste quelques demandes de rations à remplir.

— Piso s'en chargera.

Derrière son bureau, Piso leva brusquement la tête d'un air irrité.

— Allez, file, jeune Cato. Mais ne te surmène pas, ajouta-t-il avec un clin d'œil. N'oublie pas qu'une longue journée nous attend.

— Oui, centurion.

Cato se força à sourire avant de se précipiter hors de la tente, le feu aux joues.

— Décidément, les garçons ne changent pas, fit Macro. Et ça dure depuis la nuit des temps. Ça ne nous rajeunit pas, hein, Piso ?

— Si tu le dis, centurion, si tu le dis, marmonna le secrétaire, qui soupira ensuite devant sa montagne de travail et lança un regard plein de reproches à son supérieur.

Chapitre 21

Vespasien sourit alors qu'il frottait les marques rouges des dents de Titus sur son poignet. Décidément, un peu de discipline ne ferait pas de mal à ce garçon, se dit-il. Il devait cesser de mordre, de lancer tout ce qui lui tombait sous la main ou de se sauver à toutes jambes avec des objets qu'on lui avait formellement défendu de toucher. Plus tôt dans la soirée, cette petite terreur avait fait irruption en pleine réunion d'état-major. Se glissant sous la table, il avait puisé dans le coffre, avant de filer avec le message de Claude. Sans l'intervention de Pline, Titus se serait échappé. Heureusement, il intercepta le garçon à la sortie de la tente, au moment où Flavie, gênée, surgissait des quartiers privés du légat. Titus trouva encore le moyen de donner un coup de poing au menton de Pline, tandis que sa mère lui arrachait le rouleau. Des rires fusèrent alors que Flavie, exaspérée, égarait momentanément le message dans les plis de sa robe. Puis elle le tendit au tribun et prit congé avec un Titus toujours bien agité serré contre sa poitrine.

—Puis-je récupérer ce rouleau ? demanda Vespasien d'une voix aussi égale que possible.

Après un examen superficiel – mais pas ouvertement curieux – Pline le rendit au légat.

—Merci, dit Vespasien en se hâtant de le remettre au coffre et de revenir à leur sujet de discussion. Comme vous le savez tous, des rumeurs de mutinerie au sein de l'armée qui se rassemble actuellement à Gesoriacum ont circulé. Dans un message reçu cet après-midi, le général Plautius m'a confirmé que ces rumeurs n'étaient pas sans fondement.

Levant les yeux, il vit les expressions de surprise et d'inquiétude de ses officiers. Il y eut un silence, uniquement rompu par Titus en train de jouer non loin de là. Les tribuns remuèrent, mal à l'aise. De nombreuses carrières dépendaient du succès de l'invasion. Si cette campagne échouait, leur réputation à tous en souffrirait. Pire, pour ceux qui étaient capables d'envisager les répercussions à plus grande échelle, il semblait clair que l'autorité de l'empereur lui-même serait remise en question. Claude avait déjà échappé à une tentative de coup d'État, et tant qu'il n'obtiendrait pas l'approbation de la foule à Rome et des armées dispersées dans tout l'Empire, son emprise sur le pouvoir resterait faible. Une invasion couronnée de succès lui assurerait la loyauté d'importants corps de troupe et d'officiers qui s'intéressaient un peu trop à la politique ces derniers temps.

—Il y a six jours, une cohorte de la neuvième légion a refusé d'embarquer pour la côte bretonne. Quand les centurions ont tenté de forcer les hommes à monter à bord, il y a eu un bref affrontement—deux des centurions sont morts, quatre ont été blessés.

—Est-ce que le reste de l'armée a déjà eu vent de cet épisode? demanda Vitellius.

—Bien sûr, répondit Vespasien en souriant. Qu'est-ce que tu espérais ? Je suis bien placé pour savoir que des soldats sont incapables de garder un secret.

Certains des tribuns rougirent, mais Vitellius poursuivit :

—Et les raisons de cette mutinerie ? On les connaît ?

—Quelqu'un semble s'être amusé à attiser les peurs superstitieuses des hommes sur ce qui les attend en Bretagne. Les âneries habituelles : monstres cracheurs de feu et autres démons… C'est absurde, mais les légionnaires y croient. Et donc, pour l'instant, plus personne ne veut monter à bord du moindre navire, même pour de simples manœuvres.

—Quelles sont les mesures envisagées pour régler le problème, commandant ?

—La deuxième légion continue de marcher, mais j'ai reçu l'ordre de m'arrêter à dix milles de Gesoriacum, dans un camp provisoire, le temps que la mutinerie soit matée — avec ou sans notre intervention. Le nouveau chef de l'État-major impérial se trouvait à Lugdunum quand il a appris la nouvelle. Il se rend sur place aussi vite que possible et nous lui fournirons une escorte à partir de Durocortorum. Apparemment, il a demandé des hommes de notre unité parce qu'ils n'ont pas encore été contaminés.

—Contaminés ? releva Pline en haussant les sourcils.

—Ce sont ses mots, tribun, pas les miens.

—Commandant ! protesta Pline. Je ne voulais pas insinuer que…

—C'est bon. Narcisse ne fait pas toujours preuve d'un grand tact, mais les choses sont ainsi.

—Narcisse ? marmonna Vitellius, juste assez fort pour être entendu.

— Narcisse, confirma Vespasien en hochant la tête. Tu ne sembles pas le tenir en très haute estime, Vitellius.

— Je ne suis pas sûr de tenir en très haute estime n'importe quel homme dont le pouvoir m'apparaît disproportionné par rapport à son rang social, commandant – mais je peux me tromper.

Certains des autres tribuns – ceux qui n'avaient pas conscience des origines provinciales du légat – se mirent à rire.

— Ce que je voulais dire, poursuivit Vitellius, c'est que je comprends mal pourquoi l'empereur juge nécessaire d'envoyer son affranchi… son premier secrétaire, pour gérer cette situation. Ce n'est pas comme si l'armée n'était pas capable de régler ça toute seule.

— C'est une opération d'envergure, leur rappela Vespasien. Narcisse tient à s'assurer que tout se passera bien, par égard pour l'empereur.

— C'est tout de même curieux, commandant, intervint Pline d'une voix posée.

Vespasien se laissa aller en arrière sur son siège.

— Ça n'a rien de curieux. Vous connaissez tous sa réputation – il est plus maladroit que réellement menaçant. Notre mission est de l'escorter jusqu'à la côte, ça s'arrête là. S'il est animé d'intentions cachées, je n'en suis pas informé. Mais certains d'entre vous détiennent peut-être des renseignements qui n'ont pas été portés à ma connaissance ? Alors, j'écoute ?

Alors que personne n'osa croiser son regard, Vespasien poussa un soupir de lassitude.

— La politique commence vraiment à me fatiguer en ce moment. Quoi que nous réserve l'avenir, nous sommes avant tout des soldats ; nous avons des ordres et notre devoir consiste à les exécuter. Aucune autre considération ne devrait avoir sa place dans vos esprits. C'est assez clair ? Bien ! Inutile de vous rappeler que je compte sur votre discrétion totale. Si ces rumeurs de mutinerie se répandent parmi nos hommes, l'armée tout entière en pâtira. Et Jupiter seul sait comment ça risque de se terminer. Des questions ?

Les tribuns restèrent cois.

— Vous recevrez vos ordres pour demain matin avant le rassemblement. Rompez.

Une fois seul, Vespasien ferma les yeux. Partout autour de lui résonnaient les bruits d'une armée en campagne se préparant pour la nuit ; les cris des sentinelles et des officiers de garde, le brouhaha des légionnaires s'offrant un moment de détente après une journée épuisante, même quelques rires – ce qui avait quelque chose de rassurant. Tant qu'ils étaient contents, ils resteraient fidèles. De toutes les craintes d'un commandant, la mutinerie était la pire. Après tout, qu'est-ce qui obligeait des milliers d'hommes à conjuguer leurs efforts pour accomplir sa volonté, parfois jusqu'à la mort ? Au moment où de simples soldats décidaient de désobéir à leurs officiers, l'armée cessait d'exister.

Les nouvelles de la côte étaient mauvaises, et probablement déjà en train de se répandre. Les rumeurs finiraient tôt ou tard par atteindre la légion. Alors, la prudence serait de mise ; à lui de trouver l'équilibre fragile pour maintenir la discipline de fer nécessaire à la vie militaire, tout en évitant de provoquer une révolte en sein de sa légion. Il s'interrogeait sur la loyauté de ces hommes qui semblaient lui porter un certain respect. Pour l'instant, ils ne l'avaient jamais déçu. Le premier centurion grisonnant lui avait assuré qu'ils avaient beaucoup moins de traînards que la normale pour une marche si dure. Pourtant, il ne pouvait pas s'empêcher de se demander ce qui pourrait les pousser à lui retirer leur soutien. Pour que l'invasion ait une chance de réussir, la mutinerie devait absolument être réprimée. Vespasien espérait que Narcisse serait aussi habile que sa réputation le suggérait. Quand ils en avaient discuté au dîner, Flavie avait semblé convaincue qu'il se montrerait à la hauteur de la tâche.

En attendant, ce n'était pas son seul problème. Le message reçu dans l'après-midi lui avait également confirmé la présence d'un conspirateur au sein de sa légion. On avait cherché à le rassurer en lui indiquant qu'un agent impérial se chargerait du traître, l'identité de l'agent en question demeurant un secret connu uniquement des proches conseillers de l'empereur. Ainsi, Vespasien pourrait se consacrer entièrement à son commandement.

—Si seulement…, marmonna le légat.

À présent, il en était réduit à peser soigneusement chaque mot prononcé devant ses officiers supérieurs, de peur d'éveiller l'attention du conspirateur, ou d'émettre des opinions déloyales devant l'agent de l'empereur. Bien qu'il ait des doutes vis-à-vis de Vitellius, il ne détenait aucune preuve pour l'instant, rien qui indiquât clairement que le tribun complotait contre l'empereur. Pour autant que Vespasien le sût, le traître aurait très bien pu être ce rat de bibliothèque – Pline. Son attitude d'intellectuel distrait n'était peut-être qu'une habile couverture. Sauf que Vespasien ne parvenait pas à l'imaginer dans ce rôle.

En l'absence d'éléments concrets, il devait soupçonner tout le monde – et pas uniquement dans son état-major.

La présence d'un agent impérial n'avait rien de rassurant. Sa mission consistait sans doute autant à le surveiller qu'à démasquer et capturer d'éventuels conspirateurs. Dans le climat d'agitation politique actuel, ce pouvait être n'importe qui. Pourquoi pas ce jeune optio directement envoyé par le palais ? Il nota mentalement de l'avoir à l'œil dorénavant ; puis il jura à voix haute.

Il refusait d'en arriver là. Il ne voulait pas d'une légion divisée, où tout le monde surveillerait tout le monde. Il imagina soudain ses troupes marchant au combat, chaque soldat lançant un regard méfiant à son voisin, et ne put s'empêcher d'éclater de rire.

Qu'un autre se soucie de ces histoires d'espions. Lui se concentrerait sur un seul objectif : que sa légion soit à la hauteur de sa réputation dans la campagne qui s'annonçait. Voilà qui rehausserait son prestige bien plus que n'importe quel sombre complot. Sa propre naïveté le fit sourire, et il décida d'aller se coucher.

Chapitre 22

Bien que l'hiver se soit effacé face au printemps, les nuits restaient fraîches. Cato se serra dans sa cape alors que l'air expulsé par ses poumons formait des panaches blancs. Le billet reçu de la part de Lavinia proposait une rencontre derrière les tentes du quartier général, peu après que le trompette aurait sonné la relève de la garde. Deux sentinelles patrouillaient dans la zone où se trouvaient les véhicules de transport de l'équipement appartenant à l'état-major. Cato attendit qu'elles se soient croisées pour se glisser sous la corde qui en interdisait l'accès. Puis, toujours baissé, il se faufila entre les formes sombres des chariots. Les lampes à huile qui brillaient encore dans certaines tentes facilitèrent sa progression jusqu'au point de rendez-vous. Pourtant, Lavinia n'était pas là. Immobile, il patienta, agacé par son cœur qui battait la chamade alors qu'il tendait l'oreille à l'affût du moindre mouvement. Il n'entendit rien. Avait-elle pris peur ? À moins qu'elle n'ait été retenue par une tâche imprévue ?

Soudain, on lui agrippa l'épaule par-derrière. Il se retourna d'un bond en laissant échapper un cri de surprise.

— Chut ! fit Lavinia à voix basse. Vite, par ici !

L'attrapant par le bras, elle l'entraîna sous un grand chariot. Il la suivit sans discuter et roula contre son flanc.

—Qu'est-ce que…? chuchota-t-il, mais elle le fit taire en plaquant sa main sur sa bouche.

S'émerveillant de la douceur de sa peau sous ses lèvres, il sentit brièvement un délicieux parfum.

—Qui va là? lança une voix non loin de là. Allez, montre-toi!

Cato se figea, retenant sa respiration. À sa peur se mêlait une certaine excitation, née de la proximité physique de Lavinia. Une sensation de chaleur envahit son bas-ventre.

—Qu'est-ce qui se passe? demanda une seconde voix.

—Un voleur, je crois. J'ai entendu quelque chose.

Une paire de jambes et une lance apparurent devant le chariot. Un moment plus tard, la seconde sentinelle rejoignit la première.

—Tu as trouvé?

—Pas encore.

Cato chercha la main de Lavinia à tâtons et la serra alors que, de son bras libre, il attirait prudemment son corps contre le sien. Elle se raidit un instant, avant de se laisser aller dans son étreinte.

—Tout me semble calme.

—J'ai entendu quelque chose, je te dis.

—Ça venait peut-être de l'intérieur de la tente.

—Je ne crois pas.

Les lèvres de Cato frôlèrent les cheveux de Lavinia, puis sa joue avant d'aller à la rencontre de celles de la jeune femme. Avec une sensation de plaisir grisante – malgré le danger – Cato l'embrassa avec douceur, savourant la chaleur de son souffle et le martèlement de sa poitrine contre ses seins. Lavinia lui rendit son baiser, d'abord avec la même douceur, puis en dardant sa langue dans sa bouche. Cato se sentit proche de l'extase.

— Tu vois bien qu'il n'y a personne, s'impatienta la seconde sentinelle.

— Peut-être.

— De toute façon, ton voleur a eu tout le temps de déguerpir. En plus, il fait nuit noire – on va finir par se blesser. Oublie ça.

La seconde sentinelle s'éloigna. Peu après, son camarade l'imita à contrecœur et repartit d'un pas lourd vers la corde qui marquait le périmètre.

Sous le chariot, Cato connaissait pour la première fois le vertige de la passion. Sa main droite glissa lentement sur la courbe soyeuse des hanches de Lavinia, vers l'intérieur de ses cuisses. Elle les referma et s'écarta en se tordant sur elle-même.

— Non ! siffla-t-elle.

— Pourquoi ?

— Pas ici !

— Pourquoi pas ici ? demanda Cato, désespéré.

— Il fait trop froid, et c'est inconfortable. Ma maîtresse nous a trouvé un endroit où personne ne viendra nous déranger, ajouta-t-elle en lui prenant la main. On y sera plus tranquilles. Suis-moi.

— Flavie ? s'étonna Cato. Flavie a tout organisé ? Mais pourquoi ?

— Chut !

Lavinia le tira par la main pour l'obliger à sortir de sous le chariot. Ils marquèrent un temps d'arrêt pour s'assurer que la voie était libre, avant de se diriger en silence vers l'arrière d'une tente. Une sangle dénouée leur offrit une petite ouverture dans le cuir épais. À l'intérieur régnait une obscurité presque impénétrable, mais Lavinia, qui semblait savoir assez bien s'orienter, leur servit de guide. Sous leurs pieds, l'herbe se transforma bientôt en plancher ; Cato faillit trébucher, manquant d'entraîner la jeune femme dans sa chute.

— Désolé, chuchota-t-il. Où va-t-on ?

— À l'endroit le plus tranquille qui nous soit venu à l'esprit.

— Nous ?

— Ma maîtresse et moi. C'est par là – viens.

Au bout d'un couloir qui donnait sur les chambres à coucher, ils débouchèrent sur un espace plus vaste dominé par les formes sombres d'une grande table et de plusieurs sièges. Lavinia poussa Cato vers une banquette moelleuse, avant de s'écrouler sur lui. Immédiatement, les lèvres du jeune homme cherchèrent de nouveau les siennes et il l'embrassa avec une passion dévorante qui irriguait chaque extrémité de son corps. Alors qu'il la serrait contre lui, Cato défit un ruban de soie dans ses cheveux où il fit courir sa main. Soudain, Lavinia se redressa et s'assit sur son ventre.

— Quoi ?

— Chut ! Ne bouge pas.

Elle posa un doigt contre ses lèvres et tendit son autre bras derrière elle, vers son entrejambe.

La découverte de son érection la fit glousser.

— Tu en as envie ?

D'une voix étranglée, Cato acquiesça.

— D'accord. Comme ce n'était pas prévu, je dois d'abord aller chercher quelque chose.

— Hein ?

— Pour éviter d'avoir un bébé.

— Maintenant ? fit Cato d'une voix désespérée. Tu ne peux pas me faire ça !

— Ah ! les hommes, vous êtes tous pareils !

Elle lui donna une tape légère sur les mains pour lui montrer qu'elle plaisantait.

— Les conséquences, c'est pour nous. Et je ne veux pas tomber enceinte.

— Je n'ai pas besoin de… tu sais… jouir en toi, dit timidement Cato.

— Oh ! bien sûr ! Vous dites tous la même chose. « Je peux me contrôler – je t'assure. » Mais le moment venu – vlan ! Et ensuite, vous pensez à ce que devient la pauvre fille ?

— Ne sois pas longue, répondit Cato, quelque peu surpris par l'aplomb de sa compagne.

— Détends-toi. Je reviens tout de suite.

Après l'avoir gratifié d'un baiser, elle s'éloigna à pas feutrés dans l'obscurité. Frémissant d'impatience, Cato resta étendu, les yeux clos et le cœur battant, tandis que son esprit s'attardait sur ce dernier baiser et sur l'étonnante excitation ressentie au contact de la main de Lavinia sur son entrejambe. Désireux de conserver précieusement cet instant pour l'éternité, il ouvrit les yeux pour graver le plus de détails possible de la pièce dans sa mémoire. Maintenant qu'il était habitué à la pénombre, il discernait mieux les choses qui l'entouraient, en l'occurrence tous les attributs du commandement.

Après avoir attendu un moment, il sentit naître un doute en lui et se demanda s'il devait partir à la recherche de Lavinia.

N'aurait-elle pas dû être de retour ? À moins qu'elle n'ait décidé d'utiliser la forme de contraception la plus radicale de toutes – ne pas revenir du tout. Ce n'était pas drôle, pensa-t-il. Soudain, une sorte de sixième sens lui fit prendre conscience qu'il n'était plus seul. Sur le point de chuchoter le prénom de Lavinia, il s'aperçut que le bruit – un rabat qu'on écartait – ne venait pas de la direction dans laquelle la jeune fille était sortie de la tente.

Osant à peine respirer, il tendit l'oreille et plissa les yeux ; une forme sombre se glissa à l'intérieur et marqua un temps d'arrêt ; elle s'accroupit, prête à passer à l'action. Soudain, Cato eut peur de ce que l'intrus pourrait faire à Lavinia si elle revenait. Mais la nuit était calme.

La silhouette avança à pas de loup, contournant la table encombrée de documents de toutes sortes. Cato distingua alors un homme de forte carrure, trapu, vêtu d'une cape, le visage dissimulé sous un capuchon. Il avait la souplesse d'un chat. Dans sa main, Cato reconnut la forme familière d'un glaive de légionnaire. Lui n'avait que sa dague, dans un fourreau sous sa cuisse gauche. L'intrus, qui n'était plus qu'à dix pas de distance, lui tourna le dos alors qu'il tâtonnait sous la table. Il empoigna un objet pesant et inerte qu'il tira lentement vers lui, s'interrompant chaque fois qu'il raclait contre le plancher. Cato vit qu'il s'agissait d'un coffre. Paralysé par la peur, il osait à peine respirer, son pouls battait dans ses oreilles. Se penchant sur le coffre, l'intrus s'acharna sur la serrure en fer jusqu'à ce que le mécanisme cède avec un bruit sourd. Puis il fouilla à l'intérieur – de toute évidence, il cherchait quelque chose de bien précis.

Cato comprit tout à coup qu'il n'allait pas tarder à se retourner et ne manquerait pas de remarquer sa présence sur la banquette. Tendant la main vers sa cuisse, l'optio tira sur le manche de sa dague, bougeant légèrement les fesses pour la décoincer. Trop, peut-être. La lame glissa hors du fourreau avec un bruit de râpe. L'intrus fit volte-face et leva son arme dans un mouvement fluide, oubliant momentanément ce qu'on lui avait appris pendant ses classes – ce qui fait défaut à la lame de la dague en longueur est largement compensé par quelques précieux centimètres de pointe. Le glaive s'abattit au-dessus de la tête de Cato, sur le bord de la banquette qui se fendit en éclats.

Cato plongea sa dague en direction de la silhouette menaçante, perçant l'étoffe et quelque chose d'un peu plus mou en dessous.

L'homme jura en faisant un bond en arrière.

Il se heurta violemment à la table, tandis que Cato courait à l'aveuglette dans la direction où Lavinia avait disparu et se cognait le tibia à un tabouret au passage. Il trébucha et s'étala de tout son long, les bras tendus pour amortir sa chute. Derrière lui, l'intrus approcha, bien décidé à ne pas répéter son erreur. Alors que Cato tentait de se relever, sa jambe l'élança. Son agresseur, remis de sa surprise, se précipita vers lui, la pointe de son glaive dirigée vers sa gorge.

— Au secours ! cria Cato qui, n'écoutant que son instinct, roula sous la table. À l'aide !

— La ferme, petit merdeux ! siffla l'autre et, l'espace d'un instant, ce que lui rappelait cette insulte suffit à lui couper la langue – mais seulement un instant.

Le glaive le frôla et il se cogna à la banquette avant de s'époumoner de plus belle :

— À l'aide ! Par ici !

Les voix endormies d'hommes tirés du sommeil résonnèrent dans les chambres donnant sur le couloir voisin. Avec soulagement, Cato entendit qu'on appelait la garde. L'intrus marqua un temps d'arrêt, regardant autour de lui à la recherche d'une issue. Une lueur apparut soudain à l'entrée de la tente.

— Ici ! C'est par là ! cria une sentinelle.

L'intrus courut se placer près du rabat et brandit son glaive alors que Cato se levait d'un bond à côté de la table. La pointe d'une lance écarta le rabat, la lumière d'une torche venant brusquement éclairer l'intérieur de la tente. La sentinelle entra. Dans l'obscurité à sa gauche, le voleur abattit son glaive.

— Attention ! cria Cato.

La sentinelle se tourna dans sa direction et, un instant plus tard, reçut un coup violent sur la nuque. Elle tomba à genoux avec un grognement et, sous les yeux horrifiés de Cato, bascula en avant. La torche rendit un son mat en heurtant le plancher dans une gerbe de flammèches, avant de rouler contre une pile de cartes. Cato leva la tête juste à temps pour voir le dos de l'intrus qui prenait la fuite. Sans hésitation, il se lança à sa poursuite dans une antichambre bordée de tables pliantes destinées aux scribes. Sur sa gauche, des torches approchaient, puis vinrent les cris et les pas sourds de ceux qui les portaient. Cato se figea immédiatement ; il haletait, en proie à une terreur aveugle.

Repartant à toutes jambes vers la tente du légat, il constata que des flammes jaune et orange léchaient avidement les cartes. Derrière le mur de toile s'élevèrent les voix de ceux que toute cette agitation avait réveillés. Pas de fuite possible par là. Se laissant tomber à plat ventre du côté opposé, il souleva le lourd revêtement en cuir. Quand un piquet céda enfin, il roula dans l'herbe aplatie d'une cuisine – pas de plancher luxueux pour les esclaves, apparemment. Terrifié par les cris qui se rapprochaient derrière lui, Cato se précipita vers le fond de la cuisine et se glissa de nouveau sous le côté de la tente.

Il se retrouva dehors, sur le dos, les yeux levés vers les étoiles qui scintillaient paisiblement dans les profondeurs noir d'encre du ciel nocturne. Une fois debout, il se remit à courir en direction de l'espace entre les tentes des tribuns et le train d'artillerie, laissant le quartier général loin derrière lui. S'appuyant contre le flanc d'un transport de baliste, il marqua un temps d'arrêt pour reprendre son souffle. Son cœur battait la chamade, il respirait bruyamment. Une lueur orange avait fait son apparition dans la direction du quartier général ; les premières flammes s'élevèrent alors que des voix demandaient de l'eau et plus de gardes.

Mieux vaudrait ne pas être surpris dans les parages sans une bonne raison, comprit Cato. Tournant les talons, il se hâta de traverser le train d'artillerie avant d'émerger de l'autre côté du camp, devant le mur de tourbe et la palissade. Remontant sa cape sur ses épaules, il se dirigea vers la gauche et les tentes de sa centurie d'une démarche qui se voulait assurée. Si quelqu'un l'arrêtait, il n'était vraiment pas convaincu de pouvoir trouver une explication plausible à sa présence.

Sur les remparts, les sentinelles se retournaient, intriguées par ce remue-ménage, mais la distance et l'obscurité protégeaient Cato, qui continua sa route. Après ce qui lui parut une éternité, il atteignit l'étendard de la cohorte et se précipita vers les tentes de la sixième centurie. Au loin dans la nuit, une trompette sonna l'appel de la cohorte de garde. Sans un regard par-dessus son épaule, il entra dans sa chambrée et alla s'étendre directement sur son rouleau, sans retirer sa cape ni ses sandales.

—C'est toi, Cato? demanda Pyrax d'une voix ensommeillée dans le noir.

Cato resta immobile et silencieux.

—Cato?

Ignorer Pyrax ne le mènerait nulle part. Mieux valait répondre.

—Oui?

—Qu'est-ce qui se passe là-dehors?

—Comment je le saurais?

—Tu viens de rentrer.

—J'étais aux latrines, c'est tout. Apparemment, il y a un incendie au quartier général.

—Les cons. Peuvent pas faire attention? (Pyrax bâilla.) Réveille-moi si ça se propage à nos tentes. Bonne nuit.

—Bonne nuit, marmonna Cato d'un ton endormi.

Mais le sommeil se refusa à lui, alors qu'il fixait silencieusement les yeux sur le plafond, absolument terrifié.

CHAPITRE 23

Les mains sur les hanches et la tête rejetée en arrière, Vespasien contemplait la nuit étoilée à travers le grand trou que le feu avait creusé dans le toit de sa tente. Baissant les yeux, il fixa du regard les légionnaires honteux réunis en silence autour de la table.

—Alors, comment notre voleur a-t-il réussi à s'introduire ici ? Si vous avez été aussi consciencieux que vous le dites, bien sûr.

—On a été vigilants, commandant, comme d'habitude, expliqua le centurion. Quatre sentinelles devant la tente, quatre en patrouille à l'extérieur. J'ai vérifié : quelqu'un a taillé dans la toile en deux endroits différents. Je soupçonne notre homme d'être entré et sorti par là.

—Tu « soupçonnes », hein ? répéta Vespasien d'un ton aigre. Ta perspicacité t'honore, centurion – vraiment. Et pendant que notre intrus pénétrait au quartier général, où se trouvait le reste d'entre vous ?

—Avec le tribun, commandant.

—Quel tribun ?

—Gaius Pline, commandant. Il était de permanence cette nuit. Il a exigé une inspection complète.

—Et pour quelle raison ?

267

— C'est que… Les hommes discutaient de l'invasion, commandant.

— De l'invasion ? Et sur quoi portait votre discussion ?

— Eh bien…, fit le centurion, visiblement gêné. D'après certaines rumeurs, des monstres vivraient sur ces îles.

— Et où les hommes sont-ils allés pêcher de pareilles âneries ? demanda Vespasien, s'efforçant de ne pas laisser paraître son inquiétude.

Le centurion haussa les épaules.

— Ce ne sont que des bruits qui circulent.

Vespasien prit une inspiration.

— Pline était donc en train de vous réprimander, parce que vous vous étiez comportés comme des commères. Et tu penses que quelqu'un en a profité pour entrer dans ma tente ?

— Oui, commandant.

— D'accord. Vous serez tous sanctionnés. Quant à toi tu es rétrogradé dans l'infanterie. Maintenant, sortez.

Alors qu'il les regardait s'éloigner, Vespasien savait que cette dernière punition serait la plus efficace. En temps normal, la garde du quartier général était considérée – à juste titre – comme une sinécure, presque une bonne planque en fait ; on y était mieux nourri, la charge de travail était plus légère et on bénéficiait d'une position relativement sûre dans la ligne de combat. Pourtant, l'un de ces soldats se retrouvait à l'infirmerie dans un état critique. Inconscient, l'homme avait apparemment pris un coup de glaive sur le côté de la nuque et perdu beaucoup de sang. Il était en vie, mais le chirurgien n'était pas convaincu qu'il passerait la nuit. Dommage : s'il avait vu son agresseur, il aurait pu l'identifier. Une information dont Vespasien avait désespérément besoin en ce moment.

En entrant dans la tente, à moitié vêtu comme tous ceux que le vacarme avait réveillés, il avait commencé par vérifier que son coffre n'avait pas bougé. Un seul coup d'œil – il n'avait pas eu besoin de plus pour s'apercevoir que le petit rouleau porteur du sceau impérial avait disparu. Rien d'autre ne manquait. Le voleur savait donc précisément ce qu'il cherchait – et il l'avait trouvé. À présent, quelqu'un au sein du camp était en possession d'un secret politique inestimable, de quoi contribuer à renverser l'empereur. Non pas que le document lui-même fût indispensable : Vespasien l'avait mémorisé depuis longtemps. Mais maintenant, un autre que lui avait accès à l'information qu'il contenait.

Quant à lui, quel sort l'attendait une fois que Rome serait prévenu ? Quand Claude saurait, il n'accepterait aucune excuse. Le légat était seul responsable ; d'ailleurs, c'était la raison pour laquelle il avait fait preuve d'une telle sévérité avec les sentinelles – s'il devait souffrir à cause de leur négligence, ces hommes n'allaient pas s'en tirer à si bon compte.

Bien que ce soit une maigre consolation, le voleur n'était probablement pas bien loin. Quelqu'un appartenant à la légion, certainement le traître auquel Plautius faisait allusion dans sa lettre. Peut-être Vespasien aurait-il le temps de récupérer le message avant d'arriver sur la côte et de joindre ses forces à celles de l'armée d'invasion. On avait découvert du sang près de la banquette ; des éclaboussures aussi, autour de la table, mais la trace se perdait dans la terre retournée à la sortie de la tente. L'homme avait donc été blessé. Un fait que Vespasien trouvait curieux. Si la sentinelle avait été frappée par-derrière dans l'entrée, le voleur avait dû la surprendre. Dans ce cas, il avait lui-même été touché par une troisième personne.

Qu'était-il arrivé à Lavinia ? Cato était au supplice. La peur et l'inquiétude le rongeaient. Elle n'était pas revenue, mais elle n'avait pas pu croiser l'intrus tandis qu'il attendait patiemment dans la tente ? Il pria pour qu'elle soit toujours en vie et indemne. Il ne pouvait pas se risquer à proximité du quartier général – pas dans l'immédiat. Ce garde l'avait bien vu et n'aurait sûrement aucun mal à le reconnaître. Il devrait passer par Flavie pour avoir des nouvelles de Lavinia, en lui faisant parvenir un message le plus tôt possible. Mais il ignorait ce que la femme du légat savait de la situation, et jusqu'où il pouvait lui faire confiance. Si Vespasien découvrait qu'il avait été dans sa tente, il aurait tout lieu de penser qu'il était directement impliqué dans le vol – quoi que soit ce que l'intrus avait pris dans le coffre. Il s'était fourré dans un sacré pétrin et il lui fallait un allié. S'il réussissait à prendre contact avec Flavie – et à tout lui raconter – peut-être serait-elle en mesure de le protéger. Elle s'était liée d'amitié avec lui ; à présent, il avait besoin d'elle. Dans la matinée, il tenterait sa chance.

Le lendemain, quelqu'un tira brutalement Cato d'un sommeil agité en le secouant par les épaules. Le regard trouble, il devina le visage de Pyrax.

— Qu… Quoi ?

— Le centurion te demande. Immédiatement.

Cato se redressa sur les coudes et, jetant un coup d'œil par le rabat, il s'aperçut que le soleil était déjà haut dans le ciel. Il se leva avec difficulté.

—Combien de temps depuis l'appel ?

—Un moment, répondit Pyrax en haussant les épaules. Tu as loupé le petit déjeuner ; on est sur le point de plier les tentes.

—Pourquoi est-ce qu'on ne m'a pas réveillé ?

—Tu es un grand garçon, maintenant ; tu dois apprendre à te débrouiller tout seul.

—Où est le centurion ?

—Dans sa tente. À ta place, je ne traînerais pas. Macro n'a pas l'air de très bonne humeur… (Pyrax baissa les yeux vers Cato.) Qu'est-ce qui est arrivé à ta main ?

Suivant son regard, Cato aperçut des taches de sang séché sur son pouce et son index.

—Oh, ça ? Je… euh… J'ai réussi à me procurer un morceau de viande hier soir. Auprès des muletiers. Une bête qu'ils ont abattue. Je l'ai fait griller sur leur feu.

—C'est sympa de leur part, reconnut Pyrax à contrecœur. Mais tu aurais pu te débarbouiller après.

—Désolé, marmonna Cato. Il faut que je me sauve.

Il écarta du poing les rabats à moitié ouverts et se passa les mains sous l'eau d'une outre pendue au cadre de la tente. Le sang de l'intrus s'était coagulé et il dut le gratter avec ses ongles pour s'en débarrasser complètement. Songeant à sa dague, il la sortit de son fourreau. Horrifié, il s'aperçut que la lame était couverte de sang séché. Le nettoyage de son arme le retarda, si bien qu'en arrivant chez le centurion Cato trouva un Macro fulminant. Piso, debout derrière lui, haussa les sourcils en guise d'avertissement.

—Où étais-tu, bon sang ? Je t'ai envoyé chercher voilà une éternité !

—Je suis désolé, centurion.

—Eh bien?

—Centurion?

—Pourquoi es-tu en retard? Explique-toi.

—J'étais aux latrines, centurion. J'ai mangé quelque chose qui ne passe pas, hier soir.

—Eh bien, à l'avenir, fais un peu attention à ce que tu avales, répondit Macro avec impatience. On a du travail. L'ordre date de ce matin. Le légat demande à notre centurie d'aller à la rencontre d'un gros bonnet de l'état-major à Durocortorum – sans attendre le reste de la légion. Ensuite, on l'escortera auprès du général Plautius à Gesoriacum. Et comme on doit partir avant les autres, on n'a pas de temps à perdre. J'ai déjà donné les instructions nécessaires pour préparer le chariot et atteler les bêtes. Toi, va réquisitionner du vin et quelques délicatesses pour notre hôte. L'intendant a été prévenu. Quant à toi, Piso, fais en sorte que les hommes s'activent; je veux que les tentes soient pliées et chargées, et les paquetages prêts avant la prochaine relève de la garde. Maintenant, laissez-moi, vous deux.

Une fois dehors, Cato se tourna vers Piso d'un air interrogateur.

—La journée n'a pas bien commencé, chuchota Piso. Un truc pas net au quartier général, la nuit dernière.

—Un truc pas net?

—Un voleur s'en est pris au légat. Il a blessé un garde avant de s'enfuir. Maintenant, Vespasien passe sa colère sur ses officiers et leur reproche le manque de vigilance de leurs soldats.

—Oh. On sait ce qui a été volé?

—Aucun objet de valeur, apparemment. Mais le pauvre bougre qui a surpris l'intrus n'en a plus pour longtemps.

— C'est moche.

Cato tenta de sembler compatissant, mais son cœur fit un petit bond dans sa poitrine à cette nouvelle. Il se sentit immédiatement honteux, alors que sa fichue imagination tentait de le culpabiliser en lui présentant une vision de la malheureuse sentinelle à l'agonie.

— Ne le prends pas si mal, mon garçon, fit Piso en posant une main apaisante sur son épaule. Ce sont des choses qui arrivent. Sois content de n'avoir pas été à sa place.

Le tribun cala son menton entre les paumes de ses mains. Assis sur un tabouret en face de lui, Pulcher soignait sa jambe. Une lame lui avait entamé le haut de la cuisse, une blessure dans laquelle on aurait pu enfoncer un doigt. Il avait saigné abondamment avant d'arriver assez loin de la tente du légat pour appliquer une pression sur la plaie. Puis il était revenu en boitant dans les quartiers du tribun, où il était actuellement en train de mettre un pansement propre. Heureusement, il ne se verrait pas sous ses vêtements — personne ne saurait. Mais les journées de marche seraient un véritable supplice pour lui, se dit le tribun avec un sourire. Que ça lui serve de leçon ; la prochaine fois — s'il y en avait une — il éviterait peut-être de tout faire foirer. Maintenant que Vespasien avait donné l'ordre de doubler la garde, l'accès à la tente de commandement serait presque impossible. Et Pulcher ignorait encore que sa tentative avait été un échec.

— Tu es impatient de rentrer à Rome, je suppose ? demanda le tribun, alors qu'il lui versait une coupe de vin.

— Ça, je ne te le fais pas dire ! grogna Pulcher. Cette histoire a assez duré ; je ne suis pas fait pour ce boulot. Je suis un soldat.

—Tu appartiens à la garde prétorienne, lui fit remarquer le tribun d'un ton désinvolte. Pas vraiment ce que j'appellerais servir dans l'armée.

—C'est le genre de vie qui me convient.

—Mais tu t'es porté volontaire.

—C'est vrai. Pour une somme pareille, n'importe qui aurait été volontaire.

—Mais tout le monde n'a pas ton talent pour s'assurer de la bonne marche des choses, rendre loquaces les moins bavards ou faire disparaître les plus gênants. À ce propos, tu es sûr de ne pas pouvoir mettre un visage sur l'homme que tu as aperçu dans la tente, celui qui t'a fait goûter de sa lame?

—Oui, répondit Pulcher avec colère. Mais quand je le retrouverai, il souffrira avant de mourir. Je m'acquitterai de cette tâche avec plaisir – et sans supplément.

—Commence par l'identifier. Car si lui t'a reconnu, c'est moi qui pourrais me retrouver impliqué.

—Aucune chance.

—Ne sous-estime jamais le pouvoir de la torture pour délier les langues, en particulier entre les mains d'un expert, l'avertit le tribun. (L'autre se contenta de renifler avec dérision.) Maintenant, je crains d'avoir une mauvaise nouvelle à t'annoncer.

—Hein?

—Tu n'as pas accompli ta mission.

—Qu'est-ce que tu racontes? (Pulcher pointa le rouleau du doigt.) C'est ce que tu m'as demandé, et c'est ce que je t'ai rapporté.

—Oh! non. Tu ne penses pas sérieusement que j'ai pris la peine de te faire venir de Rome pour récupérer une feuille vierge?

Il étala le parchemin pour que l'autre homme puisse constater qu'il n'y avait rien sur la page.

— Quelqu'un a une longueur d'avance sur nous. Apparemment, Vespasien a été assez malin pour se servir de son coffre comme d'un leurre. Ou alors, celui qui nous a précédés a échangé le rouleau contre ça.

Chapitre 24

Le départ anticipé de la sixième centurie créa une certaine excitation parmi ceux qui en furent les témoins, notamment les hommes de la centurie elle-même. En temps normal, les officiers supérieurs et les porteurs d'enseigne étaient les premiers à sortir du camp, lorsque la légion partait en campagne. Il apparut donc clairement aux yeux de tous que la sixième centurie était détachée pour une mission spéciale. Sa nature exacte n'était connue que du centurion, de son optio et de son secrétaire ; la troupe en fut réduite aux hypothèses, tandis que le chariot franchissait la porte du camp avec force grincements, suivant la colonne en direction de Durocortorum. Puis on oublia bien vite la curiosité suscitée par ce départ inhabituel, tandis que les officiers remettaient tout le monde au travail en préparation de la sixième journée de marche.

L'excitation au sein de la sixième centurie était palpable dans le brouhaha des hommes qui s'interrogeaient. En tête de la colonne, Macro pouvait difficilement ignorer les conversations qui allaient bon train derrière lui, à un volume soigneusement calculé pour attirer son attention. Il s'autorisa un demi-sourire devant cette façon transparente de partir à la pêche aux informations. Qu'ils s'amusent, ils sauraient bien assez tôt. De son côté, il n'avait rien à gagner à un rappel à l'ordre. Tant que le moral était au beau fixe, il était prêt à laisser courir – qu'ils se comportent comme des gamins. Le centurion se réjouissait de la séparation du reste de la légion ; voilà près de deux cents milles qu'il avait les yeux fixés sur les mêmes dos – il en avait plus qu'assez. Oubliée, l'attente frustrante à cause de rétrécissements de la chaussée plus loin ; et ils étaient libres de planter leurs tentes comme bon leur semblait.

Devant, la route déserte, presque droite jusqu'à l'horizon. Au-dessus, un ciel dégagé d'un bleu profond, l'air rempli de chants d'oiseaux. En résumé, Macro était comblé ; ce matin, il se sentait simplement heureux d'être en vie.

Ce qui rendait d'autant plus curieuse l'attitude de l'optio qui marchait à ses côtés, légèrement en retrait. Les yeux baissés sur la chaussée, la mine sombre, il semblait totalement étranger à cette sensation de bien-être générale.

Macro se porta à sa hauteur et lui donna une claque sur l'épaule.

— Qu'est-ce que tu as ce matin ? Hein, Cato ?

Le jeune homme parut surpris par cette intrusion dans ses pensées.

— Centurion ?

— Je t'ai demandé ce qui n'allait pas.

— Hein ? Mais rien, centurion. Rien.

— Exactement ! s'exclama Macro, le visage épanoui. Alors, souris et profite de la vie. Ce n'est pas souvent qu'on te confie une mission secrète. Même si, ajouta-t-il en baissant la voix, même si tout ce qu'on aura à faire, c'est de dorloter un type de l'État-major impérial jusqu'au quartier général de l'armée.

— Si tu le dis, centurion.

—Parfaitement. Et crois-moi, je sais de quoi je parle. Maintenant, cesse de toujours tout prendre au tragique—prends un peu de bon temps, jeune Cato.

L'optio fixa sur lui un regard plein d'amertume.

—C'est que la vie me semble bien sombre en ce moment, centurion.

—Ne me dis pas que tu soupires toujours pour cette fille? fit Macro en riant, avant de lui donner un coup de coude complice. Raconte. Comment ça s'est passé hier soir?

La question désarçonna Cato au point de lui faire perdre la cadence. Un juron venu du premier rang y mit bon ordre: il retrouva rapidement sa position à côté du centurion.

—Alors? insista Macro en lui lançant un clin d'œil. Est-ce que tu as conclu?

—Non, centurion.

—Pourquoi, grands dieux? Tu ne l'as pas joué poète romantique au moins? Rassure-moi.

—Non, centurion. (Cato baissa les yeux, de peur de se trahir.) On nous a interrompus avant que… avant qu'on en arrive aux choses sérieuses.

—Oh! c'est vraiment dommage, compatit Macro avec un signe de la tête. Qu'est-ce qui s'est passé?

—On était convenus de se retrouver derrière les tentes du légat—là où se trouvent les chariots. Tout se déroulait plutôt bien quand il y a eu une soudaine agitation, et des cris ont éclaté. On aurait pu les ignorer et continuer malgré tout, mais Lavinia a entendu sa maîtresse l'appeler.

—Tu aurais dû tirer un petit coup rapide, suggéra Macro.

—Pas le temps—même pour ça, centurion, répondit Cato à regret. Elle a dû s'éclipser sans même fixer notre prochain rendez-vous. Et maintenant, ma centurie a été séparée de la légion et elle est coincée là-bas.

— Ne t'inquiète pas, mon gars, je suis sûr qu'elle t'attendra.

— Oui, centurion.

— Alors, tu étais là quand la garde a surpris ce voleur ? Tu as vu quelque chose ?

— Rien, centurion. Rien du tout. Je suis rentré directement me coucher.

— On dirait bien que la chance n'était pas de ton côté.

— Oui, centurion, répondit Cato, d'une voix si faible que le centurion crut, à tort, qu'il continuait de se languir de son premier amour.

S'il souhaitait tirer le jeune Cato des affres de sa passion contrariée, il allait devoir faire preuve de tact.

— Voyons si j'ai fait des progrès, proposa-t-il, saisissant la première idée qui lui vint à l'esprit. Tu me donnes un mot et je l'épelle pour toi. D'accord ?

— Comme tu voudras, centurion.

Alors que Macro s'échinait sur « rempart », « sentinelle » et « javelot », Cato était rongé par l'anxiété. Si la sentinelle se remettait de sa blessure, l'étau de l'enquête aurait tôt fait de se resserrer autour de lui. Et ensuite ? Des aveux arrachés sous la torture, puis une mort certaine, humiliante. Mais si elle ne courait aucun risque, Lavinia ne pourrait que confirmer sa version des faits. À moins que – une bien vilaine pensée lui traversa l'esprit –, à moins qu'elle ne craigne de se compromettre. Et qu'en était-il de Flavie ? Après tout, elle avait organisé ce rendez-vous. Elle pourrait nier, exactement pour les mêmes raisons que Lavinia. Tant que la centurie resterait séparée de la légion, il demeurerait dans l'incertitude.

—Cato ? fit Macro, qui s'était rapidement lassé des exercices d'orthographe.

—Centurion ?

—Cet homme qu'on va escorter…

—Narcisse ?

—Moins fort ! siffla Macro. Derrière nous, personne n'est censé être au courant.

—Désolé, centurion. Qu'est-ce que tu veux savoir ?

—Tu l'as connu au palais ?

—Oui, centurion. C'était un ami proche de mon père, ou du moins il l'a été jusqu'à ce qu'il fasse fortune.

—Comment est-il ? demanda Macro, qui remarqua l'expression intriguée sur le visage de son optio. Je me renseigne, c'est tout, histoire de partir du bon pied avec lui. Si on doit voyager ensemble les prochains jours, je préfère éviter de le mettre en rogne – c'est tout de même un des conseillers les plus écoutés de l'empereur. Non pas que j'aie peur d'un affranchi, hein ? Je tiens simplement à m'assurer qu'il se sente bien en notre compagnie. Et s'il se forge une bonne opinion de nous, ça ne pourra pas nous faire de mal – pour l'avenir. Alors, dis-m'en plus.

—Eh bien, centurion…

Cato hésita. Le portrait qu'il aurait pu brosser de Narcisse était loin d'être flatteur. Il avait toujours eu la sagesse de garder son opinion pour lui. Le Narcisse qui avait battu froid à son père durant les dernières années de leur amitié ne laissait aucun doute à Cato sur le peu qu'il y avait à espérer de la part de ce personnage marquant de l'entourage de Claude. Après Narcisse, seule Messaline – l'épouse dévorée d'ambition de Claude — exerçait plus de pouvoir sur l'empereur.

— Alors?

— C'est quelqu'un de bien, centurion. Un homme brillant qui peut sembler un peu froid au premier abord, mais c'est probablement à cause des lourdes responsabilités qui reposent sur ses épaules. Au palais, on disait que personne dans tout l'Empire n'était plus intelligent et ne montrait plus d'acharnement au travail. Tout le monde le respectait, conclut Cato avec tact.

— C'est bien joli tout ça, mais ce qui m'intéresse, c'est comment il est personnellement. Qu'est-ce que tu me conseilles pour bien m'entendre avec lui?

— T'entendre avec lui? fit Cato en haussant les sourcils.

— Oui, je ne sais pas, moi, est-ce que c'est un homme, un vrai? S'il est capable d'apprécier une bonne blague, j'en connais plus qu'il n'en faut. Ce genre de choses, tu vois…

— Non, centurion. N'essaie pas d'être drôle, s'il te plaît, le supplia Cato, imaginant l'effet de l'humour troupier grossier sur ce cosmopolite raffiné. Contente-toi d'être toi-même, centurion. Sois professionnel, évite-le le plus possible. Et fais bien attention à ce que tu dis.

Chapitre 25

Peu après l'aube, Flavie était à son secrétaire, parcourant quelques documents. Dans la tente d'à côté, Titus riait au désespoir de sa nourrice qui tentait de le faire manger. Depuis que la légion avait quitté la frontière du Rhin, Flavie avait accumulé du retard dans sa correspondance. Elle avait déjà expédié une lettre au commandant d'une unité de cavalerie – un parent éloigné – qui devait lui aussi rejoindre l'armée d'invasion. Elle espérait le rencontrer à Gesoriacum. Il lui fallait aussi informer certaines personnes de son retour à Rome et transmettre ses instructions au majordome de la maison sur le Quirinal, ainsi qu'à l'intendant de la villa de Vespasien en Campanie. Tous deux avaient besoin d'être prévenus suffisamment à l'avance pour accueillir Flavie et sa suite.

Mais son courrier devrait attendre qu'elle ait méticuleusement achevé la tâche en cours. Trempant la pointe de son style dans l'encrier, elle continua à écrire posément, avec parfois un temps d'arrêt pour se reporter à tel ou tel détail sur la carte étalée face à elle. Entendant une voix forte saluer devant sa tente, Flavie se hâta de mettre de l'ordre dans ses papiers. Vespasien entra. Elle lui sourit, posa son style et se leva pour l'embrasser.

— Tu vas devoir commencer à faire tes bagages, dit-il. Personne n'a le droit de retarder la légion, pas même la femme du légat.

— Après le remue-ménage de la nuit dernière, tu pourrais nous accorder un peu de temps pour récupérer.

— Récupérer de quoi ? De quelques heures de sommeil perdues. La vie militaire est ainsi faite.

— Je ne suis pas dans l'armée, protesta-t-elle.

— Non, tu l'as épousée.

— Brute ! lui lança-t-elle en se renfrognant. J'aurais dû me marier avec un vieux sénateur bien gras passionné de viticulture. Au lieu de vivre à la dure aux confins de l'Empire, avec un homme qui ne pense qu'à se battre.

— Je ne t'ai pas forcé la main, répondit posément Vespasien.

Flavie prit son visage entre ses mains et le regarda droit dans les yeux.

— Je plaisantais, idiot. Tu sais pourquoi je suis devenue ta femme. Je t'aime – si démodé que ça puisse paraître.

— Mais tu aurais pu trouver meilleur parti.

— Non. (Flavie l'embrassa.) Un jour, ton pouvoir dépassera tes rêves les plus fous. Je te le promets.

— Surveille tes paroles. De nos jours, mieux vaut garder ce genre de pensées pour soi. C'est imprudent. Dangereux même.

Flavie le fixa intensément un moment, puis elle sourit.

— Tu as raison. Je ferai attention à l'avenir. Mais crois-moi, l'histoire ne retiendra pas seulement de toi que tu as commandé une légion. J'en fais mon affaire. Et toi, tu devrais être plus ambitieux. Parfois, je me demande si c'est ta modestie républicaine si fermement ancrée qui te retient.

— Peut-être. (Vespasien haussa les épaules.) Pour l'instant, j'aurai de la chance si je suis toujours à la tête de la deuxième légion à la fin du mois.

— Pourquoi, mon chéri ? Quel est le problème ?

— Cet incident, la nuit dernière…

— L'incendie ?

— La personne qui l'a provoqué. L'intrus. Ce qu'il a emporté avait de la valeur – suffisamment pour que Narcisse me fasse jurer de garder le secret. Une fois qu'il découvrira ce qui s'est passé, je ne pense pas pouvoir compter sur sa clémence.

— Ce n'est pas ta faute, protesta Flavie. Il ne peut tout de même pas te remplacer pour si peu.

— Si. Il le fera. Il n'a pas le choix.

— Pourquoi ? Qu'est-ce qui peut bien être si important ?

Vespasien s'autorisa un sourire.

— Je ne peux malheureusement pas te le dire. Sur ce point au moins, mes ordres étaient clairs.

— Vraiment ? demanda Flavie, le visage momentanément rouge d'inquiétude. Quand nous retrouverons le reste de l'armée, je parlerai à Narcisse. Nous étions très amis au palais.

— Je préférerais que tu ne lui dises rien. En poursuivant mon enquête ici, au sein de la légion, je découvrirai tôt ou tard l'identité du voleur.

— Comment va la sentinelle ?

— Pas bien. Elle a perdu beaucoup de sang et le voyage pourrait bien l'achever.

— Alors, pourquoi ne pas la laisser reprendre des forces à Durocortorum ?

—Oui, elle pourrait nous rejoindre dès qu'elle serait de nouveau en état de se déplacer en civière. J'y ai songé. Mais le chirurgien ne sera plus là pour lui prodiguer ses soins.

—Si la moitié de ce que j'ai entendu est vrai, ce ne sera pas plus mal. Écoute : Parthenas pourrait rester pour s'occuper de lui. C'est un médecin qualifié. Je l'ai vu à l'œuvre sur les autres esclaves et il me semble plutôt compétent.

—D'accord, répondit Vespasien en hochant la tête. Les chances de survie de cet homme seront bien meilleures s'il n'est pas bringuebalé à l'arrière d'un chariot. Maintenant, je t'en prie, rassemble tes affaires pour qu'on puisse faire nos bagages.

—Comme tu voudras.

—Oh ! une dernière chose.

—Oui ?

De l'intérieur de sa tunique, Vespasien tira un petit ruban de soie.

—Tu avais déjà vu ça ?

—Laisse-moi jeter un coup d'œil. (Flavie examina le bout de tissu un moment avant de répondre.) Ça appartient à Lavinia. D'où ça vient ?

—De ma tente, sous ma banquette. Pourtant, ça n'avait aucune raison de s'y trouver ; et je ne me rappelle pas l'avoir remarqué hier soir en partant. C'est curieux, non ?

—Qu'est-ce qui est curieux ?

—Lavinia n'avait rien à faire là. Tu es au courant de quoi que ce soit ?

—Pourquoi le serais-je ? C'est ta tente.

— Elle est ta servante, répliqua Vespasien en levant les yeux, une expression étrange sur le visage — assez pour éveiller des craintes chez sa femme.

— Il y a un problème ?

— Ce n'est probablement rien. Mais je vais avoir une conversation avec cette fille. Je dois en avoir le cœur net.

CHAPITRE 26

— E t sauf erreur de ma peur, sous ce casque beaucoup trop grand se cache le jeune Cato.

Narcisse sourit en tendant les mains. Avec une réticence instinctive, Cato réagit comme on l'attendait de lui et Narcisse le tint fermement tandis qu'il le regardait dans les yeux d'un air inquisiteur.

— Qu'est-ce que tu fais habillé en soldat ? J'avoue que ça me dépasse.

— Je *suis* un soldat, citoyen, répondit Cato d'un ton plutôt cérémonieux. Comme tu t'en souviens peut-être, ma liberté était à ce prix.

— Oui, je crois me rappeler vaguement ce détail, dit Narcisse avec désinvolture, comme s'il cherchait à se remémorer une délicatesse qu'il avait mangée un jour. Alors, que penses-tu de l'armée ? Un garçon de ton âge doit apprécier tout particulièrement la vie au grand air.

— Je ne me plains pas, répondit Cato avec amertume, outré de se voir traiter de « garçon » devant son centurion. Bien sûr, c'est physiquement plus exigeant que la vie de palais.

Narcisse se fendit d'un léger sourire.

— Je ne peux que te donner raison sur ce point — pour ma part, je n'ai pas fait d'exercice depuis des années. Et la politique monopolise tout mon temps en ce moment. Mais peu importe. Je suis content de te revoir, mon garçon. J'espère qu'il te donne satisfaction, centurion ? ajouta-t-il en s'adressant à Macro.

— Oui, citoyen. Il a l'étoffe d'un optio. Le palais peut être fier de produire de si bons soldats.

— Rafraîchis-moi la mémoire : quel est exactement le rôle d'un optio ?

— Eh bien… Mais c'est mon commandant en second, citoyen, répondit Macro, choqué par l'ignorance du civil. Et il fait très bien son travail.

— Je constate avec plaisir que même l'armée est capable d'apprécier à sa juste valeur une tête bien faite.

Sa remarque produisit l'effet escompté sur Macro qui s'empourpra sous l'effet de la colère.

— Simple plaisanterie de ma part, centurion. Bien innocente, je t'assure.

Narcisse le prit par le bras et l'entraîna à l'intérieur du relais. La cinquantaine bien tassée, le secrétaire impérial avait des pattes-d'oie autour des yeux qui témoignaient d'une vie placée sous le signe du sourire. Il se tenait droit et la mobilité de son expression reflétait la rapidité de sa pensée. Pourtant, cet humour sec et caustique trahissait un esprit passé maître dans l'art de rabaisser les autres. Macro serra les lèvres ; tant que cet homme serait sous sa protection, il devrait endurer ses piques et ses affronts. Narcisse, conclut-il, était représentatif de ces gens qui se comportaient avec ceux qui leur étaient socialement supérieurs en leur faisant bien sentir leur prétendue supériorité intellectuelle ; à l'inverse, comme le prouvait son attitude à l'égard de Cato, il avait tendance à traiter ses égaux sur le plan intellectuel comme des individus socialement inférieurs. Avec les types dans son genre, tout le monde était perdant. Autant l'ignorer.

—Quels sont tes ordres, centurion ? demanda Narcisse dès qu'ils se retrouvèrent seuls. Tes instructions exactes.

—T'escorter auprès du général Plautius ; puis rejoindre la légion dans un lieu qui reste à déterminer – et après, attendre. C'est tout, citoyen. Et aussi : te fournir toute l'assistance dont tu pourrais avoir besoin.

—En d'autres termes, tu dois obéir à mes ordres.

—Oui, reconnut Macro à contrecœur. En gros, c'est ça.

—Bien. (Narcisse hocha la tête.) Sur ce point au moins, je constate avec satisfaction que Vespasien a su s'acquitter de sa mission.

Macro se raidit devant cette attaque injustifiée contre son commandant – surtout dans la bouche d'un affranchi – qui constituait un manquement aux plus élémentaires des convenances.

—Centurion, nous devons nous mettre en route immédiatement, ordonna Narcisse, qui planta son doigt dans la poitrine de Macro, comme pour souligner l'urgence de la situation. Il est absolument crucial que je rejoigne Gesoriacum le plus tôt possible. En fait, le succès de la campagne de Bretagne en dépend – et peut-être bien plus. Est-ce clair ?

—Je n'en suis pas sûr. Qu'est-ce que tu cherches à me faire comprendre, citoyen ? Pourquoi une telle précipitation ?

—Cette information est strictement confidentielle.

—Mais toute une centurie pour escorter un seul homme ?

— Certains adversaires politiques de l'empereur préféreraient que je n'arrive pas à Gesoriacum – tu n'as pas à en savoir plus.

— Bien, citoyen.

— Parfait, reprit Narcisse d'un ton enjoué. Alors, en route. Je voyage léger : ma litière et un garde du corps. Mais plusieurs de mes porteurs sont tombés malades ; j'aurai besoin de tes hommes pour les remplacer. Deux coffres attendent devant les écuries. Je te laisse donner les ordres nécessaires et je retrouve ta colonne dans un instant.

Avec un grincement de dents presque audible, Macro sortit du relais.

— Affecte cinq hommes à l'affranchi, dit-il à Cato. Il lui faut des porteurs.

— Des porteurs, centurion ?

— Tu es sourd ? Fais ce que je te dis. Qu'ils mettent leur paquetage dans le chariot.

— Bien, centurion.

— Apparemment, il est pressé d'arriver. Alors, plus question de traverser tranquillement la Gaule. À ce compte-là, on aurait aussi bien pu rester avec la légion, grommela Macro.

La litière de Narcisse se révéla un moyen de voyager léger, elle était munie de rideaux et soutenue par huit énormes Nubiens qui se déplaçaient avec une force et une souplesse nées de l'expérience de toute une vie. Elle prit position au milieu de la centurie avec, dans son sillage, les deux coffres portés par cinq légionnaires pas vraiment ravis de remplacer des esclaves. Ces derniers, en revanche, semblaient savourer le fait qu'on rabaisse les légionnaires à leur niveau. À côté de la litière se tenait le garde du corps : un grand gaillard musclé en cuirasse noire étincelante et armé d'un glaive.

La queue-de-cheval, le visage balafré et le bandeau sur l'œil trahissaient une longue carrière dans l'arène. Soudain, une main émergea de derrière le rideau de cuir et claqua des doigts pour attirer son attention.

— Toi! Polythemus! Attache-moi ça sur les côtés, que je puisse profiter du spectacle de ces terres barbares pendant notre voyage. Bien. Centurion! lança Narcisse. On peut y aller!

De mauvaise grâce, Macro donna l'ordre à la centurie de se mettre en marche. Ils entrèrent dans Durocortorum qu'ils traversèrent en ligne droite jusqu'à la sortie et la route de Gesoriacum. Arrivé en haut d'une côte, Cato se retourna et aperçut l'avant-garde de la légion surgir de la forêt pour se diriger vers la ville qu'ils venaient de quitter. Il éprouva une certaine inquiétude en pensant à Lavinia, puis ses souvenirs de la nuit précédente se bousculèrent dans son esprit et il se détourna, rempli d'effroi.

Chapitre 27

À midi, le convoi et l'arrière-garde de la deuxième légion avaient traversé Durocortorum ; Vespasien donna l'ordre d'une courte période de repos. Des enfants du coin de la ville les avaient retardés. Armés de lance-pierres, ils avaient eu l'idée saugrenue de prendre pour cibles les bœufs des chariots de l'artillerie. Un tir particulièrement vicieux avait atteint une des bêtes les plus imposantes entre ses membres postérieurs. Beuglant sa rage et sa douleur, l'animal s'était retourné vers les garnements coupables de cette indignité ; puis il s'était précipité vers eux, renversant une baliste au passage. Pendant qu'on le calmait et qu'on dégageait la chaussée, toute la colonne s'était retrouvée immobilisée. Une fois le chariot et son chargement évacués dans une rue latérale, un détachement d'ingénieurs s'était attelé aux réparations nécessaires, tandis qu'on se remettait en marche.

Vespasien, venu s'informer des raisons du retard, avait pesté contre la pénurie de bêtes de trait qui les forçait à utiliser des mâles capricieux. L'animal, réconforté par un muletier, avait rejoint le petit troupeau des éclopés qui finiraient dans les gamelles des soldats. Le garnement, lui, avait eu droit à une raclée qu'il n'oublierait pas de sitôt. Une maigre consolation pour Vespasien que ce retard faisait enrager. Son humeur ne s'était pas améliorée quand la légion s'arrêta à midi. Une fois à table, il donna l'ordre qu'on lui amène la nouvelle servante de sa femme.

Il mangeait un morceau de poulet froid plutôt coriace accompagné d'une piquette locale – quand ces Gaulois apprendraient-ils à faire du vin ? – quand Lavinia se présenta devant lui. La bouche pleine, il lui fit signe de rester debout, la toisant tandis que ses mâchoires s'acharnaient sur la volaille. Un beau brin de fille, se dit-il, maintenant qu'il avait l'occasion de bien la regarder. Quel gâchis d'en faire une servante ; à Rome, il pourrait en obtenir une coquette somme comme courtisane.

Après une rapide gorgée de vin pour se rincer le palais, il fut prêt à commencer. Sortant le ruban de sa tunique, il le posa sur la table et constata avec satisfaction qu'elle l'avait immédiatement reconnu.

— Ça t'appartient ?

— Oui, maître. Je pensais l'avoir perdu.

— Presque. Il a glissé derrière un coussin d'une banquette.

Lavinia tendit la main vers la bande de tissu, mais comme Vespasien ne semblait pas vouloir la lâcher, elle laissa retomber son bras.

— J'aimerais comprendre, reprit Vespasien en souriant. Qu'est-ce que ce ruban faisait là ?

— Maître ?

— Autrement dit : que faisais-tu dans ma tente la nuit dernière ?

— La nuit dernière ? demanda Lavinia avec une innocence confondante.

— Oui. Ce ruban n'y était pas quand je suis allé me coucher. Alors, explique-moi, Lavinia, je n'ai pas de temps à perdre : que faisais-tu là-bas ?

— Rien, maître ! Je le jure, ajouta-t-elle avec un regard implorant. J'étais juste venue m'allonger un moment. J'étais fatiguée. Je cherchais un endroit confortable pour me reposer. Le ruban a dû se dénouer à ce moment-là.

Vespasien l'observa attentivement avant de poursuivre :

— Tu as simplement voulu profiter de ma banquette pour te reposer ? Rien de plus ?

Lavinia hocha la tête.

— Et tu n'as rien pris dans la tente ?

— Non, maître.

— Pendant que tu étais là, as-tu vu quelque chose ou quelqu'un ?

— Non, maître.

— D'accord. Tiens.

Il poussa le ruban vers elle et se laissa aller en arrière sur sa chaise, songeur. Peut-être disait-elle la vérité. Mais il se pouvait aussi qu'un peu de persuasion physique l'amène à modifier sa version des faits. Toutefois, Vespasien écarta presque immédiatement l'idée d'employer la torture. Bien qu'il ne doutât pas de son efficacité pour délier les langues, trop de victimes avaient tendance à offrir à leurs bourreaux ce qu'ils voulaient entendre. Pas vraiment le meilleur moyen de découvrir ce qui s'était réellement passé. Un changement de tactique s'imposait.

— Tu n'es entrée au service de ma femme que récemment, je crois ?

— Oui, maître.

— À qui appartenais-tu avant ?

—Au tribun Pline, maître.

—Pline ! s'exclama Vespasien en haussant les sourcils. Intéressant. Qu'est-ce qu'une ancienne esclave de Pline venait faire chez lui ? Était-elle une espionne chargée d'accéder à son coffre ? Pourtant, cette fille ne semblait pas dotée de la malice qu'exigeait ce genre de mission. Une façade, alors ? Impossible à dire à ce stade.

—Pourquoi Pline t'a-t-il vendue ?

—Il s'est lassé de moi, maître.

—Ne m'en veux pas, mais j'ai du mal à le croire.

—C'est la vérité, maître, protesta Lavinia.

—Tu me caches quelque chose. Parle, et ne me mens pas !

—Ce n'est pas tout, maître, reconnut Lavinia en inclinant la tête, comme Flavie le lui avait appris. Le tribun voulait que je… il voulait me faire faire des choses.

Ça, je le crois aisément, pensa Vespasien.

—Mais il attendait aussi que j'aie des sentiments pour lui. Je n'ai pas pu. Et quand il a découvert que j'en aimais un autre, il s'est mis en colère et m'a frappée.

Vespasien manifesta sa sympathie en exprimant sa désapprobation.

—Et cette autre personne, l'homme que tu aimes, de qui s'agit-il ?

—Je t'en prie, maître. (Lavinia leva vers lui des yeux brillants.) Ne m'oblige pas à te le dire.

—Il le faudra bien, Lavinia. (Vespasien se pencha vers elle et lui tapota le bras pour la rassurer.) Je dois connaître son identité. C'est très important pour moi. Et je peux te forcer à me révéler son nom.

—Vitellius! lâcha-t-elle, avant de fondre en larmes, se prenant le visage entre les mains.

Vitellius. Elle était amoureuse de Vitellius. Assez pour lui obéir aveuglément ? Une autre pensée traversa l'esprit de Vespasien.

—As-tu revu Vitellius depuis que tu es entrée au service de ma femme ?

—Maître ?

—Tu m'as bien entendu. Est-ce que vous continuez à vous voir ?

Elle acquiesça.

—Est-ce lui que tu as retrouvé la nuit dernière ? dans ma tente ?

Lavinia leva les yeux vers lui, l'air effrayée, et secoua la tête.

—Mais tu en avais l'intention. N'est-ce pas ?

—Il n'est pas venu, maître. J'ai attendu dans le noir, mais au bout d'un moment, je suis allée me coucher. Et je n'ai remarqué la perte du ruban que ce matin.

—D'accord. Vitellius t'a-t-il déjà demandé des renseignements me concernant ? Ou quoi que ce soit à propos de ma maison ?

—Nous avons discuté, répondit prudemment Lavinia. Mais je ne me souviens pas exactement de ce que nous avons dit à propos de dame Flavie et de toi, maître.

—Et il n'a jamais exigé que tu voles ou empruntes quelque chose dans ma tente ?

—Non, maître. Jamais.

Vespasien la dévisagea longuement, tentant de déterminer si elle disait vrai. Lavinia soutint son regard, jusqu'à ce qu'elle se sente obligée de baisser les yeux. Assurément, son histoire sonnait juste. Mais si elle aimait toujours Vitellius, le tribun avait très bien pu la persuader de voler pour lui, ou de lui ouvrir la tente du légat pour s'emparer du rouleau après qu'elle eut renoncé à l'attendre et fut partie se coucher.

— Tu peux te retirer, Lavinia, dit Vespasien avec un geste de la main. Mais n'oublie pas : à l'avenir, si Vitellius te demande une information me concernant, quelle qu'elle soit, ou te propose un nouveau rendez-vous, je veux être mis au courant. Et je te mets en garde : à partir de maintenant, si tu me caches la vérité, tu en souffriras – physiquement – les conséquences. Me suis-je bien fait comprendre ?

— Oui, maître.

— Bien. Laisse-moi, à présent.

— Alors, comment ça s'est passé ? s'enquit Flavie auprès de Lavinia, tandis qu'elles attendaient qu'on dresse les tentes.

— Je pense qu'il m'a crue, maîtresse. Mais pourquoi ai-je dû lui dire que j'avais rendez-vous avec Vitellius ?

— Tu aurais préféré compromettre Cato ?

— Non, maîtresse. Bien sûr que non.

— Eh bien, voilà. Pour épargner des ennuis à Cato, il faut jeter quelqu'un d'autre en pâture à mon mari. Et Vitellius fera l'affaire – il a même le profil idéal, je dirais.

Lavinia lança à sa maîtresse un regard surpris. Le soulagement d'avoir tiré d'affaire le jeune optio n'expliquait pas seul l'expression satisfaite du visage de Flavie qui observait d'un air distrait les légionnaires en train de s'activer. Lavinia ne put s'empêcher de s'interroger : elle et Cato n'étaient-ils que des pions dans un jeu qui les dépassait ? Soudain, Flavie reporta son attention sur l'esclave.

— N'oublie pas, Lavinia : si tu t'en tiens à notre histoire, on ne court aucun risque. Tu comprends ? Mais ne me demande pas plus d'explications. Moins tu en sauras, plus honnête tu apparaîtras. Fais-moi confiance.

— Oui, maîtresse.

CHAPITRE 28

La sixième centurie traversait la campagne gauloise à la végétation luxuriante où perçaient les premières manifestations du printemps. Les légionnaires plaisantaient et bavardaient gaiement, reprenant parfois en chœur une chanson paillarde pour faire passer le temps. Cet état d'esprit persista malgré l'allure imposée par Macro, désireux d'arriver à destination le plus tôt possible et d'être enfin débarrassé du secrétaire impérial. Sinon, il se sentait capable de commettre l'irréparable. En effet, Narcisse ne lui avait épargné aucune pique, que ce soit sur l'armée en général, sur ses soldats ou sur Macro en particulier. Le centurion lui aurait volontiers flanqué son poing dans la figure, histoire de lui apprendre les bonnes manières. « À Rome il faut vivre comme les Romains », disait le proverbe. Certes. Mais dans l'armée, tu la fermes et tu fais preuve d'un peu de respect !

Cette pensée, qu'il ne pourrait jamais exprimer à voix haute face à un ami et proche conseiller de l'empereur, le fit néanmoins sourire. Il avait donc accepté de mauvaise grâce sarcasmes et critiques en s'efforçant de faire bonne figure – le sort de quiconque doit faire face à un arriviste qui manque de confiance en soi. Cato s'en tirait un peu mieux, venant du même milieu que leur persécuteur, ce qui leur fournissait au moins une base de discussion.

Narcisse lui avait toutefois bien fait sentir que, dorénavant, un gouffre social les séparait – malgré leur passé commun. Heureusement, à part pendant les haltes et à la fin de la journée, quand la centurie dressait le camp pour la nuit, les occasions d'engager la conversation étaient rares. Dans l'intervalle, Macro et Cato marchaient en tête de la colonne. Un officier plus ambitieux – et plus doué pour les ronds de jambes – aurait cultivé cette proximité avec le secrétaire impérial. Dès le deuxième jour de trajet, Macro insista pour procéder à une inspection complète de ses hommes à chaque pause, une manifestation de zèle qui sembla les surprendre. Secouant la tête en silence, ils observaient leur centurion tirer sur une sangle ou vérifier la position d'un glaive.

Au troisième soir, Macro fit ses calculs. Séparée de la légion, la sixième centurie avançait plus vite ; ils atteindraient la côte le lendemain en fin d'après-midi. S'ils partaient peu avant l'aube, un sérieux coup de collier leur permettrait probablement de rejoindre le gros des troupes à la nuit tombante.

— Très bien, centurion, dit Narcisse en hochant la tête d'un air approbateur. Dans l'obscurité, notre arrivée sera moins susceptible d'attirer l'attention. Étant donné les circonstances, c'est préférable.

Cato et Macro échangèrent un regard. Les « circonstances » dont parlait Narcisse restaient un mystère pour eux. Au cours des trois derniers jours, il n'avait pas jugé utile de les éclairer. Et Macro, en soldat discipliné, exécutait les ordres sans poser de questions. Par ailleurs, il n'en était pas moins homme et refusait de donner à un affranchi la satisfaction d'opposer une fin de non-recevoir à une demande d'information directe. Une approche plus subtile s'imposait, songea Macro.

— Encore un peu de vin, citoyen ? proposa-t-il, tendant le pichet avec un sourire forcé.

Cette fois, ce furent Cato et Narcisse qui échangèrent un regard, surpris par la transparence des intentions de l'officier. Narcisse rit.

— Oui, merci, centurion. Mais je crains que tu n'aies pas assez de vin pour me délier la langue. Tu vas devoir patienter encore un peu.

Même le rougeoiement des flammes ne parvint pas à masquer l'embarras de Macro. L'air nocturne était encore frais, assez pour que les hommes apprécient grandement le feu et le repas chaud qui les attendait en fin de journée, avant de se coucher. Les rations que Piso avait réussi à se procurer provenaient des réserves de l'état-major, Vespasien tenant à impressionner leur hôte de marque – ce soir-là, ragoût de chevreuil printanier. Le garde du corps de Narcisse avait même sorti la vaisselle en argent d'un des coffres du secrétaire impérial. Après sa deuxième portion, Macro s'essuya la bouche du dos de sa main poilue. Surprenant le regard désapprobateur des deux autres, il haussa les épaules, vidant sa coupe avant de se resservir du vin.

— Un homme qui aime la bonne chère, commenta Narcisse avec un sourire narquois. Ça fait plaisir à voir, même s'agissant de bas morceaux qui forment l'ordinaire de simples soldats. À partager ainsi avec vous les rigueurs et les privations de cette marche à travers les étendues de la Gaule sauvage, je me sens presque comme l'un des vôtres.

— « Sauvage », la Gaule ? releva Macro en haussant les sourcils. Que veux-tu dire ?

— En passant à Durocortorum, l'absence de théâtre ne t'aura pas échappé, je suppose ? Et sur notre route, combien avons-nous croisés de grands domaines paysagés ? Pour ma part, je n'ai aperçu que des fermes misérables et quelques auberges miteuses. Voilà ce que j'entends par « sauvage », centurion.

— Je ne vois pas ce que tu reproches à ces auberges, répliqua Macro d'un ton bourru.

— Le breuvage infect qu'on y sert, pour commencer. Et qu'ils osent appeler du vin. Je n'utiliserais pas cette piquette même pour assaisonner ma salade.

— C'est pourtant ce que tu es en train de boire, fit remarquer Macro.

— Faute de mieux. Et tu m'as un peu forcé la main. Peut-être te révélerais-je tout ce que tu veux savoir afin d'épargner de nouvelles indignités à mon pauvre estomac.

— Fais donc ça, citoyen, intervint Cato. Cesse de t'infliger pareille épreuve et parle-nous des raisons de ta venue à Gesoriacum. Ce n'est certainement pas pour superviser l'invasion – tous les plans doivent être dressés depuis des mois. Quelque chose ne se passe pas comme prévu ?

Narcisse le regarda d'un air pensif.

— Oui. Je ne peux pas en dire beaucoup plus, mais l'enjeu est considérable. J'ai des informations vitales à communiquer au général Plautius. S'il m'arrive quoi que ce soit avant Gesoriacum, l'invasion n'aura probablement pas lieu. Et sans cette conquête de la Bretagne, nous n'aurons peut-être bientôt plus d'empereur.

Devant l'incrédulité suscitée par ses paroles, Narcisse se pencha vers eux, le visage à moitié dans l'obscurité.

302

— L'Empire est en grand danger, plus qu'il ne l'a jamais été. Ces idiots du Sénat se croient capables de le diriger. Une fraction d'entre eux du moins, qui n'auront de cesse qu'ils n'aient réussi à saper l'autorité de l'empereur — voilà pourquoi je dois me rendre à Gesoriacum. Au risque de vous surprendre, certains présentent Claude comme un benêt cruel, ajouta-t-il avec un sourire triste. C'est peut-être la vérité, d'ailleurs. Mais il est notre seul empereur, et la dynastie des Julio-Claudiens pourrait bien s'éteindre avec lui.

— Tout le monde ne pense pas que ce serait une grosse perte, observa Cato.

— Et après? demanda Narcisse d'un ton aigre. Un retour à la République? Quel bienfait peut-on en espérer? Revoir les anciennes factions s'affronter, d'abord avec des mots au Sénat, puis dans la rue, les armes à la main? Jusqu'à plonger le monde civilisé dans une guerre civile? À lire les pieuses âneries des historiens républicains, on croirait que les jours de Sylla, Jules César, Marc Antoine et les hommes de leur espèce ont marqué une sorte d'âge d'or. Eh bien, laisse-moi te dire une bonne chose: ces « héros » ont fait l'Histoire en piétinant les corps de trois générations de citoyens romains. Les empereurs sont nécessaires à la stabilité de l'État dont nous avons besoin, nous Romains.

— Nous Romains?

— D'accord, lui concéda Narcisse. Nous les affranchis, et les Romains. Je reconnais que mon sort est lié à celui de l'empereur. Sans sa protection, un sénateur quelconque finira par exciter la colère de la populace qui me taillera en pièces au bout de quelques jours. Ma disparition ne marquera que le début. Même vous, pourtant loin de Rome, aurez à souffrir des conséquences.

— Je ne suis qu'un soldat, répondit Macro. Peu m'importe qui est au pouvoir. Il faudra toujours une armée et c'est tout ce qui compte.

— Peut-être. Mais quel genre d'armée ? Si Claude tombe, tu auras tout de même une guerre à mener – mais tu devras te battre contre des Romains. Des hommes que tu considères encore comme des amis. D'autres légionnaires. Réfléchis à ça. Et ensuite, sois reconnaissant à l'empereur.

Cato regarda son centurion ; ses yeux brillaient à la lueur des flammes. L'optio eut un sourire hésitant, alors qu'il reportait son attention sur Narcisse.

— Tu nous mets à l'épreuve, n'est-ce pas ? Pour observer notre réaction ?

— Bien sûr, admit volontiers Narcisse. Un homme a besoin de connaître les positions de ceux qui l'entourent sur les questions essentielles.

— Heureusement qu'on a préféré la fermer, répliqua Macro en riant.

— Le silence peut se révéler aussi compromettant que la parole, centurion. Mais je doute que toi ou ton optio constituiez une réelle menace pour l'empereur. Vous pouvez donc dormir tranquilles... pour l'instant.

Macro jeta un coup d'œil nerveux à Cato, comme s'il attendait la confirmation que le secrétaire impérial plaisantait. Mais le regard figé du jeune homme lui fit passer l'envie de rire.

— Mais assez parlé, conclut Narcisse en vidant sa coupe en argent et en la posant devant le pichet. Un dernier coup et il sera temps d'aller dormir. Vous savez, on se sent réellement plus léger loin des intrigues de Rome. Je pourrais m'habituer à cette vie. Portons un toast.

Macro remplit à moitié la coupe qu'il lui tendait – puis la sienne à ras bord.

—À la belle vie ! lança Narcisse. Et à l'armée, qui…

Une flèche surgit des ténèbres en sifflant. Le secrétaire impérial poussa un cri, la coupe qu'il levait s'envolant dans la nuit pour retomber avec fracas contre un rocher. Narcisse tint sa main contre sa poitrine, le visage tordu de douleur.

—Qu'est-ce que… ? commença Cato.

—Aux armes ! AUX ARMES ! hurla Macro, jetant sa propre coupe sur le sol.

D'un bond, il fut sur ses jambes et courut récupérer son bouclier et son glaive posés contre la litière. Dans le camp, une poignée d'hommes seulement s'étaient levés quand une pluie de flèches s'abattit sur eux. Plusieurs visaient Narcisse ; heureusement, toutes manquèrent leur cible. Les empennages semblèrent se mettre à pousser comme des champignons autour du feu. L'un des projectiles rendit un son mat en heurtant une bûche rougeoyante, envoyant une gerbe de flammèches tourbillonner dans l'obscurité. Passé le choc initial, l'instinct de survie du secrétaire impérial parut prendre le dessus ; il roula hors de la lumière des flammes, en direction du chariot de la centurie où il se réfugia à plat ventre entre les roues.

Alors que Cato attrapait son bouclier et dégainait son glaive, une flèche atteignit un légionnaire qui enfilait sa cotte de mailles par-dessus sa tête. Avec un grognement, il bascula en avant, cherchant désespérément à saisir la hampe enfoncée sous son omoplate.

Son bouclier serré contre lui, Cato se précipita vers son camarade blessé qui commençait à cracher du sang.

— Laisse-le! cria Macro en lui désignant les autres soldats. Fais-leur prendre position autour du chariot!

Dans la lueur rouge vacillante des feux, Macro traversa la centurie au pas de course, n'hésitant pas à distribuer des coups de pied aux moins réveillés. Certains ne semblèrent prendre conscience de l'urgence de la situation qu'après qu'on leur eut collé un bouclier et un glaive dans les mains. Deux autres soldats avaient été touchés, avant que Cato eût formé un périmètre autour du chariot sous lequel était réfugié le secrétaire impérial tétanisé. Les légionnaires s'agenouillèrent derrière leurs boucliers, comme on le leur avait appris face à un tir de projectiles. Sauf qu'ils ne portaient aucune armure, juste leurs tuniques en laine qui n'arrêteraient rien. La plupart d'entre eux n'avaient pas eu le temps de coiffer leurs casques et baissaient la tête sous les flèches qui continuaient de siffler hors des ténèbres, frappant les boucliers dans un vacarme infernal. À leur trajectoire, presque horizontale, Cato estima que les archers se trouvaient à proximité; il se contracta en prévision de l'assaut à venir. Il compta une vingtaine d'hommes autour de lui, peu à peu rejoints par ceux qu'envoyait Macro.

Soudain, la pluie de flèches cessa; un instant plus tard, un cri de guerre farouche monta de l'obscurité qui les entourait. Des silhouettes sombres surgirent de la nuit et, à mi-distance, on entendit le martèlement sourd de nombreux sabots.

— Cavalerie à l'approche! lança Cato. Tenez-vous prêts! Serrez les rangs autour de moi!

Sa petite troupe se resserra autour du chariot au moment où une vingtaine de gaillards à la carrure impressionnante se détachaient dans le rougeoiement sanglant des feux, leurs visages barbus grimaçants. Vêtus d'épaisses capes noires et de casques pointus, ils brandissaient des épées à lame courbe qui ressemblaient à des fendoirs. Ils se lancèrent à l'attaque avec une férocité que peu de Romains avaient vue auparavant. Les trois premiers s'écrasèrent contre le mur des légionnaires et culbutèrent sur le sol dans un enchevêtrement de capes, de boucliers et de membres qui battaient l'air. Les Romains en vinrent rapidement à bout. Le reste arriva d'un seul bloc et un combat désespéré commença à la lumière rouge et orange des flammes.

Le mur romain se désagrégea immédiatement. Cato, désormais livré à lui-même, se retrouva face à un adversaire grand et fort, solidement charpenté, au visage tordu en une expression rageuse. Prenant instantanément la mesure du jeune optio, l'étranger hurla et avança sur lui en feintant. Cato tressaillit, mais garda sa position, le glaive prêt à son côté. Renonçant à lui faire peur, l'autre éclata de rire et fit décrire à son épée un arc de cercle en visant la tête. Le bouclier levé détourna la lame vers le sol où elle déterra une longue motte de gazon. L'impact du coup envoya une onde de douleur le long du bras de Cato, du bout des doigts à l'épaule. Il cria. L'optio mit ensuite un genou à terre en se tournant d'un côté pour éviter d'être écrasé par son ennemi. Puis il enfonça violemment son glaive dans le flanc de l'homme entraîné par son élan. Celui-ci tomba en avant avec un gémissement sourd, arrachant l'arme de la main de Cato. Prenant appui avec son pied sur le dos musclé, le jeune Romain tenta de dégager sa lame, grimaçant sous l'effort tandis que le guerrier agonisait avec un grognement de souffrance. Mais c'était peine perdue, la lame était coincée entre les côtes et refusait de sortir. Jetant un coup d'œil autour de lui, Cato s'aperçut que la plupart des assaillants étaient à terre, ainsi qu'un certain nombre de ses camarades.

Près de lui, il remarqua un légionnaire qui, ayant égaré son bouclier, n'avait plus que son bras pour se protéger de l'épée qui allait s'abattre sur sa tête. Avec un hurlement à la limite du ridicule, Cato se lança, bouclier en avant, dans le dos de l'attaquant et tous deux roulèrent dans l'herbe. Le temps qu'il se relève, le légionnaire qu'il venait de sauver avait enfoncé sa dague dans la gorge de l'autre homme.

Puis l'ennemi disparut, aussi soudainement qu'il était apparu, laissant les Romains survivants encore sonnés par la rapidité de l'opération.

— Qu'est-ce que vous foutez? cria Macro, qui courait vers le chariot avec le reste de la centurie. Vous avez entendu l'optio! Resserrez les rangs pour affronter la cavalerie!

Cato avait complètement oublié les chevaux. Mais ils étaient proches à présent, et les légionnaires se regroupèrent à la hâte, formant un mur de boucliers autour du chariot, avec leurs glaives et leurs javelots prêts.

Aussi soudaine que la première, la deuxième attaque surgit hors de la nuit; une ligne de cavaliers équipés de la même façon, certains ayant toujours leur arc, d'autres avec de longues lances dépassant de sous leurs bras, tous poussant des cris de guerre terrifiants. Macro jeta un rapide coup d'œil à Cato pour s'assurer que son optio était indemne.

— Ramasse une épée, espèce d'idiot!

Cato s'aperçut qu'il n'était pas armé; il se dépêcha de récupérer l'arme la plus proche — l'un des fendoirs courbes des attaquants. Pour une main habituée au poids et à l'équilibre d'un glaive de légionnaire, la sensation de lourdeur était assez curieuse, mais avait quelque chose de réconfortant.

— Tenez vos positions, les gars! lança Macro. Tenez vos positions, si vous ne voulez pas y rester.

Les cavaliers attendirent d'être presque sur eux pour s'arrêter. Parmi eux, les archers se préparèrent à profiter de la moindre occasion de cribler de flèches tout Romain assez stupide pour se mettre à découvert; les autres lancèrent leurs montures sur le mur de boucliers. Repoussés contre le chariot, les légionnaires s'efforcèrent d'éviter les coups de lame des longues lances. L'instinct de conservation des Romains prit le dessus. Intimidés par la masse des chevaux et craignant les tirs des archers, ils restèrent accroupis. Quelques rares intrépides saisirent toutes les occasions qui se présentaient d'enfoncer leur glaive dans le corps de n'importe quel homme ou animal assez imprudent pour s'approcher à portée de lame. Certaines de ces tentatives furent ponctuées par un cri ou un hennissement de douleur. Mais le temps ne jouait pas en faveur des Romains; autour du chariot, quatre hommes gisaient déjà sur le sol rendu glissant par le sang.

Pour Macro, s'ils se contentaient de rester sur la défensive, l'issue des combats ne faisait aucun doute. L'effectif de sa centurie se réduisait peu à peu, et un assaut final aurait raison des survivants. Alors qu'il se faisait cette réflexion, le destin intervint de manière étonnante. Deux des cavaliers avaient repéré le secrétaire impérial caché sous le chariot. Ils précipitèrent leurs chevaux à travers les Romains, se penchant au bas de leur selle et cherchant à donner des coups de lance sous le véhicule. Narcisse roula sur lui-même en criant pour éviter la pointe de leurs armes. Avec un rugissement de fureur, Macro se leva d'un bond pour défendre le secrétaire impérial. Attrapant un des agresseurs par le bras, il le désarçonna. Un coup de glaive dans les yeux lui régla son compte ; le centurion s'empara alors de sa lance pour l'enfoncer au creux des reins de son compère.

Cato réagit à son tour, distribuant des coups de pied aux légionnaires autour de lui.

— Debout et à l'attaque ! Allez, debout ! Chargez !

À présent, tous les Romains se précipitaient sur l'ennemi, se faisant l'écho de l'ordre de Cato. Stupéfaits, les attaquants restèrent figés un instant, une erreur qui devait s'avérer fatale, puisqu'il n'en fallut pas plus à l'infanterie romaine pour se glisser parmi eux, les jeter à bas de leurs selles et les tuer alors qu'ils gisaient à terre, incapables de se défendre. L'escarmouche sanglante fut vite terminée, et seule une poignée de guerriers parvint à s'échapper dans la nuit.

Cato s'appuya sur son bouclier, le sang battant dans ses veines alors qu'il respirait bruyamment. Autour de lui, les feux de camp de la centurie étaient jonchés de cadavres. Les légionnaires firent rapidement le tour des formes à plat ventre pour achever les ennemis blessés.

— Arrêtez ! cria Narcisse alors qu'il émergeait tant bien que mal de son abri, sous le chariot. Ne les tuez pas !

Le ton strident de sa voix poussa les hommes à s'interrompre dans leur triste besogne. Le glaive levé, ils attendirent que Macro annule cet ordre ridicule.

— Qu'est-ce que tu racontes ? s'emporta Macro, stupéfait. Ces types n'auraient pas hésité à t'étriper. Et nous aussi, par la même occasion !

— Centurion, pour découvrir qui est derrière cette attaque, nous avons besoin de prisonniers à interroger !

Macro pouvait comprendre la logique de Narcisse. Il essuya son glaive sur la cape de l'un des attaquants, avant de le glisser dans son fourreau.

— Écoutez-moi tous ! Si l'un de vous trouve un de ces fumiers qui respire encore, qu'il me l'amène. Chefs de section ! Comptez vos hommes et faites votre rapport à l'optio !

Plus tard, les Romains blessés se virent administrer une forme rudimentaire de premiers secours par leurs camarades. Pendant qu'ils gémissaient ou criaient, Macro fixa un regard furieux sur les trois guerriers assis à ses pieds et enfermés dans un silence maussade. Cato surgit de la nuit.

— Quel est le bilan ?

— Huit morts et seize blessés, centurion.

— D'accord. Récupère les sceaux des morts et désigne des hommes pour les enterrer.

— Et mes porteurs ? mon garde du corps ? s'enquit Narcisse, soignant sa main blessée.

— Un mort, un disparu et le garde du corps est toujours inconscient – il aurait pris un coup de sabot.

— À nous, bande de salopards, gronda Macro en frappant du pied le bras cassé du plus proche. (Celui-ci émit un cri strident.) Huit de mes gars sont morts. Et le même sort vous attend, tous autant que vous êtes. Ne vous faites aucune illusion. Mais ça peut être rapide, ou lent et douloureux. Tout dépend de la façon dont vous répondrez à cet homme, ajouta-t-il en désignant Narcisse, avant de s'écarter pour lui céder la place.

Le secrétaire impérial les regarda attentivement, mains sur les hanches, mais resta prudemment hors de portée.

— Qui vous a donné l'ordre de me tuer ?

— Te tuer ? s'étonna Cato. J'ai cru que c'étaient des bandits.

— Des bandits ! s'exclama Macro avec un rire amer. Depuis quand de vulgaires bandits s'attaquent à toute une centurie ? Ne dis pas de bêtises. Et puis, tu les as vus ? Leurs vêtements et leur armement. Ces gars-là appartiennent à quelque chose de bien plus organisé.

— Des soldats, alors ? Un détachement ?

— Peut-être.

Narcisse leva la main pour obtenir le silence et reposa sa question :

— Qui vous a donné l'ordre de me tuer ?

Aucun des trois prisonniers ne daigna lui accorder son attention, malgré son insistance.

— Centurion ?

Macro s'approcha et assena un nouveau coup de pied, à la tête cette fois. L'homme tomba sur le dos avec un cri perçant.

— Eh bien, j'écoute ?

Celui qui avait échappé aux coups jusque-là leva vers lui un regard mauvais sous des sourcils broussailleux et dit quelque chose dans une langue que Cato n'avait jamais entendue. Il ponctua sa réponse en crachant sur le bas de la tunique de Narcisse. Macro se prépara à lui apprendre la politesse.

— Non ! fit Narcisse en levant la main. Ce n'est pas nécessaire. Je pense reconnaître cette langue. Ils viennent de Syrie. Et s'ils sont qui je crois, ils ne parleront pas de sitôt.

— Je prends les paris, citoyen, dit froidement Macro.
Je connais des méthodes...

— Le temps presse. Nous devons rejoindre l'armée
sans délai. Ces hommes nous accompagneront – ils sont
mes prisonniers. À mon arrivée à Gesoriacum, j'aviserai.
Assure-toi qu'ils soient bien attachés. Demain, ils suivront
ma litière.

Quand la centurie se remit en route au matin, l'envergure
de l'attaque apparut de manière plus claire. On découvrit
douze corps supplémentaires, en plus des victimes romaines,
et l'on enterra tout le monde dans un fossé creusé à la hâte
avant de lever le camp. Comme Macro avait donné l'ordre
de marcher en tenue de combat complète, les légionnaires
progressaient vers Gesoriacum d'un air las, encadrant la
litière de Narcisse et le chariot qui transportait les blessés.
Tous les bagages jugés superflus avaient été abandonnés
pour leur faire de la place, ce qui n'avait guère contribué à
valoir aux prisonniers l'affection du centurion. Il les avait
attachés l'un à l'autre par la cheville, et avait accroché la
corde à l'arrière du chariot. Malgré le manque de sommeil,
la colonne ne marqua pas de pause pour se reposer au cours
du trajet vers la côte. Deux cavaliers apparurent au loin de
temps à autre, manifestement frustrés de ne pas trouver
d'occasion pour en découdre. Peu avant le crépuscule, ils
firent demi-tour, pour disparaître derrière une crête étroite
longeant la route. Alors que la nuit tombait, la centurie
pressa le pas et les hommes jetèrent des regards nerveux dans
la pénombre environnante, craignant une embuscade dès
que les ténèbres offriraient la protection nécessaire à leurs
étranges attaquants.

Enfin, ils franchirent le sommet d'une colline et Cato laissa échapper une exclamation stupéfaite. En contrebas, un camp militaire semblait s'étendre sur des milles de distance, éclairé par des milliers de feux et de braseros. Quatre légions complètes se trouvaient concentrées dans cette zone, épaulées par un nombre équivalent de cohortes d'auxiliaires, d'ingénieurs, de constructeurs de navires et d'officiers d'état-major affectés à la planification – plus de cinquante mille hommes en tout. Mais à l'approche de l'entrée, Macro sentit que quelque chose n'allait pas. De petits groupes rôdaient à l'extérieur du camp, sans armes ni uniformes, d'autres jouaient aux dés ou restaient assis là, à s'enivrer consciencieusement.

Personne, dans la sixième centurie, n'eut le temps de parler à l'un de ces légionnaires apparemment désœuvrés. Escorté par plusieurs centurions, un officier d'état-major chevaucha à leur rencontre et leur ordonna de faire halte. Après confirmation de l'identité du secrétaire impérial, il donna immédiatement les instructions nécessaires pour que les prisonniers soient conduits en lieu sûr, tandis qu'il menait le conseiller de l'empereur au quartier général. Ce fut la dernière fois que Cato et Macro virent Narcisse qui ne daigna même pas les remercier d'avoir assuré sa protection. Et pas un mot pour ceux qui avaient perdu la vie par sa faute.

Le préfet du camp de la neuvième légion se présenta pour organiser le transfert des blessés à l'infirmerie. Ensuite, il montra au reste de la centurie un terrain dégagé situé à plusieurs milles du camp et prévu pour recevoir la deuxième légion.

La sixième centurie dressa ses tentes aussi vite que possible et, une fois les sentinelles en faction, les hommes épuisés trouvèrent immédiatement le sommeil.

CHAPITRE 29

Deux jours plus tard, la deuxième légion arriva sur le site. Le terrain prévu, qui avait semblé si vaste, grouilla soudain de milliers d'hommes s'activant pour dresser des tentes. Dans le strict respect du protocole militaire, le camp du légat fut le premier érigé, suivi par celui des officiers supérieurs ; seulement après, les simples soldats purent se mettre au travail sur leurs propres quartiers, bien plus rudimentaires.

Vespasien était assis à une petite table dans sa tente, isolé des esclaves domestiques, au milieu du chassé-croisé du personnel du quartier général qui posait le plancher et déballait meubles et autres objets. Par-dessus le brouhaha, il entendait Flavie donner des ordres et presser la cadence. Il savait que ce voyage avait été pénible pour elle, et combien elle se réjouissait d'être enfin arrivée. Elle pourrait oublier les rigueurs de la vie nomade pendant au moins quelques semaines ; après, il lui faudrait toutefois entreprendre le trajet, encore plus long, vers le sud, et Rome.

Vespasien, lui, ne partageait vraiment pas sa satisfaction – bien que le rouleau disparu lui ait été restitué par Flavie quelques jours plus tôt. Elle l'avait découvert parmi les jouets de Titus dans une des malles et avait fait en sorte qu'il soit retourné à son mari. Le garçon avait dit à sa mère l'avoir trouvé par terre ; vu son âge, il n'avait pas été en mesure de donner plus de précisions. Vespasien avait étreint sa femme et immédiatement mis sous clé le précieux document dans son coffre. Apparemment, celui qui avait volé le rouleau avait aussi dû le laisser tomber dans sa fuite. Vespasien n'en était pas moins consterné par l'atteinte à la sécurité qui aurait pu en résulter. Et si quelqu'un d'autre que Titus l'avait découvert en premier ? Par Jupiter ! Il préférait ne pas y penser. Mais son soulagement avait été de courte durée, tempéré par la nature menaçante de la situation qui régnait hors des limites de sa tente.

À un jour de marche de Gesoriacum, un messager de Plautius était venu à leur rencontre avec de nouveaux ordres. D'après le commandant de l'armée – et là, Vespasien sentait l'influence de Narcisse –, recourir à la deuxième légion pour mater la mutinerie n'était pas judicieux. Y mettre un terme par la négociation – et non par la force – semblait préférable. Se lancer dans une campagne majeure avec, à l'esprit, les souvenirs d'une répression sanglante serait imprudent. Un retard dans la traversée de la Gaule vers la Bretagne pouvait être toléré, si tel était le prix à payer pour étouffer la mutinerie.

Mais le pire, du point de vue de Vespasien, était ailleurs : il avait appris que la deuxième légion ne ferait pas partie de la première vague de l'invasion. Deux autres légions s'entraînaient au combat amphibie depuis des mois. C'était à elles qu'échoirait l'honneur de débarquer et d'établir une tête de pont pour le reste de l'armée. Vespasien savait que, si les Bretons décidaient d'affronter l'envahisseur sur les plages, toute la gloire et le bénéfice politique iraient aux commandants et aux officiers des unités envoyées en fer de lance. Vespasien se voyait déjà condamné à une longue période d'opérations de nettoyage ; un processus d'attrition laborieux qui ne lui vaudrait aucun laurier, une note en bas de page dans les futurs récits de victoires épiques échangés dans les rues de Rome.

À condition que la mutinerie soit matée.

En traversant le camp pour aller faire son rapport à Plautius, le légat s'était désolé du relâchement de la discipline dans les autres légions. Peu de soldats avaient pris la peine de saluer sur son passage et il n'avait pu s'empêcher d'interpréter leurs regards comme un défi – oserait-il exercer son autorité ? Personne n'avait rien dit, bien sûr, mais le légat avait été furieux. Seuls le garde du corps personnel du général et les officiers étaient encore en uniforme, exécutant leurs tâches normales dans la mesure du possible.

On avait introduit Vespasien dans le bâtiment en bois du quartier général installé au centre du camp immense ; Narcisse était assis à une grande table en compagnie du général Plautius. Vespasien, qui avait déjà eu l'occasion de rencontrer Plautius en société avant de prendre le commandement de la deuxième légion, fut choqué par l'épuisement qu'il lut sur le visage du général.

— Content de te revoir, l'accueillit Plautius avec un sourire. Ça fait longtemps. Je regrette simplement que nos retrouvailles n'aient pas lieu sous de meilleurs auspices. Tu connais Narcisse ?

— Non, général, bien que sa réputation le précède.

— Bonne, j'espère ? demanda Narcisse.

Vespasien hocha la tête, préférant éviter de se parjurer en formulant sa réelle opinion.

— Je te suis reconnaissant d'avoir assuré ma protection, commandant.

— Je transmettrai tes remerciements aux soldats concernés, si tu ne l'as pas déjà fait toi-même.

— C'est très aimable à toi.

— Maintenant, ton rapport, Vespasien, fit Plautius en lui désignant un siège. Comment décrirais-tu l'atmosphère qui règne dans ta légion ?

— Mes hommes obéissent toujours aux ordres, général – si c'est bien le sens de ta question.

— Ne te réjouis pas trop vite. D'ici à quelques jours, ils seront exactement comme les autres.

— As-tu déjà réussi à identifier les meneurs, général ?

— Grâce à Narcisse, nous avons leurs noms. Le tribun Aurelius, deux centurions et une vingtaine de soldats. Tous des anciens de Dalmatie transférés dans la neuvième – en conservant leur loyauté antérieure, comme tu peux l'imaginer.

— Ont-ils formulé des exigences ?

— L'abandon pur et simple du projet d'invasion – rien que ça. Ils ont convaincu leurs camarades que seuls des démons et une mort certaine les attendaient de l'autre côté de l'océan.

— En l'occurrence, « océan » est un bien grand mot, commenta Narcisse. Mais il semble avoir un effet déprimant sur un esprit aisément impressionnable, comme celui qu'on trouve fréquemment chez les soldats. Exception faite des personnes présentes, cela va de soi. (Il sourit.) Appelons les choses par leur nom : c'est de la trahison, ni plus ni moins, un complot mûrement réfléchi qui suggère une intelligence supérieure à celle de ce tribun et sa petite bande de mutins.

Sache, Vespasien, que le général et moi avons déjà décidé de les éliminer. Mais pas avant d'avoir découvert l'identité de ceux qui, depuis Rome, tirent les ficelles. Aurelius et les siens n'ont été démasqués que lorsque mes agents ont intercepté une communication destinée à ses maîtres à Rome. Malheureusement, le messager a rendu son dernier soupir avant de divulguer le nom du destinataire. C'est la vie – ou pas, dans son cas. Ensuite se pose le problème de l'embuscade qu'on m'a tendue. Il me semble évident que l'opposition a eu vent des dispositions prises pour mon voyage et de son objectif. Apparemment, quelqu'un de « notre camp » n'est pas vraiment ce qu'il prétend être.

— J'ai été informé de cette attaque. On m'a dit que tu avais fait des prisonniers. Ils ont parlé ?

— Pas beaucoup, malheureusement, répondit Narcisse, avec du regret dans la voix devant ce désagrément. Malgré un interrogatoire approfondi, nous n'avons pu que confirmer qu'il s'agissait bien de Syriens, soi-disant une bande de déserteurs en maraude dans la région. Je n'ai pas pu en tirer davantage avant de leur faire trancher la gorge.

— Des bandits ? fit Vespasien en secouant la tête. J'ai déjà du mal à y croire. Quant à attaquer une unité de l'armée…

— Je suis de ton avis, renchérit Narcisse. Cette hypothèse me semble hautement improbable. En tout cas, leur loyauté les honore – ou plutôt les honorait. Mais il y a plus inquiétant. J'ai appris quelques jours plus tôt qu'un escadron d'archerie montée – des Syriens, eux aussi – aurait déserté d'une cohorte d'auxiliaires en marche depuis la Dalmatie pour rejoindre cette armée.

—De Dalmatie ? répéta Vespasien, songeur. Sous le commandement de Scribonien, alors ?

—Exactement.

—Je vois. De quelle unité s'agit-il ?

—Celle de Gaius Marcellus Dexter, répondit Narcisse, observant attentivement le légat.

—Ce nom m'est familier, ma femme le connaît peut-être. Crois-tu que tes attaquants appartenaient à ce groupe ?

—Nous le saurons bientôt. La cohorte arrive dans trois jours. D'ici là, les corps se conserveront – quelqu'un pourra les identifier.

—S'ils sont de cette unité, ajouta Plautius, ce complot va bien au-delà de ce que nous avions craint au départ. La question est : serons-nous capables de juguler la mutinerie à temps pour débarquer en Bretagne encore cette année ?

—Il le faut, mon cher Plautius, dit fermement Narcisse. Remettre cette opération n'est pas envisageable. L'empereur en personne a pris ses dispositions pour retrouver les troupes en Bretagne.

—Vraiment ? s'étonna Vespasien en se tournant vers Plautius. J'avais pourtant cru comprendre que tu serais le commandant suprême, général ?

—Apparemment, non. (Plautius haussa les épaules.) Le bras droit de l'empereur m'a demandé d'appeler l'empereur « à la rescousse » lorsque l'armée arrivera en vue de la capitale des Trinovantes.

—Du calme, général, intervint Narcisse en tapotant aimablement la main de Plautius. (Qui la retira comme si elle venait d'entrer en contact avec un serpent.) Personne ne prendra ta place à la tête de cette campagne. Claude ne sera là qu'en qualité de figure de proue, pour faire entrer les légions victorieuses dans la capitale de l'ennemi et distribuer les médailles, avant de rentrer à Rome pour son triomphe.

— À condition que le Sénat lui en octroie un, lui rappela Vespasien.

— C'est arrangé. (Narcisse sourit.) Planifier les choses autant que possible, c'est ma manière de simplifier la tâche des historiens. Claude aura donc son triomphe, l'Empire gagne une nouvelle province et nous évitons tous une guerre civile sanglante. Dans la foulée, nos carrières sont à l'abri à court terme – qui, je le reconnais, est toujours trop court. Tout est bien qui finit bien, à condition…

— À condition de mettre un terme à la mutinerie et de faire embarquer les légions à bord de la flotte, conclut Plautius d'un ton las.

— Exactement.

— Et comment allons-nous faire ? intervint Vespasien.

— J'ai un plan, répondit Narcisse en se tapotant le nez. Pour qu'il ait une chance de succès, je ne peux en parler à personne. Mais croyez-moi, c'est génial.

— Et si ça ne marche pas ? insista Vespasien.

— Alors, je te garderai une place sur la croix à côté de moi.

Une fois la deuxième légion installée pour la nuit et les sentinelles en position avec l'ordre formel de ne laisser entrer et sortir personne du camp, Vespasien convoqua Macro pour un rapport complet. Il en avait reçu une version préliminaire plus tôt, mais avec l'atmosphère de secret qui prévalait actuellement au quartier général, Vespasien souhaitait glaner le plus d'informations possible. Le soleil était couché depuis longtemps quand l'officier, discrètement introduit dans la tente, se tint au garde-à-vous devant le bureau du légat. Vespasien expédiait les affaires courantes à la lumière vacillante de deux lampes à huile. Une fois le rabat de cuir retombé, il posa son style et ferma l'encrier.

— Rude journée, centurion ?

— Oui, commandant.

— Tu as perdu beaucoup d'hommes ?

— Huit tués, et six blessés toujours à l'infirmerie.

— Tu puiseras dans la réserve pour compenser les pertes.

— Oui, commandant.

— Maintenant, je veux tous les détails, centurion. N'omets rien, raconte-moi les choses telles qu'elles se sont produites, sans les enjoliver.

Au garde-à-vous, les yeux rivés sur le fond de la tente au-dessus de la tête du légat, Macro fit prosaïquement le récit de la marche, de l'embuscade et du dernier jour de trajet vers Gesoriacum. Vespasien écouta attentivement la voix monocorde. Quand il arriva au bout de son récit, son supérieur le regarda d'un œil perçant.

— Et tu n'as parlé à personne de la nature de ta mission ?

— À personne, commandant. Les ordres étaient clairs sur ce point.

— On peut donc supposer que tes attaquants n'ont pas obtenu leurs renseignements grâce à des complicités au sein de la légion.

— Oui, commandant. (Macro hocha la tête, avant d'y aller de son opinion personnelle sur la question.) On n'a pas eu affaire à une banale bande de coupe-jarrets. Ces hommes ont parfaitement tendu leur embuscade et se sont battus en soldats. Ils en avaient après le secrétaire impérial.

— Je vois, acquiesça Vespasien en cachant sa déception.

Il n'était guère plus avancé. Si le centurion disait la vérité, les fuites n'avaient pas pour origine sa légion – ce qui ne laissait guère que l'entourage de Narcisse –, voilà qui restreignait le nombre de suspects pour le secrétaire impérial.

— Centurion, accepterais-tu de me donner une opinion personnelle ? Ça restera strictement entre nous.

Macro se sentit mal à l'aise. Il aurait voulu répondre : « Ça dépend », mais un soldat ne pose pas de conditions à un officier supérieur. Contraint d'accepter, il s'efforça toutefois de marquer sa réticence – autant que possible.

— Oui, commandant. Si c'est ce que tu souhaites.

— Crois-tu que l'invasion de la Bretagne soit judicieuse ?

— C'est de la politique, commandant, fit Macro d'un ton hésitant. Ça dépasse de loin mes compétences. L'empereur et son état-major ont dû peser le pour et le contre. Je n'ai pas vraiment d'avis sur la question.

— Je t'ai promis que ça resterait entre nous.

— Oui, commandant.

En son for intérieur, Macro maudit le légat qui le plaçait dans une situation impossible. Quelles que soient les promesses, la confidentialité d'une conversation entre un subalterne et son supérieur ne dépendait que du bon vouloir de ce dernier – qui pouvait très bien revenir sur sa décision.

— Alors ?

— Je ne connais pas assez le sujet pour formuler une opinion qui te serait utile, commandant.

Vespasien comprit qu'il n'aboutirait à rien ainsi. Il était dans l'impasse, une approche moins directe s'imposait, qui déchargerait le centurion de la responsabilité de ses propos.

— Qu'en pensent les hommes ?

— Les hommes, commandant? Eh bien, certains sont inquiets, c'est naturel – la plupart d'entre eux préfèrent éviter l'eau, à part pour en boire. Sur mer, tout peut arriver. Et puis, des rumeurs circulent sur les dangers qui nous attendent.

— Tu n'as pas peur de l'armée bretonne?

— Pas à proprement parler, commandant. Je suis juste préoccupé, comme le serait n'importe qui avant d'affronter un ennemi un peu différent. C'est plus les druides qui posent un problème…

— Les druides?

— Les hommes ont entendu dire qu'ils avaient le pouvoir d'invoquer des démons.

— Et tu y crois?

— Non, bien sûr, commandant, répondit Macro, vexé. Il suffit d'être doté d'un peu de bon sens pour savoir que ce sont des foutaises. Mais tu connais les légionnaires et leurs superstitions.

— Tu étais encore l'un d'eux il n'y a pas si longtemps, n'est-ce pas?

— Oui, commandant.

— Mais tu n'es pas comme eux? Tu n'es pas superstitieux?

— Non, commandant. Plus depuis que je suis centurion. Un officier n'a pas à s'encombrer l'esprit avec ces balivernes.

— Qui leur a parlé des druides?

— Des soldats qu'ils ont croisés en allant chercher des provisions au camp principal, hier. Ce sont eux qui ont abordé le sujet des druides, et ensuite de la mutinerie.

— «Mutinerie», c'est le terme exact qu'ils ont employé? demanda Vespasien. Tu en es bien sûr?

— Euh… non, commandant. Ils ont expliqué qu'ils restaient fidèles à l'empereur, mais que l'invasion était un projet fou, probablement une idée de Narcisse qu'aucun type sain d'esprit ne mettrait à exécution. Appelle ça comme tu veux, mais pour moi, c'est une mutinerie, commandant.

— Et tes hommes ? Ils partagent ce sentiment ?

— Pour autant que je sache, commandant.

— Très bien, centurion. Très bien.

Vespasien se cala dans son fauteuil. Pour l'instant, ça allait. La légion était loyale. Restait à espérer un miracle de la petite combine de Narcisse. Sinon, tôt ou tard, la deuxième légion serait à son tour victime de la contagion qui avait frappé les autres unités. Heureusement, tant que des officiers comme Macro continueraient à jouer leur rôle, la propagation de la mutinerie serait contenue – pour au moins quelques semaines.

CHAPITRE 30

Pendant que les soldats de la sixième centurie assistaient à l'installation du reste de la légion, Cato se fraya un chemin à travers la masse d'hommes, d'animaux et de chariots en direction des quartiers du légat. Les affaires de Vespasien venaient d'arriver. Comme on approchait de l'été et que la légion ne camperait pas plus de deux mois avant l'invasion, l'état-major avait fait le choix d'un camp de tentes au lieu de baraquements en bois.

Se tenant à l'écart pour ne pas attirer l'attention, Cato tenta d'apercevoir Lavinia. Les chariots s'arrêtaient l'un à côté de l'autre, tirés par des muletiers haletant entre deux jurons. On se mit à décharger les malles pour les porter dans les grandes tentes que dressaient des groupes de légionnaires. La patience de Cato fut enfin récompensée : Lavinia descendait du chariot personnel du légat avec Titus coincé sous un bras. Cato résista à la tentation de lui faire signe ou de l'appeler, alors qu'il se tenait immobile dans ce tourbillon d'activité. Il l'observa qui suivait Flavie dans une tente. Cato garda longtemps les yeux rivés sur l'entrée avant de tourner les talons et de s'éloigner, lentement.

Il erra dans le camp jusqu'au crépuscule quand on sonna la soupe. Cato avait faim, lui qui n'avait pas eu d'appétit à midi, alors qu'il attendait nerveusement l'arrivée de la légion, ainsi que des nouvelles de Lavinia et de la sentinelle blessée — déchiré entre appréhension et peine de cœur. Au moment où il rejoignit sa centurie, le soleil était couché et les silhouettes grises des hommes et des tentes se détachaient sur la pâle lueur de l'horizon. On avait allumé des feux pour la cuisine et les premières odeurs de ragoût — encore ! — flottaient dans l'air qui se rafraîchissait rapidement. Affecté au deuxième tour de garde, Cato voulait avoir le ventre plein avant de suivre l'officier de service dans ses rondes pour récupérer les jetons de chaque poste sur les remparts et aux portes. Alors que, assis près du feu, il sauçait son assiette avec un morceau de pain, Macro s'accroupit à côté de lui.

— Où étais-tu passé ?

— Je suis juste allé me promener, centurion.

— Te promener, hein ? Et tu n'en as pas profité pour faire un crochet par les quartiers du légat, je suppose ?

Cato sourit.

— C'est cette fille, je parie. Tu en pinces toujours pour elle, c'est ça ? (Macro secoua la tête avec incrédulité.) Tu n'as donc rien écouté de ce que je t'ai dit quand on était encore au fort ? Un soldat qui se laisse influencer par ses sentiments est un soldat distrait ; et la distraction est un luxe que l'armée n'a pas les moyens de s'offrir. Chasse-la de tes pensées, mon garçon. Si tu veux, je peux même t'aider. Avec quelques gars, on a prévu une virée en ville, plus tard dans la soirée — je me suis débrouillé, j'ai un sauf-conduit pour aller acheter de l'orge pour la cohorte. On nous a conseillé une sympathique petite auberge qui ne se contente pas de proposer la bière locale. Pourquoi tu ne viendrais pas nous rejoindre à la fin de ton service ?

— C'est un ordre, centurion ?

Macro le dévisagea froidement.

— Va te faire foutre, joli cœur. J'essaie de t'aider. Mais si tu préfères te morfondre, plutôt que d'aller boire avec tes camarades — et tirer un coup par la même occasion —, tant pis pour toi.

Cato savait qu'il avait eu tort de répondre avec cette note d'aigreur dans la voix. Il avait réagi de manière impulsive, et regrettait d'avoir contrarié son supérieur — telle n'était pas son intention.

— N'y vois aucune ingratitude de ma part, centurion. C'est juste que je ne suis pas d'humeur en ce moment. Je n'y peux rien.

— Tu n'y peux rien ? grogna Macro. Comme tu voudras, alors.

Il se leva et s'éloigna d'un pas vif, lançant un dernier regard furieux à Cato avant d'entrer dans sa tente.

Pendant qu'il attendait le début de son tour de garde, Cato rumina des idées noires. Le centurion avait-il raison ? Quel genre d'idylle pouvait-il espérer entretenir avec une fille qu'il ne voyait jamais ? En outre, elle pouvait témoigner qu'il avait été présent dans la tente du légat cette nuit-là — ce qui la rendait dangereuse. Si elle laissait échapper quoi que ce soit, ils auraient tous deux des explications à fournir à Vespasien. Quant à *sa* vérité à propos de l'intrus, il lui semblait peu probable qu'on lui accorde le moindre crédit. Le mieux pour lui était encore d'oublier Lavinia, d'oublier l'amour et de reprendre le cours normal de sa vie. Peut-être irait-il retrouver Macro et les autres, finalement.

Peu après la relève de la garde, quand tout le monde dormait à poings fermés hormis quelques vétérans, le légionnaire en faction à l'entrée principale vit deux silhouettes approcher du camp et leur demanda le mot de passe, comme l'exigeait la procédure. Devant l'absence de réponse immédiate, il baissa la pointe de son javelot et fit une nouvelle sommation.

— Du calme, soldat! lança une voix. Nous sommes des amis.

— Le mot de passe!

— Nous sommes des amis, te dis-je! Nous arrivons de l'autre camp.

— N'avancez plus, vous êtes prévenus! cria la sentinelle, légèrement soulagée d'entendre parler latin.

— Nous voulons parler à ton commandant. Nous avons un sauf-conduit signé du général Plautius en personne. Laisse-nous entrer.

— Non! Restez où vous êtes!

Le légionnaire recula d'un pas, pointant son javelot en direction des deux silhouettes éloignées d'à peine dix pas. À la lumière des étoiles, il vit qu'il avait affaire à un homme grand et mince, vêtu d'une cape noire à capuche; l'autre était un géant armé d'un glaive qu'il portait dans un fourreau au côté.

— Optio! Optio de garde! Descends vite!

L'optio arriva par une entrée latérale et approcha en mâchonnant un morceau de pain trempé dans du vin.

— Quoi encore? Pas de nouveau une fausse alerte, j'espère! Je n'ai pas fini de manger.

— Cet homme demande à parler au légat.

— Il t'a donné le mot de passe?

— Non, optio.

— Alors, dis-lui d'aller se faire voir – je ne devrais plus avoir à te rappeler le règlement.

— Si je peux me permettre ? intervint la plus grande des silhouettes en avançant de deux pas.

— Reste où tu es, l'ami, gronda l'optio.

— Le légat m'attend, insista l'autre qui se hâta d'extraire une petite ardoise de sous sa cape. Regarde, voici un sauf-conduit signé d'Aulus Plautius.

L'optio approcha prudemment et saisit le document qu'on lui tendait pour l'étudier à la lumière qui filtrait par la petite porte. Tout était en ordre ; le sceau moulé dans la cire portait bien l'aigle d'un général. Il envisagea toutefois la possibilité qu'il s'agisse d'un faux. À en juger par la sévérité avec laquelle le règlement du camp et les restrictions de mouvement étaient appliqués, le légat et son état-major étaient clairement nerveux à propos de quelque chose.

D'un autre côté, une personne munie d'un sauf-conduit signé par Plautius lui-même ne devait pas être n'importe qui.

— Attends là.

— On ne plaisante pas avec la sécurité dans ton camp, commenta un peu plus tard Narcisse en acceptant le vin que lui proposait Vespasien. L'officier de garde ne s'est pas laissé facilement convaincre, même avec un sauf-conduit du général. Tes hommes appliquent le règlement à la lettre.

— Sans règles, il n'y a ni ordre ni civilisation. Ni Rome. (Vespasien débita le vieil adage et leva sa coupe à Narcisse.) Mais je suis content que tu sois venu, j'avais besoin de te parler seul à seul.

— Alors, nos intérêts coïncident – c'est fort heureux.

— Et lui ? fit Vespasien avec un signe de la tête vers le garde du corps impérial qui se dressait dans la pénombre, immobile et silencieux.

— Ignore-le, répondit Narcisse. Je suppose que l'endroit est sûr ?

— Absolument. Toutes les entrées sont bien gardées.

— Ah oui ? (Narcisse but une gorgée de son vin en fixant son regard sur Vespasien.) Ce n'est pas ce que m'ont rapporté mes sources.

Le légat rougit.

— Ton espion t'a parlé de ça ?

— On m'a informé qu'une sentinelle a été blessée par un intrus. Je suppose que rien n'a été volé. Rien d'important, en tout cas.

— Non, rien, répondit Vespasien d'une voix ferme, se forçant à ne pas quitter Narcisse des yeux.

— Alors, que s'est-il passé ?

— Une esclave devait retrouver son amant dans ma tente. Quand il ne s'est pas présenté au rendez-vous, elle a fini par repartir. Peu après, les gardes ont surpris un intrus qui a blessé l'un d'eux dans sa fuite. Une torche tombée par terre a provoqué un incendie qui a été maîtrisé avant de faire trop de dégâts. Et c'est tout ce qu'il y a à en dire.

Narcisse l'observa et but lentement une autre gorgée.

— Tu as torturé la fille ?

— Ça n'a pas été nécessaire.

— Vraiment ? Certains officiers adorent ça, pourtant.

— Si tu penses…

La silhouette dans la pénombre s'avança dès que Vespasien fit mine de se lever. Narcisse fit signe à son garde du corps de ne pas intervenir.

— Je ne pense rien de tel. Je me demandais simplement quelles autres informations tu avais pu en tirer.

— Aucune. Tu sais tout.

— Sauf le nom de cet homme – l'amant qu'elle devait retrouver.

— Écoute, Narcisse, dans ma légion, c'est moi qui commande ; si des problèmes se présentent, je suis là pour les régler. Tu es un affranchi, tu n'as pas d'ordres à donner à un légat. Ce ne sont pas encore les Saturnales, tu sais.

Narcisse le gratifia d'un étrange sourire.

— C'est curieux, que tu choisisses justement de mentionner ces fêtes. Mais peu importe… Je veux le nom de cet homme.

Vespasien ne répondit pas immédiatement. Il n'éprouvait aucune sympathie pour Vitellius, mais de là à le livrer en pâture… Jusqu'à preuve du contraire, il était innocent. Pour le moment. Plus tard, ils seraient probablement rivaux – ou alliés. En politique, rien n'était jamais gravé dans la pierre.

— Tu ferais mieux de parler, dit calmement Narcisse. Ne m'oblige pas à avoir recours à Polythemus…

— Tu oses me menacer ? s'indigna Vespasien, qui n'en croyait pas ses oreilles. Et sous ma propre tente ! Je ne sais pas ce qui me retient d'appeler la garde et de vous faire crucifier, toi et ta brute ! Je n'aurais qu'à claquer des doigts !

Ce qu'il tenta de faire, mais sa main humide ne produisit aucun son. Narcisse ne put réprimer un petit sourire de satisfaction devant l'impuissance de son geste. Puis il poursuivit, d'un ton plus apaisant :

— Je crains que tu ne te fasses une idée fausse de notre valeur respective aux yeux de l'empereur. Les aristocrates aux ambitions politiques démesurées sont légion. Parmi eux, certains ont indubitablement du talent – tu es l'un d'eux – mais ils constituent des phénomènes au sein de leur propre classe. Des générations d'unions consanguines n'ont réussi à produire qu'une bande d'idiots arrogants et oisifs. Nous – l'empereur – pouvons aisément vous remplacer. Contrairement à moi, qui suis irremplaçable. Comment imagines-tu qu'un simple affranchi soit parvenu à se hisser au sommet pour devenir son bras droit ? J'ai plus d'intelligence, de ruse et de cruauté dans mon petit doigt que n'en contient ton corps tout entier. N'oublie jamais ça, Vespasien. Avant de songer à me menacer.

Les dents serrées, Vespasien dut se retenir pour ne pas donner libre cours au torrent de rage qui grondait en lui. Agrippant fermement les accoudoirs de son fauteuil, il déglutit.

— Parfait. (Narcisse eut un hochement de tête approbateur.) Tu es assez intelligent pour accepter une vérité désagréable à entendre, une qualité que tu finiras par apprécier à sa juste valeur au moment de rentrer à Rome. Je suis content de ne pas m'être trompé sur toi.

— À quel propos ? demanda Vespasien entre ses dents.

— Ton cerveau régit ton cœur, tu sais quand ravaler ta fierté. Maintenant, sois raisonnable et révèle-moi le nom de l'homme avec qui cette esclave avait rendez-vous dans ta tente.

— Vitellius. Elle m'a dit qu'il s'agissait de Vitellius.

— Vitellius ? Intéressant, non ? Un tribun, un haut gradé, qui fricote avec une esclave dans la tente du légat. Un endroit où, très probablement, sont conservés certains documents confidentiels. Intéressant, vraiment. Certains iraient jusqu'à y trouver matière à réflexion. Pas toi ?

Vespasien se contenta de lui rendre froidement son regard.

— Tu as toujours la lettre ?

— Oui.

— Et tu es au clair sur ce qui doit être fait ?

— Bien sûr, mais retrouver un chariot abandonné dans un marécage depuis cent ans ne sera pas facile.

— Alors, je te conseille de choisir tes meilleurs éléments pour cette mission. Inutile qu'ils soient trop nombreux – moins ils seront à savoir de quoi il retourne, mieux ce sera. Et assure-toi de leur discrétion.

— J'ai déjà pensé à quelques hommes.

— Bien. Une fois le coffre en ta possession, tu devras le garder au péril de ta vie. Quand l'empereur arrivera avec les renforts, une unité spéciale de la garde prétorienne se chargera de l'escorter à Rome. Ensuite, tu oublieras jusqu'à son existence. Et ça vaut également pour tes hommes.

Narcisse repoussa sa coupe et se leva.

— Je dois m'en aller. Merci de ton hospitalité, Vespasien. Et détends-toi. Je suis persuadé que l'empereur sera pleinement satisfait quand je lui ferai part de ton esprit de coopération.

— Avant de partir, dis-moi une chose.

— Je t'écoute.

— Qui est l'agent impérial au sein de ma légion ? Il faut que je sache en qui je peux avoir confiance une fois sur le sol breton.

— Si je te révèle son identité, il me sera complètement inutile.

— Tu n'auras plus personne pour m'espionner, c'est ça ?

— Entre autres choses.

— Dis-moi au moins qui est le traître, insista Vespasien. Pour que je n'ignore plus d'où peut venir le danger.

Narcisse tenta de sembler compréhensif.

— Je ne connais pas la réponse. J'ai un suspect, mais aucune certitude pour l'instant – je manque encore de preuves. Et si tu changes de comportement à l'égard de certaines personnes de ton entourage, le traître saura que l'étau se resserre. Rien ne doit éveiller ses soupçons. Pas un mot à quiconque. Pas même à ta femme. Tu m'as compris ?

Vespasien hocha la tête.

— Ce que je comprends, c'est que tu me mets en danger.

— Tu es un soldat. Tu devras t'y faire.

Sur ces mots, le secrétaire impérial tourna le dos au légat et quitta la tente, avec son garde du corps dans son sillage. Une fois seul, Vespasien fulmina de frustration en silence. Il était tiré d'affaire pour le vol du rouleau – pour l'instant. Mais sur la sombre intrigue politique qui se jouait autour de lui, il n'était guère plus avancé.

Dehors, Narcisse marqua une pause. Apparemment, Vespasien ne l'avait pas fait suivre. Il se tourna vers son garde du corps.

— Assure-toi que je ne sois pas dérangé. Si je t'appelle, accours aussi vite que possible.

Puis il s'éloigna tranquillement, tandis que le garde du corps resté dans l'ombre lui emboîtait le pas, à distance respectable, mais sans perdre son maître des yeux. Arrivé à la hauteur des quartiers des tribuns, Narcisse s'arrêta devant une tente. Quand il eut la certitude de ne pas être observé, il se hâta d'entrer. L'agent impérial l'attendait, ils étaient convenus de ce rendez-vous plus tôt dans la journée, par message secret. Se levant de son fauteuil de campagne, il salua le secrétaire.

—Comment vas-tu, Narcisse ? Bien ?

Narcisse serra la main qu'on lui tendait et sourit.

—Oui, Vitellius, très bien. Mais toi et moi devons avoir une petite conversation à propos du rouleau dont je t'ai parlé il y a quelques mois. Je suis curieux : pourquoi avoir omis de mentionner ta présence dans la tente du légat la nuit du vol ?

Vitellius fronça les sourcils.

—Parce que je n'y étais pas.

—Ce n'est pas ce que dit Vespasien. Une esclave qu'il a interrogée prétend avoir eu rendez-vous avec toi.

—C'est faux. Je jure que c'est faux.

Narcisse le regarda attentivement, avant de hocher la tête, apparemment satisfait de sa réponse.

—D'accord. Je te crois… pour l'instant. Mais alors, pour quelle raison a-t-elle dit cela ? Ou pourquoi l'a-t-on poussée à le faire ?

—Poussée ? Mais par qui ?

—Ça, mon cher Vitellius, c'est justement ce qu'on t'a envoyé découvrir ici.

CHAPITRE 31

— C ato ! Mais qu'est-ce que tu fais là ?
— J'ai apporté un rapport de mon centurion au
quartier général, ma dame. D'une manière ou d'une autre,
je me suis perdu en cherchant la sortie — et me voilà.

Flavie se redressa en riant. Il l'avait surprise en pleine
préparation d'une malle de campagne pour son mari ; sur le
plancher s'empilaient des vêtements impeccablement pliés.

— Quelle mine terrible ! La nuit a été rude ?

— Oui, ma dame. Je suis allé à Gesoriacum.

— Ah ! vous les jeunes, vous ne changerez donc jamais ?
Bon, je suppose que tu n'es pas venu pour moi. Alors, je te
suggère d'aller jeter un coup d'œil à la chambre d'enfant
que je fais mettre en place pour Titus.

— La chambre d'enfant ?

— J'ai chargé Lavinia et quelques autres esclaves de la
rafraîchir un peu. Elle avait à te parler. Et tu aimerais sans
doute la revoir, ajouta Flavie avec un clin d'œil. Maintenant,
file. J'ai du travail. C'est la troisième à gauche en sortant.
Oh ! et débrouille-toi pour que personne ne te surprenne
là-bas.

Alors que Cato suivait les indications de Flavie, les
pensées se bousculaient dans sa tête. Certes, il mourait
d'envie de revoir Lavinia, mais des questions subsistaient à

propos de cette nuit dans la tente du légat. Avait-elle parlé de sa présence à qui que ce soit ? Clairement, Flavie était au courant, mais qui d'autre ? Il marqua un temps d'arrêt devant la chambre.

S'armant de courage, il entra. Le sol était jonché de jouets et de vêtements. À genoux dans tout ce fatras, plusieurs esclaves s'activaient pour transformer cet espace en un lieu où un enfant se sentirait à l'aise. Assise d'un côté, Lavinia peignait un animal de ferme sur un petit paravent, une expression de contentement sur le visage. N'ayant pas vu Cato, elle sursauta quand, arrivé à quelques pas de distance, il l'appela à voix basse.

— Regarde ce que tu m'as fait faire ! (Elle rit, pointant son pinceau vers son œuvre.) Ma vache a une queue sur la tête, maintenant.

— C'est une vache ?

Cato aurait plutôt penché pour un cheval.

Lavinia se tourna vers lui. Son expression redevint sérieuse et le cœur de Cato se serra. Puis elle tendit les mains vers les siennes en souriant.

— Je me suis inquiété pour toi, après que j'ai appris ce qui était arrivé à la sentinelle.

— Pourquoi n'es-tu pas revenue ?

— Je n'ai pas pu. Quand je suis rentrée dans mes quartiers, dame Flavie a dit qu'elle avait besoin de moi – Titus était malade. Apparemment, il n'avait rien, mais elle a tout de même insisté pour que je reste avec lui pendant qu'elle allait chercher un médicament. À son retour, tout le monde poussait des cris. Je suis contente que tu aies pu sortir avant cette mésaventure avec le garde. Je me suis vraiment fait du souci pour toi, tu sais ? Je m'en voulais de t'avoir abandonné. Je suis sincèrement désolée, tu dois me croire.

Cato serra ses mains.

— Tout va bien. Moi aussi, j'ai eu peur pour toi. Quand cet homme est entré dans la tente, j'ai craint que tu croises sa route en revenant. Je pense qu'il n'aurait pas hésité à te tuer.

— Un autre homme ?

— Oui. Celui qui a agressé la sentinelle. Tu n'as tout de même pas cru que c'était moi ?

— Non… mais qui alors ?

— Je l'ignore. Quand il s'est aperçu de ma présence, il a bien failli me régler mon compte. J'ai appelé à l'aide et le garde est apparu ; l'intrus l'a attaqué avant de s'enfuir. Après, je suis sorti aussi vite que j'ai pu.

— Je vois.

— En tout cas, tu n'imagines pas mon soulagement quand les chariots sont arrivés au camp. J'étais si heureux de voir que tu étais saine et sauve.

— Tu étais heureux ? Vraiment ?

— Bien sûr.

— C'est tellement gentil. (Elle se pencha vers lui et l'embrassa sur la bouche.) Alors, je te plais ?

En guise de réponse, il lui rendit son baiser, plus longuement cette fois. Son cœur battait la chamade au contact de la douce chaleur de sa poitrine. Quand leurs lèvres se séparèrent, il la regarda dans les yeux, se sentant mesquin pour ce qu'il était sur le point de lui demander.

— Est-ce que le garde a déjà identifié quelqu'un ?

— Il est mort. Hier, à Durocortorum. Ma maîtresse l'a appris ce matin. Il n'a jamais repris connaissance – tu ne risques plus rien.

—À part Flavie, quelqu'un est-il au courant de ma présence dans la tente cette nuit-là?

—Non, mais le légat sait que j'y étais. Il a trouvé un des rubans que je me mets dans les cheveux.

—Que lui as-tu dit?

Cato sentit un doigt glacé lui parcourir l'échine.

—Que j'avais rendez-vous avec quelqu'un qui n'est pas venu, et que je suis allée me coucher après avoir patienté. Rien de plus. Je le jure.

—Je te crois. Qui as-tu dit que tu devais retrouver?

—Le tribun Vitellius.

—Pourquoi lui?

Cette manière de faire porter le chapeau à Vitellius mit Cato mal à l'aise. Une vision du tribun lançant des ordres dans le village germain en flammes s'imposa dans son esprit. Jeter ainsi le soupçon sur lui lui semblait vraiment un coup bas.

—Parce que ma maîtresse me l'a demandé. Apparemment, son mari ne l'aime pas; il se méfie d'elle. Ça lui a paru un choix naturel – c'est ce qu'elle m'a dit.

—Ça n'est pas très juste, se mit à protester Cato, mais Lavinia l'attira de nouveau vers elle pour l'embrasser.

—Chut! Peu importe. Tant que personne ne te soupçonne. C'est tout ce qui compte à mes yeux. Maintenant, poursuivit-elle en l'entraînant derrière un paravent, dans une partie de la pièce servant à changer Titus, nous n'avons que peu de temps et beaucoup de retard à rattraper.

—Qu'est-ce que tu veux dire? Où est l'urgence?

—Ma maîtresse rentre bientôt à Rome. Et je serai du voyage.

Cato se sentit mal.

— J'essaierai de t'attendre, à Rome, dit-elle avec douceur.

— Je ne reviendrai peut-être jamais. Ou pas avant des années !

— Qui sait de quoi demain sera fait ? Raison de plus pour profiter de l'instant présent. (Lavinia lui prit la main.) Nous n'avons pas beaucoup de temps, alors suis-moi.

— Et elles ? fit Cato avec un signe de la tête en direction des autres domestiques.

— Elles ne feront pas attention à nous.

Elle entraîna Cato dans la chambre à coucher de Titus et tira les rideaux derrière eux. Lavinia fit allonger Cato sur un matelas de linge moelleux soigneusement plié sur le plancher. Alors qu'il était étendu immobile, le cœur battant, ses yeux descendirent le long du corps de la jeune femme jusqu'à l'endroit où ses mains levaient le bord de sa tunique.

— Bien, dit Lavinia, où en étions-nous ?

CHAPITRE 32

Quelques jours plus tard, on rassembla les cohortes des trois légions où était née la mutinerie dans l'amphithéâtre de tourbe bâti à l'extérieur du camp. Plautius et Narcisse les avaient invitées à une journée de divertissement avec combats de gladiateurs – aux frais de l'empereur. Vespasien et d'autres officiers supérieurs partageaient le confort de leur loge. Pendant la matinée et une partie de l'après-midi, hommes et animaux sauvages avaient fait couler le sang dans l'arène pour le plus grand plaisir d'un public déjà en partie conquis par une généreuse distribution de vin. Alors que le spectacle touchait à sa fin, une atmosphère tapageuse régnait dans les gradins.

Sur le sable, le dernier combat arrivait à son inévitable conclusion. Comme de coutume, le rétiaire avait eu le dessus et menaçait d'ouvrir la gorge d'un mirmillon avec son trident. Malgré son casque et son armement, celui-ci gisait à terre, enchevêtré dans le filet de son adversaire. Le rétiaire se tourna vers le public, dans l'attente d'une décision. Étonnamment, le mirmillon s'était vaillamment défendu. Dans tout l'amphithéâtre, des pouces se dressèrent pour lui accorder la vie sauve. Après une brève hésitation, Narcisse baissa le pouce. Immédiatement, une clameur de désapprobation monta des gradins vers la loge des officiers supérieurs. Comme convenu, Plautius se leva d'un bond, le bras tendu bien haut pour que tous distinguent son pouce dressé. Les cris indignés se muèrent brusquement en hourras et le public se retourna vers l'arène où, constata Narcisse avec inquiétude, le rétiaire saluait déjà. L'imbécile! Si quelqu'un se doutait que tout avait été arrangé… mais tant de vin avait coulé que même les esprits les plus vifs n'y virent que du feu.

Soudain, Narcisse se mit debout à son tour et, sans prévenir, sauta par-dessus le bord de la loge. Marchant vers le centre de l'arène, il leva les mains afin d'obtenir le silence.

Pris de court, les soldats se turent, toujours pleins d'entrain, mais curieux de ce que leur réservait la suite des événements. Les rares qui chuchotaient furent rappelés à l'ordre par leurs camarades, alors que Narcisse attendait le silence total.

Quand il s'estima satisfait, Narcisse leva son bras en un geste théâtral.

— Mes amis! Romains! Légionnaires! Écoutez-moi! lança-t-il d'une voix grave, retentissante. Vous me connaissez tous. Je suis le secrétaire de l'empereur et, même si je ne parle pas au nom de Claude et ne suis qu'un affranchi, je me considère comme aussi romain que n'importe lequel d'entre vous.

Un léger murmure de désapprobation parcourut le public, alors que Narcisse feignait d'ignorer la distinction pourtant sensible entre citoyen romain et simple affranchi.

— Je le répète : mon cœur est aussi romain que n'importe lequel des vôtres!

Joignant le geste à la parole, il déchira sa tunique pour exposer sa poitrine blanche et maigre. Certains membres de l'assistance ne purent s'empêcher de glousser.

— Et parce que je me sens romain sans en avoir le titre, je suis venu vous dire que moi, Narcisse, je suis écœuré par ce que je vois. Que des hommes que je considère comme des compatriotes se mutinent contre leurs généraux, d'authentiques héros romains qu'ils ont le privilège de servir, voilà qui me glace le sang! Vous devriez vous sentir honorés de mettre votre vie en jeu pour de tels officiers! Qu'un grand homme, issu d'une de nos plus nobles familles – Aulus Plautius! précisa Narcisse en tendant la main vers le général. Qu'un tel homme ait à supporter la honte et l'ignominie de votre trahison, voilà qui me donne envie de pleurer!

Narcisse fit un demi-tour sur lui-même et enfouit son visage dans un pli de sa tunique, tandis que son corps était secoué de sanglots. Dans les tribunes, certains ne retenaient plus leurs rires devant les airs dramatiques de l'affranchi.

Narcisse respira à fond, puis se retourna brusquement vers son public.

— DES LÂCHES! Voilà ce que vous êtes. Des lâches et des ingrats. Et dire que vous osez vous prétendre romains! Si vous refusez de suivre le brave et honorable Plautius, alors donnez vos armes à un homme qui est prêt à le faire! J'envahirai la Bretagne! Seul, s'il le faut. Alors? J'attends.

Le secrétaire impérial tendit ses mains implorantes vers les légionnaires.

— D'accord, vieux filou, attrape ça!

Un soldat se leva et jeta son glaive à Narcisse qui l'évita de justesse. Puis, tout à coup, comme s'il avait suffi de ce signal, une pluie d'épées et de dagues s'abattit sur l'arène, alors que Narcisse reculait précipitamment. Ce faisant, il marcha par accident sur l'ourlet de sa tunique et trébucha en arrière. Les rires redoublèrent.

Vespasien sourit, retenant à grand-peine sa propre hilarité alors que le secrétaire impérial mordait la poussière. Le visage rouge de colère et d'embarras, Narcisse se releva d'un bond et ramassa un des glaives.

—Ça vous fait rire ? *Je* vous fais rire ? Je suis pourtant le seul à être prêt à se battre ici. Le seul à ne pas rester sur mon gros cul à ne rien faire. Le seul à me montrer digne de brandir ce glaive et les aigles glorieuses face aux hordes barbares !

Certains des hommes pleuraient de rire devant ce spectacle ridicule. Narcisse se précipita vers eux, fendant l'air avec son épée. Mais, mal calculé, son coup envoya la lame se planter dans le sable à ses pieds. Haletant, il tenta de reprendre son souffle.

—Affaibli, je le suis. Par une vie au service de Rome. Et pourtant, je suis prêt à faire ce que vous avez peur de faire. Et vous vous prétendez romains ! Pourquoi devrais-je vous supplier d'obéir à vos officiers ? Pourquoi prendre cette peine ? Non – je vous ordonne de mettre un terme à cette mutinerie. Je l'exige !

C'en était trop pour les troupes hilares. Quelque part, une voix lança :

—Io Saturnalia ! Io Saturnalia !

Le salut caractéristique des Saturnales, cette période de fête où les barrières sociales disparaissaient, se propagea rapidement et bientôt tous l'entonnèrent en chœur et bombardèrent l'arène de tous les déchets qui leur tombaient sous la main. Secouant son poing rageur en direction de public, Narcisse tourna les talons et s'enfuit après un ultime cri de défi que personne n'entendit.

Les légionnaires continuèrent de hurler «Io Saturnalia» pendant un moment, jusqu'à ce qu'il apparaisse clairement que Narcisse avait définitivement quitté la scène. Ensuite, lentement, ils se dispersèrent, sortant de l'amphithéâtre, d'abord au compte-gouttes, puis en un flot plus régulier, et regagnèrent le camp principal.

— Eh bien, j'espère que ça a marché, dit Plautius.

— Un exercice fascinant de remotivation des troupes, en tout cas, commenta Vespasien. Je me demande si Narcisse a réussi à les retourner en jouant sur leur amour-propre. Tu imagines la réaction du reste de l'armée quand elle apprendra qu'un affranchi leur a parlé sur ce ton? Maintenant, général, si je peux disposer…

— Hein? Oh! oui. Tu peux y aller. Moi, j'ai besoin d'une coupe.

Vespasien laissa son supérieur pour se précipiter dans les cellules attenantes à l'amphithéâtre.

— Quelqu'un a vu le secrétaire impérial?

— Je suis là, répondit Narcisse en émergeant d'un recoin sombre. La voie est libre?

— Tout juste! dit Vespasien en riant. Quel numéro! Je suis impressionné.

— Merci.

— Et curieux aussi: n'existe-t-il donc aucune indignité que tu ne sois prêt à subir pour servir ta cause?

— *Ma* cause? L'humiliation dont tu viens d'être témoin n'était pas pour moi. Je l'ai fait pour l'empereur et pour Rome. Un jour, tu comprendras, Vespasien, poursuivit Narcisse avec amertume. Tu t'apercevras que la stabilité de l'État repose sur le nombre de bureaucrates prêts à bouffer de la merde pour qu'il continue de tourner. C'est là la mesure de leur dévouement. Et leur absence des livres d'histoire est la mesure de leur réussite. Tu ferais bien de ne pas l'oublier.

— Oh! je m'en souviendrai. Mais qu'est-ce qui t'a inspiré cette stratégie?

— Nous vivons une époque cynique, répondit Narcisse. Un appel direct au patriotisme était voué à l'échec, une approche différente s'imposait donc. Je prie simplement les Dieux pour que cela suffise. À ton avis?

— L'avenir le dira.

— Oui. Puis-je passer la nuit dans le camp de la deuxième légion?

— Je doute qu'une autre veuille de toi, plaisanta Vespasien. Tu as besoin d'une escorte?

— D'abord, j'ai quelqu'un à qui parler. Je dois tirer une affaire au clair. À plus tard.

Le secrétaire impérial enfila une tunique de soldat par-dessus ses vêtements déchirés, puis il regagna précipitamment le camp principal. Vespasien retourna à son quartier général et convoqua Macro.

Peu après, le centurion qui avait rapidement mis de l'ordre dans sa tenue se présentait au garde-à-vous devant le bureau du légat.

— Centurion Macro, tes qualités au combat ne sont plus à démontrer. Par ailleurs, tu as su mener cette affaire d'escorte avec la discrétion requise. Pour ces raisons, le secrétaire impérial et moi-même avons décidé de te confier une mission, après que l'armée aura débarqué en Bretagne…

L'atmosphère festive née dans l'amphithéâtre se prolongea tard dans la nuit ; quand il ne resta plus une goutte d'alcool, les soldats regagnèrent leurs quartiers pour cuver. Ceux trop ivres pour tenir debout se trouvèrent un coin tranquille pour s'écrouler. Et ainsi, dans l'obscurité des heures précédant l'aube, peu furent témoins de ce qui suivit.

Un petit groupe de centurions mené par Vitellius et Pulcher traversa la base, accompagné d'un chariot, et mit aux arrêts les hommes figurant sur une liste fournie par Narcisse. Des vétérans, pour la plupart, qui s'étaient enrôlés sous les aigles au cours des dernières années du règne d'Auguste et méprisaient le déclin moral des empereurs qui lui avaient succédé – d'abord Tibère, puis Caligula. La majeure partie d'entre eux était trop saoule pour opposer une résistance sérieuse. On les tira hors de leurs tentes pour les jeter à l'arrière du chariot, pieds et poings liés. Quand l'un des plus vifs tenta d'appeler à l'aide, Pulcher lui trancha promptement la gorge et menaça d'en faire autant avec le prochain qui ouvrirait la bouche. Et ainsi, alors que le ciel s'éclaircissait à l'est, le petit cortège franchit les portes du camp en silence pour faire halte au milieu d'une clairière dans une forêt loin des oreilles indiscrètes des légions endormies.

Tandis que Vitellius repartait faire son rapport à Narcisse, on fit rouler les hommes attachés au bas du chariot, avant de les faire aligner de manière approximative. À genoux, ils levèrent un regard craintif vers Pulcher qui paradait devant eux, son visage balafré épanoui en un sourire horrible. Une fois tout le monde en place, il dégaina sa dague avec désinvolture.

— Bon ! Assez joué, bande de traîtres. Maintenant, c'est mon tour de m'amuser. Je veux des noms. J'ai besoin de savoir qui, à Rome, donne les ordres. J'ai bien conscience que la plupart d'entre vous n'auront pas la réponse à cette question, mais franchement, je m'en moque. Si j'obtiens ce que je veux, vous vivez ; dans le cas contraire, vous mourez. C'est pas plus compliqué que ça.

Pulcher approcha d'un vétéran grisonnant au bout de la ligne.

— Tu es le premier. Je t'écoute.

L'homme pinça les lèvres et cracha aux pieds de Pulcher. Sans la moindre hésitation, celui-ci l'empoigna par les cheveux et lui renversa la tête. La dague étincela sur sa gorge et un jet cramoisi éclaboussa le sol de la forêt. Pulcher lâcha sa victime qui s'écroula et se tordit un moment dans des convulsions avant de s'immobiliser.

— D'accord. À qui le tour ?

Peu après l'aube, Pulcher rentra au camp de la deuxième légion où l'attendait le tribun Vitellius. Il lui présenta une liste sur une tablette de cire. La mine sombre, Vitellius parcourut les noms parmi lesquels se révélaient quelques surprises ; soudain, son doigt se figea.

— Tu es absolument sûr de celui-là ? demanda-t-il avec brusquerie.

— C'est ce qu'a dit le prisonnier.

— Ça expliquerait comment l'opposition a eu vent de la visite de Narcisse si rapidement. Qui t'a donné ce nom ?

— Aurelius, premier tribun de la neuvième légion. Il a des relations à Rome.

— Inutile de me le rappeler, répliqua Vitellius avec irritation. Je suppose que le tribun Aurelius n'est plus en état de me parler ?

Pulcher secoua la tête.

— J'ai suivi tes ordres : tu voulais qu'ils disparaissent. Je ne suis pas du genre à faire les choses à moitié.

— C'est bien dommage. J'aurais aimé qu'il me confirme cette information. Il nous faudra donc partir du principe qu'il n'a pas menti.

— On en parle à Narcisse ?

— Je préfère que non. Pour l'instant, en tout cas.

— Bien. Je ferais mieux de retourner dans la forêt. On n'a pas fini de creuser.

Le soleil du milieu de matinée réchauffait les sentinelles postées aux portes du camp principal, quand un chariot surgit à la lisière de l'immense forêt qui s'étendait de l'arrière-pays à la côte. Le véhicule était escorté par un groupe de centurions à la mine sévère ; Pulcher tenait les rênes en sifflant avec contentement. Alors qu'ils entraient dans le camp, les gardes virent que le chariot ne contenait que quelques pioches et pelles – et une tache sombre s'étalait sur le plateau en bois.

CHAPITRE 33

En fin d'après-midi, le soleil dardait ses rayons obliques sur le pont, débités par les ombres projetées du mât et du gréement. À la proue, un marin tentait de déterminer la profondeur de l'eau à l'aide d'une sonde à plomb. Le navire entra lentement dans le chenal, alors que le capitaine donnait l'ordre d'ariser la voile. Tandis que les matelots grimpaient dans la mâture et se répartissaient aux extrémités de la vergue, Cato avança à contrecœur vers la base du beaupré.

Dès que le bâtiment avait quitté le port de Gesoriacum pour la houle paisible, Cato avait été en proie au mal de mer. Il avait alors rejoint certains de ses camarades qui vomissaient tripes et boyaux par-dessus bord. Macro en avait profité pour engloutir des pâtisseries achetées au marché du port peu avant l'embarquement, ne résistant pas au plaisir d'offrir la dernière à son optio, avant d'éclater de rire devant le regard mauvais que lui valait sa si généreuse attention.

Dès qu'ils furent au mouillage, Cato sentit la terrible nausée l'abandonner peu à peu. Une main sur un hauban, il contempla l'étendue d'eau où la flotte d'invasion était à l'ancre. Des centaines de navires se pressaient sur la surface miroitante de la mer ; des bâtiments de guerre aux lignes pures avec leurs tours crénelées s'élevant au-dessus des rangées de rames de chaque côté, de larges transports de troupes à faible tirant d'eau ballottés près du rivage et des centaines d'embarcations plus petites chargées de faire traverser provisions et équipement depuis la Gaule.

Les légionnaires se pressaient contre le bastingage pour avoir une meilleure vue, au grand dam des matelots qui les écartaient en jurant. Eux étaient toujours à la manœuvre, tandis que le bateau voguait lentement vers la terre sous une brise légère. L'île de Bretagne, sous son linceul de brouillard, avec son aura de mystère : cette image, véhiculée de longue date par le folklore romain, ne correspondait pas vraiment à la réalité de ce littoral morne baigné par la chaleur d'une radieuse journée au cœur de l'été. Le paysage vallonné avec ses fermes, ses champs et ses forêts qui s'étendait dans la brume teinta de déception l'excitation générale. Çà et là, de petites colonnes de légionnaires se déployaient à travers la campagne, tandis qu'au loin des nuages de poussière signalaient la présence de l'arrière-garde là où le corps principal constitué des deux premières légions s'enfonçait déjà vers l'intérieur des terres.

Au cours des deux derniers jours, les hommes n'avaient eu à se mettre sous la dent que des informations très partielles sur la progression de l'invasion. L'équipage du navire de transport revenu chercher la seconde division n'avait pu confirmer que deux choses : le débarquement avait bien eu lieu, et les deux premières légions n'avaient rencontré aucune résistance. À présent, Cato était en mesure de le vérifier de ses propres yeux : ni signes de combat, ni bûchers funéraires pour les camarades tombés. Pas davantage de corps de Bretons — en fait, pas la moindre trace des autochtones. C'était difficile à croire. Dans son récit de campagne, César avait pourtant insisté sur les périls d'une invasion de la Bretagne ; lors de sa première tentative, les Romains avaient été repoussés par un adversaire qui s'était farouchement battu jusque sur les plages. Les troupes de César avaient été pratiquement rejetées à la mer dans le sang. Alors que ça, ça rappelait davantage les exercices de combat amphibie menés par Plautius sur la côte de Gaule à peine deux semaines plus tôt : une armée de Romains face à un ennemi inexistant.

Sur ordre du capitaine, le navire changea de cap et la proue vira vers un bassin délimité par de grands étendards rouges qui flottaient mollement dans la brise mourante. Des troupes appartenant à la deuxième légion avaient déjà débarqué. Cato aperçut un groupe de cavaliers remontant la plage en direction d'une étendue d'herbe plate. Probablement Vespasien et son état-major, partant reconnaître la zone qui accueillerait la légion pour la nuit, avant qu'elle ne rejoigne la vingtième et la neuvième.

Mais lui ne serait pas du voyage, se dit Cato avec un brusque frisson d'excitation et de peur. Tandis que le reste de ses camarades marcherait à la rencontre de l'ennemi, lui suivrait un petit détachement affecté à une mission secrète sous le commandement de Macro. Pour l'instant, le centurion était resté avare de détails ; assis à l'écart de ses hommes à la poupe, il avait les yeux fixés sur la surface rendue trouble par le sable. Alors que Cato regardait en arrière, Macro cracha dans l'eau. Tandis qu'il se retournait vers son subalterne, il marqua un temps d'arrêt, puis se fraya un passage vers la proue à travers la masse compacte des légionnaires qui occupait le milieu du navire.

— Alors, ce n'est pas si terrifiant finalement ? dit-il en montrant la plage de la main.

— Non, centurion, répondit Cato. Ça semble même plutôt agréable. En fait, une fois pacifié, cet endroit pourrait faire le bonheur de futurs fermiers.

— Qu'est-ce qu'un gamin élevé dans un palais connaît à l'agriculture ?

— Pas grand-chose, reconnut Cato. Mais j'ai lu Virgile. Ses descriptions du travail à la ferme ont quelque chose de fascinant.

— « Quelque chose de fascinant », l'imita Macro, moqueur. Exploiter la terre est très dur. C'est une vie pénible. Il n'y a qu'un couillon des villes pour trouver ça poétique – les rares fois où il se rend en visite dans son domaine.

Macro regretta immédiatement la sévérité du ton employé et sourit en tapotant le bras de son optio.

— Je me suis un peu emporté. Ne m'en veux pas. Il y a pas mal de choses qui me tracassent en ce moment.

— Lesquelles, centurion ?

— Rien dont je puisse parler avec quelqu'un de ton grade. Désolé, Cato, tu devras attendre qu'on soit loin des autres légions pour en savoir plus. Ce sont les ordres.

— Des ordres de qui, je me le demande, dit Cato à voix basse. De notre commandant – ou peut-être de Narcisse ?

— Pas la peine de partir à la pêche aux informations – tu perds ton temps. L'armée devrait au moins t'avoir appris la patience.

Fronçant les sourcils, Cato regarda se rapprocher les fortifications qui se dressaient au-dessus de la plage et de la campagne environnante.

Quand Vespasien avait donné ses ordres, il avait lourdement insisté sur la nécessité du secret absolu. Sur les onze hommes choisis par Macro, seul Cato était informé de sa participation à une mission dangereuse, coupée de celle du reste de l'armée. Alors qu'ils avançaient lentement vers le littoral, Macro se rappela son entretien avec Vespasien, la veille au soir. Le légat l'avait observé à la lumière de la lampe à huile qui éclairait faiblement sa tente, tandis que la pluie crépitait sur la toile au-dessus de leurs têtes.

— Tu auras besoin d'un chariot au retour.

— Oui, commandant.

— Tu en prendras un dans notre parc de véhicules de transport – je demanderai à un scribe de rédiger l'ordre de réquisition nécessaire.

Vespasien vida sa coupe et considéra le centurion avec attention.

— J'espère que tu as conscience de l'importance de cette mission ?

— Oui, commandant. Avec une telle somme, il te faut une personne de confiance.

— Exactement. (Vespasien hocha la tête.) Mais il n'y a pas que cela. L'empereur a terriblement besoin de tout l'or et de tout l'argent qu'il pourra trouver. À l'heure actuelle, seules deux choses le maintiennent au pouvoir : le soutien de l'armée et, plus important encore, la garde prétorienne – une bande de mercenaires cupides. Claude durera aussi longtemps que les dons continueront d'arriver aux troupes. Tu comprends ?

— Oui, commandant.

— Il est donc vital de récupérer ce coffre et aussi, poursuivit Vespasien avec insistance, que les hommes choisis pour cette mission ne sachent *rien*. Les ennemis de l'empereur ont sans doute déjà eu vent de ce projet et nous devons retarder le plus possible le moment où nous abattrons nos cartes. Si un mot de tout ça tombe dans les mauvaises oreilles, toi et tes hommes ne serez pas les seuls à partir à la chasse au trésor. Tu dois être le premier sur place. Tu auras bien assez à faire avec le danger que représentent les autochtones sans avoir à te soucier, en plus, de ton propre camp.

— Si je peux me permettre, commandant : de qui devrais-je me méfier ?

Vespasien secoua la tête.

— Je soupçonne quelques-uns de nos compagnons d'armes, mais pour le moment, je manque de preuves.

— Je comprends.

Ce que comprenait surtout Macro, c'était que cette mission avait un second objectif : démasquer ceux qui, au sein de la légion, pouvaient constituer une menace pour l'empereur. Quitte à ce que Macro et ses hommes servent d'appât.

— Et que se passera-t-il quand… ?

— Si.

— Si notre route croise celle de ces gens ? Que se passera-t-il, commandant ?

— Alors, tu me prouveras que j'ai fait le bon choix. En cas de réussite – dans l'une ou l'autre tâche que nous venons d'évoquer – je t'assure que tu pourras compter sur ma reconnaissance – ou celle de l'empereur.

Les coins de la bouche de Macro se soulevèrent en remerciements. Une mission terriblement périlleuse, certes, mais une belle récompense à la clé – à condition que tout se déroule suivant le plan que Vespasien venait de lui exposer. Un plan un peu trop simple, songea Macro.

On attendait de lui qu'il mène un petit groupe d'homme avec une charrette dans les régions marécageuses du Sud, bien au-delà de la zone sous protection de l'armée. En évitant tout contact avec les autochtones comme avec les éclaireurs romains. Vespasien lui avait remis une carte pour l'aider à retrouver un chariot immergé dans une tourbière près d'un siècle plus tôt. Une fois le coffre récupéré, ils le chargeraient sur la charrette pour le rapporter au légat – en personne. De peur que la vue des richesses qu'il renfermait ne corrompe les esprits de simples légionnaires, il ne devait être ouvert sous aucun prétexte. Enfin, à l'inévitable curiosité de ses hommes s'ajoutait la perspective d'une attaque en territoire ennemi, soit par des autochtones, soit par des traîtres animés d'ambitions politiques qui le dépassaient.

—As-tu d'autres questions, centurion ?

—Une seule, commandant. Que se passera-t-il si nous ne retrouvons pas ce chariot ?

—N'y pense même pas, répondit simplement Vespasien.

—Je vois, dit Macro en hochant la tête.

Le légat n'en était pas convaincu – et préférait qu'il en soit ainsi. Car en cas d'échec, le coffre resterait dans le marécage, attendant d'être découvert par une prochaine expédition. Rien ne garantissait que la carte originale fournie par Narcisse soit unique ; et maintenant qu'il en avait confié une copie au centurion, le risque que d'autres en soient faites était bien réel. Si cette mission échouait, l'existence même d'une poignée de soldats qui soupçonnaient ce que cachaient ces marais deviendrait gênante. Cette éventualité avait déjà été prévue.

— Ce sera tout, centurion ? demanda Vespasien, et Macro hocha la tête. Alors, tu ferais bien d'aller préparer tes hommes. Nous ne nous reparlerons pas avant ton retour à la légion – avec le coffre.

— Oui, commandant.

— Bonne chance. Et bonne route.

Une fois hors de la tente, Macro plia soigneusement le plan qu'il glissa dans son baudrier. Le ton définitif avec lequel le légat lui avait donné congé le mettait un peu mal à l'aise. Mais il était trop tard pour faire machine arrière.

Le capitaine ordonna à son équipage d'affaler la voile et le navire poursuivit sur sa lancée, jusqu'à ce qu'un léger tremblement soit ressenti sur le pont. Il venait de s'échouer à une faible distance de la plage.

Depuis la poupe, le capitaine mit ses mains en porte-voix et cria :

— Sortez la passerelle de débarquement !

Les légionnaires s'écartèrent, alors que les matelots soulevaient une longue rampe articulée qu'ils poussèrent bien au-delà de son point d'appui, jusqu'à quelques pas du rivage. Au signal de l'un d'eux, ils la laissèrent retomber dans une grande gerbe d'eau, avant de la fixer au pont par deux tiges métalliques enfoncées dans des trous prévus à cet effet.

— Et voilà le travail ! (Le capitaine donna une claque sur l'épaule de Macro.) Vous êtes arrivés à bon port. J'espère que le voyage vous a plu.

— Ça allait, répondit Macro sans enthousiasme.

Comme bon nombre de soldats, il pensait que la terre appartenait aux hommes et la mer aux poissons et aux idiots assez imprudents pour la traverser.

— Mais merci quand même, ajouta-t-il.

— Tout le plaisir était pour moi. Je compte sur vous pour flanquer une bonne correction aux autochtones.

— On fera de notre mieux.

— Maintenant, je te serai reconnaissant de faire descendre tes hommes de mon bateau. On repart pour la Gaule immédiatement. J'ai des chevaux à transporter jusqu'ici pour une cohorte syrienne – encore ce soir.

— Ce soir ? fit Macro, surpris. Je croyais que vous autres marins préfériez éviter la navigation de nuit.

— En temps normal, c'est vrai, répondit le capitaine avec un sourire affable. Mais ce voyage est très bien payé. Alors, si tu veux bien…

Macro se tourna vers ses hommes qui attendaient ses ordres.

— D'accord. Allez, les gars, on descend. Ne laissez rien à bord.

À la queue leu leu, les légionnaires avancèrent avec précaution sur la passerelle de débarquement. Arrivés au bout de la rampe, ils sautèrent, soulevant leur équipement pour ne pas le mouiller – l'eau leur montait jusqu'à la taille. Puis ils se pressèrent vers la plage. Quand Macro et Cato les rejoignirent enfin, on rangeait déjà la rampe, tandis que plusieurs matelots poussaient de toutes leurs forces sur une longue perche en bois pour se désensabler.

— Qu'est-ce qu'il y a de si urgent ? demanda Cato avec un geste de la tête en direction du bateau.

— De l'argent à se faire.

— Qu'est-ce que les hommes ne seraient pas prêts à faire pour ça ! s'exclama Cato en riant. Comme si c'était la chose la plus importante au monde.

— Ça l'est.

L'expression sévère sur le visage de son centurion prit l'optio au dépourvu. Pendant que Macro s'adressait au reste de la centurie, Cato l'observa. Sa tension était palpable, ce qui se comprenait. Bien que la mutinerie ait été étouffée, tous les officiers restaient nerveux. Le fabuleux numéro de Narcisse dans l'arène avait rapidement fait le tour des légions, suscitant des imitations impromptues qui ne manquaient jamais de provoquer l'hilarité. La ruse de l'affranchi avait fait mouche : avec cette plaisanterie que tous pouvaient partager et la mystérieuse absence du tribun Aurelius et de ses complices, l'atmosphère de méfiance et de trahison ne fut bientôt plus qu'un mauvais souvenir. Plautius avait contribué à apaiser les esprits en autorisant les chefs et princes bretons en exil à s'épancher sur les vastes richesses que promettait la Bretagne ; or, argent, esclaves – sans parler des femmes, qui ne demandaient qu'à être arrachées aux bras d'une poignée de culs-terreux qui insistaient pour se battre nus comme des vers. Leur apparence effrayante – les corps peints, les cheveux dressés en pointes blanchies – et leurs cris féroces ne feraient pas le poids face au professionnalisme des Romains. Les légionnaires balaieraient aisément de tels adversaires et récolteraient les fruits de leur victoire. Dans les dernières semaines de sa préparation, l'armée avait retrouvé sa détermination.

La nuit était tombée depuis longtemps quand, ayant dressé la dernière tente, les hommes de la centurie purent se reposer devant un dîner léger composé d'un gruau d'orge et de miches de pain grossières rapportées de Gaule et déjà rassises. Autour des feux de camp, les conversations portaient sur la progression de la campagne, en se fondant sur les bribes d'information glanées auprès des messagers et des officiers chargés du ravitaillement de retour du front. Pour l'instant, le contact avec l'ennemi s'était limité à une poignée d'escarmouches entre éclaireurs et, au dire de tous, les conducteurs de char locaux avaient jusqu'à présent eu le dessus sur la cavalerie romaine. D'un ton maussade, les vieux briscards expliquaient aux nouvelles recrues que les choses seraient bien différentes une fois que les Bretons se retrouveraient face à l'infanterie lourde romaine.

À l'intérieur de sa tente, Macro s'adressa discrètement aux hommes qu'il avait choisis pour accomplir, avec lui, la mission confiée par Vespasien. En plus de Cato, il avait sélectionné les dix meilleurs soldats de la centurie. Assis dans l'herbe, tous l'écoutaient exposer les grandes lignes de leur plan.

— Comme certains d'entre vous ont pu l'observer, notre légion a eu l'honneur d'accueillir plusieurs membres de la famille royale locale qui, ces dernières années, ont bénéficié de l'hospitalité romaine par suite d'une série de malentendus avec leurs sujets.

Les hommes sourient à cette description des protégés de l'empereur. La même situation se reproduisait dans tout l'Empire : les autochtones mettaient à la porte leurs despotes, qui fuyaient à Rome pour plaider leur cause, où ils découvraient bien vite que l'asile avait un coût élevé – l'obéissance perpétuelle.

Macro poursuivit :

— Il se trouve que l'un de nos amis – un certain Cogidubnos – a été légèrement imprudent au moment d'approcher Rome, quelques années plus tôt, afin de négocier un traité. Apparemment, ce qu'il a vu chez nous lui a laissé une si forte impression qu'il a fait le serment de livrer sa nation à l'empereur si l'Empire devait un jour s'étendre à la Bretagne. Comme c'est le cas aujourd'hui. Mais ce brave Cogidubnos semble avoir oublié ses bonnes dispositions et entend obtenir de meilleures conditions de la part de Rome. Hélas pour lui, quand son peuple l'a jeté dehors, le chariot transportant ses papiers personnels a été perdu dans les marécages près d'ici. Heureusement, les espions du général ont découvert où il se trouvait et notre mission consiste précisément à le récupérer pour le rapporter à la légion où il sera en lieu sûr. Une fois que Plautius détiendra la preuve concrète des engagements antérieurs de Cogidubnos – en particulier sa promesse de trahir ses sujets au bénéfice de Rome – il sera en mesure de faire pression sur lui pour l'obliger à tenir parole – s'il veut éviter que son peuple ne soit mis au courant de ses agissements.

Macro s'interrompit, plutôt satisfait ; il lui semblait avoir rendu ce tissu de mensonges tout à fait plausible.

— Mais d'abord, il faut récupérer ces documents. Et c'est là que nous intervenons. Les douze personnes réunies sous cette tente sont envoyées en détachement à la recherche du coffre.

— Centurion ! l'interpella l'un des soldats en levant la main.

— Oui ?

— Douze hommes seuls ? En plein territoire ennemi ? Qui a eu une idée pareille ? (Il ponctua sa sortie en crachant avec mépris sur le sol.) C'est tout bonnement du suicide.

— Espérons que nous n'en arriverons pas là, répondit Macro d'un ton rassurant. D'après Vespasien, nos éclaireurs ont trouvé très peu de signes de résistance depuis le débarquement des deux premières légions. On ne devrait pas courir de risques si on agit vite – pas plus de deux ou trois jours.

— Quand partons-nous, centurion ?

— Cette nuit. Dès que la lune sera levée.

CHAPITRE 34

Une brume humide tenace monta durant la nuit ; quand on sonna le deuxième tour de garde, un fin voile blanc couvrait le sol. Les formes de Vitellius et de son garde du corps, Pulcher, se découpaient contre les taches rouge pâle des feux de camp. Le tribun tendit à Macro une petite tablette.

— Voici ton sauf-conduit. Contresigné par le général. Tu n'auras donc aucun problème avec nos hommes ; en revanche, je doute que ça impressionne beaucoup les Bretons que tu pourrais croiser.

Macro ne sourit pas, se contentant de glisser la tablette dans son havresac. Foutus officiers d'état-major ! Ils envoyaient peut-être des soldats à la mort et trouvaient encore le moyen de plaisanter.

— Bien, centurion. J'espère que ta mission – quelle qu'elle soit – sera couronnée de succès.

Macro hocha la tête.

— Bonne chance.

Macro salua et retourna auprès de ses hommes immobiles qui attendaient, telles des ombres dans la brume spectrale. Le dernier dans la file sifflait des insultes à la paire de mules réquisitionnée pour tirer la charrette. Arrachées à un sommeil bien mérité après une traversée traumatisante, les pauvres bêtes ne faisaient pas preuve d'une grande coopération. Elles agitaient nerveusement leurs longues oreilles, alors que des panaches de condensation humides s'échappaient de leurs naseaux. Macro donna le signal du départ et le cocher frappa la croupe de la mule de tête du bout de son javelot. Avec un grognement, les deux bêtes s'arc-boutèrent contre leurs harnais. La charrette avait été débarrassée de tout accessoire qui n'était pas fixe et les essieux graissés pour que rien à part le craquement mou de la terre sous ses roues ne trahisse sa présence. La brume contribuait également à assourdir les bruits de la nuit, à tel point que les hommes trouvèrent leurs jambes cinglant dans les hautes herbes humides anormalement bruyantes. Derrière eux, les feux de la deuxième légion s'évanouirent peu à peu dans le néant et bientôt, les sons qu'ils produisaient furent les seuls à troubler le silence de la nuit.

Pour Cato, qui était né et avait grandi dans la plus grande ville du monde, ce silence avait quelque chose de terriblement oppressant. Son imagination fertile transformait chaque ululement ou bruissement dans l'herbe, si léger soit-il, en un dangereux Breton, traquant les Romains et attendant un moment favorable pour frapper. Marchant derrière Macro, il enviait à son centurion sa démarche assurée, à croire qu'il se sentait invulnérable — ce qui ne manquait pas d'ironie, vu le nombre de cicatrices qu'il avait sur le corps.

La petite colonne poursuivit sa route, lançant le mot de passe requis chaque fois qu'une sentinelle l'exigeait, non sans avoir jeté un regard curieux à la masse imposante du véhicule qu'ils traînaient derrière eux. Puis l'étrange patrouille se retrouva brusquement perdue dans le brouillard humide, qui engloutit bientôt jusqu'aux sons de la charrette elle-même.

Le signalement de l'étrange détachement ne remonta au quartier général qu'à la relève de la garde, quand un officier perplexe demanda au légat si Macro agissait bien sur ses ordres.

—Douze hommes et une charrette, dis-tu ? fit Vespasien d'un ton irrité – comme si un problème beaucoup plus urgent nécessitait immédiatement son attention.

—Oui, commandant.

—Curieux. Ça ne ressemble pas à une patrouille de reconnaissance.

—Non, commandant. C'est aussi ce que j'ai pensé, dit l'officier de garde en hochant la tête. J'envoie une patrouille après eux ?

—Inutile. En ce moment, nous avons besoin de tous les cavaliers disponibles. Une colonne bretonne a faussé compagnie à nos éclaireurs – et il faut la retrouver.

—Je vois. Alors, que fait-on, commandant ?

—Consigne l'incident dans le journal de garde. Et jusqu'à plus ample informé, qu'on les considère comme des déserteurs.

—Des déserteurs ? (L'officier faillit rire tant cette idée lui parut ridicule.) Mais ils se feront massacrer par les premiers Bretons qu'ils croiseront, commandant.

Devant le regard glacial du légat, il s'abstint de tout autre commentaire.

—Des déserteurs, j'ai dit. Et s'ils sont capturés, qu'on me les amène directement. Personne ne devra les voir ou leur parler.

—Oui, commandant.

Une fois seul, Vespasien fronça les sourcils. Il se sentait coupable d'avoir qualifié Macro et ses hommes de déserteurs. Mais s'ils échouaient, il faudrait les réduire au silence pour que rien ne filtre à propos de l'existence du chariot. Le légat tenta de chasser le centurion et son expédition de son esprit. Pour l'heure, les mouvements de troupes des Bretons constituaient une source d'inquiétude bien plus grande. Dès le débarquement de la force d'invasion, Plautius avait envoyé ses éclaireurs pour obtenir des informations précises sur l'armée ennemie. Mais l'épais brouillard de la nuit dernière, suivi d'une brume persistante à l'aube, avait permis à un gros contingent breton – des chars et de l'infanterie, entre neuf et dix mille hommes – de fausser compagnie aux Romains. Toute la nuit, le commandant de la cavalerie avait désespérément tenté de rétablir le contact. Et Vespasien venait d'apprendre que la colonne disparue avait probablement Togodumnus à sa tête – frère de Caratacos, le chef des forces bretonnes, et loin d'être un imbécile, à en croire les émigrés bretons qui accompagnaient l'armée romaine.

Un rayon de lumière orange tomba sur les papiers étalés devant lui ; levant les yeux, Vespasien constata que le soleil s'était glissé par un entrebâillement dans la toile. La journée s'annonçait difficile, mais il se promit de trouver un moment pour réprimander le responsable de ce montage bâclé.

Alors qu'au loin la ligne d'horizon s'éclairait avec l'arrivée de l'aube, Macro ordonna de faire halte, et les hommes s'effondrèrent sur le bas-côté. La marche de nuit avait été une rude épreuve pour les nerfs, et tout le monde se réjouissait de voir le soleil se lever et dissoudre l'obscurité.

Après qu'ils avaient laissé les dernières sentinelles romaines derrière eux, le bruit de chevaux à l'approche leur avait fait quitter le chemin à deux reprises. Mais dans les ténèbres, difficile de savoir si le grondement des sabots correspondait à des éclaireurs romains ou bretons. Pour le reste de la nuit, ils avaient progressé le plus silencieusement possible, s'attendant à être attaqués à tout moment. Les premiers rayons de lumière orange caressèrent le visage épuisé de Cato alors qu'il mâchait une lamelle de porc séché. Il se tourna vers Macro.

— C'est encore loin, centurion ?

— On devrait être arrivés pour la tombée de la nuit. Tu vois là-bas ?

Il pointa du doigt une étendue plate, au loin dans la campagne vallonnée, où le brouillard semblait ne jamais se lever. Seul dépassait çà et là un monticule, telle une île dans une mer de lait.

— C'est là que commencent les marécages.

— Et comment va-t-on trouver un chariot là-dedans, centurion ?

— On continue jusqu'à une dépression où le chemin entre dans un petit bosquet. Le chariot est caché dans un marais près d'une souche de chêne calcinée. Ça ne devrait pas être trop difficile à repérer.

Suivant le chemin du regard jusqu'à l'endroit où il disparaissait dans le banc de brouillard, Cato ne put s'empêcher d'avoir quelques doutes. Sans savoir l'expliquer, il ne pensait pas que les choses seraient aussi faciles. Au loin, le marécage les attendait avec une inertie froide, paralysante, qui le remplit soudain d'une peur superstitieuse. C'était la vision des enfers dont il avait entendu parler enfant, sur les genoux de son père. Des ombres spectrales enroulées autour des formes plus sombres d'arbres entraperçus, alors que la brume légère se mouvait dans l'air raréfié.

L'air absorbé, Macro balaya la campagne du regard, attentif au moindre mouvement. Sur la gauche, le paysage vallonné descendait vers la mer qui miroitait au loin ; sur la droite, les terres cultivées partiellement dégagées cédaient progressivement la place à la forêt. Rien ne bougeait. Les Bretons avaient pris soin de rentrer tous leurs animaux d'élevage à l'arrivée des envahisseurs et d'incendier les greniers à céréales. Macro estima qu'ils pouvaient se remettre en route – dans l'immédiat, ils ne risquaient rien.

— Debout, fainéants ! On a du pain sur la planche.

D'un air las, les légionnaires assis dans l'herbe se levèrent pour se ranger derrière leur commandant. Macro donna le signal du départ et ses hommes, fatigués et tendus, lui emboîtèrent le pas. Dans la descente, il fallut serrer la bride aux mules pour éviter que la charrette ne prenne de la vitesse. Au moment d'entrer dans le marécage, le chemin rétrécit et les roues du véhicule mordirent sur l'herbe des bas-côtés. Cato sentit le sol devenu plus mou s'enfoncer légèrement sous ses sandales, alors que la brume avalait la petite colonne. Très vite, les paysages de la campagne bretonne s'évanouirent, remplacés par une ceinture blanche apparemment sans limites. Derrière eux, le soleil tentait vainement de percer et de réchauffer l'air froid et humide au contact de leur peau. Personne ne parlait ; les seuls sons audibles étaient ceux des mules qui s'ébrouaient en tirant leur fardeau dans la tourbe qui s'ingéniait à aspirer les roues de la charrette.

Le chemin étroit serpentait à travers le marécage. Une chaussée en rondins couverte de gravier avait été installée là où le sol devenait vraiment trop meuble. Avec une régularité irritante, l'une, puis l'autre roue, se coinçait dans la boue noirâtre. Les légionnaires devaient alors poser leurs armes, plaquer leurs épaules contre les épais rayons en bois et pousser de toutes leurs forces pour dégager la charrette. Bientôt, les hommes épuisés disparurent sous une couche de crasse nauséabonde. Macro les autorisa à prendre une courte pause et ils s'écroulèrent à proximité d'un monticule moussu entouré d'une étendue d'eau froide et peu profonde. À la position du disque jaune pâle qui flottait au-dessus de la brume, Macro déduisit qu'il était presque midi. Mais d'un simple coup d'œil aux soldats affalés autour de lui, il sut qu'ils n'iraient pas beaucoup plus loin aujourd'hui, surtout s'ils devaient sortir un chariot d'un marécage — à condition de le trouver, bien sûr. Il ne devait plus être très loin — si le plan qu'on lui avait remis était exact.

Une soudaine clarté dans l'air lui fit lever les yeux. Le soleil perçait enfin. Les tourbillons de brume se disloquaient par endroits, et on commençait à y voir à plus de deux ou trois cents pas.

— Cato !

— Centurion ?

— Monte là-dessus et tâche de repérer ce fameux tronc d'arbre.

À contrecœur, Cato se leva pour avancer en direction d'un monticule moussu au bord du chemin. Il posa d'abord un pied hésitant sur la surface verte et molle, voulant s'assurer qu'elle supporterait son poids.

— Ne lambine pas ! lui lança Macro d'un ton irrité. Grimpe, je te dis !

Les bras tendus pour amortir sa chute, Cato contracta ses genoux et se redressa lentement. Le sol sous la mousse le surprit par sa fermeté. Se tenant bien droit, il scruta le paysage qui les entourait. Devant, le chemin descendait en serpentant vers un marais noir particulièrement immonde où il semblait disparaître. Clairement, leur charrette n'irait pas plus loin. Macro n'allait pas apprécier.

— Tu vois notre tronc ou quelque chose qui y ressemble ?

— Non, centurion.

— Et par là ?

Macro pointa du doigt une brèche qui venait de s'ouvrir dans la brume pour révéler plusieurs arbres morts, leurs silhouettes austères et tordues se détachant sur l'épaisse toile de fond blanche.

— Je n'en suis pas sûr, centurion.

— Eh bien, regarde mieux, alors !

Cato plissa ses yeux fatigués, mais il avait du mal à distinguer plus de détails, et la brume se refermait à nouveau sur les arbres morts. Instinctivement, il se pencha en avant pour mieux voir. Avec un craquement étouffé, la mousse céda soudain sous lui et il s'étala de tout son long. Ses bras tendus ne furent pas très efficaces pour amortir sa chute et il eut momentanément le souffle coupé.

— Ça va ? s'inquiéta Macro, qui se baissa vers lui pour l'aider à se relever.

— Oui, centurion.

— Tu sais, Cato, poursuivit Macro avec le sourire, j'ai déjà vu des soldats maladroits, mais toi…

— Je n'y suis pour rien, centurion ! Le sol s'est dérobé !

— D'accord.

Macro se tourna pour regarder l'endroit d'où Cato était tombé. Une grande partie de la mousse s'était effondrée en révélant une masse arrondie de végétation pourrie en train de se désagréger.

— Là, tu vois, centurion ! protesta un Cato vexé. C'est complètement pourri !

Il se tut une seconde, puis, curieusement, il arracha une motte qu'il jeta de côté. Puis il répéta plusieurs fois l'opération, alors qu'une certaine excitation semblait le gagner.

Macro sourit.

— Inutile d'en faire une affaire personnelle.

Cato l'ignora et continua à dégager la mousse et, quelques moments plus tard, les vestiges pourris d'une souche devinrent visibles. Se redressant, il jeta un rapide coup d'œil autour de lui ; plusieurs monticules similaires bordaient le chemin. Il se précipita vers le plus proche où il dégagea à coups de pied les restes d'une deuxième souche, tout aussi ancienne. Puis il leva la tête vers Macro, l'air ravi.

— Mais qu'est-ce qui te prend ? demanda le centurion, surpris par le comportement pour le moins excentrique du jeune homme – même pour lui.

— Centurion ! Tu ne vois donc pas ?

— Que tu es devenu fou ? Si !

— Ce sont des souches, centurion ! Des souches !

Cato marqua un temps d'arrêt, attendant une réaction, tandis qu'un large sourire fendait son visage éclaboussé de boue. Macro ne put s'empêcher d'éprouver une affection un peu paternelle. Cato ressemblait à un petit garçon – impossible d'être en colère contre lui.

—Des souches ? répondit Macro. Oui, je vois bien. Probablement celles d'arbres coupés pour les rondins du chemin.

—Exactement, centurion ! Des arbres coupés. Combien, d'après toi ?

Macro regarda autour de lui.

—Dix, douze, je dirais.

—Une dizaine d'arbres. Ou ce qu'on pourrait aussi appeler un bosquet ?

Macro ressentit un picotement familier dans la nuque.

—Tout le monde debout !

L'absence totale d'entrain des légionnaires fatigués et crasseux était visible, mais tous se levèrent.

—L'optio croit qu'on est au bon endroit. Commencez à chercher la carcasse d'un chariot près du bord du chemin.

Les soldats se tournèrent vers le bourbier lugubre qui les entourait avant de reporter leur attention sur leur centurion, comme s'ils espéraient des instructions plus précises.

—Allez, au boulot ! ordonna Macro d'une voix ferme. Je ne vais certainement pas le trouver tout seul !

Sans attendre, le centurion s'attaqua au monticule le plus proche, arrachant la mousse humide par poignées. Les autres l'imitèrent à contrecœur et, bientôt, le petit tertre herbu se transforma en véritable chantier. Des mottes de mousse et de terre volèrent à travers les airs, sans épargner les légionnaires eux-mêmes – de plus en plus sales – alors qu'ils se démenaient pour déterrer la moindre trace du chariot perdu. Le soleil déclina lentement de sa position de la mi-journée, sans beaucoup d'effet sur la brume qui s'accrochait à la vaste étendue marécageuse. Bredouilles, les soldats finirent par se rasseoir l'un après l'autre et contempler les débris de tourbe et de bois pourri, seul résultat de leurs efforts. Macro les laissa s'arrêter sans un mot et s'interrompit à son tour, fixant sur Cato un regard accusateur.

— J'ai juste dit que c'était peut-être le bon endroit, se défendit l'optio d'un air coupable. Ça m'a semblé une hypothèse raisonnable sur le moment.

— Une hypothèse ? marmonna Pyrax avec colère. Tu paraissais plutôt sûr de toi !

— J'ai pu me tromper, reconnut Cato en haussant les épaules. Mais alors, où a bien pu passer ce chariot ? Parce que, à en juger par l'état du chemin devant nous, il n'est pas allé plus loin. Et en venant, combien d'autres arbres avons-nous croisés ? Aucun. C'est forcément près d'ici.

— Où, alors ? demanda Macro qui, d'un geste du bras, engloba toutes les excavations. On a cherché.

— Eh bien, ça veut juste dire qu'on n'a pas encore trouvé.

— Ça suffit comme ça ! s'emporta Pyrax. Écoute, centurion, ce chariot n'est pas là. N'importe quel imbécile peut s'en rendre compte. Soit on est passés à côté plus tôt, soit il n'a jamais été là. Pourquoi ne pas rentrer, tout simplement ?

Les autres légionnaires marmonnèrent leur approbation.

Macro baissa les yeux entre ses pieds et réfléchit un moment avant de se lever avec raideur.

— Non. Pas encore en tout cas. L'optio a raison. Si ce chariot est quelque part, c'est forcément ici. On va se reposer un peu et après, on fera une nouvelle tentative. Si on n'a rien trouvé au crépuscule, on repartira.

Pyrax jura et cracha aux pieds de Cato. Son poing se serra.

—C'est ma décision, Pyrax, intervint Macro avec fermeté. Maintenant, calme-toi et repose-toi. C'est un ordre. Compris ?

Pyrax resta silencieux, lançant un regard mauvais à l'optio. Puis il se tourna vers Macro, avant d'acquiescer.

—Je t'ai demandé si tu m'as compris ?

—Oui, centurion !

—Bien. Alors, va t'asseoir.

Avec un dernier regard noir destiné à Cato, Pyrax alla rejoindre ses camarades qui tous dévisageaient l'optio d'un air peu amène.

C'était plus que le jeune homme ne pouvait en supporter en ce moment ; il s'éloigna en direction du marécage pour échapper à cette atmosphère hostile. Les vestiges d'un jeune arbre dépassaient de la surface sombre, en biais vers le chemin. Avec un soupir de frustration, Cato se laissa aller en arrière contre l'arbre, avec la ferme intention de se vider l'esprit et de profiter de la vue – pour ce qu'elle valait. Dès qu'il pesa contre l'arbre, celui-ci céda avec un craquement sonore. Cato sentit qu'il perdait de nouveau l'équilibre, mais ses battements de bras frénétiques lui permirent de rester debout.

—Cato ! cria Macro. Oh ! bon sang ! Ce n'est pourtant pas si dur de tenir sur ses jambes ! Je te jure, j'ai connu des marins complètement saouls moins maladroits que toi !

—Désolé, centurion. J'ai cru que cet arbre pourrait supporter mon poids.

—Un arbre ? répéta Macro en regardant dans l'herbe à l'endroit que lui indiquait Cato. Ce n'est pas un arbre, ça.

Il se pencha pour examiner ce que Cato avait pris pour un arbre. Sous le lichen, la saleté et la mousse, le bois était bien trop régulier et lisse. Il essuya la crasse à l'une des extrémités, exposant un bout en fer. Insistant encore un peu, il finit par découvrir un collier d'un pied de long, en fer lui aussi, avec deux poignées dépassant de part et d'autre de la barre.

— Eh bien, Cato, tu n'es peut-être pas la plus agile de nos recrues, mais ta maladresse a ses avantages. Tu sais ce que c'est ?

Cato secoua la tête, vaguement intrigué par l'apparition de ferronnerie sur son jeune arbre.

— L'extrémité d'un brancard de chariot. Et qui dit brancard de chariot, dit chariot à proximité. Voyons cela.

Macro souleva la barre au-dessus de sa tête, suivant la direction où il disparaissait dans le marécage. Il tira un peu pour voir, mais rencontra une certaine résistance. Clairement quelque chose le retenait au fond. Macro le laissa retomber dans l'herbe et se tourna vers les autres légionnaires qui l'observaient avec curiosité.

— Cette fois, c'est la bonne, les gars ! Tout le monde debout et au travail. Apparemment, notre optio avait raison. Je n'en ai bien sûr jamais douté – pas vraiment.

Si l'agression d'un officier supérieur n'avait pas été un crime capital, Cato l'aurait frappé.

Chapitre 35

Le crépuscule ne tarderait plus, et toujours aucun signe de l'armée de Togodumnus. Deux cohortes d'auxiliaires de cavalerie étaient venues prêter main-forte aux éclaireurs des trois légions, afin de sillonner systématiquement la région à la recherche des Bretons. Tant qu'on ne les aurait pas retrouvés, la deuxième légion resterait terriblement vulnérable, et Vespasien répugnait à quitter une position fortifiée sans connaître l'état des forces en présence. Il imaginait aisément les conséquences d'une attaque d'envergure sur ses soldats déployés en ordre de marche. Menée avec détermination, une telle opération pouvait paralyser la deuxième légion. Voilà pourquoi il avait confié la responsabilité de la reconnaissance à Vitellius. En ce moment même, le tribun battait la campagne bretonne avec l'ordre de ne pas revenir avant d'avoir localisé Togodumnus.

Pendant ce temps, le général Plautius repoussait l'ennemi sans relâche ; il avait déjà envoyé deux messagers à l'arrière pour réclamer des troupes fraîches — des hommes de la deuxième et de la quatorzième légion. Pour écraser l'ennemi, disait-il à ses subalternes, il fallait lui porter un coup décisif. Si les quatre légions parvenaient à coincer les Bretons avant qu'ils se mettent à l'abri de l'autre côté d'un fleuve, la bataille qui en résulterait verrait probablement la destruction de l'armée ennemie. Après, ne resteraient que quelques collines fortifiées à prendre d'assaut et quelques survivants à balayer. Le légat avait eu un sourire amer en lisant le message du général. Celui-ci se gardait bien de mentionner – ou n'avait peut-être pas prévu – les années de guérilla qui suivraient inévitablement en attendant qu'on puisse considérer la nouvelle province comme pacifiée.

Vespasien regretta de ne pas partager la confiance de son supérieur. Mais les ordres étaient les ordres, et Plautius exigeait que la deuxième légion se mette en mouvement le lendemain à l'aube. Il supposa que le général avait conscience du risque qu'il leur faisait courir.

D'après les derniers rapports des éclaireurs, la route vers l'ouest et le front était dégagée ; au sud, on n'avait pas poussé les recherches au-delà des marécages – qui, à en croire les émigrés bretons, étaient infranchissables pour une armée ; dans cette région, les voies de circulation avaient été abandonnées depuis de nombreuses années, englouties pour certaines. Ce qui laissait la partie densément boisée au nord de l'itinéraire prévu ; une masse vallonnée d'arbres et de fourrés où s'entrecroisaient une multitude de sentiers bien connus des autochtones. Si une attaque survenait, elle viendrait certainement de là.

Le soleil déclinait dans les bancs de brume quand Macro et ses hommes eurent suffisamment dégagé la tourbe visqueuse et nauséabonde pour qu'apparaisse le plateau du chariot. Les légionnaires, qui se démenaient dans ce bourbier qui leur arrivait à la taille, avaient enfin découvert le coffre qu'on les avait envoyés chercher. Une fois la caisse en bois et en fer extraite de sa gangue de boue, Macro l'examina d'un air excité. À part les taches inévitables et l'humidité du bois, le coffre était en excellent état et le solide cadenas n'avait pas bougé. Maintenant que leurs efforts avaient porté leurs fruits, ses hommes partageaient son excitation et l'aidèrent à traîner le coffre sur la terre ferme. Beaucoup plus lourd qu'ils ne s'y attendaient, il faillit retomber dans la boue plusieurs fois avant d'être enfin hissé sur la berge herbue.

—Pas de temps à perdre, les gars. On le charge sur la charrette et on rentre.

Cato leva les yeux vers le ciel.

—Il fait déjà sombre. On ne sera pas rentrés avant la nuit.

—C'est vrai. Mais je veux qu'on soit au moins sortis de cet endroit, répondit Macro en agrippant une des poignées en fer. Allez! du nerf.

Avec un dernier effort éreintant, les douze hommes finirent par pousser le coffre à l'arrière de la charrette qui gémit sous le fardeau qu'on lui imposait. Puis ils s'adossèrent aux flancs du véhicule pour reprendre leur souffle. Cato n'avait jamais éprouvé une telle fatigue ; il tremblait comme une feuille, les muscles de ses bras et de ses jambes le faisaient abominablement souffrir ; après ces heures de travail acharné, il avait presque la nausée. Regardant les visages de ses camarades, il constata qu'ils étaient tous complètement crevés. Ils parviendraient peut-être encore à sortir la charrette des marécages avant la tombée de la nuit, mais ils n'iraient pas beaucoup plus loin.

Macro posa son bras sur le coffre. Malgré la fatigue, il exultait : il avait rempli sa mission. Une fois le coffre remis au légat, il était certain de compter au moins un ami haut placé susceptible de lui ouvrir les portes de futures promotions. Jusqu'à présent, il n'avait progressé dans sa carrière que grâce à ses compétences et ses capacités. La suite dépendrait d'un savant mélange de ruse, d'intelligence et de relations personnelles. Macro se connaissait assez bien pour savoir que ces deux premières qualités lui faisaient défaut. Quant au troisième aspect, il venait d'y remédier. Il tapota affectueusement le coffre.

— Bravo, centurion! lança une voix depuis l'obscurité de plus en plus profonde créée par la brume et le crépuscule.

Macro fit volte-face, sa main se portant directement sur le pommeau de son glaive. Le reste du détachement fut debout immédiatement, tous les sens en alerte, certains ayant même déjà dégainé.

Une silhouette indistincte émergea peu à peu pour prendre la forme d'un officier d'état-major romain – le tribun Vitellius. Derrière lui, plusieurs silhouettes se matérialisèrent, des hommes en costume syrien, menant des chevaux. En les voyant, Cato les reconnut et éprouva un frisson glacé; lentement, il sortit à son tour son glaive de son fourreau. Pulcher se tenait parmi eux, qui tenait la bride de la monture du tribun.

Vitellius avança vers eux et s'arrêta sur le chemin, à dix pas de la charrette.

— Je suppose que c'est le coffre qu'on t'a demandé de retrouver?

Macro était encore sous le choc de la soudaine apparition du tribun. Il fronça les sourcils avec méfiance, mais ne répondit pas.

— Eh bien, centurion? S'agit-il du coffre en question?

— Oui, commandant. Mais qu'est-ce que…?

— Bravo. Je vous félicite, toi et tes hommes.

— Merci, commandant…

— À partir de maintenant, je prends les choses en main. Le coffre doit être rapporté au légat le plus rapidement possible. (Vitellius tourna la tête en direction des deux premiers cavaliers qui attendaient derrière lui.) Vous deux, venez ici !

Vitellius approcha et tapota le coffre avec un sourire.

— Tu dois être épuisé. J'imagine que tu seras heureux d'en être débarrassé. Repose-toi avant de rentrer à la légion.

Macro hocha la tête, tandis que son esprit travaillait à toute allure pour formuler sa pensée. Il comprenait que tout le mérite de sa réussite risquait de lui échapper.

— Désolé, commandant, mais j'ai pour ordre de remettre ce coffre au légat en personne.

— Je sais. Mais les ordres ont changé.

— Le légat a été très clair, commandant. À lui – à personne d'autre.

— Tu contestes mon autorité, centurion ? demanda Vitellius d'un ton glacial. Je te dis que les ordres ont changé. Alors, je te somme de remettre ce coffre à mes hommes !

Macro le regarda froidement, ses yeux exprimant l'amer ressentiment qu'il éprouvait à la perspective d'être dépouillé par son supérieur.

— Dis à tes hommes de rester où ils sont, commandant, répondit posément Macro.

— Quoi ?

— Tes hommes. Qu'ils reculent. Ce coffre n'ira nulle part sans moi.

— Centurion, fit Vitellius d'un ton qu'il voulait raisonnable, j'obéis à un ordre direct de Vespasien. Ni toi ni moi n'y pouvons rien.

—Mes ordres viennent d'Aulus Plautius, bluffa Macro. Ce coffre restera avec moi tant que je n'aurai pas reçu d'instructions différentes de la part du général lui-même.

Vitellius le regarda en silence, tandis que ses hommes – sentant le conflit en cours – s'arrêtaient à proximité de la charrette. Puis Vitellius sourit et fit quelques pas en arrière.

—Très bien, centurion. Tu gardes le coffre pour le moment, mais tu n'as pas fini d'en entendre parler – je t'en fais le serment.

Il se retourna, fit signe à ses deux hommes de le suivre et s'éloigna en direction des cavaliers. Alors qu'il l'observait, Cato vit le tribun s'écarter du chemin et sortir, comme par hasard, de la ligne de visée de ses hommes. Tout à coup, un mouvement dans la brume attira son attention ; le tribun avait rabattu sa cape de côté de son bras droit en se retournant vers eux. Comprenant soudain le danger qui menaçait, Cato écarquilla les yeux.

—À terre ! Tout le monde à terre !

Lui-même se jeta sur son centurion et ils roulèrent dans la boue derrière la charrette. Les autres légionnaires les imitèrent alors qu'une volée de flèches sifflait dans les airs. L'un d'eux ne réagit pas assez vite et une flèche aux pennes sombres s'enfonça dans sa gorge avec un bruit sourd écœurant. Il tomba à genoux dans un gargouillis de sang, tentant désespérément d'extraire la pointe de son cou. Deux flèches de la deuxième salve l'atteignirent au visage et à la poitrine et il s'écroula.

—À couvert ! cria Macro. Mettez-vous derrière la charrette !

Les soldats s'accroupirent dans la boue, alors qu'une pluie de flèches s'abattait autour d'eux. Deux hommes furent blessés et haletèrent de douleur en tentant d'arracher les flèches.

— N'y touchez pas ! leur ordonna Macro, bien placé pour savoir les dégâts que causaient des flèches barbelées lors de l'extraction.

S'ils survivaient, il faudrait faire appel à un chirurgien pour retirer les fers.

S'ils survivaient.

Les Syriens se déployaient déjà en éventail de part et d'autre du chemin, aussi loin que le permettaient les marais, afin de réduire au minimum la couverture offerte par la charrette. Les légionnaires étaient serrés les uns contre les autres. La plupart avaient laissé leurs boucliers sur la berge herbue ; seuls quelques-uns les avaient posés contre le véhicule. À présent, on se hâtait de les disposer sur le côté pour détourner les flèches. Même ainsi, certains projectiles trouvaient leur cible et un autre homme avait été blessé à la jambe.

— Mais qu'est-ce qu'ils fabriquent ? demanda Pyrax. On est du même bord, merde !

— Apparemment pas, répondit Cato. Quel que soit le contenu de ce coffre, il fait des envieux.

— Combien sont-ils ? s'enquit Macro. Quelqu'un a pu compter ?

— Huit, je pense, dit Cato. Vitellius, Pulcher et six Syriens.

— Alors on a nos chances – si on tente de les prendre d'assaut.

— Les prendre d'assaut, centurion ? répéta Pyrax, interloqué, alors qu'il se pressait contre le sol. Mais ils nous abattront avant qu'on puisse s'approcher.

— Pas si on attend qu'ils soient à court de flèches.

— À condition qu'on vive si longtemps.

Un cri perçant fit sursauter Cato. L'une des mules, touchée au flanc, brayait de douleur en ruant et en tirant violemment sur son harnais. Pendant un moment, il sembla que l'animal paniqué allait entraîner la charrette et mettre les légionnaires à découvert. Mais la seconde mule s'était figée et regardait sa camarade avec des yeux écarquillés de terreur, et le véhicule ne bougea pas.

— Faites attention, imbéciles! cria Vitellius à ses hommes. Choisissez mieux vos cibles – pas les mules, seulement les hommes!

— Merci, commandant, dit Macro avec aigreur, alors que les flèches s'abattaient sur la charrette et les boucliers avec des bruits sourds.

Croisant le regard de Cato, il fit un geste du pouce en direction de leurs attaquants.

— Ces Syriens commencent tout doucement à me fatiguer. Je propose qu'on fasse quelque chose.

— Pas encore, centurion, l'implora Cato. Attendons que la situation soit un tout petit peu plus équilibrée.

Les flèches continuaient de pleuvoir, mais à un rythme moins soutenu – les Syriens gardaient des munitions. Un par un, ils avaient réduit la distance avec la charrette; à présent, ils tiraient au jugé sur toutes les cibles qui se présentaient. Mais l'étroite bande du tertre empêchait les archers de soumettre les légionnaires à un tir d'enfilade. Ainsi, au bout d'un moment, il devint clair qu'on était dans l'impasse. Les Romains, privés de leurs cuirasses et munis d'à peine deux boucliers, n'osaient pas charger les archers; les archers, équipés d'armes légères et ne faisant pas le poids face à des fantassins bien entraînés, ne voulaient pas se risquer au corps à corps. Tout au plus les Syriens pouvaient-ils espérer blesser assez de Romains pour obtenir un avantage numérique décisif.

Les tirs cessèrent, mais les légionnaires restèrent tout de même à couvert, au cas où il s'agirait d'une ruse.

— Macro! lança Vitellius. Macro! Tu es toujours là?

— Oui, commandant! cria le centurion, répondant machinalement à son supérieur.

— Parfait. Écoute, Macro, ce coffre, je l'aurai tôt ou tard. Tu es coincé et j'attends des renforts. Ils mettront du temps à arriver. Alors, on peut continuer à se regarder dans le blanc de l'œil ou tu me donnes ce que je veux; en échange, toi et tes hommes serez libres de partir.

— Va te faire foutre, commandant! Ce coffre, tu vas devoir te battre pour l'obtenir.

— Écoute-moi, centurion! Si tu me fais perdre mon temps, je n'aurai aucune pitié. Vous serez tous taillés en pièces. Mais si tu es raisonnable, toi et tes hommes vivrez. Tu as ma parole.

— Sa parole? fit Cato en haussant les sourcils. Il nous prend pour des imbéciles?

— Tu m'enlèves les mots de la bouche, optio, répondit Macro.

— Macro! le héla de nouveau le tribun. Je t'accorde quelques instants pour en discuter avec tes légionnaires. Ensuite, tu devras faire un choix: retarder l'inévitable, et vous condamner tous à une mort certaine, ou me remettre le coffre et partir d'ici, sains et saufs.

Macro se tourna vers ses hommes.

— Qu'est-ce que vous en dites, les gars?

— Jamais il ne nous laissera vivre, affirma Pyrax. Quelle que soit notre décision.

— Je suis du même avis. (Macro hocha la tête.) Alors, qu'est-ce qu'on décide ? Un assaut est hors de question.

— Sauf si on parvient à les prendre en tenaille, suggéra Cato.

— Et comment tu comptes faire ?

Cato se retourna et s'appuya sur un coude pour pouvoir pointer du doigt différentes directions tout en parlant.

— Une partie d'entre nous remonte le chemin en sens inverse. L'herbe est haute des deux côtés, alors en restant près du sol, on devrait pouvoir progresser sans être vus. Ensuite, quand il s'enfonce dans le marécage, on nage en décrivant un large arc de cercle, jusqu'à ce qu'on arrive derrière eux. Et à ce moment-là, on les prend en tenaille – en espérant que l'effet de surprise jouera assez longtemps en notre faveur.

Cato se tut, mais vit que les autres l'observaient avec l'air d'attendre quelque chose.

— Désolé, mais c'est tout.

— Tu appelles ça un plan ?

Cato hocha la tête.

— D'accord. De toute façon, c'est ça ou la mort, je suppose, dit Macro en regardant les rescapés. Alors, tu prends Pyrax, Lentulus et Piso avec toi. Quand vous serez arrivés derrière eux, tu lances l'assaut en faisant autant de bruit que possible.

Cato parut gêné.

— Excuse-moi, centurion, mais quelqu'un d'autre va devoir prendre la tête de ce groupe.

— Pourquoi ?

—Je ne sais pas nager.

—Tu as dit le contraire à Vespasien. Je m'en souviens – j'étais là.

—J'ai peut-être un peu exagéré, centurion. Désolé.

—En fait, tu as menti.

—Oui.

Macro lui lança un regard furieux.

—Formidable! Je vais devoir y aller à ta place.

—Désolé, centurion. Je te promets d'apprendre dès notre retour à la légion.

—D'accord.

Le centurion défit le fermoir de sa cape et, d'un signe de la tête, invita ses hommes à l'imiter. Chacun vérifia que son glaive et sa dague étaient solidement attachés à sa ceinture, avant de ramper derrière Macro dans la boue. Après qu'ils se furent glissés dans l'eau et fondus dans la brume, Cato se risqua à jeter un coup d'œil en direction des Syriens. Ils n'avaient pas bougé, et la silhouette aisément reconnaissable de Vitellius était assise sur un monticule, à proximité de l'endroit où Pulcher s'occupait de leurs montures. Soudain, une flèche siffla aux oreilles de l'optio qui retourna se réfugier derrière la charrette. Les trois autres légionnaires encore indemnes attendaient, accroupis, le glaive à la main, pressés d'en découdre.

Pendant un moment, il sembla que rien ne se passait, tout était calme et silencieux, comme avant. Alors que la lumière diminuait, Cato commença à se demander ce qu'il était advenu de son supérieur. Puis Vitellius se leva et s'adressa de nouveau à eux:

— C'est l'heure, centurion ! lança-t-il impatiemment. Remets-moi le coffre maintenant ou prépare-toi à mourir. Qu'est-ce que tu décides ?

Cato regarda ses camarades.

— Alors, Macro ? Ta réponse ?

— Dis quelque chose ! siffla un des soldats à Cato.

— Hein ? Dire quoi ? répliqua désespérément Cato.

— N'importe quoi, imbécile !

— Tu l'auras voulu, conclut Vitellius avec colère. Prépare-toi à mourir.

Poussant des cris de défi et de fureur, Macro et ses quatre hommes surgirent de l'obscurité juste derrière les archers. Dans un premier temps, le bruit surprit également Cato, mais il se reprit bien vite et se leva pour charger le Syrien le plus proche, ordonnant à son groupe de le suivre. Le voyant arriver sur lui le visage déformé par une grimace guerrière, le Syrien lâcha son arc pour empoigner le fendoir qu'il portait au côté. Alors qu'il tentait maladroitement de sortir la lame de son fourreau, l'arme tomba sur le sol. Cato hurla à pleins poumons et l'ennemi tourna les talons sans demander son reste. Cato lança son glaive dans le dos du Syrien, mais la pointe pénétra à peine la cape, et termina sa course dans une fesse. L'homme poussa un glapissement de douleur et s'éloigna à toutes jambes, tâchant d'éviter Macro et les légionnaires qui taillaient en pièces ses camarades.

Frustré, Cato jeta des regards éperdus autour de lui, en quête d'un nouvel adversaire, et vit Pulcher qui aidait Vitellius à se mettre en selle.

— Par ici ! cria-t-il. Ne le laissez pas s'enfuir ! Vite !

Sans attendre les ordres, Cato se précipita vers Pulcher en brandissant son glaive. Au dernier moment, celui-ci se retourna et dégaina son arme, plus rapidement que Cato ne l'aurait cru possible.

Restant fermement sur ses positions, le légionnaire trapu dirigea la pointe de son glaive vers la gorge de Cato. Instinctivement, l'optio tenta d'esquiver le coup, mais s'aperçut avec horreur que les semelles de ses sandales perdaient de leur adhérence dans la tourbe visqueuse. Il tomba à genoux, glissant sous la lame de Pulcher et poussant vigoureusement la sienne dans le ventre de son adversaire. Son élan l'entraîna dans les jambes de Pulcher et tous deux s'étalèrent dans la boue. Cato se dégagea, sans lâcher son glaive qui ne portait pas la moindre trace de sang. Il n'avait pas réussi à percer la cuirasse de Pulcher, juste à lui couper le souffle. À présent, il s'écartait en tentant de reprendre haleine. Avant que Cato puisse l'achever, un soudain sifflement dans l'air, près de son oreille, l'obligea à se baisser pour esquiver. Au-dessus de lui, Vitellius brandissait son glaive. Quand il retomba, Cato eut à peine le temps de lever sa lame pour parer un coup terrible.

— Par ici ! Vite ! cria-t-il.

Vitellius était sur le point de donner le coup de grâce quand plusieurs exclamations à proximité retinrent son bras. Jurant avec amertume, il lança sa monture sur Cato. L'optio se jeta de côté, mais pas assez vite pour éviter une collision avec un des flancs de l'animal qui l'envoya rouler à terre.

Avec ses sabots qui glissaient et dérapaient dans la boue, le cheval se faufila entre les légionnaires et s'éloigna sur le chemin à pas lourds, dépassant la charrette où la mule blessée continuait de braire sa douleur, avant de disparaître dans l'obscurité.

Macro se précipita vers Cato et l'aida à se relever.

— Ça va ?

— Ça ira… une fois que j'aurai repris mon souffle. On les a eus ?

— Presque tous. Cinq sont hors de combat et trois ont fui. Dommage que ce fumier de Vitellius ait réussi à s'échapper.

Cato jeta un rapide coup d'œil autour de lui, mais Pulcher avait disparu.

— Oui, centurion. (Cato remplit ses poumons d'air et palpa sa poitrine. À part quelques bleus, tout semblait en ordre.) Qu'est-ce qu'on va faire ?

— Inutile d'essayer de le rattraper – si c'est ce que tu as en tête. Notre priorité, c'est le coffre, avant que le tribun revienne avec des renforts.

Les légionnaires attelèrent quatre des chevaux à la charrette et attachèrent les autres à l'arrière, en compagnie de la mule indemne. Macro trancha la gorge de celle qui risquait d'attirer l'attention par ses braiments de douleur intempestifs, puis il se débarrassa du corps dans la fange. Une fois les blessés chargés sur la charrette, le petit groupe entreprit de sortir du marais alors que la nuit tombait. Grâce aux chevaux, ils n'auraient plus à pousser pour dégager les roues de la moindre ornière rencontrée en route.

Alors qu'une éminence sombre surgie de la brume indiquait la fin du marécage, Macro entendit un cheval derrière eux.

— Halte, dit-il à voix basse. Prenez vos boucliers et vos javelots, et suivez-moi.

Il rebroussa chemin sur une courte distance, puis envoya quatre hommes se cacher de chaque côté, suffisamment espacés pour couper toute possibilité de fuite au cavalier. Allongé sur le sol, Cato se sentait trop fatigué pour s'inquiéter. Il n'en avait plus la force. Une forme sombre finit par surgir de la brume au petit galop, en plein dans le piège qu'on lui tendait.

—Maintenant ! cria Macro, et huit ombres se détachèrent de l'herbe et convergèrent vers le chemin.

Effrayé par ce mouvement brusque, le cheval se cabra, hennissant de terreur et le cavalier s'efforça de reprendre le contrôle de sa monture avant de dégringoler sur le sol. Macro se jeta sur lui, lui asséna un coup de poing en plein visage et le releva sans ménagement.

—Ça alors ! rit-il. Pour une surprise, c'est une surprise ! Je ne pensais pas te revoir si tôt, commandant !

Vitellius essuya son nez ensanglanté du dos de la main.

—Lâche-moi, centurion !

—Quoi ?

—Il le faut. Je dois retourner à la légion.

—Écoute, espèce d'ordure, si tu crois…

—Il n'y a pas de temps à perdre ! cria Vitellius. Une armée entière est en route ! J'ai bien failli galoper droit dedans. Je ne pense pas qu'on m'ait vu, mais ils seront là bientôt. Je dois prévenir Vespasien !

—Il ment, centurion, gronda Pyrax. Tue-le et allons-nous-en.

—Attends ! intervint Cato. On ne sait même pas pourquoi il en avait après nous.

Pyrax leva son glaive.

—Quelle importance ?

—Baisse cette arme, légionnaire ! ordonna Macro. Immédiatement !

—Je t'en prie ! supplia Vitellius. Tu dois me laisser partir. Il faut prévenir Vespasien. C'est Togodumnus ! Si cette colonne attaque la légion par surprise, les pertes se compteront par milliers. Des milliers de nos camarades.

— Nos camarades ! lui cracha Pyrax. Entre camarades, on ne s'entretue pas.

Pendant un moment, ils se tinrent immobiles, en silence, une scène de crise et d'indécision, Vitellius à genoux, Macro serrant sa cape dans son poing, une expression amère de mépris gravée sur le visage.

— Si cette armée existe, dit doucement Cato, le légat doit être mis au courant.

— Il n'y a pas d'armée ennemie ! réagit Pyrax, qui ponctua sa déclaration en frappant le sol du bout de son javelot. Il essaie juste de sauver sa peau.

— Alors pourquoi être revenu vers nous ?

— Il s'est perdu, voilà tout. Pourquoi on a cette discussion ? (Pyrax se tourna vers Macro.) Tue-le, centurion.

Macro lança un regard furieux à Vitellius ; son visage se durcit en une expression de pure répugnance et de ressentiment face à la situation difficile dans laquelle le plaçait la réapparition du tribun. Puis il enfonça son poing avec force dans la poitrine de Vitellius qui tomba à plat sur le dos dans la boue.

— Va-t'en et préviens la légion. Mais ne te crois pas tiré d'affaire. Quand tout sera terminé, je ferai en sorte que le général en personne soit informé de ce que tu as fait ici. Je suis sûr qu'il sera impatient de découvrir pourquoi un officier supérieur a voulu tuer ses propres hommes pour s'emparer de ce coffre. Maintenant, barre-toi, ordure – avant que je change d'avis.

Vitellius se releva tant bien que mal, remonta en selle et arracha les rênes au légionnaire qui se tenait à côté de l'animal. Sans attendre, il enfonça ses talons dans les flancs de son cheval ; dépassant la charrette, il disparut dans la nuit au galop.

— Bien ! Ne traînons pas. S'il a dit la vérité, il n'y a pas de temps à perdre. En route !

— Il a menti, voyons ! grogna Pyrax.

— Tu contestes ma décision ? demanda froidement Macro.

— Je pense simplement qu'on aurait dû le tuer.

— Tu m'appelles « centurion » quand tu t'adresses à moi, légionnaire !

— Taisez-vous ! (Cato leva la main.) Écoutez !

Le petit groupe se figea, et tout le monde tendit l'oreille dans la direction indiquée par Cato. Pendant un moment, rien ne vint troubler les bruits étouffés de la nuit. Puis on entendit un hennissement au loin, suivi par un autre, accompagné par le claquement reconnaissable d'un fouet alors que quelqu'un lançait un juron celtique.

Quelque part sur le chemin, pas très loin derrière eux.

CHAPITRE 36

Les Bretons les auraient rattrapés avant même qu'ils n'atteignent la crête. Ils n'avaient aucune chance de distancer l'ennemi, voilà qui ne faisait aucun doute dans l'esprit de Macro qui scrutait frénétiquement les environs immédiats à la recherche d'une lueur d'espoir.

— Par là !

D'un geste du bras, il indiqua l'un des plis les plus larges dans le paysage sur la gauche du chemin. Dans la faible clarté de la nouvelle lune, la brume qui se formait dans la déclivité se caractérisait par une luminosité froide qui n'avait rien d'accueillant, mais elle leur offrait leur seule possibilité d'une cachette rapide.

— Dégagez-moi cette charrette ! Allez, du nerf !

Alors que les hommes faisaient tourner les chevaux et dévalaient la pente vers la cuvette, Macro les suivit en tâchant de dissimuler le plus gros des sillons creusés par les roues dans l'herbe haute humide. Priant pour que les traces soient invisibles dans l'obscurité, et craignant l'apparition imminente des Bretons, il se précipita derrière le véhicule, encouragé par le martèlement de sabots ferrés de plus en plus proche. Quand il atteignit le fond de la cuvette, il se laissa tomber sur le dos et resta immobile un moment, haletant.

La pente était raide, et ils se trouvaient bien en dessous du niveau de l'épais tapis de brume qui couvrait le sol. Ordonnant aux autres de ne pas s'éloigner et de s'assurer du silence des animaux et des blessés, Cato rejoignit son supérieur.

— On a eu de la chance, centurion. La charrette a bien failli se retourner dans la descente.

— Vraiment ? dit Macro, qui ne put s'empêcher de bâiller.

Puis il se mit à plat ventre, calant son menton sur ses mains.

— Garde la tête baissée, et ne fais rien… absolument rien, compris ?

Cato hocha la tête et se tint aussi immobile que possible, attendant nerveusement l'ennemi. Puis, soudain, une petite colonne surgit en trottant au clair de lune, à moins d'une centaine de pas, hommes et chevaux se fondant dans l'obscurité. L'apparition de la cavalerie bretonne surprit Cato ; César avait pourtant décrit un peuple qui préférait utiliser ces animaux pour tirer des chars. Soit le grand général s'était trompé, soit les Bretons avaient enfin découvert les bénéfices d'un contingent monté. Les cavaliers se déployèrent sur les bas-côtés. Alors qu'un éclaireur passait à moins de vingt pas de leur cachette, Macro et Cato s'aplatirent dans l'herbe, osant à peine respirer. Leurs yeux fatigués s'efforcèrent de discerner toute trace qu'ils auraient pu laisser sur la pente. Mais le Breton poursuivit sa route sans s'arrêter.

Du marais s'éleva le son de cliquetis et une masse sombre de chars et de fantassins se déversa sur le chemin, tel un serpent ondulant vers le haut de la côte. Un concert de voix aux inflexions étrangement mélodieuses parvint aux oreilles des Romains terrifiés ; Cato se surprit à comparer favorablement cette langue au Germain guttural auquel il avait fini par s'habituer. Alors qu'un char remontait la colonne, un ordre lancé sur un ton cassant fit taire les hommes jusqu'à ce qu'il ait dépassé la ligne des éclaireurs et le sommet de la colline. Puis des rires éclatèrent dans les rangs et les conversations reprirent.

Le flot de soldats libéré par le marécage semblait interminable, mais l'arrière-garde finit tout de même par émerger de l'obscurité. Macro et Cato regardèrent disparaître les derniers rangs ennemis dans la descente, de l'autre côté.

— Combien sont-ils, centurion ? chuchota Cato, comme s'il craignait encore d'être entendu par les Bretons.

Macro baissa les yeux vers les petits cailloux qu'il serrait dans sa main et les compta rapidement.

— L'équivalent de vingt cohortes, je dirais, soit un total de…

— Neuf mille ! siffla Cato.

Macro fit lui-même le calcul en silence avant de hocher la tête.

— Plus qu'il n'en faut pour causer bien du souci à Vespasien. Sans parler des chars. S'ils parviennent à avoir le dessus sur le légat…

— Alors, tout dépend de Vitellius.

— Oui, répondit simplement Macro. Vitellius… Écoute, on ferait mieux de s'activer. L'arrivée de ces types change la donne. Je propose d'abandonner la cargaison. D'enterrer le coffre ici, de se débarrasser de la charrette ailleurs et de se servir des chevaux pour contourner la colonne et rejoindre la légion.

— Enterrer le coffre ? Après tout ce qu'on a enduré ?

— Tu préfères qu'il tombe entre les mains de l'ennemi ? Ou pire, être capturé par les Bretons ?

— Non, centurion.

— Alors, c'est la seule solution : le laisser là et revenir le récupérer plus tard – à condition d'arriver au camp en un seul morceau.

Visiblement, le cheval était à bout de forces. S'il le poussait davantage, il finirait par s'effondrer. Vitellius mit pied à terre dans l'obscurité d'un bosquet d'arbres âgés qui étendaient leurs branches chargées de feuilles de tous côtés. Pendant que sa monture s'ébrouait et haletait dans la fraîcheur de l'air nocturne, le tribun jura de colère et de frustration. Fichu coffre ! Il l'avait presque tenu entre ses mains. Une rançon digne d'un empereur – de quoi financer la plus ambitieuse des carrières politiques ; une source inépuisable pour s'offrir les services de sénateurs et de soldats. Peut-être même de quoi s'assurer la loyauté de la garde prétorienne. La preuve : Pulcher n'avait pas été trop gourmand ; un peu d'or avait suffi à lui faire oublier ses principes par trop encombrants. Et plus tôt dans la journée, il n'avait eu qu'à se faire passer pour un ami de Scribonien pour corrompre cette bande de Syriens.

C'était stupéfiant, combien la promesse de richesses était capable de faire plier la volonté d'un homme. À peine quelques mois plus tôt, il était encore un fidèle serviteur de l'empereur ; à tel point que Narcisse avait partagé avec lui plus de secrets qu'il n'était strictement nécessaire – ou judicieux. Mais dès qu'il lui avait parlé du coffre, des ambitions profondément enfouies en lui avaient refait surface. La récupération du coffre devait constituer une mise à l'épreuve de la loyauté de Vespasien envers Claude, et Vitellius avait reçu l'ordre de surveiller le légat de près, à l'affût du moindre signe de trahison. Toutefois, Vespasien s'était admirablement comporté, et son strict respect de la mission qu'on lui avait confiée avait fourni sa chance à Vitellius. Certain que le légat ferait tout ce qui serait en son pouvoir pour exécuter ses instructions, le tribun n'avait eu qu'à se montrer ambigu dans ses rapports à Narcisse. Une fois le trésor disparu, Vespasien ferait un coupable tout désigné, et ses protestations ne le condamneraient que davantage. Vitellius, lui, ne serait pas inquiété, il n'aurait qu'à attendre le moment favorable pour faire bon usage de sa fortune.

Ç'avait été son plan.

Mais l'avenir prometteur dont il rêvait venait d'être anéanti. Il jura à voix haute, avant de lancer des regards nerveux autour de lui, mais rien ne vint troubler le calme de la nuit. Vitellius soupira. Il avait échoué ; pire, il avait laissé des témoins. Si ce petit centurion et son optio rentraient à la légion sains et saufs, il était fichu. À moins que la colonne de Bretons surgie du marécage n'ait déjà rattrapé la charrette et massacré son escorte. Vitellius l'espérait de tout cœur, mais il ne pouvait pas tout miser là-dessus – ce Macro avait juste assez de chance et de ruse pour se jouer de tous les périls. La vision du centurion en sang à cause de la blessure infligée par la lance d'un barbare lors de l'escarmouche dans le village lui revint en mémoire. Si seulement ce foutu Germain avait pris le temps de viser un peu mieux !

Pendant qu'il réfléchissait à sa situation, son cheval avait suffisamment récupéré pour brouter avec contentement l'herbe sous les branches d'un chêne. Soudain, l'animal leva la tête et fixa la nuit d'un air absorbé. Au bout d'un moment le tribun s'aperçut du changement d'humeur de sa monture et alla poser une main rassurante sur son cou. Le cheval broncha.

— Qu'est-ce qui ne va pas, ma grande ?

Les nasaux dilatés et les oreilles agitées de mouvements convulsifs, l'animal fit un pas en arrière dans l'obscurité. Vitellius scruta la nuit : une rangée de cavaliers disséminés approchait le long de la limite des arbres, à moins de cent pas. Son pouls accéléra, alors qu'il tâchait de se remettre en selle. Mais sa monture, déjà nerveuse, se cabra en hennissant.

— Silence !

Vitellius tira violemment sur les rênes pour calmer le cheval et se hisser sur son dos. Des cris retentirent à proximité. Le tribun planta ses talons dans les flancs de l'animal, fuyant les silhouettes sombres qui se précipitaient vers lui. En proie à la panique et soucieux d'échapper à ses poursuivants, Vitellius s'enfonça dans la nuit, vaguement conscient qu'il s'éloignait de la deuxième légion. Désormais, il ne lui restait plus qu'à tenter sa chance avec la quatorzième, déjà en marche pour rejoindre Plautius. Vespasien devrait se débrouiller tout seul avec la colonne ennemie ; Vitellius, lui, s'en sortirait — ses rêves de gloire n'étaient que partie remise.

Au pied du chêne où s'était réfugié le tribun, les formes sombres regardèrent la silhouette s'enfuir au galop — le martèlement des sabots était clairement audible.

— Qui c'était, bon sang ? demanda un légionnaire. J'ai trouvé qu'il ressemblait à l'un des nôtres.

— Probablement un messager qui se sera perdu, répondit son officier. L'imbécile!

— Tu veux qu'on le rattrape, décurion?

L'autre réfléchit, puis il secoua la tête.

— Non, c'est inutile. S'il est l'un des nôtres, il retrouvera tôt ou tard son chemin.

— Et si c'est un ennemi, décurion?

— Alors, il a eu de la chance. Je ne veux pas qu'on risque de se rompre le cou en se lançant à sa poursuite dans le noir. De toute façon, on nous attend.

Le décurion fit faire demi-tour à son escouade qui repartit au pas vers la deuxième légion. Il n'avait pas de bonnes nouvelles pour Vespasien : lui et ses hommes n'avaient vu aucune trace de Togodumnus et de ses troupes. Le décurion finissait même par douter de l'existence de cette mystérieuse colonne. Un officier d'état-major trop zélé avait probablement exagéré le danger de cette menace. Le décurion haussa les épaules d'un air las. Jusqu'à présent, cette campagne l'avait énormément déçu ; pas d'ennemi, pas de butin et pas de femmes. À se demander ce qu'ils étaient venus faire ici. Pour sa part, il s'était résigné au fait que Plautius et l'avant-garde de l'armée auraient vaincu les Bretons bien avant que la deuxième légion entre en action.

Dommage, se dit-il. Une bonne petite bataille n'aurait pas été de refus, surtout pour les perspectives de promotion qu'elle offrait. Il soupira. Cela ne risquait pas d'arriver, sans le moindre Breton à des milles à la ronde.

Pour Macro et ses hommes, leur promenade dans le noir se révélait une catastrophe. Les chevaux syriens, vifs et légers, convenaient parfaitement à de rapides incursions d'archers aux marges d'un champ de bataille. En revanche, ils n'étaient absolument pas adaptés pour porter plus d'une personne à la fois. Au bout du compte, après force jurons et coups de talons, Macro ordonna à ses hommes de mettre pied à terre et de n'utiliser les bêtes que pour le transport des blessés. De toute façon, ils préféraient nettement la marche.

Ils s'acheminèrent donc en silence dans la nuit, suivant un itinéraire qui, Macro l'espérait, leur permettrait de trouver la deuxième légion avant les Bretons. Macro avait décidé de maintenir son détachement sur le flanc de l'ennemi qui faisait face à la mer, afin d'être aussi proche que possible de la tête de pont fortifiée des Romains. Avec de la chance, une patrouille finirait par les repérer et les ramener au camp.

Vitellius était peut-être déjà arrivé. S'il avait eu le temps de donner l'alerte, leurs camarades seraient au moins à l'abri d'une attaque-surprise. Mais l'instinct de Macro lui soufflait que le tribun leur réservait un coup tordu à leur retour, et il se maudit pour l'avoir laissé filer. Ils auraient dû lui trancher la gorge et jeter son cadavre dans le marais. Ce sale traître ne méritait pas mieux. Par ailleurs, une question ne cessait de tourmenter le centurion : comment le tribun s'était-il trouvé là ? Vespasien lui avait assuré que le véritable objectif de cette expédition était un secret bien gardé. Pourtant, Vitellius était au courant, il avait même eu le temps d'engager des complices – probablement les mêmes Syriens responsables de l'embuscade tendue à la centurie de Macro sur la route de Gesoriacum. Quelqu'un jouait un jeu qui les dépassait, et Macro avait la sensation désagréable de n'être qu'un fil insignifiant dans un enchevêtrement complexe de conspirations.

Il se força à se concentrer ; ce n'était pas le moment de laisser son esprit vagabonder. Chaque fibre de son corps ne devait tendre que vers une chose : assurer leur retour – sains et saufs. Ils étaient complètement épuisés, il en avait conscience. Il lui appartenait donc de redoubler de vigilance alors qu'ils traversaient ce paysage hostile. Lui non plus n'était pas épargné par cette lassitude qui se manifestait sous la forme d'une certaine chaleur dans ses membres endoloris. Soudain, il sentit qu'il allait être pris de vertiges. Il se frotta les yeux, momentanément déséquilibré, alors qu'une main le rattrapait par le coude.

— Attention, centurion ! chuchota Cato. Tu as failli tomber. Tu as besoin de repos.

— Non – ça va.

— Pourquoi ne monterais-tu pas sur un des chevaux, centurion ? Je pourrais marcher devant pendant ce temps.

— J'ai dit « non ». Je ne peux pas.

Macro voulut expliquer qu'aucun officier ne songerait à faire une chose pareille, mais, ne trouvant pas ses mots, il se contenta de grommeler sa gratitude et fit lâcher prise à son optio.

Alors que la nuit avançait lentement, le détachement se fraya prudemment un chemin dans l'obscurité de la campagne vallonnée. Ils n'osèrent pas s'arrêter pour se reposer, de peur de céder à une irrésistible envie de dormir. Ils avaient pleinement conscience des dangers qu'ils couraient, coupés de la légion en territoire hostile – et dans le noir. Ils marchèrent donc, en traînant les pieds, jusqu'à ce que le ciel s'éclaircisse enfin à l'est et qu'ils atteignent le sommet d'une petite colline. Au loin, ils distinguèrent les nombreux feux signalant la présence d'un camp romain. Dans la lueur des flammes s'agitaient de minuscules silhouettes.

— Juste à temps, apparemment, observa Macro d'un air las. On dirait qu'ils sont prêts à partir. Vespasien a toujours été un lève-tôt. Pas de repos pour nous aujourd'hui.

Cato lui sourit.

Mais le centurion avait reporté son attention du côté de l'horizon le plus éloigné de l'aube qui approchait. Disparaissant dans un bois à la végétation dense qui enjambait la ligne de marche de la légion, une épaisse ombre noire constituée d'hommes, de chevaux et de chars se mouvait avec le silence furtif d'un serpent traquant sa proie.

CHAPITRE 37

V espasien avait laissé des ordres pour qu'on le réveille avant l'aube ; avec la deuxième légion sur le départ en territoire hostile, une foule de détails requérait son attention, même si ses officiers d'état-major avaient déjà donné des instructions à chaque unité. Avec un sourire, il se dit qu'il s'agissait là du fardeau le plus lourd qui incombait à un commandant. À Rome, le peuple imaginait ses généraux en maîtres du champ de bataille, menant des charges héroïques, parfois contre un ennemi supérieur en nombre. Le volume de paperasse et de tâches administratives tracassières qui faisaient également partie de son travail restait en grande partie invisible. Pourtant, sans cette stricte adhésion à la discipline et à l'ordre, une armée cessait de fonctionner. Quoi qu'en pensent les citoyens, le secret pour faire un bon général n'était rien sans une bonne armée, et les meilleures d'entre elles se composaient d'hommes capables de faire la guerre avec une efficacité méthodique.

Roulant hors de son lit de camp, le légat enfila une robe et s'assit à son bureau. Son esclave personnel avait posé une coupe de vin chaud et un morceau de pain imbibé d'huile d'olive sur un petit plateau en argent. Vespasien ingurgita les deux avec gratitude, alors qu'il parcourait les derniers papiers. Il visa les rapports des centuries, avant de se pencher sur quelques réquisitions attendant son approbation. Enfin, il lut le recueil des événements de la nuit consignés par les officiers. Toujours aucune trace de Togodumnus ; pourtant, des patrouilles avaient été envoyées à l'ouest et au nord. C'était très curieux – à moins, bien sûr, que cette mystérieuse colonne ne soit que pure invention. Une possibilité qui semblait de plus en plus probable, mais Vespasien se méfiait des coups du sort et refusait d'écarter complètement son existence – pour l'instant. Il maintiendrait donc son ordre de marcher en rangs serrés, malgré les récriminations des hommes. Il préférait pécher par excès de prudence – contrairement à cet imbécile de Vitellius, parti avec les éclaireurs, et dont on était toujours sans nouvelles. La légion aurait pourtant eu bien besoin de ses auxiliaires de cavalerie. Il avait dû se perdre dans le noir et était probablement mort de trouille – que ça lui serve de leçon.

Après en avoir terminé avec la paperasse, Vespasien appela son armurier et se tint immobile, songeur, tandis que l'homme attachait le plastron galbé de sa cuirasse, nouant soigneusement les rubans sur le devant. Pendant qu'il procédait aux derniers ajustements, les yeux du légat se posèrent sur les camées de sa femme et de son fils sur son bureau. Un sentiment de culpabilité persistant lui fit froncer les sourcils. Voilà plusieurs jours qu'il n'avait même pas pris le temps de penser à eux. L'ampleur de la tâche d'un commandant de légion en campagne ne laissait aucune place à sa vie privée. Soudain, il comprit combien ils lui manquaient. Les dix petits jours écoulés depuis leur départ pour Rome lui semblaient une éternité. Et si cette campagne se prolongeait, il risquait de ne pas les revoir avant des années. Titus ne serait plus ce bambin survolté si drôle, avec ses tournures de phrase maladroites, mais un jeune garçon. Flavie… Comment serait Flavie ? Plus de gris dans les cheveux ? Quelques rides de plus autour des yeux et la bouche quand elle sourirait ? Il eut soudain envie de les prendre dans ses bras. Il cligna des yeux, avant que des larmes ne trahissent ses émotions.

—C'est trop serré, commandant ?

—Hein ? Oh, non, c'est bon. Laisse-moi, maintenant.

—Oui, commandant.

Une fois seul, Vespasien se pinça douloureusement le bras. Il l'avait échappé belle – pleurer devant un esclave ! Voilà ce qui arrivait quand on s'apitoyait un peu trop sur soi-même. Rouge de honte, il songea à ce que cet esclave devait raconter en ce moment même à ses compères – ah, ce légat, quel grand sentimental ! Tous les efforts qu'il avait consacrés à bâtir l'image d'un commandant au cœur de pierre, à cheval sur la discipline et conservant ses distances avec ses hommes seraient réduits à néant s'il montrait ses émotions. Il voulait bien être pendu plutôt que de laisser un tel incident se reproduire ! D'un geste plein de colère, il referma les camées de Flavie et Titus et nota de demander à son esclave de le jeter au fond d'une malle pour la durée de la campagne.

Sa mauvaise humeur persista bien après l'aube, se manifestant dans le ton brusque sur lequel il lançait ses ordres. Alors qu'on démontait la tente du quartier général, personne n'osa croiser son regard, tant son expression – sourcils froncés, rictus furieux – était sombre.

Après un rapide repas composé d'un gruau d'orge, les légionnaires se hâtèrent de faire leur paquetage. Alors que le soleil tâchait de se hisser sur l'horizon, ils formèrent leur centurie, prêts à se mettre en route.

Prenant connaissance des instructions concernant l'ordre de marche, les hommes grognèrent intérieurement. Vespasien avait décidé de flanquer le convoi transportant l'équipement d'une division de chaque côté, avec une cohorte à chaque extrémité, faisant office d'avant-garde et d'arrière-garde. Les vétérans maudirent en silence la prudence excessive de leur commandant, avant d'expliquer patiemment aux nouvelles recrues que, dans une telle configuration, les chariots occuperaient toute la largeur du chemin, tandis que les pauvres bougres sur les côtés auraient à franchir les obstacles que la nature leur imposerait. À la fin de la journée, ils seraient tous fatigués, mouillés et couverts d'égratignures. Et uniquement parce que le légat avait la trouille à cause de quelques foutus Bretons.

— Tu ne t'arrêtes sous aucun prétexte, tu m'as compris ?

Cato hocha la tête, tâchant de calmer le cheval.

— Tu trouves Vespasien et tu lui dis qu'il va tomber dans un piège. Donne-lui une estimation de leur nombre et indique-lui aussi où tu les as vus entrer dans la forêt.

Macro avait de sérieux doutes. Il aurait préféré ne pas avoir à envoyer l'optio, mais aucun des autres n'en était capable.

— Et toi, centurion ?

— Ne t'occupe pas de moi. Contente-toi de prévenir Vespasien. Eh bien, qu'est-ce que tu attends ? VAS-Y !

Le centurion donna une grande claque sur la croupe de l'animal qui s'élança, manquant de désarçonner Cato. Au dernier moment, l'optio attrapa les rênes et serra ses cuisses contre les flancs de sa monture. Il se maintint tant bien que mal. Après un dernier regard par-dessus son épaule vers le petit groupe qui l'observait d'un air inquiet, il talonna son cheval dans la pente. Au loin se dressait le camp romain. Cato n'avait jamais été très à son aise en selle ; il se cramponnait à la crinière, donnant de brusques coups de rênes pour changer de direction. Le cheval, quant à lui, se comportait comme on pouvait s'y attendre avec un cavalier qu'il ne connaissait pas, à savoir de mauvaise grâce. L'homme et l'animal continuèrent donc au petit galop, l'un ne cachant pas à l'autre l'antipathie qu'il éprouvait à son égard.

Alors qu'il atteignait le pied de la colline, Cato leva les yeux, s'inquiétant de ne plus voir le camp. Toutefois, la position du soleil et la configuration du terrain lui confirmèrent qu'il allait dans la bonne direction. Il se demanda si Vitellius l'avait devancé – dans ce cas, rejoindre la légion à bride abattue serait inutile. Mais si déplaisante que soit cette chevauchée, Cato avait conscience de l'urgence de la situation : quelqu'un devait prévenir Vespasien du danger. Imaginant déjà les témoignages de gratitude qui ne manqueraient pas de pleuvoir sur lui, Cato poursuivit sa route, toujours cramponné aux rênes.

Un mouvement sur la gauche attira son attention. Horrifié, il aperçut plusieurs cavaliers lancés dans sa direc-tion, bien décidés à l'intercepter – des Bretons, à en juger par leur apparence débraillée. À moins d'un quart de mille, ils poussaient leurs montures pour couper la route à Cato avant qu'il n'atteigne le sommet de la prochaine colline. Avec un violent coup de talons dans ses flancs, Cato cria à son cheval de courir, de courir aussi vite que le vent – comme si sa vie en dépendait. La bête dressa les oreilles et baissa le cou alors qu'elle se lançait au galop à l'assaut de la pente. Cato regarda de nouveau sur sa gauche ; les Bretons avaient comblé une partie de la distance qui les séparait. Avec une clarté effrayante, il prit conscience qu'il n'y arriverait pas, le camp était trop loin ; dans quelques instants, il serait mort – il anticipait déjà la sensation de la lance qui s'enfoncerait brusquement dans son dos.

À quelques centaines de pieds du sommet de la colline, Cato supplia son cheval d'accélérer, bien que l'animal soit à bout de forces. Il regarda derrière lui, où ses poursuivants étaient maintenant suffisamment proches pour qu'il distingue leurs expressions féroces et triomphantes ; eux aussi venaient de comprendre qu'il ne pouvait plus leur échapper. Bientôt, ce serait la fin. Puis le cheval de Cato franchit la crête ; à deux milles en contrebas s'étendait le camp romain – deux milles trop loin. Cato lâcha les rênes d'une main pour dégainer son glaive. La peur avait disparu à présent, remplacée par une rage pleine de frustration. S'il était promis à une mort certaine, il avait bien l'intention de vendre chèrement sa peau.

Il regarda de nouveau par-dessus son épaule, s'attendant à voir les Bretons lever leurs lances. Stupéfait, il s'aperçut qu'ils serraient la bride de leurs montures, l'homme de tête pointant son arme au-delà de Cato. Celui-ci se retourna et comprit : au pied de la colline, une patrouille romaine rentrait au camp. Le cœur battant, Cato fit claquer la lame de son glaive sur la croupe du cheval qu'il lança dans la descente. Derrière lui, il constata que les Bretons restaient de l'autre côté.

Les légionnaires se retournèrent en entendant le bruit des sabots qui approchaient ; ils levèrent leurs boucliers et tinrent leurs javelots prêts. Arrivé à quelques pas des soldats romains, Cato ramena sa monture au pas ; puis il mit pied à terre et courut vers eux.

— Qui es-tu ? Et d'où sors-tu ? voulut savoir l'optio qui commandait la patrouille.

— C'est sans importance, répondit Cato d'une voix haletante. Je dois voir le légat ! De toute urgence !

— Qui es-tu ? répéta l'autre.

— Quintus Licinius Cato, optio, sixième centurie, quatrième cohorte. J'ai des informations pour Vespasien.

— Des informations ?

— L'ennemi prépare une embuscade dans la forêt.

— L'ennemi ? Où ça ?

— Tu as dû les voir. Ils étaient juste derrière moi.

L'optio secoua la tête.

— Mais puisque je te dis qu'ils étaient là ! insista Cato en pointant du doigt le haut de la colline. Juste derrière moi. Quelqu'un a forcément dû les voir !

Les hommes de la patrouille le regardèrent en silence.

— Comment avez-vous pu les manquer ? reprit-il d'un ton incrédule. Écoute, je dois parler au légat.

Il se retourna, la main tendue vers les rênes, prêt à remonter en selle, quand l'optio l'attrapa par le bras et l'obligea à reculer.

— Pas si vite ! Tu vas nous suivre.

— Quoi ? Mais tu ne comprends pas ? Je dois absolument prévenir Vespasien !

— Je suis désolé, mais j'ai des ordres. Tu viens avec nous.

Devant Cato figé d'incrédulité, l'optio demanda à l'un de ses hommes de s'occuper du cheval, puis on poussa Cato au centre de la patrouille et on le força à marcher avec deux légionnaires derrière lui pour le surveiller.

— Qu'est-ce que ça signifie, bon sang? cria-t-il.

Le commandant de la patrouille s'approcha suffisamment pour ne pas être entendu de ses soldats.

— Ne parle à personne avant qu'on soit de retour au camp.

— Pourquoi? Qu'est-ce qui se passe?

— Le quartier général a donné l'ordre à toutes les patrouilles de vous chercher, toi et tes camarades, et de vous ramener sans faire d'histoires. À mon avis, tu es dans la merde jusqu'au cou. Alors, n'aggrave pas ton cas. Un mot de plus et je te flanque un bon coup sur la tête. Ensuite, je te balance sur ce cheval pour le reste du trajet. C'est compris?

Cato ouvrit la bouche pour protester, mais l'autre haussa les sourcils en guise d'avertissement. Il se contenta d'opiner du chef.

Alors qu'ils approchaient du camp, Cato constata que le plus gros de la légion s'ébranlait déjà en direction de la forêt. Seule l'arrière-garde était encore là, se préparant à partir à son tour. Si personne ne prévenait Vespasien que les Bretons l'attendaient en embuscade, on courait à la catastrophe. Cato tenta d'apercevoir le légat, mais ne parvint pas à repérer le commandant de la légion dans la masse grouillante de soldats, de transports d'artillerie et de chariots d'équipement. La patrouille se fraya un chemin à travers l'agitation ambiante pour aller faire son rapport à l'officier chargé de l'arrière-garde. Le tribun Pline leva les yeux de son bureau en les entendant approcher.

— Oui? Qu'est-ce que c'est?

412

— Un déserteur, commandant. Il s'est précipité vers nous sur un cheval volé.

— Je ne suis pas un déserteur ! protesta Cato.

— Apparemment, ce garçon nie les faits dont on l'accuse, dit le tribun. Alors, je t'écoute ?

— Moi et mes camarades nous ne sommes pas des déserteurs, commandant, expliqua posément Cato. Le légat nous a confié une mission secrète.

— Une mission secrète, fit le tribun d'un ton amusé, allant jusqu'à faire un clin d'œil à son optio. Rien que ça ? Quel genre de mission ?

— C'est sans importance, commandant. Je dois prévenir le légat. Avant qu'il ne soit trop tard !

— Trop tard pour quoi ?

— Les Bretons, commandant. Ils préparent une embuscade, un peu plus loin dans la forêt, ajouta Cato en pointant désespérément du doigt l'arrière de la colonne qui disparaissait entre les arbres. Togodumnus et son armée. Des milliers d'hommes, commandant. Nous devons prévenir Vespasien sans tarder !

Le tribun Pline le regarda en silence pendant un moment, considérant cette information. Il n'avait aucune raison de croire une histoire si extravagante. Comment Togodumnus aurait-il pu contourner le rideau de cavalerie ?

— Tu as vu ces Bretons, de tes propres yeux ?

— Comme je te vois, commandant. Je t'en supplie, il faut…

— Tais-toi !

Clairement, ce garçon avait été témoin de quelque chose qui le terrifiait, songea Pline. Mais en cas de fausse alerte, quel risque faisait-il courir à sa carrière ? D'un autre côté, si l'information se révélait exacte et qu'il reste les bras croisés… La sécurité de la légion devait passer avant la réputation d'un tribun.

— Fort bien, reprends ton cheval et va immédiatement prévenir le légat le plus rapidement possible. Dis-lui que j'arrive avec des renforts, dès que l'arrière-garde sera prête à se mettre en mouvement.

— Oui, commandant !

Cato reprit espoir ; mais alors qu'il faisait volte-face pour récupérer sa monture auprès de la patrouille, le tribun le héla :

— Une dernière chose !

— Commandant ?

— S'il s'agit d'une fausse alerte, je veillerai personnellement à ce que tu sois crucifié à l'arbre le plus proche. C'est compris ?

CHAPITRE 38

La deuxième légion avait bien avancé dans la forêt, l'avant-garde et les étendards progressaient d'un pas ferme sur le chemin qui devait les mener au général Plautius et aux trois autres légions. L'artillerie et l'équipement suivaient, flanqués de deux divisions ; formant une ligne de marche d'une cinquantaine de mètres de chaque côté du fleuve houleux de chariots, de charrettes et d'animaux de trait. Dès le départ, Vespasien avait compris qu'ils se heurteraient à des difficultés. Un peu plus loin, les arbres se rapprochaient, réduisant la largeur du chemin à moins de trente pas. Anticipant ce problème, il avait ordonné au premier centurion de chaque division de resserrer les rangs pour faciliter la traversée des bois. Il courait le risque de rendre la légion momentanément vulnérable, mais c'était ça ou lui imposer une longue marche pour éviter la forêt. Et Plautius avait été très clair avec ses légats : il avait besoin des légions sur le front le plus vite possible. Alors que l'avant-garde s'enfonçait entre les arbres, les cohortes encadrant le convoi reçurent pour instruction de former une colonne par deux.

Vespasien prit plaisir à voir ses troupes s'acquitter de la manœuvre avec la parfaite aisance d'une unité d'élite. Bien que les ingénieurs de Plautius aient fait du bon travail en éclaircissant la végétation, ils n'avaient pas eu le temps de dégager le chemin en respectant la distance réglementaire d'un jet de flèche. Une fois sortis des bois, ils abandonneraient la configuration en double file pour des colonnes de largeur normale et ils avanceraient en attendant d'être rejoints par le reste de la légion. Bien qu'il s'agisse d'une opération de routine, maintes fois répétée au cours de marches d'entraînement, le fait de se trouver en territoire hostile rendait nerveux les officiers désireux de revenir rapidement à une formation plus sûre.

Bien qu'on soit au cœur de l'été, une saison d'ordinaire pleine de vie en forêt, un silence sinistre régnait entre les arbres et à l'ombre de leurs branches. Vespasien s'en aperçut en chevauchant le long de la colonne pour s'assurer du maintien de la cohésion de chaque unité.

Quand il s'estima raisonnablement satisfait, il se détendit un peu, sûr que le reste de la journée de marche serait une formalité. Les légionnaires semblaient s'égayer, certains l'avaient même salué sur son passage. Le ciel d'un bleu profond lui rappela la Méditerranée ; des nuages d'un blanc éclatant s'élevaient très haut au-dessus de l'horizon et le soleil dardait ses rayons sur la myriade de fleurs qui poussait au bord du chemin. Au-delà des lignes de soldats, la végétation verdoyante chatoyait au soleil ; les cimes des arbres bruissaient au souffle d'une brise légère. Une belle journée pour être en vie, se dit Vespasien avec exaltation. Soudain, un cerf surgit d'entre les troncs et se figea face aux milliers d'hommes qui avançaient vers lui.

— Regardez ! dit Vespasien, la façade sévère du légat s'effaçant momentanément devant une excitation enfantine.

Son état-major, qui avait dû supporter son humeur massacrante une bonne partie de la matinée, ne se fit pas prier ; les officiers se tournèrent avec empressement dans la direction indiquée. Le cerf dressa ses bois et renifla l'air, devant et derrière lui, comme s'il s'interrogeait sur ses meilleures chances de fuite. Sa grâce, son allure hautaine de supériorité naturelle frappèrent Vespasien.

— Y a de quoi manger sur celui-là ! s'exclama l'un des officiers. Je peux, commandant ?

Le légat hocha la tête. Le charme était rompu – dommage. Mais après tout, le charme ne nourrissait pas son homme et l'occasion d'avoir du chevreuil pour dîner était trop belle pour la laisser passer.

L'officier éperonna son cheval et tira sur les rênes, s'élançant vers le cerf alors que les légionnaires s'écartaient sur son passage. Il saisit le javelot que lui tendait un des hommes et chargea. Pendant un moment, l'animal resta sans bouger. Puis il bondit en direction des arbres. Le chasseur poussa un cri et s'enfonça derrière lui dans la pénombre. Vespasien sourit en entendant les craquements de la forêt qui accompagnaient la traque.

Puis les cris excités du jeune Romain s'interrompirent brusquement. Après un dernier bruit de branches cassées, le silence retomba. Les officiers d'état-major échangèrent des regards inquiets. Vespasien tendit le cou pour scruter l'obscurité.

— Je pars à sa recherche, commandant ? se proposa quelqu'un. Commandant ?

Mais Vespasien n'écoutait plus. Ses yeux étaient fixés sur l'espace sous les larges branches. Des silhouettes bougeaient là-bas, à la limite des arbres. Avec une certitude qui lui glaça le cœur, il sut que lui et ses hommes couraient un grave danger. Puis, apportant la preuve accablante de la stupidité qui avait présidé au choix de l'itinéraire des Romains, l'ennemi émergea de la forêt à la lumière éclatante du jour dans un silence encore plus choquant. Vespasien n'eut pas le temps de réagir ; un cor sonna et les Bretons lâchèrent une première volée de flèches sur les Romains. Se débarrassant de leur paquetage, les légionnaires tentèrent désespérément d'attraper le bouclier qu'ils portaient en bandoulière. Les plus lents tombèrent à genoux, touchés par la pluie de flèches qui crépitait sur les boucliers et les chariots.

Profitant d'un bref répit pendant que les Bretons encochaient leurs flèches en préparation de la prochaine salve, Vespasien se retourna sur sa selle ; son état-major était indemne – un vrai miracle. Déjà, les centurions et les autres officiers beuglaient à leurs troupes de se mettre en formation. Les heures d'entraînement interminables portaient enfin leurs fruits : les Romains présentèrent un mur de grands boucliers rectangulaires à l'ennemi alors que la deuxième volée de flèches s'abattait. Terriblement vulnérables, les blessés de la première furent nombreux à succomber. Les corps inertes des morts jonchaient l'espace séparant les cohortes du convoi, ainsi que les formes des hommes et des bêtes qui se tordaient et hurlaient de douleur. Ceux qui avaient eu le temps de se réfugier derrière leurs boucliers étaient en relative sécurité. Vespasien se hâta de donner les ordres pour que les cohortes exposées au nord se préparent à avancer, et les officiers éperonnèrent leurs chevaux en direction de chaque extrémité de la division. Le légat constata avec soulagement que, de l'autre côté du convoi, les officiers avaient pris l'initiative de dégager des passages entre les chariots pour permettre aux hommes de gagner le flanc opposé. Une fois les légionnaires en position, ils ne feraient qu'une bouchée des archers à l'armement léger. Maintenant que le choc initial était passé, Vespasien brûlait d'en découdre ; la victoire ne pouvait pas leur échapper.

Les Bretons choisirent précisément ce moment pour lancer leur véritable attaque.

Un cor déchira l'air derrière les cohortes qui se frayaient un passage à travers le convoi, une note grave bientôt reprise sur toute la longueur du chemin. Puis, avec une clameur assourdissante, les Bretons surgirent de la forêt pour se précipiter vers les divisions désorganisées. Les légionnaires s'étaient figés en entendant les cors ; bouche bée de terreur, ils regardaient approcher leur mort imminente. Faisant preuve de présence d'esprit, certains centurions lancèrent une série d'ordres et bousculèrent sans ménagement leurs soldats pour les obliger à se tourner et à affronter l'ennemi. Mais la ligne de combat cohérente qui faisait la fierté de l'armée romaine s'était tout bonnement désintégrée. Horrifié, Vespasien vit les Bretons hurlants déferler sur ses hommes dans un fracas dévastateur. L'impact les repoussa immédiatement contre le convoi ; ceux qui tentèrent de trouver refuge entre les chariots se firent faucher par dizaines. Ceux qui choisirent de faire face durent se battre individuellement. Avec les Bretons qui continuaient d'affluer, le légat comprit que le déséquilibre des forces se solderait par un massacre s'ils ne parvenaient pas à établir rapidement une ligne de combat.

— Dégage de là, bon sang ! hurla Cato en tirant désespérément sur les rênes.

Son cheval épuisé évita de justesse un légionnaire qui lui coupait la route. L'optio aperçut enfin Vespasien entouré de son état-major. Ils regardaient dans la forêt, du côté droit du chemin. Cato prit alors conscience de mouvements à la limite des arbres – les Bretons, surgissant de l'ombre.

Avec un frisson d'effroi, il comprit qu'il arrivait trop tard.

Un cor de guerre sonna et l'air s'emplit d'un bruissement. Avant que Cato n'ait le temps de réagir, son cheval laissa échapper un cri perçant et trébucha en le désarçonnant. Cato s'éloigna de l'animal tant bien que mal ; deux flèches dépassaient de son cou, alors qu'il battait des jambes dans d'atroces souffrances. D'autres victimes jonchaient le sol, et les projectiles continuaient de pleuvoir sans relâche. Certains hommes avaient déjà abandonné leurs paquetages et remontaient la colonne en courant en direction du camp.

Mais Cato n'avait aucune intention de fuir. Il s'accroupit et jeta un coup d'œil autour de lui. Se sentant vulnérable privé de son armement, il se précipita vers un soldat mort qu'il se hâta de dépouiller de son bouclier, de son casque et de son glaive. Ainsi protégé, Cato plongea dans la masse la plus proche d'hommes qui s'efforçaient de résister aux Bretons. Le combat était inégal, les légionnaires se battant pour la plupart au corps à corps contre un ennemi supérieur en nombre. Seuls les Romains qui avaient réussi, par petits groupes, à serrer les rangs, bouclier contre bouclier, avaient une chance face aux longues épées bretonnes. Les styles de combat n'auraient pas pu être plus différents. Tant que les Bretons n'auraient à affronter que des Romains désorganisés, les glaives nettement plus courts ne risquaient pas de causer beaucoup de dégâts.

Avec un cri de guerre féroce, Cato se jeta dans la bataille. Épuisé jusqu'au délire, rempli d'amertume par le traitement qu'on lui faisait subir et terriblement conscient de lutter pour sa survie, il chercha l'ennemi le plus proche. Un homme grand, de la même taille que lui, se dressait sur sa route, l'épée levée et le visage peint pour lui donner l'apparence d'une bouche pleine de crocs. Baissant la pointe de son glaive et brandissant son bouclier, Cato para le coup et plongea sa lame dans le ventre de son adversaire. Le Breton s'écroula avec un cri perçant ; Cato dégagea son glaive et écarta le corps avec l'ombon de son bouclier. Puis il regarda autour de lui, à l'affût de sa prochaine cible. Trois pas devant lui, un Breton était penché sur un légionnaire face contre terre dont il avait déjà presque tranché le bras droit. Alors qu'il levait son épée pour porter le coup de grâce, Cato lui enfonça son glaive entre les omoplates. Avec une expression de surprise, le barbare tomba à côté de sa victime.

— Debout ! fit Cato en attrapant son camarade par sa main valide.

Derrière la protection que leur offrait son bouclier, il traîna l'homme sur une courte distance, jusqu'à un groupe de Romains qui avait réussi à serrer les rangs, le dos contre deux chariots. Au centre de la ligne se tenait Bestia, braillant des encouragements de sa voix de stentor. Cato abandonna l'homme qu'il venait de sauver à côté des autres blessés pour prendre sa place parmi les légionnaires.

— Cato ! l'accueillit Bestia, qui lui jeta un regard en coin. C'est le moment de nous montrer ce que tu as dans le ventre.

L'air sombre, Cato acquiesça. Il se mit à repousser tous les ennemis qui se hasardaient à sa portée, parant les coups de ces épées si longues, assez puissants pour fendre un crâne. La preuve, alors qu'il se battait épaule contre épaule avec ses camarades, il vit un Romain se pencher pour achever un blessé ; dans son moment de triomphe, il semblait avoir complètement oublié le Breton qui se tenait juste à côté, l'épée brandie. La lame s'abattit en un éclair, tranchant net le cou du légionnaire avant que la pointe ne s'enfonce dans l'herbe sanglante sur le bord du chemin. La tête du Romain – toujours dans son casque – rebondit à plusieurs pieds de là, alors qu'une fontaine artérielle pourpre jaillissait de son cou.

Une image vite oubliée pour Cato qui avait fort à faire avec les Bretons cernant le petit groupe. Une fois l'élan initial passé, les deux camps s'affrontaient au corps à corps dont les détails resteraient gravés à jamais dans la mémoire des survivants. Le centurion Bestia distribuant les coups avec toute l'efficacité et la férocité d'un vétéran ; l'expression de douleur sur le visage d'un ennemi ; les motifs exotiques des peintures corporelles des Bretons ; les cheveux raidis en piques et les tatouages bizarres. Autant d'impressions frappant l'imagination, sur le moment. Cato eut le sentiment d'avoir trouvé une paix intérieure, comme si son corps, séparé de son esprit, obéissait purement à l'instinct. Pour la première fois, il eut réellement la sensation d'appartenir à la deuxième légion. Si l'arrière-garde arrivait à temps, il vivrait peut-être même assez longtemps pour jouir de cette sensation.

La bataille se passait mal ; Vespasien vit que la ligne sud des cohortes – si tant est que l'on puisse encore parler de « ligne » – se désintégrerait d'un moment à l'autre, à moins de la renforcer. Deux cohortes qui faisaient face aux archers avaient reçu l'ordre d'avancer pour nettoyer la limite des arbres et empêcher les Bretons de continuer à cribler de flèches les Romains. Sur l'ensemble de la colonne, il n'avait plus que deux cohortes à sa disposition, environ huit cents hommes. À la hâte il les fit se mettre en ligne sur deux rangs face au convoi. Puis, alors que leurs camarades se repliaient à travers l'enchevêtrement de chariots et de bêtes de trait, on aménagea des espaces leur permettant de gagner l'arrière, où des officiers se hâtaient de réorganiser les survivants pour former une réserve.

Dans l'état actuel des choses, Vespasien savait que cette bataille ne pouvait avoir qu'une issue. La supériorité en nombre des Bretons lui avait déjà coûté un tiers de son effectif ; en dépit d'une résistance acharnée, l'ennemi finirait par les écraser. Pendant un moment, il envisagea de donner l'ordre de rompre les rangs et de fuir par la forêt vers le nord. Mais, dispersés et perdus, ses hommes feraient des cibles faciles pour les Bretons qui ne manqueraient pas de les traquer. La destruction de la légion interviendrait plus vite s'ils restaient sur leurs positions, mais ils entraîneraient plus d'ennemis dans la mort avec eux. De cette manière, il sauverait au moins sa réputation posthume ; le nom de Vespasien ne serait pas associé à celui de Varus qui, bien des années plus tôt, avait condamné trois légions à un sort similaire dans les sombres profondeurs des forêts de Germanie.

La ligne de réserve tint bon, alors que leurs camarades se repliaient à travers le convoi, cédant du terrain. Une fois qu'il estima ses hommes en sécurité, Vespasien eut un geste de la tête pour le trompette qui fit retentir le signal convenu. Les hommes des deux cohortes levèrent leurs javelots.

— Lancez! hurla Vespasien, instantanément repris par les centurions.

Après avoir décrit une parabole au-dessus des chariots et des bêtes de trait, une pluie mortelle s'abattit sur les Bretons mal protégés massés de l'autre côté. Au volume des cris, les Romains surent qu'ils avaient frappé fort; les hommes échangèrent des sourires de satisfaction, alors qu'ils préparaient leurs derniers javelots. À la seconde salve, un nouveau crescendo de hurlements déchira l'air. Les légionnaires dégainèrent leurs glaives, attendant que les Bretons repartent à l'attaque des fragiles lignes romaines. La légion avait tiré le seul carreau de son arbalète; maintenant, elle allait reprendre les combats au corps à corps qui décideraient de l'issue de cette embuscade.

Mettant pied à terre, Vespasien défit le fermoir à son épaule et laissa choir sa cape de légat sur le sol. Un ordonnance lui tendit un bouclier qu'il glissa à son bras. Serrant fermement la poignée en fer, il dégaina alors son glaive à manche d'ivoire. Puis il se dressa de toute sa hauteur et se fraya un passage en première ligne, au milieu de ses hommes. Si le destin voulait qu'il meure aujourd'hui, alors il tomberait comme le dictaient son éducation et la tradition romaine: face à l'ennemi et l'arme à la main.

CHAPITRE 39

Au sommet d'une colline à la lisière sud de la forêt, Macro se tenait au pied d'un chêne imposant, les yeux levés vers les branches couvertes de feuilles. Le chemin qui sortait du marécage les avait conduits ici, et sa patience était à bout : il devait absolument savoir où en étaient les choses avec la deuxième légion.

—Alors ?

—Je ne suis pas sûr, centurion, lui répondit Pyrax depuis son perchoir.

—Décris-moi simplement ce que tu vois.

—Pas grand-chose ; ça grouille d'hommes autour des chariots du convoi, mais impossible de distinguer qui est qui.

Macro donna un coup de poing de frustration dans l'écorce rugueuse.

—Ça ne va pas, marmonna-t-il.

Puis, attrapant une branche basse, il grimpa à son tour et rejoignit Pyrax, assis à califourchon sur une branche perpendiculaire au tronc épais.

—La prochaine fois que j'aurai besoin d'informations, fit Macro en haletant, au lieu d'envoyer un borgne, j'irai les chercher moi-même.

À côté de Pyrax, il eut son premier aperçu de la bataille qui faisait rage au loin. Horrifié, il constata que les lignes écarlates clairsemées de la légion disparaissaient sous la vague multicolore des troupes ennemies. Seule l'arrière-garde avait conservé un semblant d'organisation. Vitellius et Cato avaient donc échoué ; Vespasien avait involontairement conduit ses hommes dans une embuscade qui, à en juger par les apparences, tournait au massacre.

— Qu'est-ce qu'on fait, centurion ?

— Hein ? Qu'est-ce que tu veux faire ?

— On pourrait tenter de retrouver une des autres légions ? Ou peut-être rentrer au camp, sur la côte ?

— Ce qui est sûr, c'est qu'on ne risque pas de leur être très utiles, répondit Macro avec amertume, avec un geste du pouce en direction de la forêt. Mais on va quand même patienter. Quelque chose pourrait se produire.

— Comme quoi, centurion ?

— J'en sais foutre rien. Alors, on attend.

Assis en silence, ils virent leurs camarades, des hommes qu'ils avaient côtoyés la majeure partie de leur vie, peu à peu reculer devant l'ennemi. C'était une lutte pour la survie, dont ils ne pouvaient qu'imaginer la terrible intensité, sans pouvoir rien faire. C'en fut presque trop pour Macro, au bord des larmes devant le spectacle de l'anéantissement de la deuxième légion.

— Centurion ?

— Quoi ?

— Là-bas. Regarde.

Pyrax montrait du doigt l'ouest de la forêt en plissant les yeux. Dans la direction que lui indiquait le légionnaire, Macro aperçut au loin une masse sombre qui avait échappé à son attention plus tôt, quand il s'efforçait de ne pas pleurer. Mais maintenant, la main du destin resserrait son étreinte mortelle sur les derniers espoirs qu'il entretenait encore. Une seconde colonne bretonne affluait sur le chemin forestier pour sceller le sort des Romains.

Sous la pression de l'ennemi, la deuxième légion avait été forcée de céder régulièrement du terrain aux Bretons. À présent, les hommes se retrouvaient presque dos à la limite des arbres d'où avaient surgi les archers. Cato était épuisé ; le bouclier à son bras semblait peser dix fois son poids, il parvenait à peine à le soulever. Ses coups de glaive avaient considérablement faibli, tandis qu'il rencontrait des difficultés grandissantes à parer ceux de l'ennemi. Néanmoins, il continuait à se battre, déterminé à vendre chèrement sa peau. La fin était proche, il en avait conscience. Bestia, tombé sous les assauts de trois Bretons, gisait sur l'herbe humide de sang, le visage ouvert jusqu'à l'os. Le fait que le légat combattait à leurs côtés prouvait aussi de manière éloquente que leur commandant croyait à leur anéantissement prochain. Séparées de l'avant-garde et de l'arrière-garde par une embuscade ingénieusement tendue, les cohortes de la colonne principale continuaient de se battre seules. Le sol était jonché de cadavres et les gémissements des blessés se mêlaient à la cacophonie générale des cris de guerre, de rage et des hurlements incohérents d'hommes assoiffés de sang. Les Bretons ne faisaient pas de quartier face à l'envahisseur, et l'herbe rougie devenue glissante présentait un péril supplémentaire pour les combattants engagés dans une lutte à mort.

Sur la gauche de Cato, le légat de la deuxième légion se battait avec un abandon féroce qui surprit ceux qui l'entouraient, tant son comportement ressemblait peu au commandant toujours maître de lui-même qu'ils connaissaient. Mais avec la fin si proche, Vespasien considérait le sens des convenances comme un luxe inutile. Ce dont ses soldats avaient besoin, ce n'était pas un officier à la réserve froide et aristocratique, mais un exemple de combativité qui les encouragerait jusqu'au bout. Il se jetait donc sur tout adversaire qui se présentait, taillant et tranchant sans se préoccuper de sa propre sécurité. Pourtant, il était encore en vie, immunisé comme par enchantement contre les coups de l'ennemi, tandis que ses hommes tombaient autour de lui.

En dépit du fait que les Romains ne semblaient rien vouloir lâcher, et redoublaient même d'ardeur à mesure qu'ils reculaient, les Bretons sentaient que la victoire était à leur portée. Après la surprise initiale de l'embuscade, la légion leur avait fait subir des pertes considérables, et seule la destruction des Romains jusqu'au dernier suffirait à laver cet affront. Vespasien aperçut un char arriver à toute vitesse derrière les Bretons. Il transportait un homme richement vêtu, quelqu'un d'important apparemment, qui exhortait furieusement ses troupes à avancer, pointant de manière répétée sa lance en direction des lignes romaines. Pendant un moment, le légat envisagea de prendre la tête d'un petit détachement contre le commandant des Bretons, dans l'espoir que l'élimination de Togodumnus leur porterait un coup fatal. Mais au plus fort de la bataille, une telle idée ne semblait pas réaliste. Avec regret, Vespasien regarda passer le char ; frustré, il manifesta sa colère en frappant violemment avec son bouclier un Breton à côté de lui qui se battait avec un légionnaire ; puis il lui enfonça son glaive dans le flanc. Dire qu'à la fin de cette journée, Togodumnus deviendrait sans doute un grand héros aux yeux de son peuple. Cette pensée incita Vespasien à redoubler de férocité.

Quand la ligne romaine finit par céder sous une pression implacable, la légion se dispersa en petits groupes qui continuèrent le combat indépendamment les uns des autres ; ils ne faisaient plus partie d'une formation militaire cohérente, mais cherchaient simplement à se battre pour leur vie encore un peu plus longtemps – et à vendre chèrement leur peau.

Avec une cinquantaine de ses camarades, Cato tentait de tenir à distance un ennemi plusieurs fois supérieur en nombre. Alors qu'il se retournait pour faire face à l'un des attaquants, il se retrouva soudain confronté à une sorte de géant nu, le corps couvert de motifs celtiques. Avec un hurlement, l'homme abattit une grande épée à deux mains vers la tête de Cato. Rassemblant toute son énergie, celui-ci leva son bouclier juste à temps. Dans un fracas épouvantable, il se fendit et son bras s'engourdit instantanément, de l'épaule jusqu'au bout des doigts. Le bouclier lui échappa, laissant Cato à la merci de l'imposant guerrier breton qui éclata de rire. Il poussa brutalement l'optio qui tomba en arrière, le souffle coupé par la force de l'impact, et lâcha son glaive. Levant sa longue épée pour assener le coup de grâce, le Breton beugla un cri de guerre. À ce moment-là, une silhouette s'interposa entre eux – Vespasien. Avec un rugissement de fureur, le légat se jeta en avant, sous la lame du Breton qu'il écarta à l'aide de son bouclier. Puis il se redressa, prenant pour cible la gorge de son adversaire. Mais, témoignant d'une grande maîtrise des techniques de corps à corps, le guerrier esquiva à temps. Les deux hommes reculèrent en se toisant, prêts à repartir immédiatement à l'attaque.

Tout parut se figer autour du duo ; Bretons et Romains semblaient attendre l'issue de l'affrontement entre le géant et le légat. Le tournant de la bataille. Mais alors qu'ils marquaient ce temps d'arrêt, on entendit un nouveau son au loin – le bruit strident d'instruments. Malgré cela, les deux hommes ne se quittèrent pas des yeux. Toujours à terre, Cato se demanda d'abord si ses oreilles lui jouaient des tours, mais il constata que ses camarades partageaient sa réaction. Il ne rêvait pas.

Le son se répéta presque immédiatement et Vespasien sentit son cœur bondir dans sa poitrine – pas d'erreur possible, un trompette sonnait la charge. Des renforts étaient en route, mais de qui s'agissait-il ? Cette pensée s'évanouit en un instant, alors que le géant reculait d'un pas, imitant instinctivement le reste des Bretons qui rompirent le contact avec l'ennemi dès que le doute se mit à semer la confusion dans leur esprit. Sautant sur l'occasion, Vespasien enfonça la pointe de son glaive dans la gorge du Breton, puis dégagea rapidement sa lame. Laissant tomber son épée, le guerrier porta les mains à sa blessure, tentant d'endiguer le flot de sang. Vespasien l'ignora et tendit le cou en direction des trompettes, indéniablement plus proches. Puis, au-dessus des têtes des Bretons, loin derrière, apparut une ligne de cavaliers vêtus de rouge ; à leur tête, la silhouette reconnaissable entre mille d'un étendard romain. De la direction opposée vint alors la clameur de l'arrière-garde de la deuxième légion, renouvelant son attaque depuis l'autre extrémité du chemin forestier.

Un frisson d'angoisse palpable parcourut les Bretons, quand la cavalerie se mit à remonter leur flanc. Une poignée d'entre eux tentèrent de se replier vers la limite des arbres au sud. Alors que d'autres leur emboîtaient le pas, le char de Togodumnus arriva à toute allure, le chef breton ordonnant sévèrement à ses guerriers de tenir leurs positions. Mais la peur contagieuse se transformait déjà en panique, et presque personne ne l'écouta. Voyant qu'un noyau dur de Bretons refusaient de capituler, Vespasien leva son glaive. Aucun discours n'était nécessaire, et il n'en fit aucun :

— Chargez ! Chargez !

La ligne romaine se lança à la poursuite des Bretons qui, un moment plus tôt, étaient encore sûrs de la victoire. À présent, ils détalaient comme des lapins, oubliant toute arrogance, toute confiance en soi pour trouver refuge dans la forêt. Cato, toujours à terre, ne put que s'émerveiller de ce soudain revirement.

Vespasien gardait un œil sur Togodumnus ; réunissant une poignée de légionnaires, il se précipita vers le char du chef breton. Mais celui-ci n'avait rien d'un imbécile, il savait quand il avait perdu une bataille. Il aboya un ordre à son aurige qui, d'un claquement de fouet, fit faire demi-tour aux chevaux qu'il lança à toute allure. Impuissant, Vespasien ne put qu'assister à sa fuite. Le char accéléra, fauchant dangereusement tous les obstacles qui se dressaient sur sa route afin d'assurer la sécurité de Togodumnus.

Le légat ordonna à ses hommes de faire halte sur le flanc du convoi et grimpa sur le chariot le plus proche pour avoir une vue d'ensemble de la bataille. Partout où portait le regard, les Bretons fuyaient ; à l'ouest, la cavalerie romaine aperçue plus tôt ratissait impitoyablement le chemin forestier, faisant un carnage dans les rangs ennemis. Une grande silhouette sur un cheval blanc se détacha des cavaliers pour se diriger vers Vespasien.

—Vitellius? marmonna le légat entre ses dents, comme s'il n'en croyait pas ses yeux.

Mais un moment plus tard, l'apparence de la silhouette se précisa et Vespasien, surpris, secoua la tête. Vitellius ramena sa monture au pas à côté du chariot et salua.

—Mais que fais-tu là, tribun?

—C'est une longue histoire, commandant.

—Je veux bien te croire. Et quand nous en aurons terminé ici, j'attends un rapport complet.

Au sommet de la colline qui dominait la forêt, l'excitation de Macro était à son comble. Alors qu'il assistait à l'arrivée des premiers renforts de la quatorzième légion – c'était forcément la quatorzième, présuma-t-il –, il faillit en tomber de son arbre. Dès que les lignes bretonnes cédèrent, la cavalerie prit en chasse les guerriers paniqués qui fuyaient en masse le champ de bataille.

—Incroyable! Absolument incroyable! s'enthousiasma-t-il en donnant une claque sur l'épaule de Pyrax.

—Attention, centurion! cria le légionnaire en se cramponnant désespérément à la branche.

Macro se contenta de lui sourire, ne boudant pas son plaisir.

—Regarde-moi ça! Ces salopards détalent comme des lapins.

—Et certains courent vers nous, centurion, observa calmement Pyrax.

—Bien sûr. Ils pensent trouver refuge dans les marais. Oh!…

Macro baissa les yeux vers le sentier en contrebas qui serpentait vers la forêt dans une direction et vers le marécage dans l'autre.

—Je vois ce que tu veux dire.

—Ils ne seront sans doute pas ravis de croiser d'autres Romains aujourd'hui.

—Tu as raison. (Macro fit un signe de la tête vers les hommes étendus dans l'herbe au pied du chêne.) Descends les chercher. Et relâche les chevaux. Ils ne nous serviront plus à rien.

—Compris, centurion.

Pyrax laissa Macro assister à la phase finale de la bataille depuis ce poste d'observation qui lui offrait une vue panoramique.

La cavalerie et les troupes d'arrière-garde émergeaient de la forêt pour écraser les derniers Bretons qui tentaient tant bien que mal de se mettre à l'abri. Parmi ceux qui déposèrent les armes en implorant la clémence, peu furent épargnés. On rassembla rapidement les quelques prisonniers sous bonne garde. Pyrax avait raison : de nombreuses silhouettes fuyant devant les Romains avaient pris le chemin du marécage et passeraient sous l'arbre dans quelques moments. Baissant les yeux, Macro vit ses hommes grimper tant bien que mal dans le chêne ; ceux qui n'étaient pas blessés hissèrent leurs camarades qui avaient eu moins de chance jusqu'à ce qu'ils soient bien cachés par les branches couvertes de feuilles.

Convaincu qu'ils ne risquaient plus rien, Macro s'intéressa de nouveau à la poursuite. Un mouvement à la lisière de la forêt proche des vestiges du camp de marche de la deuxième légion attira son regard. Un char venait de surgir à la limite des arbres et se dirigeait vers le sommet de la colline. Alors que l'aurige fouettait ses chevaux, Macro étudia le passager qui, derrière lui, se cramponnait aux poignées en osier. Superbement bâti, vêtu de robes richement décorées et d'un casque en bronze brillant, l'homme était clairement un guerrier important. Deux cavaliers romains profitèrent de la montée pour se lancer à ses trousses. Parant prestement le coup de lance du premier, le Breton le désarçonna en lui envoyant le bout lourdement lesté de la sienne en plein visage. Le second, tout aussi imprudent, le paya de sa vie ; le chef breton le transperça de part en part, avant d'extraire sa lance du corps de son ennemi.

À mesure que le char montait lentement la pente, Macro s'aperçut que sa trajectoire actuelle le ferait passer juste sous le chêne.

— On va l'avoir, ce salopard ! dit-il en pointant du doigt le guerrier breton.

Puis il ordonna à ses hommes – ceux qui n'étaient pas blessés – de le suivre au bas de l'arbre. Respirant bruyamment, ils dégainèrent leurs glaives et se ramassèrent, prêts à bondir. Le reflet des lames et le visage sinistre des soldats romains semblèrent donner un regain d'énergie à une poignée de fantassins bretons qui se replièrent et prirent leurs jambes à leur cou. Puis le martèlement des sabots et le bruit de ferraille des roues annoncèrent le chariot à l'approche et Macro se raidit. Les cris discordants de l'aurige s'élevèrent au-dessus du vacarme ; le centurion jeta un coup d'œil de l'autre côté du tronc pour s'assurer d'attaquer au bon moment.

— Prêts ? dit-il à ses hommes. Commencez par éliminer les chevaux et l'aurige. Ensuite, on s'occupera du passager.

Il attendit que le char soit pratiquement à la hauteur du chêne.

— Maintenant ! En avant !

Macro sortit précipitamment de sa cachette et saisit les traits des chevaux d'un mouvement vif. L'effet de surprise fut tel que le char n'eut pas le temps d'éviter les Romains. Macro tira brutalement sur le harnais, forçant l'attelage à s'arrêter. Pyrax élimina l'aurige d'un coup de glaive avant qu'il ne puisse même lâcher les rênes. Il tomba du char et l'une des roues lui écrasa la tête, alors que ses chevaux nerveux faisaient un pas de côté. Le chef breton reprit ses esprits et sauta au bas du char, lance à la main ; puis il courut vers le large tronc du chêne et se retourna, avec un rire de défi, son arme pointée vers les Romains. Macro le regarda avec l'admiration d'un soldat pour un guerrier toujours prêt à se battre, si faibles soient ses chances.

— Déployez-vous ! ordonna-t-il à ses hommes. Et faites attention à cette fichue pique !

Alors que le demi-cercle des Romains approchait avec précaution, le Breton continua à déplacer la pointe de sa lance, prenant tour à tour pour cible ceux qui s'avançaient un peu trop près. Les réflexes amoindris par la fatigue, un des légionnaires s'écroula, blessé au ventre, saignant abondamment.

— Écoutez-moi tous, dit le centurion. À mon signal, tout le monde attaque, compris ? Alors, allons-y !

Six hommes se jetèrent sur le Breton qui, distribuant ses coups au hasard, atteignit l'un d'eux à la jambe avant de tomber, percuté par les autres. Mais en dépit de la large supériorité numérique de ses ennemis, le Breton écarta brutalement deux Romains, s'empara d'un glaive et roula sur lui-même pour se relever, en position accroupie, prêt à se défendre avec cette arme dont il n'avait manifestement pas l'habitude.

— Laissez-le-moi! lança Macro en faisant signe aux légionnaires de reculer. Si ce salopard veut se battre, il va trouver à qui parler.

Préparant son glaive, Macro fléchit les genoux et se mit à tourner autour du Breton, jaugeant son adversaire. De son côté, le chef lui rendit son regard, évaluant lui aussi froidement le Romain trapu.

— Tu ne te prends pas pour rien, hein? dit Macro à voix basse. T'es peut-être costaud, mon salaud, mais tu n'as pas la moindre idée de la façon de te servir de cette lame. Elle a été conçue pour des attaques rapides – on frappe d'estoc. Pas comme un de tes foutus hachoirs.

Il feinta en avant; comme il l'avait prévu, le Breton brandit son glaive au-dessus de sa tête, se ruant vers Macro avec un hurlement de rage folle. Le centurion se contenta de mettre un genou à terre et de laisser l'élan du guerrier faire le reste. Avec un grognement, celui-ci s'empala sur sa lame et tendit les bras vers son cou. Ses mains se refermèrent sur sa trachée. Haletant, Macro tomba au sol avec le Breton sur lui. Moins d'un pied séparait leurs visages; le Romain vit une lueur de triomphe s'allumer dans le regard de l'autre homme qui, mâchoire contractée, resserrait l'étau de ses doigts sur son cou. Macro n'avait pas lâché son glaive et remuait frénétiquement sa lame dans les entrailles de son adversaire, dans l'espoir de toucher un organe vital. Il pensa que sa tête allait exploser quand, enfin, le feu s'éteignit dans les yeux du Breton. Après une ultime convulsion, il lâcha prise. Macro écarta les mains du géant de sa gorge et tenta désespérément de faire entrer de l'air dans ses poumons. Puis, soulevant le corps avec effort pour le faire rouler sur le côté, il se releva avec un regard furieux pour ses légionnaires.

— Qu'est-ce que vous attendiez, bon sang ?

— Tu as dit : « Laissez-le-moi », protesta Pyrax.

Macro se frotta le cou avec une grimace de douleur.

— Eh bien, la prochaine fois, faites preuve d'initiative. Si un type veut faire la peau de votre centurion, vous intervenez – peu importe ce qu'on vous a dit. Compris ?

— Oui, centurion.

— D'accord. Maintenant, autant faire bon usage de ce char. Chargez les blessés dessus ; quant à lui, balancez-le sur le dos d'un des chevaux. Ensuite, mes amis, on rentre à la légion. Ce soir, la première tournée est pour moi – pour ceux d'entre vous qui ne dormiront pas.

Chapitre 40

La deuxième légion n'alla pas plus loin ce jour-là, alors que les officiers toujours valides reformaient leurs unités et faisaient le point sur leurs pertes. Plautius leur avait donné l'ordre de le rejoindre le plus rapidement possible ; ils avaient payé un lourd tribut en lui obéissant. Près d'un tiers des effectifs tués ou blessés, et la moitié du convoi d'équipement détruit ou immobilisé faute d'animaux de trait. On érigea une enceinte rudimentaire, bien que personne ne croie sérieusement à un regroupement des Bretons et à une nouvelle attaque. De toute façon, Togodumnus avait été tué, son corps était exposé, bras et jambes écartés en travers de son char, devant l'enclos où étaient parqués les prisonniers. Ils regardaient la dépouille de leur commandant dans un silence maussade et en pleurant, sans s'en cacher.

De nombreux blessés romains attendaient d'être pris en charge, tandis que les infirmiers passaient dans les rangs, estimant les chances de survie de chacun en vue d'un premier tri. L'air résonnait de gémissements et de cris. Au bord du chemin s'élevait un énorme bûcher funéraire au sommet duquel on hissait les corps ; on ne l'allumerait qu'à la nuit tombante. Devant la tente hâtivement montée du quartier général s'entassaient les sceaux d'identification prélevés sur les morts, témoignage muet du prix payé par la légion. Les

Bretons tombés au cours des combats n'avaient pas droit aux mêmes égards, puisqu'on précipita leurs cadavres dans des fosses hâtivement creusées. Malgré la victoire, les soldats de la deuxième légion ne partageaient pas la bonne humeur de leurs camarades de la quatorzième dont le camp, à la lisière de la forêt, résonnait des échos lointains de clameurs triomphales.

Dans la tente de Vespasien régnait une tout autre atmosphère. Assis à son bureau, il observait les trois hommes devant lui — Vitellius, également assis, ses lèvres esquissant un petit sourire agaçant, tandis qu'il écoutait le rapport du centurion et de l'optio restés debout. Le tribun était parfaitement conscient des regards haineux que lui lançaient de temps à autre les deux autres — en fait, il semblait s'en amuser, attendant son heure.

Sale et épuisé, Macro tentait de s'expliquer le plus intelligiblement possible, mais la fatigue des derniers jours l'obligeait régulièrement à faire appel à son optio pour clarifier un point ou se remémorer un détail. Cato se tenait au garde-à-vous, son bras en écharpe toujours engourdi, inutile depuis ce coup reçu plus tôt.

Ces deux-là étaient à bout de forces, se dit Vespasien, secrètement très satisfait d'eux. Ils avaient repris possession du coffre ; en ce moment même, un escadron de cavalerie était en route pour le récupérer. En outre, Macro avait rapporté le corps de Togodumnus au camp, et l'un des exilés bretons qui accompagnaient la quatorzième légion — un nommé Adminius, un type exécrable à face de rat — avait identifié le cadavre. Avec la mort de Togodumnus, son frère Caratacos restait seul pour coordonner la résistance bretonne face à l'envahisseur. L'un dans l'autre, estimait le légat, la catastrophe évitée de justesse s'était transformée en une victoire. Sous cet angle-là, sa carrière était sauve.

Subsistait l'épineux problème des accusations portées contre Vitellius par le centurion et son optio. Leur récit de l'attaque dans le marais avait des accents de vérité et semblait confirmer tous les doutes qu'entretenait depuis longtemps Vespasien à propos du tribun.

Après que Macro eut terminé son rapport, Vespasien réfléchit un moment à ce qu'il venait d'entendre, tandis qu'il scrutait en silence et tour à tour les trois hommes.

— Tu es sûr de toi, centurion ? Tu te sens prêt à porter de telles accusations contre le tribun ici présent ?

— Oui, commandant !

— C'est assez incroyable. Tu auras du mal à convaincre un tribunal. Tu en as conscience ?

— Oui, commandant.

— Parfait. Dans ce cas, je vais accorder à ton témoignage toute l'attention qu'il mérite et rendre ma décision le plus tôt possible. Toi et ton optio, vous pouvez nous laisser.

— Commandant ?

— Qu'y a-t-il, optio ?

Le jeune optio marqua une pause pour peser soigneusement ses mots.

— Je ne comprends toujours pas pourquoi on nous a pris pour des déserteurs.

— Ces accusations n'ont pas eu de suite, répondit sèchement Vespasien.

— Non, commandant, mais comment a-t-on pu croire… ?

— Une simple erreur, optio. Restons-en là. Maintenant, laisse-nous.

Alors que Macro et Cato se dirigeaient vers le rabat de la tente, Vespasien leur lança :

— Une dernière chose, centurion. Je te remercie d'avoir alerté l'arrière-garde. Si Pline n'avait pas été en mesure de tenir à cette extrémité de la colonne, nous n'aurions probablement pas résisté assez longtemps pour que la quatorzième arrive en renfort. Maintenant, va te reposer ; je vais demander qu'on vous prépare un repas chaud à toi et tes hommes.

— Merci, commandant, répondit Macro.

Une fois seul avec Vitellius, le légat réfléchit soigneusement à la suite de l'entretien. La version officielle des événements avait déjà fait du tribun le héros qui, à lui tout seul, avait repéré l'armée de Togodumnus. Dans l'impossibilité de rejoindre la deuxième légion à cause de l'obstacle des Bretons, il avait rattrapé la quatorzième qu'il avait convaincue de faire demi-tour et d'intervenir juste à temps pour sauver la deuxième de l'anéantissement. Un acte de bravoure qui lui avait valu des éloges excessifs et quasi unanimes. Pourtant, le centurion et l'optio parlaient de perfidie et de traîtrise.

— Quelle imagination débordante, commandant ! Tu n'as pas l'intention de donner suite aux affirmations de ces hommes, je suppose ?

— Quelle histoire, hein ?

— Oui, mais ce n'est qu'une histoire. Et comme les meilleures d'entre elles, elle ne contient pas la moindre parcelle de vérité.

— Mais si le reste de la patrouille confirme leurs dires, tu es dans un beau pétrin.

— Pas le moins du monde, protesta Vitellius avec aisance. C'est ma parole contre la leur. La parole du fils d'un consul contre celle d'une bande de troufions. Qui penses-tu qu'un tribunal croira, surtout après que j'ai risqué ma vie pour sauver la légion d'une défaite certaine ? Au mieux, ça ressemblera à du dépit. Au pire à un procès politique, et voilà qui ne plaira sûrement pas au bon peuple de Rome – tu n'as pas oublié à quel point la plèbe aime ses héros, j'imagine.

Vespasien sourit.

— Même les héros m'appellent « commandant », observa-t-il posément.

— Mes excuses – commandant.

— À supposer, un instant, que le centurion ait dit la vérité. Comment as-tu découvert l'existence du coffre ?

Jaugeant le légat, Vitellius ne répondit pas immédiatement.

— Tu sais, je pourrais nier en avoir eu connaissance. Après tout, j'étais parti en reconnaissance, à la recherche de Togodumnus – sur tes ordres. Je pourrais dire que je me suis simplement trouvé par hasard dans le marais en même temps que ta petite expédition. Un épais brouillard, une erreur sur la personne... rien que de parfaitement compréhensible.

— Compréhensible, mais faux.

— Bien sûr que c'est faux, commandant. Mais ça n'a réellement aucune importance.

— Pourquoi ?

— Parce que ça n'ira pas plus loin. Pas un mot de cette conversation ne sortira de cette tente.

— Je me demande bien pourquoi ? sourit Vespasien.

— Je vais y venir, dans un court instant. Puisque tu sembles tenir à connaître la vérité, j'ai décidé de satisfaire ta curiosité. En fait, c'est Narcisse qui m'a parlé du coffre.

— Narcisse ?

— J'étais au courant avant même que la légion ne quitte le camp sur le Rhin. Vois-tu, c'est moi l'agent impérial dont on t'a parlé. Narcisse n'était pas entièrement sûr de pouvoir te faire confiance ; il m'a donc demandé d'observer toute l'opération. Bien sûr, je n'ai été que trop heureux de lui obéir.

Vespasien parvint à sourire de l'ironie de la situation. Même le rusé Narcisse avait ses défauts. Il avait servi un mobile et un alibi à Vitellius sur un plateau.

— Mais s'il m'a révélé l'existence du chariot, il s'est bien gardé de me dire où il se trouvait. Voilà pourquoi j'avais besoin de la carte figurant sur ce rouleau. Malheureusement, quelqu'un m'a pris de vitesse. Et comme si ça ne suffisait pas, le voleur a tenté de me faire porter le chapeau. Bon, Pulcher n'a tout de même pas eu trop de difficulté à suivre tes légionnaires dans le marais ; et dès qu'ils ont commencé à creuser, j'ai pu arriver avec les renforts. J'espérais sincèrement éviter toute effusion de sang – parmi mes hommes, s'entend. Si Macro m'avait bien gentiment remis le coffre, nous n'aurions eu qu'à les tuer après. En l'occurrence, le centurion s'est révélé un soldat plein de ressources dans l'adversité – pour mon malheur. Et Claude a donc récupéré le magot.

— Mais pourquoi avoir cherché à t'en emparer ? demanda Vespasien. Tu n'espérais tout de même pas dépenser une somme pareille sans attirer l'attention ?

— Non, bien sûr, commandant. Je ne suis ni stupide ni imprudent. Cet argent ne m'était pas destiné – pas directement.

— Alors, pourquoi en arriver à de telles extrémités pour l'obtenir ?

— Pour la même raison qui a poussé l'empereur à vouloir récupérer ce coffre. L'or est synonyme de pouvoir ; avec une telle richesse, on achète la loyauté de n'importe qui.

— Je vois. (Vespasien hocha la tête.) Ça fait donc de toi le traître contre lequel Narcisse m'a mis en garde. Il ne me serait jamais venu à l'esprit que l'agent impérial et le traître ne puissent faire qu'un. Narcisse sera tout aussi surpris en l'apprenant.

— Moi, le traître ? C'est ce que tu penses ? (Vitellius rit.) Tu n'y es pas ! Il se trouve que je suis toujours l'agent impérial – je n'ai jamais cessé de l'être. C'est du moins ce que croit Narcisse.

— Alors, pourquoi avoir tenté de le tuer ?

— Le tuer ? fit Vitellius en fronçant les sourcils. Oh ! cette embuscade sur la route de Gesoriacum ? Désolé, mais je plaide non coupable. Et de toute façon, qu'aurais-je eu à gagner à sa mort ? Je comptais sur lui pour écraser la mutinerie. Après tout, comment pouvais-je espérer mettre la main sur le coffre si la conquête de la Bretagne n'avait pas lieu comme prévu ? Non, cette attaque a été l'œuvre de quelqu'un qui, à mon avis, souhaitait empêcher cette campagne. Tu sais comme moi que Claude a terriblement besoin de susciter l'approbation après son accession au rang d'empereur. Avec Narcisse mort et la mutinerie sur sa lancée, c'en était fini des projets d'invasion, et aucune chance de récupérer le trésor. Dans ces circonstances, combien de temps penses-tu qu'il serait parvenu à se maintenir ? Crois-moi, tant que je n'avais pas mis la main sur ce coffre, j'étais bien décidé à servir les ambitions de l'empereur.

— Et ensuite ? demanda Vespasien. Tu n'imaginais tout de même pas pouvoir utiliser tout d'un coup une si grosse fortune ?

— Non, bien sûr. Je n'en ai pas besoin dans l'immédiat. Je prépare l'avenir. Claude n'est pas éternel et il faudra le remplacer un jour – pourquoi pas par moi ?

— Toi ?

Cette fois, ce fut Vespasien qui se mit à rire.

— Pourquoi pas ? Et puisqu'on en parle, pourquoi pas toi ?

— Tu n'es pas sérieux ?

— On ne peut plus sérieux.

— Mais Claude a des héritiers, une famille pour assurer la succession.

— C'est très vrai, reconnut Vitellius. Mais il ne t'aura pas échappé que les membres de la famille impériale ont la fâcheuse tendance de succomber à diverses morts suspectes. C'est tragique. Et s'il leur arrive malheur, j'ai bien l'intention d'être là quand on annoncera la vacance du pouvoir. Mais je ne suis pas pressé. Je saurai attendre le moment favorable et ne passer à l'action que lorsque j'aurai les moyens de m'offrir le soutien nécessaire. À cause de Macro et de son optio, je vais juste devoir patienter un peu plus.

Vespasien était choqué par l'ambition pure du tribun. N'y avait-il donc aucune limite à ce que cet homme était prêt à faire, poussé par son désir de pouvoir ? Pourtant, une question plus immédiate exigeait une réponse.

— Si tu n'es pas l'espion au service des traîtres, alors qui ?

— Je me demandais quand tu allais te décider à me poser cette question. (Vitellius se pencha en arrière.) La vérité, c'est qu'il m'a fallu longtemps pour le découvrir. J'aurais d'ailleurs dû m'en douter, mais j'ai dû attendre que Pulcher arrache l'information au meneur de la mutinerie.

Vespasien se rappela soudain la façon dont Pline avait regardé le rouleau repris à Titus, ce soir-là dans la tente ; c'était lui aussi qui avait distrait les gardes, au moment où le voleur fouillait dans le coffre renfermant ses documents.

— Pline ? suggéra-t-il.

— Pline ! s'exclama Vitellius en riant. Lui ? Oh ! sois sérieux, commandant.

— Si ce n'est pas lui, qui alors ?

— Je te conseille de chercher dans ton entourage immédiat.

— Que veux-tu dire ?

Vespasien sentit une angoisse froide monter dans sa gorge.

— Si ce que Narcisse me dit est exact, il semble que quelqu'un a essayé de me faire porter le chapeau pour cet incident dans la tente.

— Tu nies avoir tenté de voler le rouleau ?

— Non, admit Vitellius. Mais celui dont Pulcher s'est emparé sur mon ordre était vierge. Quelqu'un m'a pris de vitesse et a procédé à l'échange.

— Il ne pouvait pas être vierge, répliqua Vespasien avec satisfaction. Tout simplement parce que l'échange dont tu parles n'a pas pu avoir lieu. Le document en question n'était déjà plus dans le coffre, Flavie l'a trouvé, elle a dit que Titus l'avait…

Vespasien sentit son sang se glacer dans ses veines.

— Flavie l'a trouvé, répéta Vitellius en souriant au légat. Comme par hasard.

— Ce n'est pas possible, marmonna Vespasien.

— Dans un premier temps, c'est aussi ce que j'ai cru. Il faut le reconnaître, Flavie est habile.

— Mais… Mais pourquoi ?

— Pourquoi ? Je ne prétends pas pleinement comprendre ses motivations. Mais je suis persuadé qu'elle n'est elle-même qu'à moitié convaincue par ses idées républicaines. Il me semble plus probable qu'elle ait cherché à te faciliter la tâche, à donner un coup de pouce à ta carrière.

— Ma carrière ? répéta Vespasien, choqué.

— Mon cher légat, tu penses peut-être que ton intégrité est tout à ton honneur, et que servir l'empereur est le premier devoir de ta fonction, mais le simple fait que tu ne soupçonnes pas ta femme fait de toi un pion d'autant plus utile dans le jeu politique. Quel meilleur candidat pour combler le vide à la chute de Claude qu'un homme qui croit sincèrement être resté loyal à l'empereur et l'avoir servi jusqu'au bout au mieux de ses capacités ? La plèbe t'adorerait. Je parie que tu ferais aussi fort que Marc Antoine lorsqu'il a prononcé l'oraison funèbre de César.

— Comment oses-tu ? dit posément Vespasien, qui luttait pour garder son calme. Comment oses-tu suggérer que Flavie puisse seulement être effleurée par la pensée de commettre les choses dont tu l'accuses ?

— Tu n'as jamais eu de soupçons ? Je suppose que ça fait de toi un bon mari. Et je suis sûr que tu ferais un grand homme d'État, mais un piètre homme politique. Les soldats qui ont attaqué Narcisse faisaient partie d'une unité de cavalerie commandée par Gaius Marcellus Dexter, un des officiers de Scribonien et, comme par hasard, un cousin éloigné de ta femme. Tu ne penses pas qu'il s'agit d'une coïncidence, j'espère ? Regarde les choses en face, Flavie est presque démasquée. À ta place, j'aurais sans tarder une petite conversation avec elle : encourage-la à ne plus se mêler de jeux de pouvoir et Narcisse ignorera peut-être le rôle qu'elle a joué dans cette affaire. Si tu tiens à elle, je te suggère de ne pas me forcer à confier à qui que ce soit ce que je sais de ses activités extraconjugales. Je n'ai rien dit à Narcisse pour l'instant. Ton silence à propos de cette conversation contre la vie de Flavie. Ce marché te paraît-il équitable ?

Vespasien fixa sur lui son regard, son esprit tentant toujours de nier l'évidence, en dépit des preuves que sa mémoire rassemblait inexorablement à partir des événements de ces derniers mois. Ce moment dans la tente, quand elle avait brièvement égaré le message repris à Titus dans les plis de sa robe. Il comprenait à présent qu'elle en avait profité pour procéder adroitement à l'échange.

— Je n'attends pas une réponse immédiate de ta part, commandant. Mais réfléchis bien. Je ne conteste pas avoir moi-même fait des erreurs. Et même si je parviens à convaincre Narcisse que les accusations portées contre moi sont infondées, voire malicieuses, le simple fait de suggérer que je n'ai pas toujours été le bon et loyal serviteur qu'il voit en moi risque de me discréditer. Alors tu vois, si tu décides de faire éclater toute cette histoire au grand jour, nous aurons tous les deux à en subir les conséquences. Et tu me forceras à divulguer ce que je sais sur Flavie. Il est de notre intérêt commun de rester discrets sur les événements des mois récents, tu en conviendras.

Vitellius attendit une réponse, mais Vespasien avait le regard baissé, absorbé par un désespoir grandissant ; il n'avait même pas prêté attention à la fin de la tirade du tribun. Il posa la tête sur une de ses mains, bouleversé par ces révélations.

— Oh ! Flavie…, chuchota-t-il. Comment as-tu pu ?

— À présent, commandant, puis-je me retirer ? Le devoir m'appelle. (Vitellius se leva pour quitter la tente.) J'espère que nous n'entendrons plus parler des vilaines accusations portées contre moi par le centurion Macro.

Pendant un moment, Vespasien chercha les mots qui lui auraient permis d'exprimer sa honte et sa peur, sa fureur aussi face à la morgue du tribun. Des mots pour remettre Vitellius à sa place. Mais rien ne vint, et il se contenta de hocher la tête en direction du rabat de la tente.

Dehors, Cato et Macro étaient assis sur un tas de fourrage destiné aux chevaux de l'état-major. Macro, qui avait fini par céder à l'épuisement, dormait à poings fermés, la tête penchée sur sa poitrine. Il ronflait bruyamment, ce qui lui valut les regards désapprobateurs de quelques ordonnances qui entraient et sortaient du quartier général. Avec ses habits crottés, sa peau crasseuse et les taches sombres du sang séché de Togodumnus sur ses mains et son visage, le centurion faisait peine à voir. Pourtant, Cato l'observait avec affection, se remémorant la joie sincère manifestée par Macro quand il l'avait retrouvé sain et sauf à son retour à la deuxième légion. Le sentiment d'appartenance éprouvé avec acuité par l'optio pendant la bataille ne l'avait pas quitté. Il comprenait enfin que c'était ça se sentir légionnaire, être en communion avec ses camarades et ce style de vie impitoyable dans lequel on l'avait précipité. L'armée était son foyer à présent. Il appartenait corps et âme à la deuxième légion.

Tant mieux, se dit-il, alors qu'il levait les yeux et croisait le regard d'un des Bretons parqués par centaines, un butin destiné à être envoyé à Rome pour y être vendu comme esclaves. Sans la requête de son père, Cato lui-même serait toujours un esclave, comme ce pauvre sauvage dans son enclos. Une vie entière d'horrible servitude les attendait tous. Un travail éreintant dans les champs de quelque vaste domaine, ou une mort plus rapide dans la chaîne de forçats d'une mine de plomb. Voilà tout ce que pouvaient espérer les barbares faits prisonniers au combat.

Pourtant, il y avait quelque chose dans le regard de ce prisonnier, la trace d'un esprit indompté, d'une volonté de se battre jusqu'au bout, quoi qu'il en coûte, d'un feu intérieur qui brûlerait tant que resterait un homme pour porter les armes contre les envahisseurs. Cato comprit que la campagne pour soumettre ces gens serait longue et sanglante.

L'ORGANISATION
D'UNE LÉGION ROMAINE

À l'instar de toutes les légions romaines, la deuxième légion (ou Legio II) comprenait environ cinq mille cinq cents hommes. L'unité de base en était la centurie de quatre-vingts hommes commandés par un centurion, avec un optio agissant en qualité de commandant en second. La centurie était divisée en groupes de huit hommes, qui partageaient une chambre en caserne et une tente en campagne. Six centuries formaient une cohorte, et dix cohortes une légion ; la première cohorte faisait le double de la taille des autres. Chaque légion était accompagnée d'une unité de cent vingt cavaliers, divisée en quatre escadrons, qui faisaient office d'éclaireurs et de messagers. Par ordre décroissant, les principaux grades étaient :

Le *légat*, un homme issu d'un milieu aristocratique. À environ trente-cinq ans, il commandait la légion pendant une période pouvant s'étaler sur cinq ans, dans l'espoir de se bâtir une réputation qui l'aiderait dans sa future carrière politique.

Le *préfet du camp*, un vétéran grisonnant, ancien premier centurion de la légion, au sommet de sa carrière militaire. Doté d'une vaste expérience et d'une grande intégrité, le commandement de la légion lui revenait en l'absence du légat, ou si ce dernier était hors de combat.

Six *tribuns* servaient en tant qu'officiers d'état-major. Le plus souvent des hommes d'une vingtaine d'années qui, après cette première expérience dans l'armée, étaient susceptibles d'entrer dans la fonction publique impériale. Le premier tribun était différent, destiné à des fonctions importantes en politique et éventuellement au commandement d'une légion.

Soixante *centurions* fournissaient l'ossature disciplinaire et formatrice de la légion. Ils étaient triés sur le volet en fonction de leurs qualités de commandement et d'une volonté à combattre jusqu'à la mort. Le plus gradé des centurions, qui commandait la première centurie de la première cohorte, était un soldat maintes fois décoré et respecté de tous.

Quatre *décurions* commandaient les escadrons de cavalerie de la légion, en espérant être promus au grade de commandant de toute la cavalerie.

Chaque centurion était assisté d'un *optio* qui avait qualité d'ordonnance et à qui il déléguait certaines de ses responsabilités. Les optios étaient souvent en attente d'un poste de centurion.

Sous les optios se trouvaient les *légionnaires*, des hommes qui s'étaient enrôlés pour vingt-cinq ans. En théorie, seuls les citoyens romains pouvaient s'engager dans l'armée, mais il était de plus en plus fréquent pour les populations locales de fournir des recrues à qui l'on accordait la citoyenneté au moment de rejoindre les rangs des légions.

D'un statut inférieur aux légionnaires, les *auxiliaires* étaient des soldats non romains. Recrutés dans les provinces, ils fournissaient à l'Empire romain sa cavalerie, son infanterie légère et d'autres compétences spécialisées. La citoyenneté romaine leur était accordée au bout de leurs vingt-cinq années de service.

Achevé d'imprimer en août 2022
Par CPI Brodard & Taupin à La Flèche
N° d'impression : 3048476
Dépôt légal : mai 2021
Imprimé en France
2812119-2